I0687238

Survivors
and
Bandits

Ein DayZ Roman

VON CHERNO JOURNO

DEUTSCH VON HAL

Originalausgabe:
Copyright © 2013 PDS Publishing Pty Ltd

Published in the United States and Australia by PDS Publishing,
an imprint of the PDS group.

www.chernojourno.com

National Library Of Australia
Cataloguing-in-Publication data:

Journo, Cherno, 1977-
Survivors and Bandits / Cherno Journo
9780646593562 (pbk)

Deutschsprachige Ausgabe:
Copyright © 2014 PDS Publishing Pty Ltd

Übersetzung ins Deutsche: Helmut Eiler, München
Alle Rechte vorbehalten

Umschlaggestaltung und Illustrationen
HE WEB München

ISBN-10:0992296226
ISBN-13:978-0-9922962-2-3

WIDMUNG

Dieses Buch ist Caz, Eva und Luca gewidmet.

Die meisten Autoren schätzen sich glücklich, eine Muse zu
haben.

Ich bin sogar mit dreien gesegnet.

CONTENTS

CHERNO JOURNO

DANKSAGUNG

Wenn ein Buch geschrieben wird, fließt große Anstrengung vieler Menschen in ein Werk, das dann nur einem einzigen zugeschrieben wird.

Zuerst und am Meisten möchte ich mich bei den Fans von Cherno Journo bedanken. Bei den Menschen, die ich interviewt habe, des Spielern, die ich getroffen habe, sogar bei denen, die mich im Spiel umgebracht haben. Die sozialen Netzwerke im World Wide Web haben mir erlaubt, und tun es noch, Fans aus der ganzen Welt anzusprechen. Dieses Buch gehört auch euch, denn ohne euch würde es nicht existieren.

Besonders erwähnen möchte ich Alex, Janik und Helmut. Sie haben dabei geholfen, dass Cherno Journo aus einer kleinen Idee heraus zum Gründer der Chernarus Free Press werden konnte. Danke Freunde.

Außerdem möchte ich auch das DayZ Entwicklerteam um Dean (Rocket) Hall besonders erwähnen. Vielen Dank für die Erschaffung dieser Welt, die mir so viele großartige Momente und Geschichten beschert hat.

Ganz persönlich möchte ich auch meiner Editorin Caroline danken, die schon so lange unter mir zu leiden hat. Jeder, der wüsste, wie viel Aufwand und Arbeit sie investiert hat, um meine frühen Entwürfe zu überarbeiten, würde erwarten, dass ihr der Status eines Mitautors zugestanden würde. Sie hat wahre Wunder dabei bewirkt, meine Arbeit zu verbessern.

Am meisten aber danke ich meiner Frau und meinen Kindern für ihre Liebe und ihre Unterstützung. Ihr gebt mir die Kraft weite zu schreiben, auch wenn ich manchmal vor dem Cursor, der mich täglich böse und fordernd anblinkt, am liebsten weglaufen würde.

SPEZIELLER DANK

Mein spezieller Dank gilt den Menschen, welche die ursprüngliche Kampagne auf der Finanzierungsplattform Indiegogo finanziell und anderweitig unterstützt haben.

Vielen Dank an jeden einzelnen von ihnen dafür, dass sie an mich geglaubt und mir geholfen haben.

Alex Roudenko

Ben V. (CF Donuts) & Donut Zombies

BarbaricMustard

Cameron C.

Cole "Prof.K" Rockman

Conner P.

Dylan Mangan

Dr Faust

Derpington Steele

Endrid

Ivanlad

Janik F

JoSchaap

Josh Madden

Kevin MacLeod

Kristian Thom

Lachlan Castles – xNeon

Liam Carolan

Mandalore

Mafia Snitch

Mark Vanagas

Moochie

Puggles

Ryan

Steve T.

The Diva

Wahby

Wesley Schadan

WiseGuy

KAPITEL 1

DAS SINKENDE SCHIFF

Kapitän Nestorenko suchte die Küste von Chernarus durch sein Fernglas ab. Alles schien ruhig und er wunderte sich, dass dort draußen keine Lichter zu sehen waren. Die Küstenorte waren dunkel, obwohl sie erleuchtet hätten sein müssen. Er kannte diese Küste gut und er wusste, dass es - irgendwo in der Finsternis vor ihm - zwei Leuchttürme gab, die mit ihren Leuchtfeuern vorbeifahrenden Schiffen Sicherheit geben sollten. Aber er sah nur Dunkelheit, endlose Schwärze, unterbrochen nur durch die Silhouetten der Bäume vor dem Hintergrund des Sternenhimmels.

Der Erste Offizier Shutov war besorgt: „Kapitän, ich sehe keine Leuchtfeuer, wir sollten nicht so dicht unter Land laufen."

Nestorenko nickte. Shutov hatte natürlich recht, nur ein Narr würde ohne Leuchtfeuer so dicht an der Küste fahren. Aber Nestorenko tat es, weil er die Küste mit eigenen Augen sehen musste, weil er sehen musste, ob die Berichte über Chernarus wahr waren. Und jetzt, wo er hier war, musste er feststellen, dass er gar nichts sah.

Die Berichte hatten vor zwei Monaten begonnen, verstümmelte, panische Berichte, meist auf zivilen Kanälen. Sie handelten von gewöhnlichen Leuten, die sich plötzlich in stumpfsinnige, instinktgetriebene Wesen verwandelt hatten. Man hatte sie ‚Infizierte' genannt, aber es war nichts über die Art der Infektion verlautbart worden. Mütter hätten ihre eigenen Kinder angegriffen, sie ohne Zögern in

1

Stücke gerissen, getrieben vom Heißhunger sich am Fleisch der Lebenden zu nähren. Tief religiöse Menschen sprachen vom Armageddon – dem Anfang vom Ende – wo die Toten auf Erden wandelten.

Eigentlich hätte nur Nestorenko die Berichte bekommen sollen, doch auf einem so kleinen Schiff machten Gerüchte schnell die Runde. Zuerst waren es nur Scherze gewesen, niemand hatte wirklich an die Existenz dieser lebenden Toten geglaubt. Dann waren die Berichte dringlicher geworden, die Geschichten zu fantastisch, um erfunden zu sein. Einheiten der russischen Streitkräfte waren auf die Insel beordert worden. Sie hatten Schlüsselpositionen und Flugplätze gesichert und waren dabei sogar von den USA militärisch unterstützt worden. Sogar in dem relativ entspannten Klima nach dem Kalten Krieg schien diese Zusammenarbeit ungewöhnlich, ja alarmierend.

Dann waren die Truppen immer häufiger von den Infizierten angegriffen worden. Der Kampf gegen sie war anders als der gegen Soldaten, man konnte nicht mit ihnen verhandeln, sie hatten auch keine Nachschublinien, die man unterbrechen konnte. Sie kannten keine moralischen Bedenken und sie griffen erbarmungslos und unaufhörlich an. Schließlich waren die Truppen überrannt worden. Eine nach der anderen waren die gesicherten Positionen verloren gegangen. ‚Chernarus um jeden Preis meiden‘, so hatten die letzten verzweifelten, fast flehentlichen Meldungen gelautet. Das war vor einem Monat gewesen. Seitdem hatte es keine weiteren Funksprüche mehr gegeben.

Ohne diese Warnungen zu beachten hatte Nestorenko Kurs auf Chernarus gesetzt, ein klarer Missbrauch seines Kommandos. Er kommandierte ein Handelsschiff mit 40 Mann Besatzung und sollte eigentlich zum Hafen zurückkehren. Aber er war in Chernarus aufgewachsen, in der Nähe einer Ortschaft namens Zelenogorsk. Er hatte in den Docks von Elektrozavodsk gearbeitet bis er alt genug war, auf einem Schiff anzuheuern. Seine Eltern lebten immer noch auf ihrem kleinen Bauernhof. Er musste einfach zurückkommen. Es war, als besuche er einen todkranken Verwandten ein letztes Mal, bevor er sterben würde. Er musste Chernarus ein letztes Mal sehen. Und jetzt, als er endlich angekommen war, sah er nichts als die Schwärze einer undurchdringlichen Nacht.

„Shutov, sie haben recht. Hier gibt es nichts", gab er zu, während er auf die Küste sah.

„Dann lassen sie uns diese Küste verlassen. Es war verrückt, hierher zu kommen", antwortete Shutov.

„Und wo sollen wir ihrer Meinung nach jetzt hin?", schnarrte der Kapitän. „Wir hatten keinerlei Funkverkehr, kein anderes Schiff, alles ist tot, seit einem Monat. Chernarus ist so gut oder schlecht wie jeder andere Ort."

„Dann bleiben wir eben auf See. Wir haben genügend Vorräte. Und auch wenn der Treibstoff langsam zur Neige geht, können wir leicht noch einen Monat aushalten, bevor wir irgendwo anlanden müssen."

„Sie schieben das Unausweichliche doch nur auf. Früher oder später müssen wir den Tatsachen ins Auge sehen."

„Dann bin ich für später", gab Shutov zurück.

Plötzlich gab es einen Ruck und eine Erschütterung ging durch das Schiff. Das Knirschen von brechendem Stahl durchschnitt das gleichmäßige Brummen der Maschine. Verwirrung brach aus, als das Schiff aufstöhnte und begann, sich zur Seite zu legen. Am Bug lehnte ein Matrose über der Reling und zeigte auf ein Loch in der Schiffswand.

„Wir sind auf ein Felsenriff gelaufen. Der Riss ist zu groß", rief er.

„Kapitän?", fragte Shutov und sah den überraschten Nestorenko an, der versuchte sich auf den Beinen zu halten, während das Schiff sich neigte.

„Kapitän, wir müssen das Schiff aufgeben!", seine Worte klangen mehr nach einem Befehl als nach einem Vorschlag.

Nestorenko sah seinen Ersten Offizier an. Sein Gesicht war ohne Ausdruck, er war geschlagen. An der Küste, da war er sich sicher, wartete der sichere Tod auf ihn und seine Mannschaft. Er nickte geistesabwesend, fast automatisch, und Shutov begann zu handeln.

Er sprach über die Bordkommunikation des Schiffes: „Wir evakuieren. Das ist keine Übung. Das Schiff sinkt. Nehmt eure Überlebensrucksäcke und verlasst das Schiff. Wir sind nahe am Ufer...", *zu nahe* wollte er fast sagen, „ihr könnt also schwimmen, Rettungsboote sind nicht erforderlich. Das Schiff sinkt. Alle Mann von Bord. Das ist keine Übung."

Er sah von der Brücke aus zu, wie die Mannschaft das Schiff verließ. Die Erfahreneren holten sich ihre Überlebensausrüstung und warteten ab, während sie versuchten, am Ufer einen Punkt zu finden, in dessen Richtung sie schwimmen konnten. Die weniger erfahrenen sprangen einfach ins Wasser und schwammen los.

Nur noch Shutov und Nestorenko waren auf der Brücke geblieben. Shutov sah zu, wie der Kapitän den Safe des Schiffs aufschloss. *Was gibt es denn in dieser Situation noch wichtiges im Safe?* fragte sich Shutov.

„Kapitän, wir sollten kontrollieren, ob alle von Bord sind, bevor wir das Schiff verlassen?"

Der Kapitän antwortete nicht. Stattdessen nahm er einen Colt M1911 aus dem Safe. Shutov war überrascht, dass der Kapitän an eine Waffe gedacht hatte. Er sah zu, wie er ein Magazin in die Waffe schob. *Wir werden am Ufer für Ordnung sorgen müssen*, dachte er, *da kann eine Waffe ganz nützlich sein.* Er war beeindruckt von der Weitsicht Nestorenkos.

„Was habe ich bloß getan?", sagte der Kapitän.

„Kapitän?", Shutov war verwirrt.

„Sind alle von Bord?"

„Scheint so, aber ich weiß nicht, ob noch jemand unter Deck ist."

„Und sie schwimmen ans Ufer. An das verseuchte Ufer von Chernarus?"

„Ja, Kapitän." Shutov wurde ungeduldig.

„Dann frage ich sie jetzt nochmal. Was habe ich getan?"

„Kapitän, ich bin verwirrt. Wir müssen zusehen, dass niemand mehr unter Deck ist und dann ans Ufer schwimmen."

Der Kapitän lud die Waffe durch und richtete sie auf Shutov.

„Dann hören sie auf, mir auszuweichen und beantworten sie die Frage. Was habe ich getan?"

„Sie haben's versaut, das haben sie. Sie haben uns an diese gottverlassene Küste geführt und uns wahrscheinlich alle umgebracht", schrie Shutov ihn an und ließ seinem Ärger freien Lauf.

Nestorenko war etwas überrascht über Shutovs Ausbruch, aber er fasst sich gleich wieder.

„Danke Shutov, dass sie ehrlich sind, wenigstens dieses eine Mal."

Er hielt sich die Waffe an die Schläfe und drückte ab. In dem kleinen Raum war der Knall ohrenbetäubend. Während das Klingeln in seinen Ohren nachließ, sah Shutov auf den toten Kapitän. Er war schwach gewesen. Seine Schwäche hatte sie zu nahe an die Küste gebracht und seine Schwäche war es auch, die ihn den leichten Weg hatte wählen lassen. Er fühlte kein Mitleid mit dem Kapitän. Er versuchte stattdessen, seine Gedanken zu ordnen. Er wusste, dass nun, wo der Kapitän tot war, er die Männer würde kommandieren müssen, sobald sie das Ufer erreichten.

Sie waren keine disziplinierte Mannschaft. Sicher, einige hatten beim Militär gedient, aber sie waren trotz dessen in erster Linie Handelsmatrosen. Die meisten waren vor einem Leben weggelaufen, das sie nicht gewollt hatte. Um diesen Haufen zu führen, würde er die Männer kontrollieren müssen. Und um sie zu kontrollieren, brauchte er eine Waffe - diese Waffe. Er wand die Pistole aus der Hand des Toten und wischte das Blut an dessen Hemd ab. Dann nahm er ein zweites Magazin aus dem Safe und steckte es ein.

Als er die Brücke verließ, sah er sich noch einmal um. Blut und Gehirnmasse des Kapitäns liefen langsam an der Wand neben seinem toten Körper herunter. „Feigling", murmelte er, als er hinausging. Nestorenko war das erste Todesopfer der Mannschaft der „MV Rocket", ein unpassender Name für ein langsames und schwerfälliges

Schiff. Der Kapitän mochte das erste Opfer gewesen sein, aber er würde vermutlich nicht das letzte bleiben.

Shutov warf einen kurzen Blick unter Deck, es könnten noch Männer dort unten sein. Er hatte nun die Verantwortung des Kapitäns und es war seine Pflicht, dafür zu sorgen, dass alle von Bord waren. Nach Seerecht könnte er dafür bestraft werden, wenn er es nicht tat. *Welches Seerecht?* Er spuckte aus. *Nur das Recht des Stärkeren zählt jetzt noch,* dachte er, während er in die kalte, schwarze See sprang. Als Erster Offizier hatte Shutov all die Berichte gelesen, all die Funksprüche gehört. Er wusste, dass er in eine ungewisse Zukunft schwamm, voller Gefahren und mit einem Gegner, den er sich nicht einmal vorstellen konnte.

KAPITEL 2

DER KLEINE

Sie nannten in ‚den Kleinen'. Der Spitzname war passend, weil er erst 15 Jahre alt war. Um anzuheuern hatte er ein falsches Alter angegeben, und obwohl man vermutet hatte, dass er noch keine 18 Jahre alt war, hatte niemand es nachgeprüft. Es war sein erster richtiger Job, und obwohl er für sein Alter groß und kräftig war, konnte er seine jugendliche Unschuld und Naivität nicht verbergen. Die anderen neckten ihn oft und lachten über ihn. Manche sagten im Scherz sogar, er würde auf der langen Reise ein passables Mädchen abgeben – er hoffte zumindest, dass es nur im Scherz war.

Aber nicht nur auf dem Schiff, sondern sogar während der Landgänge, nannten sie ihn den Kleinen. Auch im Seemannsbordell im letzten Hafen hatten sie sich über ihn lustig gemacht. Wenigstens die Mädchen waren nett zu ihm, nannten ihn ‚süß' und eine griff ihm sogar zwischen die Beine. Er erinnerte sich immer noch daran, wie schnell er eine Erektion bekommen hatte und wie hart er gewesen war. Aber sein Geld reichte nicht, um das Mädchen zu bezahlen. Die Anderen, seine sogenannten Kameraden, wollten ihm nichts leihen. Als er das Mädchen fragte, ob er sie denn nicht beim nächsten Anlaufen des Hafens bezahlen könne, lachte sie ihn nur aus, und da war plötzlich auch seine Erektion verschwunden.

Niedergeschlagen war er gegangen und durch die nächtlichen Straßen gelaufen. Dabei hatte er Glück, nicht beraubt oder gar umgebracht zu werden. Als der naive Junge vom Land, der er war, war er sich der Gefahren eines Hafenviertels bei Nacht nicht bewusst. Die Gefahr, Leuten zu begegnen, die ihn wegen ein paar Münzen zusammenschlagen würden, kannte er nicht. Auch seine Zukunftspläne auf dem Schiff waren naiv. Er dachte sich, er würde einfach so lange mitfahren, bis er ein Land fand, das ihm gefiel. Dann würde er einfach von Bord gehen und bleiben. Er fand, dass sein Plan gut war und freute sich schon auf die Abenteuer, die er erleben würde - über Dinge wie Visa oder Einwanderungsbestimmungen wusste er nichts.

Aber nun schienen diese Pläne weit weg, als er nass und frierend am Ufer kauerte. Der Erste Offizier hatte gesagt, sie sollten ins Wasser springen und zum Ufer schwimmen, und genau das hatte er getan. Es sah nahe aus, aber er war kein guter Schwimmer und die Strömung trieb ihn entlang der Küste ab. Nach einer Weile wurden seine Arme immer schwerer, und mit jedem Schwimmzug wurde er schwächer. Schließlich hörte er, wie sich die Wellen am Ufer brachen und wusste, dass es nicht mehr weit sein würde. Er hatte viel Wasser geschluckt, und als er in den Bereich der Brandung kam, wirbelten ihn die sich überschlagenden Wellen immer wieder unter Wasser. Wenigstens wusste er, dass das Ufer nahe war.

Als die Wellen ihn endlich ans Ufer spülten, schrammte sein Gesicht über den nassen Sand. Hustend und spuckend kroch er die Uferböschung hinauf, ließ sich auf den Rücken fallen und starrte nach oben. Der Himmel war wolkenlos und die Sterne erschienen ihm heller als sonst, weil es keine künstlichen Lichter gab, die ihr Licht überlagerten. Er dachte an sein Zuhause. So lag er eine ganze Weile, bis er wieder zu Atem gekommen war und sich sein Hirn wieder einschaltete. Da war der Nordstern. Mit Hilfe seiner Uhr und dem Nordstern würde er immer wissen, wo Norden ist. Ein Junge vom Land zu sein hatte auch Vorteile, wie es schien. Erst jetzt nahm er wahr, dass sein Rücken schmerzte, irgendetwas drückte ihn. Es war der Rucksack, den er trug, sein Patrol Pack. Dieser Rucksack war dafür gedacht, ihn im Notfall zu versorgen – er enthielt alles, was er brauchte.

Er öffnete ihn erwartungsvoll, überzeugt darin Wasser, Konserven, einen Kompass und eine Landkarte zu finden – eben alles was man zum Überleben brauchte. Aber leider enthielt er nur eine Taschenlampe, eine Schachtel Schmerzmittel und eine Bandage. *Wie soll mit diesem nutzlosen Zeug jemand überleben können. Was war mit einer Waffe, oder zumindest einem Jagdmesser?*

Er lag im Sand und verfluchte sein Pech – welcher Bürokrat hatte wohl entschieden, dass diese Dinge zum Überleben nützlich sein sollten? Zum Glück war er in der Nähe einer Ansiedlung gestrandet. Wenn auch keine Lichter zu sehen waren, so konnte er doch die Silhouetten einiger Häuser erkennen. Alles was er tun musste, war in diese Richtung zu gehen. Immerhin hatte er die Lampe, so würde er im Dunkeln wenigstens nicht stürzen und sich verletzen.

Während er sich noch eine Weile im Sand ausruhte, überprüfte er noch einmal den Inhalt seines Rucksacks und testete die Taschenlampe. Wasserdicht – natürlich war sie wasserdicht, es handelte sich schließlich um eine Überlebensausrüstung für Schiffe. Zufrieden darüber, dass wenigstens die Lampe funktionierte, stand er auf, klopfte den Sand von seinen durchnässten Kleidern und ging los. Er lauschte den sich brechenden Wellen und seinen fast lautlosen Schritten im weichen Gras, während er sich vom Ufer entfernte. Weil er die Batterie schonen wollte, schaltete er die Taschenlampe noch nicht ein, als er sich langsam in Richtung der Häuser vorantastete. Das Geräusch seiner Schritte änderte sich und er spürte, dass der Untergrund nun fester war. Er kniete sich hin tastete, es fühlte sich an wie Asphalt. Er schaltete die Lampe an, nur um sicher zu gehen, und sah, dass er recht hatte. Er war an einer Straße angekommen. Ein Stück weiter entdeckte er im Lichtschein eine unbenutzte Bengalische Fackel, die er in seinen

Rucksack packte. Die Straße schien in Nord-Süd-Richtung zu verlaufen und die Häuser lagen im Norden.

„Urrrrrrrrr." Ganz leise und entfernt hörte er das Stöhnen. Es war sehr schwach und er war sich nicht sicher, ob er sich nicht täuschte. Er schwenkte die Lampe in Richtung des Geräuschs. „Hugrhuhhhhhhhhhhh", das Stöhnen war nun ein wenig lauter, es kam von Norden die Straße herunter.

„Hallo?", rief er.

„Ugurghhhhh", kam es zurück. Er ging die Straße entlang, während er immer wieder rief. Mit jedem Schritt schien das Stöhnen näher zu kommen. *Ein Kamerad muss ein bisschen weiter oben angespült worden sein und sich verletzt haben,* dachte er.

Jetzt hörte er ein Kratzen und Scheuern auf dem Asphalt. Er blieb stehen und lauschte. Ein Stück weiter die Straße entlang schien jemand in seine Richtung zu kriechen. *Oh Mist, der hat sich echt schwer verletzt,* dachte er und begann, in Richtung des Kameraden zu laufen. Der Lichtkegel seiner Lampe schwenkte wild hin und her. Als er noch einige Schritte entfernt war und den Kriechenden sah, war sein erster Gedanke, dass das niemand vom Schiff sein konnte. Dann erreichte ihn auch der Geruch – nach Fäulnis und verwesendem Fleisch. Die Verletzungen mussten sich mit Wundbrand infiziert haben – wie bei dem Schaf, das sie letztes Jahr hatten töten müssen. Er sah sich um, er konnte keine Häuser oder Autos in der Nähe erkennen. Wie weit war der arme Kerl wohl schon die Straße entlang gekrochen, auf der Suche nach Hilfe?

Der Verletzte kam näher und der Junge erkannte, dass sein Gesicht aussah, als sei es mit vertrocknetem Blut überkrustet, besonders am Mund. Aber es war dunkel und selbst im Schein der Taschenlampe konnte er nicht glauben, dass es wirklich Blut war. Es sah dunkelbraun aus und war vermutlich nur Schmutz. Der Mann konnte anscheinend auch nicht sprechen, er stöhnte nur und kroch auf das Licht der Taschenlampe zu.

Der Junge stand da sah sich um. Alleine konnte er nichts für den armen Kerl tun, er brauchte Hilfe, um ihn tragen zu können. Er winkte unsicher mit der Lampe, aber sie war nicht besonders hell, und aus größerer Entfernung würde sie niemand sehen können. Da erinnerte er sich an die Bengalische Fackel in seinem Rucksack. Er ließ die Lampe fallen, um die Hände frei zu haben. Der Mann kroch zu der noch brennenden Taschenlampe und griff sie mit beiden Händen.

Der Junge nahm die Fackel aus dem Rucksack. *Das ist viel besser, das kann man auch von weitem sehen.* Er ging von dem Verletzten weg, in die Mitte der Straße, und entzündete sie.

Mit einem Mal war die ganze Umgebung in helles, rotes Licht getaucht. Er winkte ein paar Mal mit der Fackel über seinem Kopf und ließ sie dann auf die Straße fallen. *Das werden sie bemerken.* Er war ein bisschen stolz auf sich selbst, als er Ausschau hielt, ob nun jemand zu Hilfe kommen würde.

Dass der Verletzte von hinten in seine Richtung gekrochen kam, hatte er nicht bemerkt. Genau betrachtet kroch er gar nicht zu dem Jungen, er interessierte sich mehr für die Fackel, der Junge stand einfach in seinem Weg. Dann konnte der Junge ihn hinter sich hören.

„Alles in Ordnung, dort kommt Hilfe", sagte er, als er in einiger Entfernung Silhouetten wahrnahm, die auf die beiden zu gerannt kamen. Während er die Schatten weiter beobachtete, spürte er, wie der Verletzte nach seinem Bein griff. Er sah drei Männer, die die Fackel gesehen haben mussten und ihnen nun zu Hilfe eilten.

Der Griff um seinen Knöchel wurde fester und plötzlich spürte er Schmerz. Er sah hinunter – der Mann hatte in gebissen – wie ein tollwütiger Hund. Er trat instinktiv nach dem Verletzten und wich ein paar Schritte zurück. Aber der hatte nun Blut geschmeckt und interessierte sich nicht länger für die Fackel. Er kroch dem Jungen hinterher.

„Hey, der Mann hier ist wirklich krank. Er hat mich gebissen, geht nicht zu nah ran", rief er den Heraneilenden zu. Aber die Männer hatten nicht vor zu helfen. Sie rannten immer weiter auf ihn zu, bis sie ihn erreichten und umwarfen. Im roten Licht der Fackel konnte er sehen, dass ihre Augen weiß waren, einfach nur weiß, ohne Iris und Pupillen. Und das, was ihnen am Kinn und um den Mund klebte, *war* vertrocknetes Blut.

Sie bissen ihn, zuerst in den Arm und am Bauch. Er spürte, wie ihre Hände gierig seine Haut aufrissen und sich in sein Fleisch bohrten. Er hatte auf dem Schiff Gespräche über eine Infektion auf Chernarus gehört, aber weil er neu war hatte niemand mit ihm darüber gesprochen. Auf dem Schiff war er der Grünschnabel gewesen hatte sich alles selbst beibringen müssen, weil keiner ihm etwas erklärt hatte. Während er langsam verblutete, als die drei Monster an ihm herumrissen, musste er an das verletzte Schaf denken, das sie im vergangenen Jahr getötet hatten. An die sanften braunen Augen, die ihn unschuldig anblickten, als er mit der Axt ausholte.

KAPITEL 3

DER BUTCHER

Obwohl er nicht sehr gut kochen konnte – was zum Teufel bedeutete schon ‚gut kochen' – war Jeremy Kristiakov trotzdem der Schiffskoch. In Wirklichkeit war er gelernter Metzger und auf einem Schiff voller Männer, die ständig Fleisch auf dem Teller haben wollten, war das gar nicht so schlecht. Sie konnten sich eine komplette Kuh an Bord bringen lassen und der Butcher, wie sie ihn nannten, würde dafür sorgen, dass sie wochenlang davon essen würden. Er würde alles verwerten, die guten Stücke als Braten servieren und den Rest zu Eintopf oder Würsten verarbeiten.

Trotzdem, er war nur der Koch, ziemlich weit unten in der Hierarchie des Schiffes. Und im Moment war er auch noch total durchnässt und saß zitternd am feuchten Ufer, während er sich nach der Wärme seiner Kombüse sehnte. Im Sommer mieden alle die Kombüse auf dem Schiff, aber wenn Winter war auf See, wenn der kalte Wind über das Schiff pfiff, war es die Küche, wo sich alle gern aufhielten.

Jeremy sah sich um – es war dunkel, vollkommen dunkel. Als Stadtmensch kannte er diese Art Dunkelheit nicht. Sogar seine Taschenlampe gab nur einen mageren Lichtkegel ab, der nicht weiter als fünf oder sechs Meter reichte. Der Sternenhimmel über ihm beeindruckte ihn, selbst wenn er die Sternbilder nicht kannte. Er war jetzt bereits eine Weile am Ufer entlang gegangen, aber er war keinem Menschen begegnet, hatte kein Haus gesehen. Nur Sand, und ein bisschen Treibgut vom Schiff, das angespült worden war.

Er hob ein längliches Metallstück auf. Es endete in einer Spitze und würde eine gute Waffe gegen wilde Tiere abgeben – allerdings ahnte er bereits, dass wilde Tiere nicht sein größtes Problem sein würden.

Als Schiffkoch hatten die Leute ihn meist gar nicht wahrgenommen, während sie aßen. Und sie hatten sich meistens unterhalten, oder besser, sie hatten getratscht. Sie mochten Scherze über ihre Frauen machen und darüber, wie viel die tratschten, aber im Vergleich zu dem Geschwätz, das auf dem Schiff die Runde machte, konnte sich jedes Kaffeekränzchen verstecken. Besonders nach längerer Zeit auf See waren Informationen und Gerüchte die Währung an Bord, und während des Essens wurden sie ausgetauscht.

Er hatte Gesprächsfetzen aufgeschnappt, verstohlenes Gemurmel gehört und die besorgten Mienen der Schiffsoffiziere gesehen. Der Ort, wo sie hinfuhren war… zerstört, heimgesucht? Er hatte oft das Wort ,infiziert' gehört, besonders vom Schiffsarzt, mit dem der Kapitän, abseits von den anderen, häufig gesprochen hatte.

Nach dem, was er aufgeschnappt hatte, musste eine Art Virus oder Infektion die Bevölkerung heimgesucht haben. Diejenigen, die überlebt hatten, seien degeneriert, hieß es. Sie verfügten nicht mehr über normale, menschliche Verhaltensweisen. Sie täten sich gütlich am Blut der Anderen. Obwohl das für Jeremy nach Gerüchten ausgesehen hatte, war doch immerhin das Militär überrannt worden und hatte die Insel seit einiger zeit aufgegeben. Niemand wusste, ob auch andere Regionen von der Infektion betroffen waren, ob gar die ganze Welt bereits davon betroffen war. Seit Wochen hatten sie keine Funksprüche mehr empfangen, auch über Satellit war nichts eingegangen. Entweder die Verbindungen waren zusammengebrochen oder sie waren blockiert worden, um keine Informationen durchsickern zu lassen. Das war es zumindest, was die Verschwörungstheoretiker an Bord immer wieder behaupteten.

Alles was er wusste war, dass über diesen gottverlassenen Teil der russischen Küste, an der er nun mit nicht mehr als einer Lampe, einem Verbandspäckchen und ein paar Pillen gestrandet war, etwas Schlimmes hereingebrochen war. Er hatte schon vieles erlebt und wusste, dass es besser war, eine Waffe zu haben und sie nicht zu brauchen statt umgekehrt. Er dachte an all die Fehler, die er gemacht hatte, und die ihn an diesen Punkt gebracht hatte. Wenn die Leute über Schicksal sprachen hatte er sie immer ausgelacht. Er hatte schon viel angestellt und war meist davongekommen – ihm war es immer erschienen, als sei das Schicksal auf einem Auge blind.

Jetzt fragte er sich, ob das Schicksal womöglich alles gleichsam aufgespart hatte, um es ihm nun mit einem massiven Schlag heimzuzahlen. Er hatte das Gefühl, dass das Schicksal genau jetzt zurückschlug. Und sein Instinkt sagte ihm, dass das lange noch nicht alles gewesen war – in dieser Frage traute er seinem Instinkt blindlings. Er betastete die scharfe Spitze des Metallstückes und machte sich bereit, den Kampf mit seinem Schicksal aufzunehmen.

KAPITEL 4

DER SIMPEL

Es war sicher kein sehr netter Spitzname, aber immer noch besser als Idiot, wie sie ihn in der Schule genannt hatten. Und es war ein passender Spitzname, einfach deswegen, weil er nicht der Hellste war. Sicher, er war ein netter Kerl, er tat was ihm gesagt wurde und er hielt sich an die Regeln – aber er war eben ein wenig zurückgeblieben. Wenn man ihm zeigte, wie etwas gemacht werden sollte, machte er es. Wenn man ihn aber fragte, wieso er das machen sollte, oder wie er es besser machen konnte, konnte man ebenso gut mit einem Stück Brot reden. Der Simpel tat einfach, was ihm gesagt wurde, er kümmerte sich nicht um das Wie oder das Warum. Soweit es ihn betraf, waren diese Informationen einfach nicht erforderlich.

Und als ihm gesagt worden war, vom Schiff ins Wasser zu springen und zu schwimmen, hatte er genau das getan. Er hatte sich nicht gefragt wieso oder wohin, er war einfach geschwommen. Bis er das Ufer erreicht hatte. Und jetzt saß er dort und wartete darauf, dass jemand kam und ihm sagte, was er als nächstes tun solle.

Er hatte sich nicht einmal einen der Überlebensrucksäcke genommen, darum hatte er jetzt auch keine Lampe, um seine Umgebung zu sehen. Aber er hatte trotzdem keine Angst. Manche aus der Besatzung fanden, er sei wie ein Kind weil er naiv und ein bisschen langsam war, aber er war kein Kind - er war einfach nur schwer von Begriff.

Es war kalt am Ufer und dunkel, wirklich dunkel. Die Dunkelheit gefiel ihm nicht, darum blieb er auf dem helleren Sand sitzen. Dort zeichnete er mit dem Finger Muster auf den Boden. Einige davon waren Buchstaben, die zusammen Worte ergaben. Einige Worte kannte er. Wie seinen Namen, Rory. Zum Glück hatten seine Eltern diesen Namen gewählt, kurz und einfach, mit zwei gleichen Buchstaben. Darum konnte er ihn sich leicht merken. Sein Nachname war lang, hatte zu viele Buchstaben. Er hatte ihn vor langer Zeit vergessen. Aber weil ihn ohnehin jeder auf dem Schiff nur Simpel nannte, spielte das keine Rolle.

Seine Träumereien wurden plötzlich unterbrochen. Er hörte jemanden kommen. Es klang, als ob sich jemand auf allen vieren hüpfend bewegte, langsam aber gleichmäßig, und er kam genau auf ihn zu. Er sprang auf und winkte mit beiden Armen, wobei er nicht darüber nachdachte, dass kein Mensch so weit sehen konnte.

„Hier drüben", rief er. Die Antwort war ein dumpfes Stöhnen. „Ich bin hier drüben", rief er erneut. Jetzt war das Stöhnen lauter, es kam immer näher. Es wurde höher und durchdringender, klang jetzt fast aggressiv.

Dann roch er es, wie altes Fleisch, von dem ihm seine Mutter immer eingeprägt hatte, es niemals zu essen. Dieser Mann brauchte dringend ein Bad. In seinem langsamen Verstand begann ein Warnlicht zu blinken.

„Wer bist Du? Du stinkst", fragte der Simpel, aber die Stimme stöhnte nur wieder. Und dann begann der Mann zu laufen, genau auf ihn zu. Er war oft genug schikaniert worden und wusste daher, dass man besser weglief, wenn jemand auf einen zu rannte und man den Grund nicht kannte. Und das tat er nun auch.

Weg von dem Stöhnen lief er am Ufer entlang. Aber der Mann verfolgte ihn, und er könnte hören, dass sich weitere anschlossen. Und alle stöhnten, während sie ihm hinterher jagten. Er sah sich plötzlich wieder in seine Schulzeit zurückversetzt, verfolgt von einer Horde Kinder, die bereits die Stifte in der Hand hatten, mit denen Sie Schimpfworte auf seine Stirn schreiben würden.

Er wusste, dass er schnell laufen konnte, aber die Bande, diese bösen Jungs, die ihm wehtun wollten, hielten mit ihm mit. Es hörte sich jetzt an, als seien es mindestens Vier, die ihm folgten. Es war zu dunkel, um sie sehen zu können, aber er konnte die verschiedenen Tonlagen ihres Stöhnens unterscheiden. In seiner Schulzeit war es seine Ausdauer gewesen, die ihn meist gerettet hatte. Der Großteil seiner Peiniger hatte nach einiger Zeit aufgegeben. Aber dieses Mal gaben sie nicht auf, sondern kamen ihm langsam immer näher.

Vor ihm tauchte eine kleine Hütte auf. Wenn er sie schon nicht abhängen konnte, konnte er sich vielleicht verstecken. Er rannte durch die offene Tür und prallte hart an die Wand gegenüber. Er warf sich herum und knallte die Tür zu. Es war nur eine dünne Brettertür, nicht sehr stabil, und es gab auch kein Schloss. Es dauerte nur Sekunden bis sie von außen an die Tür hämmerten. Es würde auch nicht lange dauern, bis sie hereinkommen würden.

Er sah sich um, auf der Suche nach etwas, mit dem er die Tür verbarrikadieren konnte. Aber da waren nur leere Konservenbüchsen und Getränkedosen. Jemand musste sich hier eine Zeit lang versteckt haben, da war auch Blut am Boden, aber es gab keine Leiche. Und dann sah er sie, am Boden, direkt neben der vertrockneten Blutspur.

Eine Axt. Sie musste dem gehört haben, der sich zuvor hier versteckt hatte, aber nun gehörte sie ihm. Er hob sie auf und spürte, wie schwer und stabil sie war – eine gute Axt. Nicht groß genug, um die Tür zu verstärken, die bereits nachgab, aber vielleicht groß genug, um die Kerle zu verjagen. Er schwang sie ein paar Mal zur Probe, wie ein Baseballspieler, der ein Gefühl für seinen Schläger bekommen wollte. Dann gab die Tür nach, und sie standen da und starrten ihn an. Sie waren bereits seit langem tot, einer war so schwer verwundet gewesen, dass er nicht gehen konnte, sondern auf dem Bauch kroch.

Es war zu dunkel, um ihre Gesichter zu erkennen. Aber als sie einer nach dem anderen hereinwankten, überwältigte ihn der Gestank. Er konnte ihn nun auch einordnen – es war der Gestank des Todes. Das waren keine Menschen, das waren Monster, sie brachten den Tod. Er schwang die Axt ein letztes Mal, als sie auf ihn zukamen – Abschlag.

KAPITEL 5

DER HIPPOKRATISCHE EID UND DER HEUCHLER

Der Doktor war sich sicher, dass er das Schiff als Letzter verlassen würde. Die Feiglinge waren beim ersten Zeichen von Gefahr über Bord gesprungen und hatten ihn hier mit seinem Patienten einfach zurückgelassen. Der Mann war an Malaria erkrankt und lag in der bescheidenen Krankenstation des Schiffes. Der Doktor hatte die letzte Stunde damit verbracht, nach einer funktionierenden Rettungsinsel zu suchen, auf der er eine Trage würde transportieren können. Auf der Brücke hatte er den Kapitän gefunden, mit einem Loch im Kopf. Man musste kein Arzt sein um zu sehen, woran er gestorben war.

Das Schiff hatte sich um 45 Grad geneigt, was seine Suche erschwerte. Auf seinem Weg durch das Schiff setzte ihm zu, wie leer es jetzt wirkte, während es mitten in der Nacht die Küste entlang trieb. Sein Patient war bewusstlos, er hatte ihn auf seiner Pritsche festgeschnallt, um zu verhindern, dass er bei Seegang herunter fiel. So hatte wenigstens er mit der Krängung des Schiffes kein Problem.

Da sich seine Suche als fruchtlos erwiesen hatte und sein Patient versorgt war, hatte er weiter nichts zu tun. So hielt er für einen Moment auf dem Deck inne und betrachtete die Sterne. Alles schien so friedlich.

Für einen Augenblick.

Plötzlich ruckte und schaukelte das Schiff, als es den Grund berührte und langsamer wurde. Er hörte, wie Felsen am Rumpf entlang schrammten und spürte, wie sie das Schiff mit einem Ruck zum Stehen brachten. Aber das geschah so schnell, dass der Doc das Gleichgewicht verlor und sich den Kopf an der Reling stieß. Zwar würde er die Wunde vor dem nächsten Morgen nicht sehen können, aber den Schmerz spürte er sofort.

Während er sich die Stirn rieb, sah er zum Ufer hinüber. Das Schiff war auf eine kleine Halbinsel aufgelaufen. In der Nähe konnte er die Umrisse einiger Felsen erkennen, aber das war alles. In seinem Kopf dröhnte es – nicht nur von dem Schlag, sondern auch von dem unglaublichen Lärm, der aus dem Bauch des Schiffes aufstieg. Die Antriebswelle kreischte und die Maschine vibrierte und stöhnte, während die Schiffschraube gegen die Felsen schrammte.

Dann gab wohl ein Teil in der Maschine den Geist auf und sie kam zum Stehen. Darauf wurde es wieder still. Es war so dunkel, dass der Doc bis zum Morgen würde warten müssen. Das würde ihm die Zeit geben, um sich einen Plan auszudenken und einen Weg zu finden, seinen Patienten vom Schiff zu bekommen.

Er konnte das Ufer erkennen, es war nur einen kurzen Sprung entfernt. *Wäre es so schlimm, jetzt einfach zu springen?* Man hatte ihn zurückgelassen. Warum sollte er nun sein Leben für diesen Kranken riskieren, der unausweichlich ohnehin sterben würde? Ihn vom Schiff zu bringen wäre, selbst mit einer Krankentrage, riskant. Er könnte sich dabei selbst verletzen und was dann? Dann würde er gar niemandem mehr helfen können.

Er könnte an Land gehen und nach Hilfe suchen, auch nach Medikamenten, und dann zurückkehren. Womöglich gab es eine Ortschaft in der Nähe, aber vielleicht würde er auch weit laufen müssen. Und selbst wenn er es schaffte, sollte er dann zurückkommen, würde es überhaupt noch jemanden geben, zu dem er zurückkommen könnte? Sein Patient war sehr krank und würde wahrscheinlich bald sterben, wenn er nicht die richtigen Medikamente bekam. Medikamente, die der Doc hier auf dem Schiff nicht hatte. Er konnte ihn nicht zurück lassen und ihn einem langsamen und qualvollen Tod überlassen. Aber er konnte ihn auch nicht einfach töten und erlösen. *Warum ist das alles eigentlich mein Problem? Der Kapitän hat sich einfach davongemacht, warum kann ich das nicht auch?*

Der Doc war vor langem ein Egoist geworden, der zuerst an sich selbst dachte. In jüngeren Jahren hatte er hart gearbeitet und immer sein Bestes gegeben. Aber das Leben und das Alter hatten ihn mürbe gemacht. Jetzt ließ er sich treiben, tat nur noch das, was unbedingt nötig war und dachte zuerst an sich selbst.

Womöglich war das der Grund, warum er auf diesem Schiff angeheuert hatte – um vor seinen Problemen zu fliehen, wie die meisten an Bord. Er wäre auch jetzt gerne geflohen – und ihm fielen gute Gründe ein, die dafür sprachen. Er wollte überleben und sein Patient schien ihm bereits jetzt wie ein Klotz am Bein. Er hatte oft mit dem Kapitän gesprochen. Er hatte eine klare Vorstellung davon, was ihn in Chernarus erwarten würde. Einen fiebrigen Malariakranken durch eine Gegend zu schleifen, die von Infizierten überschwemmt war, schien ihm kein guter Plan - außer wenn er vorhatte, ihnen als Mahlzeit zu dienen. Aber andererseits – er konnte diesen Kranken auch nicht ohne eine Überlebenschance zurück lassen.

Er sah zum Ufer hinüber, das so nah war, und gleichzeitig so weit weg. Es würde eine lange Nacht werden. Und wenn er ehrlich war, wusste er bereits, wie die Sache ausgehen würde. Es war immer das gleiche bei ihm. Erst er selbst, dann die anderen. Aber er würde diese Nacht brauchen, um die richtige Entschuldigung zu finden. Er wusste, dass er seinen Patienten unweigerlich zurücklassen würde. Er brauchte diese Nacht, um sich dabei weniger schlecht zu fühlen.

KAPITEL 6

WARUM SCHRITTE AUF BETON NICHT GUT SIND

Janik hatte fast aufgehört zu zittern. Seine Hände wurden gerade wieder warm und seine Kleider waren fast trocken. Es war still und seine Augen fielen ihm immer wieder zu. Er wollte jetzt nicht schlafen, aber er merkte, dass er bald keine Wahl mehr haben würde. *Nur kurz dösen, fünf Minuten. Um die innere Batterie ein wenig zu laden.*

Dann hörte er sie, die Schritte auf dem Beton. Er hatte gesehen, wie eines dieser Dinger Ruben getötet hatte. Sie waren zusammen an Land gespült worden. Ruben hatte den Fehler gemacht, auf der Straße zu rennen, während Janik sich langsam bewegte und im weichen Gras blieb. Sie hatten seinen Körper in Richtung Stadt gezerrt, während sie ihn zerrissen. Janik hatte aus der Entfernung zugesehen. Er hatte nicht helfen können, und er hätte es auch nicht gewagt.

Die Schritte wurden lauter, sie kamen näher. Eilige, schnelle Schritte auf dem Betonboden draußen. Sein Herz schlug schneller und er hielt den Atem an. Seine Sinne waren hellwach und er lauschte jedem Geräusch.

Er hörte weitere Schritte. Sie schienen den anderen zu folgen – eine Gruppe, die dem ersten Mann hinterher rannte. Janik lauschte angespannt und drehte den Kopf mit den Schrittgeräuschen. *Sie sind genau vor meiner Halle,* erkannte er. Er hockte versteckt unter einem Fenster. Wenn er wollte, könnte er einfach hochsehen.

Aber er wollte nicht. Er wollte schlafen. Er wollte, dass das alles vorbei sein sollte, vielleicht nur ein böser Traum. Und wenn es kein Traum war, wollte er wenigstens einschlafen und auf diese Weise entkommen. Er wollte hier nicht sein. Überall, nur nicht in diesem Lagerhaus, mit diesen Dingern da draußen. Die herumschlurften, stöhnten, suchten. Nein, nicht suchten, sondern jagten. Sie waren auf der Jagd - und er war die Beute.

Zur Beute für Andere zu werden, passierte einem leicht. Besonders dann, wenn man das Pech hatte, kleiner als sie zu sein. Janik war klein, und in seiner Welt war Größe schon immer ein Faktor gewesen. Wenn jemand klein war, war er schwach – Janik wäre gern gewesen wie Joe Pesci im Film „Good Fellas", klein, zornig, gefährlich - einer, der sich von niemandem etwas gefallen ließ. Aber in Wirklichkeit war er mehr wie Pee Wee Herman, klein und schmal, einer, der immer nur einstecken musste.

Beute zu sein war für ihn nicht neu - getötet und aufgefressen zu werden, wenn man ihn erwischte, schon. Aber er hatte viele Jahre Erfahrung im Ducken und Verstecken. Er wusste, wie man sich leise bewegte, Straßen und Wege mied, anders als der ungeschickte Kerl da draußen, der über den Beton stapfte und die Aufmerksamkeit all dieser Kreaturen auf sich zog.

Aber vielleicht war das gar nicht so schlecht. Es könnte ihm selbst die Möglichkeit verschaffen, unbemerkt zu entwischen. Aber wohin? Was konnte er finden, das er hier nicht schon hatte? Er würde besser bis zum Tagesanbruch warten, so dass er sich etwas umsehen konnte. Sich über eine Richtung klar werden konnte, ein Ziel. Die Wahrheit war, dass er eher bleiben und sich verstecken würde, als hinauszurennen und zu kämpfen. Bis zum Morgen warten zu wollen, war nur eine Lüge, die er selbst gerne glauben wollte.

Ich sollte aus dem Fenster sehen. Sie werden mich nicht bemerken, weil es zu dunkel ist. Er befand sich in einem kleinen Raum am Ende der Halle, im ersten Stock, und fühlte sich relativ sicher. Als er endlich über den Rand des

Fensters spähte, konnte er durch den Schmutz auf der Scheibe und die Dunkelheit draußen kaum etwas erkennen. Alles was er sah, waren Umrisse – eine große Gestalt gefolgt von vier kleineren. Die große Gestalt verschwand in einem kleinen Schuppen und schlug die Tür hinter sich zu. Janik war zuvor schon in dem Schuppen gewesen, daher kannte er ihn. Es gab dort nur diese eine Tür, deswegen war er lieber in das Lagerhaus gegangen. Hier gab es zwei Ausgänge, was ihm sehr gelegen kam, er hatte schon immer Verstecke mit mehr als einem Ausgang vorgezogen.

Er sah, wie die Kreaturen gegen die Tür rannten. Sie war schwach und brach sofort. *Der arme Kerl im Schuppen ist erledigt*, dachte er sich. Er hörte das Stöhnen, dann einen unmenschlich klingenden Schrei. Unbewusst bekreuzigte Janik sich – niemand hatte es verdient, so zu sterben. Er hörte das Brechen von Knochen, dann ein Geräusch, das wie ein nasser Lappen klang, der zu Boden fiel.

Dann war es still. Janik merkte, dass er immer noch den Atem anhielt und atmete laut aus. Aus Richtung des Schuppens hörte er ein ähnliches Geräusch, dann heftiges Schnaufen, als ob jemand versuchte, wieder zu Atem zu kommen. Doch diese Kreaturen atmeten nicht. Sie stöhnten zwar, aber das klang eher mechanisch, wie Luft, die durch eine Öffnung gepresst wurde, ein langes, monotones Seufzen, ohne jede Modulation.

In der Türöffnung des Schuppens sah er die Umrisse eines Mannes mit einer Axt, erhoben zum Schlag. Er erinnerte sich an die Axt im Schuppen, aber er hatte sie nicht weiter beachtet –für ihn ein weiterer Beweis dafür, was für ein Feigling er doch war. Aber dieser Mann dort draußen war ein Kämpfer. Was Janik nicht beachtet hatte, hatte er als Waffe benutzt um vier von den Dingern abzuwehren. Ein Teil von Janik wollte ihm ein Zeichen geben, ihn zu sich in Sicherheit holen. Aber der andere Teil, jener, der in seinem Leben immer bestimmt hatte, was er tun würde, wollte das nicht. *Was wenn er dich umbringt? Was, wenn er mehr von diesen Dingern anlockt? Besser, ihn in Ruhe zu lassen. Du bleibst unten, du bleibst leise, du überlebst.* Damit endete

25

sein inneres Zwiegespräch.

Janik schlich vom Fenster weg und hockte sich gegen eine der Wellblechwände. Er hörte die Schritte des Mannes auf dem Beton, als er weg rannte. *Kapiert der Idiot nicht, dass er damit nur noch mehr von den Dingern anlockt,* dachte der Feigling in ihm. *Axt hin oder her, wenn er weiter so viel Lärm macht, erlebt er den Sonnenaufgang nicht mehr, und wenn du ihm nachläufst, geht's dir nicht anders.* Janik ließ den Kopf in die Arme sinken und der Schlaf übermannte ihn.

KAPITEL 7

DER ERSTE MORD

Helmut hatte soeben eine Schrotflinte mit etwas Munition gefunden, seine Glückssträhne hielt an. Zweimal war er in dieser Nacht dem Tod entkommen, aus purem Glück. Sein Freund Freddie hatte nicht so viel Glück gehabt.

Sie waren in der Nähe des Hafens aufeinander gestoßen. Freddie hatte die wankenden Gestalten für andere Überlebende gehalten. Helmut war sich nicht sicher gewesen und war zurück geblieben. Die Art wie sie umhergingen, hatte ihn stutzig gemacht, sie schienen kein Ziel zu haben, sie wankten einfach herum und stöhnten. Auch ihre Köpfe sahen seltsam aus, sie hingen einfach nur auf den Hälsen, wirkten leblos. Sie töteten Freddie und waren dann hinter Helmut her – aber er hatte Glück. Sie verloren ihn aus den Augen, als er hinter einem Haus verschwand.

Als er sich in Sicherheit wähnte, lehnte er sich gegen eine Hausmauer, um wieder zu Atem zu kommen. Dabei übersah er, dass eine weitere dieser Gestalten direkt auf ihn zugewankt kam. Er verhielt sich ganz still und hielt den Atem an. Aus dem Augenwinkel sah er, wie die Gestalt vorbei schlurfte. Er vermutete, dass ihn die Dunkelheit gerettet hatte. Zwei Mal Glück gehabt.

Und nun war er bewaffnet. Er hatte eine zweiläufige Schrotflinte mit sechs Schuss Munition. Er hob Waffe und Munition auf und ging Richtung Ufer, weg von den Gebäuden. Die Monster schienen sich in der Nähe der

Gebäude aufzuhalten, darum hoffte er, dass das Ufer sicherer sein würde. Helmut wusste nicht viel über Gewehre, aber er lud die beiden Läufe der Flinte und suchte nach einer Sicherung. Da er keine fand, setzte er voraus, die Waffe sei scharf.

Was hat dein Vater immer gesagt? Wenn du etwas voraussetzt, setzt du uns schon zuvor ins Aus! Er musste sich dessen versichern, und zwar bevor es darauf ankam. Aber nicht hier. Er konnte sie herumgehen hören, und in der Mitte der Stadt so viel Lärm zu machen fand er nicht ratsam. Besser, das Gewehr erst dann auszuprobieren, wenn er weit weg von den Häusern und diesen Kreaturen sein würde. Das schien ihm ein guter Plan zu sein.

Ein Plan, der sofort hinfällig war, als er Schritte auf sich zulaufen hörte. Er legte das Gewehr in Richtung der Schritte an. *Freund oder Feind?* dachte er, während er auf die Schritte horchte.

Dann sah er die Umrisse des Läufers, aber er war sich ziemlich sicher, dass der Läufer ihn nicht sehen konnte. Mit dem Rücken zur Wand und der Schrotflinte in Anschlag fühlte er sich relativ sicher, als der Läufer näher kam. Nicht weit entfernt sah er ein Tor und er war überzeugt, dass es das war, worauf der Läufer zuhielt.

Dann konnte er ihn erkennen. *Verdammt, es ist der dämliche Simpel, und er hat ein paar von den Dingern auf den Fersen.* Helmuts Verstand sortierte hastig seine Optionen. Er könnte einfach nichts tun. Er könnte helfen. Er könnte den Simpel erschießen. Sie würden seine Leiche auffressen und das würde ihm die Möglichkeit geben zu entkommen. *Großer Gott, wer bist Du?* fragte er sich selbst, *erst drei Stunden in dieser Scheisse und du verlierst jegliches Mitleid.*

Er konnte ihm das einfach nicht antun. Sicher, er war ein Einfaltspinsel, aber das bedeutete nicht, dass er es verdiente kaltblütig ermordet zu werden. „Hey Simpel! Hier rüber!" schrie er. Der Simpel brauchte einen Moment, bis er begriff, dass jemand da war.

„Helmut, bitte hilf mir, hilf mir", bettelte er.

„Klar Mann, sicher. Aber nicht hier. Wir müssen sie zum Ufer locken", rief Helmut.

Helmut rannte und der Simpel folgte ihm, wobei er schnell zu ihm aufschloss. Seite an Seite rannten sie Richtung Ufer, während sie ein ganzer Schwarm Infizierter verfolgte.

„Um dieses Haus rum. Vielleicht schütteln wir so ein paar ab", rief Helmut. Sie umrundeten das Haus und es hörte sich an, als würden ihnen jetzt weniger Gestalten folgen. Helmut merkte sich das als nützliche Taktik, während sie weiter Richtung Ufer rannten.

Nun konnten sie bereits den Sand unter den Füssen spüren. „Helmut, sie geben nicht auf. Ich renne und renne, aber sie geben nicht auf", erklärte der Simpel.

„Ich weiß, Mann, ich weiß. Wir müssen anhalten und kämpfen. Ich hab ein Gewehr und du eine Axt, das sollte reichen."

„Ich will keine Leute mehr umbringen."

„Das sind keine Leute, Mann. Das sind Monster. Monster darf man umbringen."

„Man darf?", fragte der Simpel.

„Ja klar, man darf! Kein Grund Dir Gedanken zu machen." In der Dunkelheit war das zwar schwer zu erkennen, aber es schien Helmut, als sei der Simpel erleichtert. „Aber lass uns erst noch weiter weg laufen. Das Gewehr ist sicher laut und ich will nicht noch mehr von ihnen anlocken."

So rannten sie weiter am Ufer entlang, als die eine Lampe bemerkten, die in ihre Richtung leuchtete. Sie rannten noch schneller, und der Abstand zwischen ihnen und den Infizierten vergrößerte sich. Als sie sich dem Mann mit der Lampe näherten, hörte Helmut eine Stimme.

„Hier lang, kommt hier rauf", rief der Butcher. Er befand sich auf dem Dach eines kleinen Schuppens und zeigte auf eine Leiter, die an der Seite lehnte. „Klettert rauf, hier oben kriegen sie uns nicht."

Helmut und der Simpel kletterten die Leiter hinauf und als sie auf dem Dach waren, zog der Butcher die Leiter hoch und legte sie flach auf das Dach.

Die Infizierten erreichten den Schuppen und umrundeten ihn. Dann wurden sie langsamer und suchten schlurfend nach den beiden verschwundenen Männern. Vom Dach aus wurden sie von den Männern beobachtet, wobei der Butcher einen Finger an die Lippen legte, zum Zeichen dass sie sich ruhig verhalten sollten.

„Die hauen nicht ab", flüsterte Helmut.

Er hatte recht. Die Infizierten wandten sich auf ihrer Suche zwar immer wieder ab, aber sie kamen immer wieder zurück an die Stelle, wo sie ihre Beute zuletzt gesehen hatten.

„Als ob sie's wissen würden", murmelte der Butcher.

„Was sind das für Dinger?", fragte Helmut.

„Schlechte Neuigkeiten, das sind sie", antwortete der Butcher.

„Monster", warf Rory ein.

„Ja, das auch", entgegnete der Butcher. „Weißt Du, wie man damit umgeht?" Er neigte den Kopf in Richtung Helmuts Schrotflinte: „Soll ich sie nicht lieber nehmen? Ich schieße recht gut."

„Ich denke, ich werd sie für den Moment lieber behalten, wenn du weißt, was ich meine", entgegnete Helmut.

„Na klar. Ich wollte bloß helfen."

Sie konzentrierten sich wieder auf die Infizierten. Helmut, der eine Bewegung an seiner Seite wahrnahm, drehte den Kopf und sah, wie sich der Butcher über die Lippen leckte bevor er ausholte und sein Metallstück in Helmuts Hals bohrte. Helmuts Hände ließen das Gewehr fallen, in dem sinnlosen Versuch, den Blutstrom zu stoppen, der sich aus der klaffenden Wunde an seinem Hals ergoss.

„Du hättest mir die Kanone lieber geben sollen", tadelte der Butcher, während er das Gewehr nahm und in Helmuts Taschen nach der Munition suchte.

Daneben sah Helmut in das verwirrte Gesicht des Simpels, dessen langsamer Verstand sich gerade bemühte, zu begreifen was vorgefallen war. Helmut wollte ihm sagen er solle den Butcher töten, aber alles was er hervor brachte, war ein ersticktes Gurgeln.

Als er fertig war, stieß der Butcher Helmut vom Dach zu den Infizierten, die unten warteten. Sofort stürzten sie sich auf ihn und begannen, seinen Körper zu zerfetzen. Währenddessen ließ der Butcher auf der anderen Seite die Leiter auf den Boden.

„Hey Dummkopf, lauf lieber. Die sind bald mit ihm fertig", sagte er, während er hinunter stieg.

Der Simpel schaute abwechselnd von Helmut zum Butcher, der bereits von dem Schuppen wegrannte. Er tat das immer wieder und Helmut konnte förmlich sehen, wie sich sein Denkprozess im Kreis drehte.

„Lauf!" gurgelte er und zum Glück kam das so klar über seine Lippen, dass der Simpel verstand. Er kletterte die Leiter hinunter und rannte dem Butcher hinterher. Währenddessen schob sich das Gesicht eines Infizierten in Helmuts Blickfeld, der sich über ihn beugte. Seine Augen waren milchig weiß und Blut tropfte von seinem Kinn auf Helmuts Gesicht. Er öffnete den Mund und zeigte seine blutigen Zähne, bevor er sie in Helmuts Wange versenkte und ihm das Fleisch vom Gesicht riss.

KAPITEL 8

DER TEUFELSKREIS DES KRIEGES

Vuk besah sich den zusammengewürfelten Haufen, der sich in der großen, kalten Lagerhalle zusammendrängte. Shutov, der erste Offizier der MV Rocket - den Vuk immer für ein Arschloch gehalten hatte – war bis jetzt sehr erfolgreich dabei gewesen, alle am Leben zu erhalten. Nur einer war auf der Stecke geblieben, aber das war Vasilys eigene Schuld gewesen. Dieser Narr hatte versucht wegzulaufen, als er sich hätte ruhig verhalten sollen.

Als sie am Ufer angekommen waren, herrschte Chaos. Die Männer schrien und keiner wollte glauben, was hier gerade passierte. Shutov versucht, sie zu sammeln und eine Art Ordnung herzustellen, aber alle konzentrierten sich nur auf die beiden toten Kameraden und auf die Infizierten, die ihre Leichen auffraßen.

In den Männern stieg Panik auf, einige forderten, Shutov möge die Infizierten erschießen. Vuk wusste, dass man innehalten musste, wenn man in Panik geriet, den Ausbruch abklingen lassen, sich beruhigen, bevor man weitermachte. Aber Vasily wusste das nicht. Stattdessen versuchte er, aus Angst vor den Infizierten, wegzurennen. Also hatte Shutov ihm nach einer klaren Warnung in den Rücken geschossen. Vuk kannte dieses Spiel, aus dem Gefängnis und vom Krieg. Es war eine effiziente, wenn auch sehr brutale Methode, die Ordnung aufrecht zu erhalten.

Shutov baute sich eine Position als Anführer auf, als Leitwolf, und alle - auch Vuk - akzeptierten das. Vuk hatte schon viel erlebt, zuletzt im Balkankrieg. Seine Frau und Tochter waren vor seinen Augen vergewaltigt und umgebracht worden. Er hatte gesehen, wie Männer mit den abgetrennten Köpfen ihrer Gegner Fußball spielten. Man konnte sagen, dass er einiges mitgemacht hatte. Und nun, in seinem fünfundfünfzigsten Jahr, wollte er kein Anführer mehr sein. Er wollte das alles nur noch hinter sich bringen. Und obwohl ihm die Überlebensaussichten der Gruppe im Moment nicht besonders gut schienen, sah es so aus, als würde Shutov ihre Chancen langsam aber stetig verbessern.

Neun Männer waren jetzt in der Scheune. Die zwei, die mit ihren Äxten die beiden Eingänge bewachten, kannte Vuk gut – Harrison und Kai. Zwei kräftige, aber dumme und brutale Kerle, die wie die Kletten zusammen hingen. In einer Ecke saßen der Butcher und der Simpel zusammen, ein eigenartiges Paar. Sie waren in ein Gespräch vertieft, bei dem jedoch nur der Butcher zu reden schien und der Simpel nicht mehr tat, als zuzuhören und zustimmend zu nicken. Dann waren da noch Luther, Alejandro und Sam, die sich hingelegt hatten und versuchten, etwas zu schlafen.

Shutov organisierte die Gruppe. Obwohl er sich nicht sicher war, hatte Vuk den Eindruck, dass Shutov, in der Art wie er seine Entscheidungen traf, aus irgendeiner Form militärischer Ausbildung Nutzen zog. Er sah beobachtete, wie er Kai auf die Schulter klopfte und dann auf Vuk zeigte, der die Wache übernehmen sollte. Vuk nickte, stand auf und streckte sich, bevor er die Axt nahm und seine Wache am Eingang antrat.

Der Himmel draußen war blutrot von all den Fackeln, die sie ausgelegt hatten. Sie bildeten eine Linie zu der Halle, die weiteren Überlebenden den Weg weisen sollte. Es hatte funktioniert, indem der Butcher und der Simpel so zu ihnen gefunden hatten. Leider lockte es auch die Infizierten an, wie die vielen Körper am Tor unter Beweis stellten. Niemand hatte sie anfassen wollen - aus Angst, selbst infiziert zu werden. So hatte man sie einfach mit den Füssen weggestoßen, und nun bildeten sie zwei makabre Barrieren vor den beiden Flügeln des Tores.

Vuk sah in Richtung Küste und hielt Ausschau nach Yuri, einem anderen der ‚alten Männer' auf dem Schiff. Vuk und Yuri hatten manche Nacht zusammen Karten gespielt, alte Geschichten ausgetauscht oder einfach bei Wodka oder Rakia zusammen gesessen, je nachdem wer eingekauft hatte. Sie waren gemeinsam über Bord gesprungen, aber Yuri war ein schwächerer Schwimmer als Vuk. Vuk war geradewegs in Richtung Ufer geschwommen, und hatte gesehen, wie Yuri von einer Strömung abgetrieben worden war. Er rief ihm zu, nicht gegen die Strömung zu kämpfen, sondern sich von ihr tragen zu lassen, bis sie ihre Kraft verlieren würde und er sicher ans Ufer gelangen könne. Yuri nickte und hielt den Daumen hoch, bevor er sich umdrehte und forttrieb. Vuk hoffte, das es nicht das letzte Mal sein sollte, dass er seinen alten Freund gesehen hatte.

Das Licht der Fackeln begann zu schwinden, fast zeitgleich mit dem stärker werdenden Licht der Morgensonne, die bald am Horizont auftauchen würde. Shutov klopfte Vuk auf die Schulter, während er zum Eingang auf den sich aufhellenden Himmel blickte. Es wirkte auf Vuk wie eine hohle Geste.

„Die Dämmerung zieht auf... wir können vielleicht das Tageslicht nutzen, um Vorräte und Ausrüstung zu suchen", sagte Shutov, während sie den Himmel betrachteten.

„Du warst im Krieg, Vuk, stimmt das?"

Vuk nickte: „Es ist schon lange her, aber es stimmt. Die Kriege, in denen ich gekämpft habe, reichen für ein Leben."

„Ich fürchte, mein Freund, dass ein weiterer Krieg vor uns liegt. Wie gut kannst du schießen?"

„Es ist zwar eine Weile her, aber ich bin sicher, ich komme schnell wieder rein."

„Gut, dann kann ich auf dich zählen?" Das klang für Vuk weniger nach einer Frage als nach einer Forderung.

„Ich hab zu lang gelebt und zu viel gesehen, um jetzt durch diese Kreaturen zu sterben. Also ja Sir, ich bin dabei." Er nannte ihn ‚Sir' und Shutov lächelte, als er das hörte.

Diese jungen Leute waren so leicht zu durchschauen. Vuk hatte kein Problem damit, Shutovs Ego füttern, solange ihn das am Leben erhielt.

„Gut, das ist wirklich gut", er gab Vuk wieder einen freundschaftlichen Schlag auf die Schulter und ging dann weiter zum nächsten Mann, um dort dieselbe Taktik anzuwenden. Der Alpharüde markierte alle Bäume, bevor es ein anderer tun konnte.

Während Shutov fortfuhr, seine ‚Armee' zu rekrutieren, sah Vuk hinaus. In der Ferne entdeckte er plötzlich einen Überlebenden, der auf die Fackeln zulief. Er wurde von einer ganzen Meute Infizierter gejagt.

„Sir, da kommt ein Mann, und er hat eine Menge dieser Dinger auf den Fersen", rief Vuk. Alle sprangen auf und versammelten sich am Tor. Sie riefen dem Mann zu.

Er sah hoch und lächelte – die Rettung war so nah, dass er den Schutthaufen vor sich erst bemerkte, als es zu spät war, noch darüber zu springen. Er versuchte es trotzdem, blieb aber mit dem Fuß an einer alten Waschmaschine hängen. Er stürzte, überschlug sich und verletzte sich das Bein auf dem harten Betonboden. Benommen sah er zu den Männern in der Scheune hinüber, keine vierhundert Meter von ihm entfernt.

Er sprang auf und wollte weiterlaufen, als er vom ersten seiner Verfolger eingeholt wurde. Die Kreatur sprang ihn an und warf ihn erneut zu Boden. Der Schmerz in seinem Bein kam plötzlich und qualvoll. Er sah hinunter auf die scharfe weiße Spitze eines Knochens, die aus seinem Oberschenkel ragte. Dann kamen sie. Zum Glück verlor er das Bewusstsein und hatte einen schmerzlosen Tod.

Aus der Scheune sahen sie schweigend zu, wie Leute, die an einer Unfallstelle stehen geblieben waren. Shutov brach die Stille: „Weiß jemand, wer das war?"

„Ich Sir", antwortete der Butcher, „das war das Frühstück." Einige lachten nervös, aber niemand konnte sich so über seinen Scherz amüsieren, wie der Butcher selbst.

Vuk sah weg, zurück zu dem armen Kerl, der dort draußen in Stücke gerissen wurde. Sicher, wenn er sich an Leute wie Shutov und den Butcher halten würde, würde er vielleicht überleben - aber um welchen Preis?

KAPITEL 9

DER LETZTE MENSCH AUF ERDEN

Mit dem Verrücktwerden war das so eine Sache – es passierte nicht auf einen Schlag. Man wachte nicht eines Morgens auf und entschloss sich, ab heute verrückt zu sein, es brauchte Zeit. In Joes Fall hatte es etwa drei Wochen gedauert, und war sehr schleichend passiert. Ganz langsam war er sich immer weniger sicher gewesen, was Realität war und was er sich womöglich eingebildet hatte. Er begann Dinge zu tun, die ihm eine Woche zuvor noch seltsam erschienen wären – wie laut mit sich selbst zu sprechen. Es war einfach so lange her, dass er eine menschliche Stimme gehört hatte - das Stöhnen der Dämonen zählte nicht - dass er unbedingt eine hören wollte, und wenn es nur seine eigene war. Er begann, auf die Fragen zu antworten, die er laut dachte. Allerdings war es nicht seine eigen Stimme, mit der er antwortete. Bald kamen auch Gebete dazu – viele Gebete. Er betete um Erlösung, um einen Ausweg, um einen neuen Sinn für sein sinnlos gewordenes Dasein, das sich nur noch auf den täglichen Kampf ums Überleben beschränkte.

Früher war Joe Bauer gewesen, wie sein Vater und sein Großvater vor ihm. Die einzige Wahl, die Joe dabei jemals gehabt hatte, war die ob er Weizen oder Mais anpflanzen würde. Da ein Bauer keine große Schulbildung brauchte, hatte man ihn mit zehn aus der Schule genommen und von da an hatte er auf dem Feld gearbeitet. Sein Leben war in festen Bahnen verlaufen, im folgenden Jahr hätte er das

37

Mozhayev Mädchen geheiratet und den Hof seiner Eltern übernommen. Sie war ein nettes Mädchen gewesen, hübsch anzuschauen. Außerdem mochte er ihr liebes Wesen. Sie würde eine gute Mutter sein und so war Joe mit sich und der Welt zufrieden gewesen.

Dann eines Nachts stand sie vor seiner Tür, aber sie war nicht sie selbst. Sie hatte Blut im Gesicht und der Ausdruck in ihren Augen war der von Wahnsinn. Joe versuchte alles, er sperrte sie ein, fesselte sie, fütterte sie. Aber sie spuckte alles wieder aus und hörte nicht auf ihn anzugreifen, wo immer sie konnte. Es brach sein Herz, ihr eine Kugel in den Kopf zu schießen. Ihr Körper war der einzige, den er verbrannte hatte. Wenn das auch nicht genau der Zeitpunkt war, zu dem er verrückt wurde, so bildeten sich doch hier die ersten Risse.

Es war in der Woche darauf gewesen, während er in der Kirche von Mogilevka gebetet hatte, als Gott seine Gebete endlich beantwortete. Nicht durch ein Zeichen, sondern mit Worten, gesprochen von der heiligen Madonna, die mit ihrem Kind über dem Altar schwebte. Danach war ihm seine Aufgabe klar. Dies war das Ende aller Tage, wie in der Bibel prophezeit. Die Toten waren auferstanden und seine Aufgabe war es nun, sie vom Angesicht der Erde zu tilgen. Erst dann konnte auch er selbst in den Himmel aufsteigen.

Er hatte nicht mitgezählt, wie viele Dämonen er bereits getötet hatte, aber die Zahl der Leichen in Chernogorsk legte Zeugnis darüber ab, dass es viele waren. Sie lagen überall, außer in der Kirche – er ließ nicht zu, dass diese dämonischen Wesen den heiligen Ort entweihten. Er öffnete die Kirchentür, stieg auf den Turm und läutete die Glocken. Er wusste, dass dieses Geräusch sie anlocken würde, selbst aus großer Entfernung. Nachdem er ein Gebet gesprochen hatte, während er sein Gewehr reinigte, machte er einen Kniefall, bekreuzigte sich und verließ die Kirche.

Joe ging die Straße hinunter, zu einem alten Fabrikgelände mit einem hohen Schornstein, der oben eine kleine Plattform hatte. Das war sein bevorzugter Platz. Von dort oben konnte er alles sehen. Das Militär hatte einst auf dem Gelände einen Vorposten errichtet. Unter ihm gab es Zelte mit medizinischen und militärischen Versorgungsgütern, auch Waffen, die von den Soldaten zurück gelassen worden waren. Aber Joe ignorierte sie, er vertraute auf Gott und auf sein gutes altes CZ550 Jagdgewehr. Es war einfach in der Handhabung, einfach zu säubern und es gab eine Menge Munition dafür. Um seine heilige Mission zu erfüllen, war es das ideale Werkzeug.

Während er die Leiter zum Schornstein hochkletterte, fühlte er wieder, wie er Gott näher kam. Es durchfloss ihn wie eine Offenbarung. Er wusste, wenn er erst seine Mission erfüllt und alle Dämonen vernichtet haben würde, würde auch er in den Himmel aufsteigen, er, der letzte Mensch auf Erden. Er würde die Erde den Pflanzen und Tieren zurückgegeben haben, wie am Anfang aller Tage, um danach seinen rechtmäßigen Platz zur Rechten Gottes einzunehmen.

Dieser Gedanke erfüllte ihn mit Zufriedenheit. „Amen", flüsterte er, als er den Staub vom ersten Magazin blies, bevor er es in die Waffe lud. „Dein Wille geschehe", murmelte er, als er sich bekreuzigte. Dann nahm er den ersten Dämon ins Visier und drückte ab.

KAPITEL 10

EIN SCHLECHTER TAG FÜR EINEN KATER

Robert wachte am Boden seiner Kabine auf. Er lag unter seiner Decke, das Gesicht in einer Pfütze von Erbrochenem, von dem er hoffte, dass es sein eigenes war. Es war nicht ungewöhnlich, dass er auf diese Weise erwachte. Aber dieses Mal meldete ihm ein Teil seines benebelten Verstandes, dass etwas anders war.

Er wischte sich mit einer sauberen Stelle seiner Decke über das Gesicht, aber ließ sie über den Kopf gezogen. *Nur noch eine Minute wohliger Dunkelheit*, dachte er bei sich. Er genoss diese Minute, trotz des Spechtes, der von innen gegen seine Schädeldecke hämmerte. Und wieder kam die Meldung, die durchzudringen versuchte. Er schlug sich ein paar Mal auf die Stirn. *Was ist los? Was stimmt hier nicht?*

Dann bemerkte er es. Stille. Es war zu still. Als Maschinist hatte man Robert in eine Kabine neben dem Maschinenraum verbannt, damit er notfalls schnell eingreifen konnte. Aber nun war seine Maschine, um die er sich kümmerte wie ein Gärtner um seine Schösslinge, vollkommen still. Sie war niemals so still, selbst im Hafen gab es immer ein leises Summen, wenn der Generator arbeitete um die Stromversorgung des Schiffs aufrecht zu erhalten. Er steckte den Kopf unter der Decke hervor. Licht flutete durch das runde Loch in der Kabinendecke und

40

blendete ihn. Er blinzelte und rieb sich die Augen, um diesen Dämon abzuwehren, aber es gelang ihm nicht. Am Ende nahm er es hin, so wie er das Klopfen in seinem Kopf hinnahm.

Moment, wieso ist da ein Loch in meiner Kabinendecke? Zuerst vermutete er, in der falschen Kabine zu sein. Er war betrunken gewesen letzte Nacht, aber doch nicht so betrunken. Er sah sich um und erkannte seine Kabine, als er einige seiner wenigen Besitztümer am Boden liegen sah, gleich neben der Türe. Warum ist hier eine Tür am Boden? Dann schoss es durch den Nebel in seinem Kopf, als ob ein Zug aus einem Tunnel fährt – das Schiff liegt auf der Seite. Das Loch in der Decke war sein Bullauge, und die Tür war immer in der Wand gegenüber gewesen. *Nun, eigentlich ist sie ja immer noch in dieser Wand, die Wand hat sich bloß irgendwie bewegt.* Es war zu früh, und sein Kater war zu schlimm, als dass er sich das alles wirklich erklären konnte.

Robert öffnete die Tür und fiel in den Korridor. Eigentlich hatte er hinunterklettern wollen, aber seine Koordination funktioniert noch nicht richtig, und die Schieflage des Schiffs verwirrte ihn zusätzlich. Glücklicherweise war das Schiff auf raue See ausgelegt, und es gab eine Menge Griffe und Handläufe, mit deren Hilfe er auf Deck gelangen konnte. Jedes Mal, wenn er sich den Kopf stieß, oder das Schienbein schlug, würde er ein bisschen nüchterner. Als er die letzte Tür aufstieß, fiel er hinaus auf das sonnenbeschienene Deck.

Er schlug hart auf und die Kaskade von Flüchen, die er deswegen ausstieß, weckte den Doc aus seinem unruhigen Schlaf. Der Doc hatte irgendwann während der Nacht beschlossen, dass es zu riskant sei, den Patienten zu bewegen und dass er ihn deswegen zurücklassen würde. Diese Entscheidung getroffen zu haben, hatte ihm genug innere Klarheit verschafft, um ein wenig Schlaf zu bekommen, der gerade von Roberts Erscheinen unterbrochen wurde.

„Doc, was zur Hölle ist hier los?", fragte Robert und rieb sich blinzelnd den schmerzenden Kopf.

„Das Schiff scheint auf einen Felsen aufgelaufen zu sein und hat Schlagseite. Die Mannschaft hat das Schiff aufgegeben im Glauben, es würde sinken. Stattdessen ist es hier auf Grund gelaufen", antwortete der Doc.

„Wo sind wir hier?"

„Irgendwo an der Küste von Chernarus. Aber man sieht ja nichts als Bäume, darum hab ich keine Ahnung wo genau."

„Was ist mit Arnold? Geht's ihm gut?"

Arnold war der Malariapatient und Roberts Kabinengenosse. Robert sah so etwas wie einen kleinen Bruder in ihm – obwohl der das nie zugegeben hätte. Robert schien es, als dass der Kapitän die Männer so auf die Kabinen verteilt hatte, dass die Wahrscheinlichkeit von Konflikten am höchsten war. Robert und Arnold waren wie Feuer und Wasser, aber sie standen sich trotzdem nahe. Arnold war ein Sammler, Robert behielt nichts, was er nicht gerade brauchte. Arnold achtete auf sein Äußeres, Robert trug das selbe Paar Jeans so lange, bis die Kameraden ihn zwangen, sie zu waschen, weil sie ihn anderenfalls über Bord werfen würden. Arnold sammelte Souvenirs von den Häfen, in denen sie anlegten, Robert blieb an Bord und nutzte die Zeit, in der Arnold weg war, um zu lesen. Es war auf einem von Arnolds Landgängen in der Türkei gewesen, wo er das Halsband mit dem Amulett gegen den bösen Blick gefunden und sich die Malaria eingehandelt hatte. Aber trotz all dieser Differenzen, oder vielleicht auch gerade deswegen, empfand Robert eine brüderliche Fürsorge für Arnold. Zusätzlich hatte er Angst, dass er, falls Arnold sterben würde, dessen ganze Sammlung an unnützem Zeug würde sortieren müssen.

„Robert, Arnold ist sehr krank. Hier an Bord kann ich nichts für ihn tun, und ein Transport könnte ihn umbringen – das musst du verstehen."

„Was soll das heißen?", fragte Robert.

„Wir müssen von diesem Schiff runter, und Arnold mitzunehmen wäre nicht klug."

„Wie kannst du sowas sagen? Du bist Arzt!"

„Ja, und Realist. Wie es scheint, weißt du nicht Bescheid darüber, was uns da draußen erwartet."

Der Doc weihte Robert in alles ein, was er über Chernarus und die Infektion wusste. Die Informationen des Docs waren unvollständig, und zuerst dachte Robert, er wolle ihn auf den Arm nehmen – bis er sah, welche Grabesmiene der Doc aufsetzte. Wie die anderen an Bord hatte auch Robert gesehen, wie der Doc in der Messe immer wieder intensiv mit dem Kapitän gesprochen hatte. Auch die Gerüchte hatte er mitbekommen, sie aber nicht sonderlich ernst genommen. Aber als er es nun vom Doc selbst hörte, mit diesem Ausdruck im Gesicht, wusste er, dass es ernst war. Chernarus schien die Hölle auf Erden, und sie würden geraden Wegs hinein gehen.

„Doc, ich begreife das alles. Aber wir können ihn nicht hier zum Sterben zurück lassen."

„Robert, wenn wir ihn tragen müssen, kommen wir viel langsamer voran. Wir müssen öfter Rast machen und mehr Vorräte mitschleppen."

„Dann dauert es eben länger. Wir lassen Arnold nicht zurück!"

„Du siehst das nicht realistisch."

„Ich sehe das sehr realistisch. Wir sind hier an einer

Küste gelandet, die von lebenden Toten infiziert ist. Das Militär und die Bevölkerung haben es nicht geschafft, die Infektion einzudämmen und haben den Infizierten stattdessen das Land überlassen. Wir müssen nun irgendwie da durch, während wir einen schwerkranken Arnold mit uns schleppen, und einen Weg hier raus finden."

„Genau. Es ist hoffnungslos", seufzte der Doc.

„Ich hab nichts von hoffnungslos gesagt. Es ist eine ernste Situation, aber verdammt noch mal nicht hoffnungslos. Wir sind auf einem Schiff. Wir haben Nahrung und Wasser hier, genug für einige Tage. Dann gibt es da die Trage, mit der wir Arnold an Bord gebracht haben, mit der werden wir ihn jetzt auch von Bord schaffen. Wir werden langsam gehen, ihn für eine Stunde tragen, dann 15 Minuten Rast machen bevor wir ihn weiter tragen. Du hast Recht, es wird langsam gehen, aber es ist machbar – und womöglich finden wir da draußen sogar ein funktionierendes Auto, mit dem wir ihn transportieren können. Es muss doch hier auch noch andere Leute geben, andere Überlebende vom Schiff. Oder sogar Leute von hier, die nicht mehr rausgekommen sind. Wir finden sie, wir legen unsere Ressourcen zusammen und überleben. So schwierig und so einfach ist das."

Der Doc schüttelte den Kopf: „Das ist verrückt. Du wirst ihn alleine schleppen müssen, denn ich mache da nicht mit. Ich will leben. Und den kranken Arnold mitzuschleifen, bei all den Infizierten da draußen, hilft mir dabei nicht im Geringsten."

„Dann lass mich Plan B erklären. Du hast Recht, ich werde Arnold alleine schleppen. Aber das Nebelhorn vom Schiff wird mich motivieren."

„Das verstehe ich nicht", sagte der Doc einigermaßen verwirrt.

„Das Nebelhorn. Das laute, echt verdammt laute Horn, das wir hier auf dem Schiff haben. Ich lege irgendwas Schweres auf den Schalter, dann bläst es bis die Batterien des Schiffes leer sind. Was, vorausgesetzt ich schalte alles andere ab, sicher ein paar Tage der Fall sein wird."

„Aber warum willst du das machen?"

„Weil ich hoffe, dass nachdem ich Dich überwältigt und an einer der Bäume gebunden habe, das Horn alles, was da draußen ist, hin zu Dir und weg von mir locken wird, wenn ich Arnold durch den Wald schleppe. Du wirst definitiv leben, aber sicher nicht so lang wie bei Plan A, und dein Tod wird vermutlich unangenehmer sein, als bloß zu verhungern oder zu verdursten." Robert ließ die Worte ein wenig sacken, bevor er fragte: „Also was hältst du von den beiden Plänen?"

Widerstrebend räumte der Doc ein: „Ich denke Plan A gewinnt."

„Ich bin sehr froh, dass du das so siehst. Lass uns jetzt diese Trage holen."

KAPITEL 11

DER EINSAME WOLF

Duke besah sich seine Umgebung, sobald das Licht der Dämmerung hinter dem Horizont heraufzog. Direkt vor ihm befand sich ein kleines Militärlager, eingefasst von Sandsäcken und Stacheldraht, mit roh zusammengezimmerten Aussichtstürmen an jeder der vier Ecken. Während der ganzen Nacht hatte er Geräusche von Überlebenden gehört, die mit Infizierten gekämpft hatten. Er hatte auch gesehen, wie ein armer Teufel im roten Licht einer Bengalischen Fackel zu Boden gegangen und gestorben war. Da auch er die Gerüchte kannte, hatte er eine recht gute Vorstellung davon, was da passierte und er wollte wirklich nicht dabei sein.

Obwohl die Mannschaftsliste des Schiffes so durchmischt war, wie die Vereinten Nationen, war Duke der einzige Amerikaner an Bord gewesen. Ihm war das ganz recht, weil er so Kontakte zu den meisten Mannschaftskameraden vermeiden und für sich bleiben konnte. So hatte er es auch gehalten, als das Schiff aufgelaufen war. Er hatte in seiner Umgebung andere Überlebende bemerkt, die sich zusammengeschlossen hatten und Richtung Stadt gehen wollten. Aber er hatte ihre Rufe nicht beachtet und war in die andere Richtung gegangen.

Überleben war sein Leitmotiv – vor langer Zeit hatte er aufgehört zu leben und begonnen, nur noch zu überleben.

Als Waise, ohne Familie und eigene Kinder, zog er durch die Welt und schlug sich irgendwie durch. Er hatte Gutes getan und weniger Gutes, aber unter dem Strich glaubte er doch von sich, ein ganz anständiger Mensch zu sein. Er war schon mit Situationen zurechtgekommen, die einen anderen Mann vielleicht gebrochen hätten und er wusste, dass er irgendeine Art Waffe brauchen würde, wenn er hier überleben wollte. Das Lager vor ihm erschien ihm als Möglichkeit, sich eine zu beschaffen.

Duke hatte den Infizierten den Namen „Zeds" gegeben, als Kurzform für Zombies. Zwar war er sich nicht sicher, ob sie tot waren oder lebten, aber das, was sie mit den Menschen anstellten, hatte in doch sehr an Zombies erinnert. Die Zeds vor ihm wanderten ziellos in dem Lager herum, eingeschlossen durch den Stacheldraht. Außerhalb bewegte sich nichts. Es gab nur zerstörte Autos und Leichen, die schon lange tot waren. Langsam kroch er auf den Ellenbogen zum Wrack eines Humvee, der neben der Straße liegengeblieben war. Seine Ellenbogen machten dabei leise Geräusche und er blickte unwillkürlich hinüber zu den Zeds, ob sie darauf reagieren würden. Glücklicherweise reagierten sie nicht, und so schaffte er es sicher zum Autowrack. Er sah hinein, konnte aber nichts Brauchbares entdecken.

Verdammt... ich muss da wohl rein. Er betrachtete das Lager. Es war vor langer Zeit aufgegeben und verschlossen worden. Der Hauptzugang, von der Straße, war mit Stacheldraht verbarrikadiert. Aber seitlich entdeckte er eine Lücke im Stacheldraht, wo man an die Sandsäcke heran kommen konnte. Vielleicht hatten die Soldaten hier das Lager verlassen, nachdem sie alle Zugänge abgeriegelt hatten. Er kroch in Richtung der Sandsäcke und lauschte dabei ständig auf das verräterische Stöhnen von Zeds in der Nähe. Aber gottseidank war alles ruhig. Er ließ sich über die Sandsäcke ins Innere des Lagers gleiten.

Direkt vor ihm stand ein Zelt, auf das er nun zu schlich. Er spähte vorsichtig durch ein Fenster, es war leer. Er schlüpfte hinein, konnte aber auch hier nicht Brauchbares finden. Außer ein paar Pritschen, aufgebrauchten Medikamentenpackungen und anderem Müll war nichts zu entdecken. Es schien, als sei das Zelt bereits geplündert worden, wobei man anscheinend nur Dinge zurück gelassen hatte, die zu schwer zum Tragen oder nutzlos waren. Waffen oder andere nützliche Gegenstände gab es nicht. Nachdem er eine Stunde lang von einem Zelt zum anderen gekrochen war, schien sein Plan gescheitert. Es war überall dasselbe gewesen - das Lager schien leergeräumt.

Er war bereits auf dem Weg nach draußen, als ihm die Wachtürme wieder einfielen, womöglich würde er dort etwas finden. Ihm gefiel der Gedanke zwar nicht, dort hochzuklettern und dabei deutlich zu sehen zu sein, aber es schien ihm gleichzeitig wert, es wenigstens zu versuchen. Er wartete, bis eine Ecke des Lagers frei von Zeds war, schlich zum ersten Turm und stieg hinauf.

Hier machte er den großen Fund, zumindest wenn man ein Freund von Altmetall war - jede Menge leere Essens- und Getränkedosen. Wenigstens war auch eine volle Dose Cola dabei, und er fand auch einige chemische Knicklichter. Er steckte beides ein und stieg leise die Leiter hinab.

Erst auf der letzten Sprosse bemerkte er den Zed direkt unter dem Wachturm und erstarrte. Duke starrte auf die blutverkrusteten Haare des toten Soldaten, die unter dem

Helm hervor sahen. Der Zed stöhnte und schwankte, es schien als würde er Dukes Gegenwart spüren, obwohl er ihm den Rücken zudrehte. Duke stand wie eine Statue auf der Leiter, dann machte er langsam den letzten Schritt auf den Boden. „Urggghhh." Der Zed reagierte und drehte sich um.

Lauf, dachte er, als der Zed ihn sah und ausholte. Er verfehlte ihn um Millimeter und traf die Leiter. Das Stöhnen und Dukes Schritte hatten die anderen Zeds aufmerksam gemacht und sie begannen nun alle, in seine Richtung zu laufen. Duke wusste, dass ihm die Zelte keinen Schutz bieten konnten und rannte stattdessen zum nächsten Wachturm. Er betete darum, dass die Zeds keine Leitern hochklettern konnten, als er nach oben hastete.

Sie sammelten sich unten am Wachturm, sahen hinauf und reckten die Arme nach oben, wie bösartige Karikaturen von Oliver Twist, die ‚mehr' wollten. Duke erkannte, dass ihre motorischen Fähigkeiten zum Klettern nicht ausreichten, aber nun steckte er hier oben fest.

Jetzt erst sah er sich auf dem Wachturm um. Zumindest fand er hier ein Jagdmesser und eine grüne Rauchgranate. Sonst wieder nur leere Konservendosen. Frustriert und wütend warf er eine davon hinunter in das Lager. *Verdammter nutzloser Müll* dachte er, während er hörte, wie die Dose auf dem Boden aufschlug. Einer der Zeds ging zu der Dose, schlug ein paar Mal nach ihr und kam dann wieder zurück zum Wachturm. *Sie werden durch Geräusche angelockt,* dachte Duke bei sich. Er warf eine zweite Dose, um seine Theorie zu testen. Dieses Mal wanderten zwei Zeds hinüber, um die Ursache des Geräusches zu ergründen, bevor auch sie wieder zum Turm zurückkehrten.

Mal sehen, wie Euch das gefällt, dachte er, zog den Sicherungsstift aus der Rauchgranate und warf sie, weit weg bis fast ans andere Ende des Lagers. Als sie aufschlug, begann sie sich zu drehen und mit einem lauten Zischen Wolken von grünem Rauch auszuspucken. Die Zeds drehten völlig durch und rannten zu der Rauchwolke, schlugen und traten nach ihr, wie Tauben, die um den letzten Brotkrümel kämpfen.

Duke nutzte diese Ablenkung, um herunter zu klettern und die beiden verbleibenden Türme abzusuchen. Im dritten Turm fand er eine Makarov PM Pistole, leider ohne Munition. Obwohl sie keine schlechte Waffe war, hätte er doch gern etwas mit mehr Feuerkraft gehabt. Und wenn er ganz ehrlich war, traute er außerdem keiner Waffe so recht, die nicht in den USA hergestellt war. *Letzter Turm, letzte Chance,* dachte er sich und stieg die Leiter hoch.

Als er über die Kante der Plattform sah, sah er es in der Sonne blinken, das Sturmgewehr, das da an der Brüstung lehnte. Sie war eine Schönheit, eine M16A2, Made in USA. Er kannte dieses Gewehr, hatte als Teenager in Oregon viele Runden mit so einem Gewehr verschossen. Er wusste, dass es eine Allround Waffe war, für jeden Zweck zu gebrauchen. Er hob sie auf, zusammen mit den beiden Stanag Magazinen, und besah sie genauer. Ohne sie zerlegt zu haben erkannte er, dass sie in gutem Zustand war, höchstens gründlich gereinigt werden musste. Er nahm auch eine leere Feldflasche mit, die er in seinem Rucksack verstaute. Dann lud er sein Gewehr, schulterte es, stieg vorsichtig die Leiter hinunter und kroch zum nahen Ausgang.

Als er draußen war, begann er geduckt in Richtung der nächsten Baumreihe zu laufen, weg vom Lager, bevor noch mehr Zeds angelockt würden. Er folgte den Bäumen hügelaufwärts, um sich einen besseren Überblick zu verschaffen. Er wünschte er hätte eine Art Fernglas, um auch in größerer Distanz noch etwas erkennen zu können.

Nach einer Weile sah er am Fuß der Hügelkette, deren Flanke er gefolgt war, eine große Stadt mit einem Industriegebiet und Hafenanlagen liegen. Obwohl in dieser Entfernung schwer auszumachen, meinte er dort unten die langsamen Bewegungen weiterer Zeds zu erkennen. Die Stadt schien ihm ein guter nächster Anlaufpunkt zu sein – es gab viele Gebäude, die er durchsuchen konnte und es sollte dort auch möglich sein, den Zeds auszuweichen.

Er besah sich die Stadt gerade genauer und plante seine Route, als er den ersten Schuss hörte. Es klang nach einem

Jagdgewehr und der Knall brach sich in den Hügeln hinter ihm. Dann ein weiterer Schuss, dann ein dritter, alle aus der selben Richtung. „Mist! Das heißt nichts Gutes", sagte er zu sich selbst und rannte den Hügel hinauf, weg von dieser Stadt.

KAPITEL 12

HÖLLE IN CHERNO

Duke hatte recht gehabt damit, dass an diesem Morgen in Cherno nichts Gutes vor sich ging. Shutov hatte sich bemüht, die aufsteigende Panik bei seinen Männern zu unterdrücken, aber mit jedem Schuss, der über die Stadt hallte, fiel es ihm schwerer. Das Geläut der Kirchenglocken hatte ein Übriges getan. Was bis dahin eine halbwegs geordnete Gruppe gewesen war, begann nun rasch auseinander zu brechen. Die Männer fielen sich gegenseitig ins Wort, und ihre Stimmen klangen immer panischer.

Sie waren dabei gewesen, den Supermarkt zu plündern, als sie die ersten Schüsse gehört hatten. Der Markt schien zuvor bereits ziemlich ausgeräumt worden zu sein, aber es war genügend Nützliches zurückgeblieben, um den Männern ein wenig Hoffnung zu geben. Sie hatten alles eingesammelt und in der Mitte auf einen Haufen gelegt. Es waren zum größten Teil Konserven- und Getränkedosen, aber sie hatten auch einen Kompass und eine Landkarte gefunden, die Shutov gerade studierte, als der erste Schuss durch den Markt hallte.

Vuk stand am Eingang und versuchte zu orten, woher die Schüsse kamen. „Ich denke, die kommen von da drüben", sagte er und deutete nach Nordosten.

Shutov versuchte, die Männer zu beruhigen. „Das ist bestimmt nur ein anderer Überlebender – kein Grund zur Panik", aber auch ihm selbst schienen die Schüsse zu gezielt und zu regelmäßig für einen Überlebenden, der einfach nur auf Infizierte schoss.

„Vuk, nimm den Butcher mit und versucht, den Schützen aufzuspüren. Wenn es einer von der Mannschaft ist, dann bringt ihn dazu aufzuhören, bevor er jeden Infizierten in der Umgebung anlockt."

Der Butcher nickte und prüfte, ob seine Schrotflinte geladen war.

„Ist das wirklich nötig?", fragte Vuk.

„Hey Axt-Mann, wenn du da rausgehen willst mit nichts als deinem Schwanz in der Hand, gerne. Ich für meinen Teil nehme Vera mit." Er lächelte, als er die Flinte zuschnappen ließ und aus dem Supermarkt ging.

Vuk und der Butcher arbeiteten sich methodisch die Straße entlang und nutzten dabei jeden Zaun und jedes Haus als Deckung. Die meisten Infizierten, die sie sahen, waren an ihnen nicht interessiert – stattdessen schienen sie vom Geräusch der Schüsse und der Kirchenglocken angezogen zu werden. Als er hinter einem Haus aus roten Backsteinen hervor trat, sah Vuk eine Gestalt auf der Plattform des Schornsteins stehen. Sein Herz schlug bis zum Hals, als er bemerkte, dass die Gestalt mit einem Jagdgewehr genau in seine Richtung zielte. Das war's dachte er, schloss die Augen und wartete auf den Schuss, der sich auch sofort löste. Als er realisierte, dass er nicht getroffen war, öffnete er die Augen. Einer der Infizierten lag, keine 15 Meter von ihm entfernt am Boden, mit einem klaffenden Einschussloch in der Stirn. Vuk stürzte zurück hinter das Haus, wo der Butcher wartete.

„Er ist hier um die Ecke, oben auf dem Schornstein", flüsterte er dem Butcher zu.

„Hast du gesehen, wer das ist?", fragte der Butcher.

„Nein, es ist zu weit und er steht im Schatten."

„Dann schleichen wir hier über die Straße und arbeiten uns näher ran."

„Das ist Selbstmord. Er hat gerade einen Kopfschuss aus dieser Distanz gelandet. Mit was auch immer der schießt – es hat eine große Reichweite und ist sehr präzise. Der knallt uns ab, noch bevor er unsere Stimmen hören kann."

„Na gut – und was jetzt?"

„Herrgott, gib mir 'ne Minute. Auf mich hat grad einer mit einem Jagdgewehr gezielt."

Sie lehnten beide an der Hauswand und Vuk sah sich um. Ein weiterer Schuss löste sich und beide zuckten. Vuk blickte nach Osten, während er eine Hand über die Augen hielt, um sich vor der Sonne zu schützen. „Die Sonne. Wir nützen die Sonne. Wenn wir ein Stück weiter gehen, dann zur zweiten Kreuzung dort drüben runter, sollten wir die Sonne im Rücken haben, wenn wir uns anschleichen."

„Und was soll uns das bringen?"

„Die Sonne steht tief, und sie hat Kraft. Sie blendet sehr stark. Wenn wir sie im Rücken haben, kann er uns kaum sehen, was bedeutet dass wir unbemerkt heran kommen können. Man kann nicht erschießen, was man nicht sieht."

Der Butcher nickte, er war beeindruckt: „Gut, so machen wir's."

Vuk deutete mit dem Kopf auf die Schrotflinte: „Schieß nicht mit dem Ding, wenn du nicht unbedingt musst. Wir wollen ihn nicht aufschrecken bevor wir wissen, warum er schießt."

Sie gingen nach Vuks Plan vor, und mit der Sonne im Rücken erreichten sie unbemerkt das Tor zu dem Gelände mit dem Schornstein, auf dem der Schütze saß. Der Butcher wollte das Tor öffnen aber Vuk hielt ihn am Arm fest und besah sich das Tor. „Es ist alt und verrostet, warte auf den nächsten Schuss, bevor du es öffnest", flüsterte er. Der ließ nicht lange auf sich warten und übertönte das Quietschen des Tors, als der Butcher es aufschwingen ließ.

Vor sich sahen sie einen Helikopter-Landeplatz mit einem roten Kreuz und einige Militärzelte. Es schien ein Sammelpunkt für die Versorgung oder den Abtransport von Verwundeten gewesen zu sein. Es gab tote Körper in Leichensäcken, die allerdings den Geruch nicht zurückhalten konnten. Vuk und der Butcher besahen sich die Umgebung aus dem Schatten der Mauer, dabei bemerkten sie auch die Leiter, die bis ganz nach oben zur

Plattform des Schornsteins führte.

Vuk deutete auf das am weitesten entfernte Zelt: „Du gehst da rein, wo du ihn sehen kannst, aber er dich nicht. Ich vermute, dass er bloß Infizierte erschießt, aber falls nicht ist es besser, wenn er nur einen von uns sieht."

„Ist mir recht." Mit diesen Worten begann der Butcher, zu dem Zelt zu schleichen, auf das Vuk gezeigt hatte. Seine Schrotflinte behielt er auf die Gestalt 30 Meter über ihm gerichtet.

„Vergiss die Schrotflinte", flüsterte Vuk, „deine Kugeln kommen da oben nicht mal an, wenn du feuerst."

„Aber vielleicht weiß er das nicht", antwortete der Butcher.

Als der Butcher angekommen war, verstaute Vuk seine Axt in einem der Zelte und ging hinaus auf den Landeplatz. Er hatte seine Arme erhoben und die Handflächen nach außen gekehrt, um zu zeigen, dass er unbewaffnet war. „Hey, Schütze. Ich bin hier unten."

Joe wischte sich den Schweiß von der Stirn. Die aufgehende Sonne brannte heiß auf sein Gesicht. Seine Ohren waren taub vom Knall der Schüsse und er ärgerte sich, dass er keine Ohrstöpsel hatte, obwohl er nicht sicher war, ob er überhaupt noch irgendwo welche finden könnte. Er meinte, etwas gehört zu haben, aber er war sich nicht sicher.

„Hallo. Du da oben, ich bin hier unten auf dem Landeplatz."

Es war eine Stimme. Hatten die Dämonen gelernt, die Macht des Wortes zu nutzen. Joe beschloss, es als Halluzination zu betrachten und hielt nach dem nächsten Dämon Ausschau, den er vom Angesicht der Erde tilgen würde.

„Kannst du mich hören?" Die Stimme war nun lauter und eindringlicher. Joe sah hinunter. Die Sonne blendete ihn, und er musste sich eine Hand über die Augen halten, aber nun sah er etwas unten auf dem Landeplatz. Da stand eine schwarze Gestalt, in Schatten gehüllt, und winkte ihm mit beiden Armen zu. Joe lächelte, ein Hochgefühl durchströmte ihn. Es war Jesus. Er war persönlich herab gestiegen, um Joe in den Himmel zu geleiten. Seine Aufgabe war erfüllt.

„Jesus! Herr! Ich bin bereit", rief Joe.

„Ich bin nicht Jesus. Ich heiße Vuk. Ich komme von einem Schiff, das letzte Nacht hier gestrandet ist. Es gibt noch weitere Überlebende und wir wollen Dir nichts tun."

„Du bist nicht Jesus?", frage Joe verzweifelt.

„Nein, ich bin bloß ein Überlebender, wie Du."

Joe musterte die Gestalt im Schatten. Was war das für ein Schwindel? Es gab keine Schiffe. Es gab keine Überlebenden. Es gab nur ihn - und die Dämonen. Er wusste, dass er der letzte Mensch auf Erden war, weil Gott selber es ihm gesagt hatte. Aber wenn das kein Mensch war, und auch keiner der Dämonen... dann kam es ihm wie eine Eingebung. Es war nicht Christus, sondern der Antichrist. Satan selbst war empor gestiegen, um Joe zu versuchen, ihn dazu zu bringen, von seiner Mission abzulassen, so wie er Christus in der Wüste versucht hatte. Darum stand die Gestalt im Schatten, darum hatte sie kein Gesicht. Joe beobachtete die Gestalt angespannt, während er ein volles Magazin nachlud.

Vuk sah, wie sich der Mann bewegte und ein neues Magazin nachlud. Er begann rückwärts in Richtung der

Mauer zu gehen, die Hände immer noch erhoben. „Hey, was immer du denken magst, was ich sage stimmt. Wir können uns gegenseitig helfen. Es muss nicht so enden."

„Ich werde Dich austreiben, dich und deine Dämonenbrut", schrie Joe von hoch oben.

Vuk sah sich um als er bemerkte, wie Joe das Gewehr hob und anlegte. Es gab keine Deckung, trotzdem begann er zu laufen und machte einen Hechtsprung, indem er auf ein Wunder hoffte. Ironischerweise war ein Wunder auch Joes Hoffnung.

Der erste Schuss pfiff an Vuks Füssen vorbei und schlug dort ein, wo er noch Sekunden zuvor gestanden hatte. Vuk sprang hoch und rannte auf den Schornstein zu, weil er auf den ungünstigen Schusswinkel hoffte. Es half, denn der zweite Schuss ging zu weit. Joe stand auf und sah herunter, um Vuk zu finden, als sein Körper plötzlich von AKM Kugeln geschüttelt wurde. Er taumelte bei jedem Einschlag, bevor er über die Brüstung in den sicheren Tod stürzte. Vuk konnte das abscheuliche Geräusch hören, mit dem sein Genick brach, als er keine zehn Meter von ihm entfernt auf dem Boden aufschlug.

Vuk wandte sich in die Richtung, aus der die Schüsse gekommen waren und sah, wie der Butcher mit einer AKM in der Hand auf ihn zukam. Vuk war zuerst erleichtert, dass es außer Joe nicht noch jemanden gab, aber seine Erleichterung verschwand, als der Butcher die Waffe auf ihn gerichtet hielt. Die AKM in seinen Händen sah gut aus, sie war der bekannten AK-47 sehr ähnlich, war aber eine verbesserte Version mit größerem Kaliber und einem besseren Visier. Und dieses Visier zeigte nun direkt auf Vuk.

Vuk hatte guten Grund besorgt zu sein, weil der Butcher im Moment gerade abwog, ob er den Abzug drücken und auch Vuk erschießen sollte. Der Butcher wusste, dass es ein irrationaler Impuls war. Er fühlte seinen beschleunigten Atem und das Pulsieren seines Blutes, er machte gerade die Erfahrung, dass er es genoss zu töten. Er sah sich um, niemand war zu sehen, keine Polizei um ihn festzunehmen, er könnte einfach den Abzug drücken und diesen Mann hier erschießen, ohne irgendwelche Konsequenzen. Am Ende setzte sich doch seine Vernunft durch. *Es bringt nichts, ihn jetzt zu erschießen. Besser du wartest. Du hast eine bessere Überlebenschance, wenn er nicht tot ist – falls sich das ändert, kannst du den Abzug immer noch drücken.*

„Ist er tot", rief der Butcher. Vuk nickte, aber ließ das Gewehr, das auf ihn angelegt war, nicht aus den Augen. Auch der Butcher nickte und ließ schließlich die Waffe sinken. Vuk atmete tief durch. Die beiden blickten sich einen Moment in die Augen – beide wussten, wie nahe Vuk dem Tod gewesen war, und es hatte nichts damit zu tun gehabt, dass Joe auf ihn schoss. An dieser Stelle entschied Vuk, dass der einzige Weg, das hier alles zu überstehen, der war, sich unentbehrlich zu machen.

„Ich sehe du hast aufgerüstet", sagte Vuk.

„Ja, ihr Name ist Grace. Du kannst Vera haben, wenn du willst, ich hab die Kleine da hinten liegen lassen", sagte der Butcher. Dann hob er Joes CZ550 auf, wobei er keine Anstalten machte, sie Vuk anzubieten. „Die ist für Shutov."

Der Butcher schulterte das Jagdgewehr, während er Joes Sachen durchsuchte. Vuk war angewidert davon, mit welchen Vergnügen der Butcher Joe erschossen hatte und jetzt seine Leiche durchsuchte. Er drehte sich um und ging weg, um Vera zu holen.

KAPITEL 13

LEE-ENFIELD – DINNER BELL

Das Gewehrfeuer in der Ferne bestärkte Janik in der Überzeugung, dass er gut daran getan hatte, Cherno zu verlassen. Obwohl er hundemüde gewesen war, hatte er nicht lange geschlafen. Stattdessen hatte er die Nacht genützt, um die Stadt entlang der Küste zu umgehen. Janik hatte das Gefühl, dass er sich von größeren Ansiedlungen fern halten musste, wenn er überleben wollte. Aber er hatte nicht genug Mut, es alleine zu versuchen, er wollte Hilfe finden, allerdings nicht da unten, in dieser Stadt. Cherno schien ihm entschieden zu gefährlich.

Er ging entlang der Küste nach Osten, als er auf einige Bauernhäuser mit großen Stallungen und Scheunen stieß. Er wollte sie eigentlich umgehen, aber dann fiel ihm etwas auf. An einer der Hauswände lehnte ein Fahrrad. Es war hellgrün und sah ein bisschen mitgenommen aus, aber es war nicht kaputt. Das Problem war, dass vier von diesen Dingern in der Nähe herumwankten. Unter normalen Umständen war Janik jemand, der niemals ein Risiko einging, egal wie hoch der mögliche Gewinn auch scheinen mochte. Aber das hier waren keine normalen Umstände, und nun kämpfte er mit sich, ob er dort hinüber gehen und sich dieses Fahrrad holen sollte – selbst wenn er dabei sein Leben aufs Spiel setzen würde.

Es waren das leere Gefühl in seinem Magen und sein ausgedörrter Mund, die den Ausschlag gaben, sein Glück zu versuchen. Sein Rucksack war leer und er hatte keine Ahnung, wie weit es bis zur nächsten Ansiedlung sein würde. Er schlich sich an, bis zu einem kleinen Schuppen, hinter dem er sich versteckte. Als er um die Ecke spähte sah er, dass zwischen ihm und dem Fahrrad eine Betonfläche lag, die ihm endlos erschien. „Verdammt", fluchte er leise. Er sah sich nach einem anderen Weg um, aber es gab keinen. Er wusste, dass über die Betonfläche zu rennen alle vier Infizierten direkt zu ihm locken würde.

Entmutigt suchte er in den kleinen Schuppen Deckung, hinter dem er sich versteckt hatte. Er wollte sich einen neuen Plan ausdenken. Da entdeckte er eine Büchse Sardinen und eine Dose Pepsi, sie lagen einfach am Boden des Schuppens. Er verschwendete keinen Gedanken an Verfallsdaten oder daran, sich sein Essen einzuteilen, öffnete beide und aß und trank gierig. Er suchte nach mehr, aber außer ein paar Holzscheiten und einem Benzinkanister fand er nichts.

Er schlich wieder hinaus und beschloss, in die Scheune neben dem Schuppen zu gehen. Langsam legte er sich hin und begann zu kriechen. Er kroch über den Betonboden und durch das Tor der Scheune. Als er sich wieder aufrichtete erstarrte er. Hinter einem Strohballen sah er einen der Infizierten. Seine Beine mussten gebrochen sein, weil er am Boden kroch und dabei nur seine Arme bewegte. Als er Janik entdeckte gab er ein unmenschliches Stöhnen von sich und begann, in seine Richtung zu kriechen.

Janik rannte die Treppe zum Heuboden hoch, während der Infizierte ihm folgte. Draußen hörte er schon die Schritte auf dem Beton, als die anderen Infizierten auf das Stöhnen reagierten und angerannt kamen. In Panik suchte er nach einem Ausweg, aber er saß in der Falle, und die Infizierten kamen bereits herein. Er kletterte eine zweite Treppe zum obersten Boden hinauf. „Hilfe! Hilfe!" schrie er aus dem runden Fensterloch. Aber nur die Infizierten antworteten ihm mit ihrem Stöhnen.

Janik bemerkte, dass er hier oben nicht alleine war, am Boden in der Ecke lag ein toter Körper. An dem schmutzigen Arbeitsoverall erkannte er, dass es sich um einen Bauern handelte – vermutlich war es seine Scheune gewesen. Der Kopf des Mannes bestand nur noch aus einer vertrockneten Masse von Blut und Hirn und ein Teil davon war auf der Wand dahinter verteilt. Er hielt noch das Werkzeug seines schlimmen Endes in der Hand – die Lee-Enfield Büchse, mit der er sich offenkundig erschossen hatte. Unwillkürlich stieß Janik bei diesem Anblick einen Schreckensschrei aus, der sogleich vom unmenschlichen Stöhnen der Infizierten beantwortet wurde. Sie kamen näher.

Janik versuchte, den toten Händen des Bauern das Gewehr zu entwinden, aber die Totenstarre erschwerte es ihm. Er riss an den Fingern der linken Hand bis er sie brechen hörte, dann war der Lauf des Gewehrs frei. Die Infizierten wankten bereits die erste Treppe herauf, während er begann, die Finger der rechten Hand zu brechen. Besonders der Zeigefinger am Abzug machte es ihm schwer, aber schließlich brach auch er und das Gewehr gehört Janik.

Seine Hände zitterten und sein Atem ging in kurzen, verzweifelten Stößen, als er das Gewehr anlegte. Er zielte auf den ersten Infizierten und drückte den Abzug. Der Schuss ging zu hoch, verfehlte ihn und traf die Wand dahinter. Janik wischte sich die verschwitzen Hände an seinem Hemd ab und nahm einen tiefen Atemzug. Er hielt den Atem an, als er erneut anlegte. Er zielte in die Mitte der Gruppe von Infizierten und als er sich sicher war, drückte er sachte ab. In diesem Moment wurde er unnatürlich ruhig.

Einer der Infizierten fiel um und Janiks Welt wurde plötzlich still, als seine Ohren vom Knall des Schusses einen Moment taub waren. Er schlug sich mit der flachen Hand auf das Ohr, was einen dumpfen Laut erzeugte, aber abgesehen davon blieb es still. Die Infizierten hatten bereits den Fuß der zweiten Treppe erreicht. Er nahm den Nächsten ins Visier, drückte ab und auch er fiel zu Boden. Als er auf die letzten beiden schoss und auch sie sofort umfielen, kehrten die Geräusche langsam in Janiks Welt zurück.

Er ließ sich an der Wand heruntergleiten und setzte sich, während er die Büchse auf das Tor gerichtet hielt, falls Weitere kommen würden. Langsam beruhigte sich seine Atmung, aber seine Augen und sein Gewehr blieben auf das Tor gerichtet. Janik war im Schock, er hatte noch nie so etwas getan. Seine Instinkte hatten ihn vorangetrieben, aber nun musste sein Verstand zuerst einmal aufholen und das Geschehene verarbeiten.

Endlich konnte er die Augen vom Eingang abwenden, als sein Verstand klarer wurde. Er hatte gerade vier von diesen Kreaturen erschossen – machte ihn das jetzt zum Mörder? Er wusste nicht, was sie waren, aber er glaubte nicht, dass es noch Menschen waren, darum war es wohl in Ordnung gewesen. *Das sind vielleicht früher einmal Menschen gewesen, vielleicht die Familie des armen Kerls*, sinnierte er als er den toten Bauern betrachtete. *Du oder die, darum geht's hier, und wenn das so ist, dann lieber die*, sagte ihm sein Verstand und die Schuldgefühle begannen zu schwinden. Er durchsuchte die Taschen des Toten und fand eine Landkarte mit kyrillischer Beschriftung, die er kaum verstand, und einen Kompass. Er nahm beides an sich und studierte die Karte, dabei nahm er den Kompass und die Küstenlinie zu Hilfe um herauszufinden, wo er sich gerade befand.

Er bemerkte, dass es in der Nähe eine weitere größere Stadt gab, Elektrozavodsk. Er beschloss, auch sie zu meiden. Menschen meiden, größere Ansiedlungen meiden und die Küste verlassen, das war sein neuer Plan. Mit der Lee-Enfield Büchse und vier erschossenen Infizierten hatte Janik neuen Mut gefasst. Womöglich konnte er es doch alleine schaffen. Auf der Karte sah er viele kleine Ansiedlungen im Hinterland, wo er sich vielleicht verstecken konnte. Janik lächelte, als er an das Fahrrad draußen dachte und die Treppe hinunterging. Dabei hatte er den Infizierten mit den gebrochenen Beinen völlig vergessen, der dort unten immer noch umher kroch.

Als er plötzlich ein Stöhnen hörte, war es bereits zu spät. Der Infizierte schlug zu und traf Janik. Er stolperte und fiel die letzten beiden Stufen hinunter. Er schlug hart und ungeschickt auf und knickte sich das Fußgelenk um. Ein lähmender Schmerz lief sein Bein hinauf, direkt bis ins Gehirn. Er konnte nicht aufstehen und versuchte, am Boden rückwärts von dem Infizierten weg zu kommen und gleichzeitig auf ihn zu zielen. Als er das Ende der Scheune erreicht hatte und ihm kein Ausweg mehr blieb, schoss er. Er traf ihn genau in den Kopf. Es gab kein Blut, aber eine schwarze Flüssigkeit trat aus, als der Kopf des Infizierten auf dem Boden aufschlug.

Janik versuchte aufzustehen, aber der Schmerz in seinem Knöchel war so stark, dass er sich bereits nach einem Schritt wieder hinlegte. Er begann, zum Fahrrad zu kriechen und verfluchte sich selbst für seine Dummheit. Er konnte nicht gehen, aber er hoffte, dass er wenigstens in der Lage sein würde, mit dem Fahrrad zu fahren. Er zog sich an der Hauswand hoch und schwang das verletzte Bein über die Stange. Das Pedal zu treten schmerzte, aber es war auszuhalten. Er hatte Glück, er konnte fahren. Er fuhr die Straße den Hügel hinunter, es ging langsam und sein Knöchel tat weh. Nach einiger Zeit hatte er immerhin eine Technik gefunden, nur sein gesundes Bein zum Treten und zum Abstützen zu verwenden, und kam zügig voran.

Janik fuhr nach Elektro. Sein Plan, sich von Menschen und den größeren Ansiedlungen an der Küste fernzuhalten, war nun hinfällig. Er würde andere Überlebende finden müssen, die ihm halfen, wenn er hier durchhalten wollte. Er hoffte einfach, dass Elektro sicher sein würde, denn Cherno war es jedenfalls nicht.

KAPITEL 14

EUTHANASIE

Der monotone Ton des Nebelhorns der MV Rocket in der Ferne klang tröstlich für Robert. Am Anfang hatte er die Idee nur eingeworfen, um dem Doc Angst zu machen. Aber dann war er zu dem Schluss gekommen, dass dieses Nebelhorn tatsächlich dafür geeignet sein mochte, die Infizierten zum Schiff - und damit weg von ihnen - zu locken. An den Rumpf des Schiffes hatte er das Datum und die Richtung ihrer geplanten Route geschrieben, falls andere Überlebende vorbeikommen würden. Ihre Rucksäcke waren mit Nahrung und Feldflaschen beladen, deren Gewicht ihnen, zusätzlich zu dem Arnolds auf seiner Trage, das Vorwärtskommen sehr erschwerte. Der Doc war ziemlich außer Form und fragte öfter nach Pausen, als Robert lieb war, aber er gab ihm trotzdem meistens nach. Nachdem er den Doc auf dem Schiff bedroht hatte, durfte er ihn jetzt nicht ignorieren, und ihm nachzugeben war im Moment besser als eine Auseinandersetzung zu riskieren.

Sie waren im ersten Licht des Tages aufgebrochen und der Küste nach Norden gefolgt. Sie hatten es bis zu einer Bucht geschafft, die sich weit ins Landesinnere erstreckte. Auf ihrem Weg hatten sie nichts anderes als Wald und Bäume gefunden. Es gab kein Anzeichen von Zivilisation an diesem Küstenabschnitt und Robert kamen erste Zweifel, ob sie nicht besser in die andere Richtung gegangen wären. Arnold ging es immer schlechter, kleine Rinnsale von

Schweiß bildeten sich auf seiner Stirn, egal wie oft Robert sie abwischte. Er hatte auch begonnen, im Delirium vor sich hin zu murmeln. Der Doc hörte nicht auf zu betonen, dass er sterben würde, wenn sie nicht bald Medikamente finden würden. Robert war sich nicht sicher, ob diese Diagnose auf der medizinischen Ausbildung oder viel mehr dem Überlebensinstinkt des Docs basierte, aber trotzdem schenkte er seinen Warnungen Beachtung. Währenddessen folgten sie der Küstenlinie dieser Bucht weiter ins Inland.

Als die Sonne senkrecht über ihnen stand, machten sie im kühlenden Schatten einer Kiefer Rast, um etwas zu essen. Das lauwarme Wasser der Feldflasche war erstaunlich erfrischend und Robert nahm einen tiefen Schluck. Der Doc schluckte so gierig, so dass ihm das Wasser übers Kinn lief. Robert riss ihm entnervt die Wasserflasche weg.

„Pass doch auf. Wir haben nur noch zwei davon und wir wissen nicht, wann wir wieder Wasser finden", sagte er, als er ein Arnold ein wenig Wasser in den Mund träufelte, bevor er die Flasche zurückgab.

„Du wartest hier für eine halbe Stunde. Ich gehe los und sehe nach, ob es hier Berge oder Hügel gibt, von wo aus ich mir einen Überblick über die Gegend verschaffen kann." Er ging los, aber dann hielt er an und kehrte um.

„Gib mir Deinen Rucksack."

Der Doc gab ihn ihm und fragte: „Wieso?"

„Zur Sicherheit", antwortete Robert während er Konservendosen und Wasser aus dem Rucksack nahm bevor er ihn zurückgab, „was jetzt noch übrig ist, reicht nicht lang. Also besser hier zu warten, anstatt Dich aus dem Staub zu machen." Der Doc nickte als Robert den Rucksack schulterte und losmarschierte. Er nahm trotzig einen besonders tiefen Schluck Wasser, während er Robert in einiger Entfernung verschwinden sah.

Arnolds Gemurmel begann dem Doc richtig auf die Nerven zu gehen, während er über einen Ausweg aus seiner fatalen Situation nachdachte. Im Moment brauchte er Robert, aber es war frustrierend, dass der nicht einsehen wollte, dass Arnold nur ein Klotz am Bein war. Arnold würde sterben, da war sich der Doc sicher. Die Medikamente, die er brauchte, waren sehr speziell, dass es an dieser unterentwickelten Küste so etwas überhaupt gab, war mehr als unwahrscheinlich. Und selbst wenn, bis sie sie gefunden haben würden, wäre Arnold vermutlich längst gestorben. Während des Weges hatte er versucht, Robert das klar zu machen, aber dessen Sturheit war ohnegleichen.

Als Arzt kannte er Situationen, in denen harte Entscheidungen getroffen werden mussten, und das hier war eine davon. Egal was Robert sagte – beide wussten, dass es ihr Überleben gefährdete, wenn sie Arnold durch die Wildnis schleppten. Nur dass Robert das nicht einsehen wollte, aufgrund der starrsinnigen Loyalität zu seinem Kabinengenossen. Allerdings ahnte der Doc, dass Robert das auch für jeden anderen Kameraden gemacht hätte – es war einfach seine Art.

Wenn Arnold nur hier und jetzt sterben wollte, würde ihnen das viele Probleme ersparen. Es wäre für ihn ohnehin eine Erlösung, schwach wie er war. Er würde sich vermutlich nicht einmal besonders wehren, wenn jemand ihm die Luft abschneiden würde. Eine Autopsie würde natürlich die wahre Todesursache offenbaren, aber hier draußen würde es keine Autopsie geben. Robert würde wohl etwas ahnen, aber Ahnen war nicht das Gleiche wie Wissen, und ahnen mochte er, soviel er wollte.

Langsam begann dieser Gedanke, sich im Hirn des Docs festzusetzen. Wenn er es tun wollte, musste er es jetzt tun, so lange Robert weg war. Er würde vermutlich keine zweite Chance bekommen, und dieser Tod würde für Arnold ganz sicher friedvoller sein, als der, der ihm anderenfalls bevorstand. Der Doc wischte sich den Schweiß von den Händen und fuhr sich ein paar Mal durch die Haare, er versuchte mit dem klar zu kommen, was er zu tun vorhatte.

Und dann hörte er es. Ganz schwach aus der Ferne, das Brummen eines Außenbordmotors. Alle Mordgedanken waren verschwunden und stattdessen keimte wieder Hoffnung in ihm auf. Das war ein Boot, nun würde er gefunden und gerettet werden. Er ließ Arnold unter dem Baum zurück und rannte zum Ufer, um dem Boot zuzuwinken. Er konnte in der Ferne nur die Umrisse erkennen, aber er sah, dass das Boot in seine Richtung fuhr. Das Brummen des Motors klang wie eine wunderbare Melodie in seinen Ohren.

Robert winkte vom Schlauchboot aus zurück und grinste über das ganze Gesicht. Er hatte großes Glück gehabt, dieses PBX Schlauchboot zu finden, es hatte einfach am Ufer der Bucht gelegen. Für einen flüchtigen Moment war ihm durch den Kopf gegangen, dass es womöglich jemandem gehörte, der vielleicht bald zurückkommen würde. Dann wäre es Diebstahl gewesen, das Boot einfach zu nehmen. Aber Robert hatte seine Rechtfertigung darin gefunden, dass er das Boot brauchte, um Arnolds Leben zu retten – also hatte er es genommen. Später, wenn es Arnold besser ging, konnte er es ja zurückbringen, aber im Moment war es ihre einzige Möglichkeit, Arnold in Sicherheit zu bringen.

Mit stolzem Gesichtsausdruck zog er es neben dem Doc an Land. „Wo hast du denn das gefunden?", staunte der Doc.

„Es lag einfach so am Strand, ein bisschen weiter die Küste hinauf. Wir nehmen Arnold und verschwinden von hier. Leider ist der Tank nur halbvoll und ich hab keine Ahnung, wo wir Benzin finden sollen." Sie luden Arnold vorsichtig ins Boot, wobei die Trage über den Bug hinausragte. Der Doc quetschte sich daneben, so dass seine Beine unter der Trage eingeklemmt waren. Es war unbequem, aber er war an Bord und so fuhren sie los.

Sie fuhren an der Küste der Bucht entlang zurück, hinaus auf das Meer. Mit dem Wind in den Haaren und der sprühenden Gischt, die sie unter der brütenden Mittagssonne kühlte, fühlten sie sich gut, mit sich selbst und ihrer Lage im Reinen. Der Doc dachte an all die Yachten und Boote, auf denen er im Lauf seines Lebens schon gefahren war, und wie schal und blass ihm diese Erlebnisse nun schienen, im Vergleich zu dieser Fahrt in dem kleinen Schlauchboot. Es war erstaunlich, wie schnell man anfing, sich über die kleinen Dinge freuen zu können. Er musste lächeln. Dann fiel ihm ein, wie nahe er daran gewesen war, Arnold zu töten, und obwohl das Lächeln nicht verschwand, schien es jetzt aufgesetzt und gezwungen. Ihre Lage hatte sich in Wirklichkeit nicht sehr verbessert - dieses Boot war ein kleiner Tropfen Hoffnung in einem Meer von Schwierigkeiten, das vermutlich noch vor ihnen lag.

KAPITEL 15

DIE ZUFLUCHT

Janik konnte sich nicht erklären, warum sie sich diesen Ort als Versteck ausgesucht hatten. Die Kirche war zwar gut erhalten, aber sie hatte nur einen Eingang. Das würde zu einem Problem werden, falls sie von Infizierten angegriffen würden. Aber er fühlte, dass er nicht das Recht hatte, sich zu beschweren. Er war einfach nur froh, die Überlebenden gefunden zu haben, gerade als seine Aussichten eher trübe gewesen waren. Daher hatte er auch das Gefühl, dass er nicht nein sagen konnte, als sie darum baten, sein Fahrrad benützen zu dürfen. Auch wenn es ihm nicht besonders gefiel.

Er rieb sich den Knöchel. Er war jetzt bandagiert und schmerzte nicht mehr. Dieses Wunder kam durch das Morphin, das ihm einer der Überlebenden injiziert hatte. Er konnte nun wieder gehen und spürte nicht den geringsten Schmerz. Allerdings wusste er nicht, wie lange die Wirkung anhalten würde – er hoffte für möglichst lange.

Sie waren alle Kameraden vom Schiff und fast alle waren bewaffnet. Einige mit Äxten, andere mit Pistolen und ein paar Glückliche mit Gewehren oder Schrotflinten. Niemand lief ohne Waffe herum, die „National Rifle Association" wäre entzückt gewesen. Es gab keine Diskussionen darüber, ob man Waffen tragen dürfe oder nicht, jeder tat es einfach.

Alfie hatte ihm berichtet, wie sie alle von derselben Strömung zum Hafen von Elektro getrieben worden waren. Nicht alle hatten es in jener ersten Nacht geschafft, in der sie versucht hatten, mit ihrer misslichen Lage zurechtzukommen. Sie hatten zum Glück gleich einige Äxte gefunden und sich so der Infizierten erwehren können. Zur selben Zeit, als Janik in seinem Lagerhaus in Cherno hingekauert saß, hatten diese Männer zusammengearbeitet um Waffen zu finden. Sie hatten sich von Äxten zu Pistolen und sogar Gewehren hochgearbeitet und alles in der Stadt geplündert, was sie erwischen konnten. Janik war fasziniert davon, wie diese Leute bisher zusammengeholfen hatten um zu überleben, selbst wenn sie dabei einige gute Männer verloren hatten.

Janik beobachtete die Männer, während sie Alfie zuhörten. Es schien befreiend auf sie zu wirken. Einige wirkten wie ausgehöhlt auf ihn, müde, so wie er sich selbst fühlte. Wie Überlebende, die sich im tiefsten Inneren wünschten, sie hätten nicht überlebt. Und das nach nur einem Tag – wie würden sie nach einer Woche aussehen – und wie viele würden es bis dahin schaffen?

Alle waren freundlich zueinander, teilten was sie fanden und achteten darauf, dass jeder genügend zu essen und zu trinken bekam. Sie kamen und gingen. Es gab keinen richtigen Anführer und keine irgendwie geartete Struktur, in dem was sie taten. Er betrachtete das als Schwäche und es fiel ihm auf, dass einige bereits begonnen hatten, Nahrung und Munition zu horten. *Diese kleine Hippy Kommune wird's wahrscheinlich nicht mehr lang geben*, dachte er und beschloss, zu nehmen was er kriegen konnte und zu verschwinden, sobald sein Fahrrad wieder da wäre.

Janik hatte sein Lee-Enfield Gewehr gegen Alfies Armbrust eingetauscht. Alfie hatte sich benommen, als hätte er das große Los gezogen, aber Janik war Lautlosigkeit wichtiger als Feuerkraft, und darum war er mit dem Handel sehr zufrieden. Er fragte sich, wie lange es wohl dauern mochte, bis die ersten feststellten, dass es einfacher war, sich einfach zu nehmen was man wollte, anstatt zu tauschen. Was würde passieren, wenn die Munition knapp würde? Er hatte nicht viel Vertrauen zu sich selbst, und daher auch nicht viel Vertrauen in die Menschen. Er nahm sich vor, bereits weit weg zu sein, bevor die positive Stimmung kippen würde.

Mitch und Pablo waren gerade mit einem dicken Wildschein über der Schulter zurückgekommen. Alle applaudierten und Janik ärgerte sich, dass sie so viel Lärm machten. *Diese Narren brauchen wirklich einen Anführer,* grübelte er und beobachtete, wie sie eine der Kirchenbänke zerlegten, um auf dem Holz das Wildschwein zu braten. Er musste zugeben, dass es sehr appetitlich aussah, trotzdem schien es ihm nicht besonders klug, im Inneren der Kirche ein Feuer zu entzünden. *Vielleicht solltest du ihr Anführer werden,* aber Janik verwarf den Gedanken gleich wieder. Er hätte es gerne getan, aber er wusste, dass er diese Führungsqualitäten nicht hatte. Die Menschen glaubten nicht an ihn, wenn er sprach, weil er selbst nicht an sich glaubte. Hier ging es um Leben oder Sterben für diese Leute und Janik wusste, dass nicht er es war, der sie würde anführen können.

Stattdessen plante er, sich noch in dieser Nacht davon zu machen und sein eigenes kleines Loch zu suchen, wo er sich verstecken und das alles überstehen konnte. Alleine – so hatte er bisher überlebt und so würde er es weiterhin halten. Dabei ignorierte er großzügig die Sache mit verstauchten Knöchel und dem Morphin. Janik würde helfen, wo er konnte, so lange es sein eigenes Überleben nicht gefährdete. Darum hatte er sich entschlossen, bei ihnen zu bleiben. Aber nur so lange er davon profitieren konnte. *Wenn das nicht mehr der Fall ist, bin ich weg.*

Der Qualm in der Kirche wurde immer dichter. „Wir müssen den Rauch hier raus kriegen", sagte er. Aber da er niemanden im Besonderen angesprochen hatte, achtete auch niemand auf ihn. Janik blickte nach oben und sah die hohen, bunten Kirchenfenster. Sie waren zu weit oben, als dass ein Infizierter hindurch kommen konnte, aber hoch genug, um den Rauch abziehen zu lassen. „Diese Fenster da, wir sollten sie zerschlagen, damit der Rauch raus kann."

Einige sahen hinauf, aber keiner reagierte. So nahm Janik einige Steine aus dem zerbröckelnden Bodenpflaster und begann, die Fenster einzuwerfen. Er empfand einen Anflug von Schuld dabei, die kunstvollen Fenster zu zerstören, aber bald würde er sich um solche Dinge weniger Gedanken machen, wenn die Lage sich weiter verschlimmern würde.

Andere machten mit und bald spürten sie einen wohltuenden Schwall frischer Luft, als der Rauch abzog. Einige klopften Janik auf die Schulter und freuten sich über seine gute Idee. Janik genoss das Gefühl – es fühlte sich gut an, nützlich zu sein, und es war lange her gewesen, dass er sich so gefühlt hatte. Das Wildschein brutzelte am Spieß und Yuri, der ihn auf dem Schiff immer ignoriert hatte, setzte sich jetzt neben ihn, um für den nächsten Tag einen Plünderungszug zu planen.

Als sie um das Feuer saßen und Wildschwein aßen, erstarben die Gespräche über Infizierte und Taktik und alle aßen und schauten in die Flammen. Es gab ihnen fast ein Gefühl der Normalität, und im Moment war dieses Gefühl selten und kostbar.

KAPITEL 14

XAVIER

Als Xavier ans Ufer gespült worden war, war er ganz alleine gewesen. Das einzig Vertraute waren die Geräusche des Meeres. Etwas weiter weg bemerkte er eine rote Fackel und musste hilflos zusehen, wie der Kleine angegriffen und getötet wurde. Da er befürchtete, genau so zu enden, blieb er einfach bewegungslos am Ufer liegen und hielt nach Ausschau nach Hilfe. Als auch nach Stunden niemand zu sehen war, wurde ihm klar, dass er von den anderen getrennt worden war. Das einzige was er sah, war die Silhouette eines Flugplatz Towers in der Ferne. Langsam machte er sich dorthin auf den Weg, umrundete kriechend einige der Infizierten und verbrachte den Rest der Nacht versteckt im obersten Stockwerk des Towers.

Bei Tagesanbruch beobachtete er die Umgebung mit einem Fernglas, das er gefunden hatte. Draußen sah er die Überreste einer Art Schlacht – mit toten Soldaten und ausgebrannten Fahrzeugen, welche über die Rollbahn verteilt waren. Es gab Reste von Barrikaden, die man errichtet hatte, und in der Ferne sah er eine Art Außenposten mit vier Wachtürmen. Und dort sah er zum ersten Mal Duke, und während er ihn beobachtete, bekam er zunehmend Respekt vor ihm. Er sah aus der Entfernung, wie Duke mit der Rauchgranate die Infizierten ablenkte. Und später, nachdem er ihm bereits vorsichtig ein Stück gefolgt war, wie Duke Cherno den Rücken kehrte, weil er das Schießen gehört hatte, obwohl er doch mit einem M16 Gewehr bewaffnet war.

Duke schien anderen Menschen ausweichen zu wollen, was Xavier im Moment, weil er selbst keine Waffe hatte, sehr gelegen kam. Er schlich ihm nach, folgte ihm, als er nördlich vom Flugplatz in Richtung Wald ging. Duke blieb meist in der Deckung der Bäume, vermied offenes Gelände und blieb öfter stehen, um den Geräuschen um ihn herum zu lauschen.

Xavier hatte nicht viel Ahnung darüber, was hier in Chernarus vor sich ging, aber er wusste, dass Infizierte Ärger bedeuteten. Duke schien zu wissen, wie man diesen Ärger vermied. Es war zwar mehr eine Notlösung als ein Plan, aber Duke unbemerkt zu folgen schien ihm immer noch besser, als auf eine Rettung zu warten, die vermutlich nie kommen würde. Das einzige, was er in dem Tower gefunden hatte, waren ein Fernglas und eine Landkarte. Er war sich auf der Karte nicht ganz sicher, aber es schien ihm, dass Duke nach Norden wollte, weg von Balota und seinem Flugplatz. Er folgte dabei einem Feldweg, ging aber immer seitlich davon, im Wald oder in der Deckung von Bäumen und Büschen. Xavier sah einen großen Hügel links vom Weg, das musste Windy Mountain sein. Wenn es stimmte, würden sie bald zwei kleinere Ortschaften erreichen.

Xavier beobachtete, wie Duke sich einer kleinen Ansiedlung näherte, die aus einer Handvoll Bauernhäuser bestand. Als er nahe genug war, versteckte er sich unter den tiefhängenden Ästen einer Kiefer und beobachtete, wie die Infizierten zwischen den Häusern umher wankten. Während er ihn durch sein Fernglas betrachtete, vermutete Xavier, dass Duke gerade abwog, ob er hinunter gehen oder die Häuser meiden sollte. Er öffnete seinen Rucksack, nahm einen Schluck Wasser und fuhr dann fort, die Häuser zu mustern. Endlich schien er zu einem Entschluss gelangt, packte seine Sachen zusammen und schlug einen großen Bogen um die Ansiedlung. Das schien auch von Xaviers Warte aus die bessere Entscheidung zu sein, denn er hatte zehn Infizierte zwischen den Häusern gezählt. Womöglich wäre Duke das Risiko mit einem Partner an seiner Seite eingegangen, aber da er alleine war, schien er lieber auf Nummer sicher gehen zu wollen und wich der Ansiedlung aus.

Xavier fand, dass Duke mit der Situation gut zurechtkam, fast so als sei er zu so etwas geboren. Er konnte mit seinem Gewehr umgehen, schien sich mit Überlebenstechniken und der Orientierung in unbekanntem Gelände auszukennen, und er ging kein Risiko ein. Xavier war das genaue Gegenteil. Er kam aus Marseilles, hatte immer in der Stadt gelebt und fühlte sich hier im Wald vollkommen aus seiner gewohnten Umgebung gerissen. Xavier entschied, dass er beobachten und lernen würde, Duke dabei in einigem Abstand folgend, bis sich ein günstiger Moment ergeben würde. Er wusste zwar nicht, was er machen sollte, wenn dieser Moment kam. Aber er war sich sicher, dass er auf jeden Fall eine Waffe brauchte, und die zu bekommen schien ihm äußerst schwierig.

Duke näherte sich der nächsten größeren Ansiedlung. Wenn Xavier die Karte richtig gelesen hatte, musste das Zelenogorsk sein, weil Duke die ganze Zeit am Waldrand geblieben war und Drozhino rechts liegengelassen hatte. Wieder hielt Duke auf einem Hügel an und beobachtete die Infizierten in der Stadt. Die Häuser lagen über die gesamte Senke verstreut und am südwestlichen Ortsrand lag ein Supermarkt. Von oben konnte Duke durch die Glasfront erkennen, dass er noch nicht ausgeräumt worden war. Es gab immer noch Waren. Der angrenzende Parkplatz war voll von ausgebrannten und verlassenen Fahrzeugen. Er war von zwei Seiten durch eine hohe Betonmauer begrenzt. Auch Xavier sah, dass es in dem Supermarkt noch Waren gab, die auf dem Boden verstreut lagen. Er vermutete, dass Duke sich gerade fragte, ob er den Markt plündern oder lieber weiter gehen sollte.

Duke beobachtete, wie die Infizierten umher streiften. Dann ging er den Feldweg zurück und umrundete die freie Fläche zu seiner linken. Zwischen ihm und dem Markt befanden sich Häuser mit Infizierten, es schien als wolle er ihnen ausweichen und lieber einen großen Bogen schlagen. Xavier bemerkte eine nahe Scheune und entschied sich, darin Position zu beziehen. Von dort aus konnte er durch das Tor den Supermarkt sehen. Es beobachtete, wie Duke das freie Feld umrundete und den Häusern auswich, als er sich der Mauer am Parkplatz näherte.

Duke beobachtete seine Umgebung, während er über das Feld schlich. Dabei achtete er mehr auf den Waldrand hinter sich als auf die Infizierten. Der erste Tag in dieser ungewohnten und gefährlichen Umgebung hatte ihn paranoid gemacht, und er wurde das Gefühl nicht los, dass er beobachtet wurde. An der Mauer angekommen bewegte er sich geduckt und hielt sich im Schatten wo immer möglich. Natürlich gab es überall Infizierte, aber die schienen nicht gezielt zu beobachten, sie verhielten sich eher wie Tiere als Menschen. Sein Instinkt sagte ihm, dass jemand ihm zusah und für gewöhnlich konnte sich auf seinen Instinkt verlassen.

An die Mauer gelehnt sah er sich um und fragte sich, wo die Beobachter sein mochten. Es gab überall Wald und Bäume, wo sich jemand verstecken könnte. Er nahm einen Schluck Wasser und schüttelte den Kopf, in der Hoffnung er könne damit auch seine Paranoia abschütteln. Es funktionierte nicht. Er schlich weiter an der Wand entlang in Richtung Supermarkt.

Vom Ende der Mauer aus sah er die Rückseite des Marktes und auch, dass am Hintereingang drei Infizierte umher wankten. Es schien ihm, als würden sie sich in der Umgebung der Stelle aufhalten, wo sie gestorben waren. Hier in dieser Stadt trugen sie Arbeits- und Zivilkleidung, wohingegen die, denen er am Militärlager begegnet war, Uniformen angehabt hatten. Offenbar konnten sie mehr oder weniger gut sehen, weil sie den Schutthaufen am Boden auswichen. Gegenseitig beachteten sie sich gar nicht, sondern wankten einfach nur ziellos herum und starrten ins Leere. Duke kam zu dem Schluss, dass es künftig besser sein würde, größere Ansiedlungen zu meiden, weil es dort auch mehr Infizierte gab – aber im Moment brauchte er diese Vorräte aus dem Markt.

Er kroch über den Parkplatz zum Hintereingang und hielt dabei ein wachsames Auge auf die Infizierten, denen er immer näher kam. Ein Schauer lief ihm über den Rücken, als ihm das Reale seiner Situation bewusst wurde. Er hielt inne. *Verfluchter Mist. Das ist echt, das passiert wirklich.* Er ließ den Moment vorüber gehen und sah in die blicklosen, weißen Augen eines der nahen Infizierten. Er konnte zuerst nicht sagen, was ihm an diesen Augen seltsam vorkam, bis er feststellte, dass sie nie blinzelten. Der Infizierte war jetzt so nahe, dass Duke sehen konnte, dass seine Augäpfel vertrocknet und von den Kratzern und Rissen unzähliger Staubpartikel überzogen waren. Durch diese Augen zu sehen, musste schlimmer als der schlimmste graue Star sein.

Der Infizierte sah nun genau in seine Richtung und Duke bewegte langsam seine Hand. Er stöhnte aber reagierte nicht, so als ob er die Bewegung nicht sehen konnte. Dann winkte er einmal schnell und sofort änderte sich das Verhalten des Infizierten. Er brüllte aggressiv und bewegte sich auf ihn zu. Duke nahm eine leere Blechdose und warf sie über den Parkplatz. Der Infizierte folgte der Bewegung der Dose in der Luft und rannte dorthin, wo sie landete. Duke nickte für sich, er hatte wieder etwas Neues gelernt. Dann kroch er weiter zur Hintertür des Marktes.

Xavier hatte von der Scheune aus zugesehen und mitbekommen, was Duke soeben herausgefunden hatte. *Schnelle Bewegungen und laute Geräusche ziehen sie an. In ihrer Nähe zu sein ist nicht so schlimm, so lange man ruhig bleibt und sich nicht schnell bewegt.* Duke kroch zum Hintereingang des Marktes. Da Xavier ihn nun nicht mehr sehen konnte, ließ er das Fernglas sinken. Und sah einen Infizierten, der keine drei Meter von ihm entfernt entlang kroch. Xavier hatte sich nicht bewegt, während er Duke beobachtet hatte, so dass ihn der Infizierte nicht bemerkt hatte. Er sah wie ein halbwüchsiger Junge aus, nur dass die untere Hälfte seines Körpers abgetrennt war, so dass er nun seine Eingeweide hinter sich her zog, als er auf Xavier zu gekrochen kam.

Unfähig seine aufsteigende Panik zu unterdrücken, wich Xavier langsam zurück und drehte sich um, um zu flüchten. Aber am Hinterausgang stand bereits ein weiterer Infizierter, dorthin konnte er nicht. Stattdessen stieg er die Treppe zum Heuboden hinauf, in der Hoffnung, die Infizierten würden ihm nicht folgen können. Er hastete umher, aber er konnte nichts finden, mit dem er sich hätte verteidigen können. Wenn sie ihm folgen würden, wäre Xavier verloren.

Zur selben Zeit, als der Infizierte in die Scheune kroch, schlich Duke langsam in den Supermarkt. Mit einer Hand drückte er die Hintertür auf. Sie öffnete sich und gab ein leises Quietschen von sich. Duke zuckte zusammen. Drinnen war es dunkel, aber noch hell genug für Duke um zu erkennen, dass niemand in dem Lagerraum war. Er schlich weiter in Richtung Verkaufsraum. Dabei wirbelte er die dünne Staubschicht auf und die Partikel tanzten im hellen Sonnenlicht, das in dünnen Strahlen durch die Jalousien der Oberlichter fiel. Er ging in den Verkaufsraum, wo grelles Licht durch die großen Schaufenster strömte.

Draußen konnte er die Infizierten herumgehen sehen, aber sie schienen ihn nicht zu bemerken. Im Lagerraum hatte er einen Alice Pack Rucksack gefunden und ihn gegen den kleineren Patrol Pack eingetauscht. Den füllte er nun mit allem, was er an nützlichen Dingen finden konnte. Er hatte zwar immer noch keine Landkarte, aber immerhin fand er einen Kompass und Streichhölzer. Das würde ihm das Überleben etwas erleichtern. Da er zwar wohl Wild jagen konnte, aber kein Messer hatte, womit er es aufbrechen und ausnehmen konnte, packte er so viele Konserven und Getränkedosen ein, wie er tragen konnte. Er sah aus den großen Fenstern, während er zufrieden seinen neuen Rucksack schulterte.

In einiger Entfernung nahm er Unruhe und Bewegung wahr. Dort floh eine Gestalt rennend vor einigen Infizierten und kam dabei direkt auf die Stadt zu. Jeder Infizierte in der Nähe bemerkte die Bewegung und so wurden seine Verfolger immer zahlreicher. *Verflucht, wenn der Idiot hier in die Stadt rennt, hat er gleich die ganze Horde am Hals*, fluchte er und richtete seine M16 auf die große Eingangstür des Marktes. Er sah, wie die Gestalt geradewegs auf den Supermarkt zugelaufen kam. Duke wurde klar, dass der Mann hereinkommen würde und er erkannte Xavier, den sie auf dem Schiff nur Frenchy genannt hatten. *Der ist sowieso schon tot. Wenn er hier rein kommt, erschieße ich ihn.* Er entsicherte die Waffe und visierte den Eingang an.

Xavier hatte es versaut, schlicht und einfach. Er lernte gerade auf die harte Tour, dass es nichts nützte zu wissen, dass er sich ruhig verhalten sollte, wenn er in Panik geriet. Zurück in der Scheune hatte ihm der kriechende Infizierte zwar nicht folgen können, aber sein Stöhnen und Ächzen hatte andere Infizierte angelockt. Xavier bekam Panik, als der erste in die Scheune kam. Er wollte auf keinen Fall dort oben in der Falle sitzen mit diesem Infizierten unter ihm, selbst wenn der ihn noch gar nicht gesehen hatte. In diesem Moment schien Flucht der einzige Ausweg zu sein, und das tat er dann auch. Er stürmte die Treppe hinunter, direkt aus der Scheune hinaus. Die rasche Bewegung machte die beiden Infizierten aggressiv und sie verfolgten ihn. Da sie ihm den Weg zum Wald versperrten, rannte Xavier auf's freie Feld hinaus – sein zweiter Fehler.

Seine rennende Gestalt zog die Aufmerksamkeit aller Infizierten in der Umgebung auf sich und so begannen auch sie, ihn zu jagen. Xavier sah über die Schulter und bemerkte drei weitere blutverkrustete Monster hinter sich. Sein Bewusstsein wurde von einem alles überdeckenden Schleier aus reiner Panik überzogen. Jede Vernunft hatte sich verabschiedet und blanke Todesangst machte sich breit. Er rannte schneller, seine Lungen brannten und in der Seite spürte er einen stechenden Schmerz. Er wischte sich die tränenden Augen und konzentrierte sich auf den Supermarkt. Der war seine einzige Rettung, dort würde er in Sicherheit sein.

Als er nahe genug war, konnte er Duke im Inneren ausmachen und sah, dass er seine Waffe auf den Eingang gerichtet hielt. Er fühlte Erleichterung, aber nur bis er Dukes Stimme hörte: „Bring diese Dinger hier rein und du bist tot. Hau bloß ab!"

„Hilfe!", war seine verzweifelte Antwort.

„Dein Problem! Das kannst du selber ausfressen!"

Xaviers Welt stürzte ein. Für einen Augenblick dachte er daran, einfach stehen zu bleiben und die Infizierten ihn hier und jetzt töten zu lassen. Als grausiges Opfer, das Duke hoffentlich seine Schuld zu Bewusstsein führen würde. Aber sein Überlebenswille gewann die Oberhand. Also rannte er am Supermarkt vorbei, an den angrenzenden Häusern, die Hauptstraße hinauf auf der Suche nach einem Versteck. Aber alles war verschlossen, es gab kein Versteck. Dann sah er die Kuppel des Kirchturms.

Die Kirche ist nicht abgeschlossen, Kirchen sind immer offen, das ist eine Regel, dachte Xavier, als er auf die Kirchentür zu rannte. Natürlich war sie verschlossen und er musste erkennen, dass hier wohl solche Regeln nicht galten. Xavier sah keinen anderen Ausweg, also drehte er um und lief zum Supermarkt zurück. Er lief zwischen den Häusern, damit die Infizierten ihn aus dem Blick verlieren sollten.

Duke hatte gesehen, wie Xavier, mit den Infizierten im Schlepptau, vorbeigerannt war. Innerlich war er erleichtert, dass Xavier auf ihn gehört hatte. Er wusste nicht, ob er ihn wirklich hätte erschießen können, wenn er hereingekommen wäre. Aber bald verwandelte sich seine Erleichterung in Schuld, ein plötzliches und tiefes Schuldgefühl stieg in ihm hoch. Er hatte den Mann zum Tode verurteilt. Sicher, er hatte nicht abgedrückt, aber er hatte ihm auch nicht geholfen. Dabei hatte er doch ein Gewehr, sie hätten den Supermarkt verteidigen können. Zusammen hätten sie die Infizierten besiegen können.

Stattdessen hatte er Xavier mit dem Tod bedroht und dafür gesorgt, dass er auch bald tot sein würde. Wozu hatte ihn das gemacht? *Zu einem Überlebenden*, ging ihm durch den Kopf, aber besonders überzeugt war er davon nicht. Nun dachte Duke, sei es zu spät, um etwas ändern zu können. Er wusste nicht, dass er noch eine Chance bekommen sollte.

Xavier stürzte so unkontrolliert durch die Hintertür in den Supermarkt, dass er an die gegenüberliegende Wand prallte. Es warf die Tür hinter sich zu und verbarrikadierte sie mit einem der Metallregale. Am Boden fand er einen Revolver und zwei Magazine. Xavier hatte noch nie eine Waffe abgefeuert, aber er hatte viele Wild-West Filme gesehen. Er griff nach der Waffe und lud sie. Aus dem Verkaufsraum hörte er Duke: „Frenchy, bist du das?"

„Verdammt, wer ist da hinten?", rief er erneut, diesmal eindringlicher. Dann begann es an die Tür zu hämmern, als die Zeds versuchten hereinzukommen.

„Du Schwein, du wolltest mich sterben lassen", schrie Xavier zurück.

„Tut mir leid", etwas Besseres fiel Duke nicht ein.

Xavier versuchte das zu verarbeiten, aber das Schlagen an der Tür unterbrach jeden klaren Gedanken. Das Regal wurde weg geschoben, als die Zeds begannen, durch die Tür zu brechen. Xavier zielte zitternd auf die Tür und wich so weit nach hinten, wie er konnte. Es schoss als sich der erste Infizierte durch die Tür schob. Er sah nicht, wo die Kugel einschlug, aber sie ging daneben.

„Hast du geschossen?", rief Duke.

„Ja, sie brechen durch", antwortete Xavier.

„Dann komm hier rüber, von hier können wir beide Eingänge sichern." Xavier drehte sich um und rannte in den Verkaufsraum. Den Revolver hielt er vor sich. Als er durch die Tür trat erstarrte er. Duke stand da, die M16 genau auf ihn gerichtet. Nie zuvor hatte jemand eine Waffe auf Xavier gerichtet. „Schnell", rief Duke. Xaviers Starre löste sich und er lief zu Duke hinüber.

Xavier machte es wie Duke und zielte auf den Eingang. Duke sah, wie seine Hände zitterten: „Schieß nicht, wenn du nicht unbedingt musst. Ich habe dreißig Schuss hier drin, das sollte reichen." Er presste den Kolben des Gewehrs an die Schulter und atmete aus, als er darauf wartete, dass der erste Infizierte aus dem Lagerraum kam.

Xavier ließ den Revolver sinken. Er würde ihn erstmal nicht abfeuern, aber er nahm sich vor, eine Kugel für Dukes Kopf aufzusparen. Nicht jetzt gleich, weil im Moment Duke seine beste Überlebenschance war. Später, wenn alles sicher sein würde, wenn Duke ihm trauen würde, dann würde er sich dafür rächen, dass Duke ihn dem sicheren Tod überantworten   wollte.

KAPITEL 17

TÖTEN ODER GETÖTET WERDEN

Shutov fand, dass es für die Gruppe in Cherno ein guter Tag gewesen war. Aber als er seine Männer beobachtete, bemerkte er an ihrem Verhalten, dass sie anders dachten. Die meisten waren es nicht gewohnt, den ganzen Tag lang Schüsse zu hören. Begonnen hatte es mit dem religiösen Irren auf dem Schornstein. Dann hatte man weitere Gewehrschüsse aus der Stadt gehört, und schließlich ihre eigenen. Die Männer hielten sich daran, in der Stadt möglichst nicht auf Infizierte zu schießen, aber manchmal ließ es sich nicht vermeiden. Und jedes Mal, wenn ein Schuss fiel, stieg Panik in ihnen auf. Jeder Schuss resultierte in einer Fülle von Fragen und Spekulationen.

„Wer schießt da?"

„Wo sind die Schüsse her gekommen?"

„Was für eine Waffe war das?"

„Wen kennen wir, der so ein Gewehr hat?"

Aber trotz alldem hatten sie einen guten Tag gehabt – niemand war gestorben und alle waren inzwischen ganz gut ausgerüstet. Sie hatten Nahrung, Wasser, grundlegende Überlebensausrüstung und einige hatten sogar Tarnkleidung gefunden. Es gab wohl einige ‚Schafe' unter seinen ‚Wölfen', aber im Großen und Ganzen war Shutov sehr zufrieden mit seinen Männern und wollte keinen von ihnen verlieren.

Sie hatten sich in einem der kleineren einer Gruppe von Mietshäusern verschanzt, von dessen Front eine kurze Stichstraße auf ein Krankenhaus zulief. Vuk hatte es ausgesucht – es war leicht zu verteidigen, wenn man Männer auf dem Dach platzierte. Außerdem hatte es nur einen Eingang zu bewachen. Shutovs Respekt vor Vuk stieg immer mehr. Er hatte einen guten Instinkt gepaart mit einer militärischen Ausbildung, und er verstand den Sinn einer Befehlshierarchie. Vuk hatte auch die militärischen Dokumente gefunden, die Shutov sich am Abend genauer ansehen würde. Er erhoffte sich, darin genauere Informationen darüber zu finden, was in Chernarus vorgegangen war.

Shutov hatte den Butcher und Sam zur ersten Wache auf das Dach geschickt. Er machte sich Sorgen über den Butcher. Der war besessen von seiner AKM und weigerte sich, sie aus den Händen zu geben, auch wenn einer der anderen Männer gerade ein Gewehr brauchte. Er war darauf fixiert zu überleben und Shutov war sich sicher, dass er sie alle verraten würde, wenn er sie nicht mehr brauchte. Er traute dem Butcher nicht und deshalb sorgte er dafür, dass immer einer der andern Männer in seiner Nähe war. Er hielt den Butcher für einen Killer, kaltblütig und ohne Reue. Darum war es ihm im Moment lieber, ihn im Auge haben, als ihn irgendwo da draußen zu wissen.

Er ging die Treppe hinauf und nickte den Männern zu, an denen er vorbei kam. Einige erwiderten den Gruß, aber die meisten behielten den Blick gesenkt und waren in sich selbst versunken. Shutov spürte, dass er etwas tun musste, wenn er nicht einige seiner Männer verlieren wollte. Sie machten einen niedergeschlagenen Eindruck – und dabei waren es nur zwei Tage gewesen. Wenn das so weiter ging, würden sie wahrscheinlich bis zum Ende der Woche alle tot sein.

Vuk saß neben der Leiter, die auf das Dach führte und aß Bohnen aus einer Dose. Shutov setzte sich neben ihn, seine CZ550 auf dem Schoss. Der Narr vom Schornstein hatte das Wort „Errettung" in den hölzernen Schaft geschnitzt und

Shutov hatte sich angewöhnt, unbewusst mit dem Zeigefinger die Buchstaben nachzuzeichnen.

Vuk bemerkte das und griff das Wort auf: „Errettung ist das, was die Männer jetzt brauchen, Sir. Die Männer sind hier in einer völlig neuen Situation, und all das Schießen ist..." Vuk brach ab, er konnte das richtige Wort nicht finden.

„Ich weiß, Vuk, aber was soll ich machen? Manchmal ist es einfach notwendig zu töten. Du wärst selbst beinahe gestorben", antwortete Shutov.

„Das versteh' ich, Sir. Aber der Kerl war irre, der hat gedacht ich bin Jesus."

„Das hier sind verrückte Zeiten, mit verrückten Menschen. Wäre es dir lieber gewesen, wenn der Butcher ihn nicht umgebracht hätte?"

„Natürlich nicht. Natürlich will auch ich überleben – ich mache mir bloß Sorgen und den Preis, den wir zahlen. Wir hätten immer noch versuchen können, ihn zu überreden, zu ihm durchzudringen. Der Butcher hat nichts davon versucht, er hat einfach geschossen, und jetzt ist ein Mensch tot."

Ihr Gespräch zog die Aufmerksamkeit der anderen auf sich, die auf der Treppe saßen und ihnen zugehört hatten. „Es ging darum zu töten oder getötet zu werden", antwortete Shutov. „Der Mann war bewaffnet und hat auf dich geschossen. Wer weiß, wen er noch alles umgebracht hätte, wenn er überlebt hätte?" Von den Männern auf der Treppe war Zustimmung zu hören.

„Der Butcher hat das Richtige getan", sagte Luther, „der Kerl da oben war gefährlich."

Vuk musterte Luther. Der Mann war ein Wurm, er war schwach, und er hing an Shutov wie ein Neugeborenes an der Mutterbrust.

„Wir hätten ihn überreden können", sagte Vuk. Luther schüttelte den Kopf und konzentrierte sich wieder auf den Inhalt seines Rucksacks.

„Wir haben eine Gelegenheit verschenkt, mehr über die Situation hier zu erfahren. Die Papiere, die ich gefunden habe, sind einige Wochen alt. Aber sein Wissen war up to date. Wer weiß wie viel Information mit seinem Tod verloren gegangen ist."

„Ich denke nicht, dass du ihn viel hast fragen können, als dir die Kugeln um den Kopf gepfiffen sind, oder?"

„Das stimmt schon. Aber was tun wir, wenn wir den nächsten Überlebenden treffen?", fragte Vuk.

Shutov dachte einen Moment nach, dann schüttelte er den Kopf und seufzte: „Ich weiß es nicht. Die einzigen Menschen, denen ich im Moment traue, sind die Männer in diesem Haus. Ich würde für sie mein Leben riskieren und sie würden das gleiche für mich tun. Was ist, wenn wir jemanden aufnehmen, der uns dann bestiehlt?"

„Was ist, wenn einer von uns die anderen bestiehlt?"

„Dann wird er erschossen", antwortete Shutov und einige der Männer klopften beifällig mit den Handknöcheln auf die Treppenstufen.

„Der Tod?" Vuk hielt seine Dose hoch: „Für so etwas wie eine simple Büchse Bohnen?"

„Vuk, sieh Dir unsere Lage an. Wir haben Nahrung für maximal zwei oder drei Tage. Eine Büchse Bohnen könnte den Unterschied zwischen Leben und Tod bedeuten."

„Dann sollten wir unsere Vorräte rationieren. Kein Mann sollte essen, wenn ein anderer hungert", er hielt seine Dose den Männern neben ihm hin, aber sie winkten ab.

„Machst du jetzt die Regeln?"

„Auf gewisse Weise sollten wir das alle. Stehlen bedeutet den Tod, hieß es gerade. Ich finde, dann sollten wir auch dafür sorgen, dass keiner Essen hortet, während ein anderer hungern muss."

Die Männer nickten und Shutov stimmte zu.

„Einverstanden. Alle sollen wissen, dass wir von nun an alles teilen werden. Essen, Wasser, Munition – alles. Aber nur zwischen unseren eigenen Männern."

„Und was tun wir, wenn wir jemand treffen, der nicht zu unserer Gruppe gehört?", fragte Vuk.

„Ich will leben, Vuk, genau wie du. Wie kann ich jemandem trauen, den ich nicht kenne? Und selbst wenn ich ihm traue, jeder weitere Mann bedeutet ein weiteres Maul, das gefüttert werden muss, eine weitere Person, die ausgerüstet werden muss. Können wir es uns wirklich leisten, unsere Vorräte noch weiter zu strecken?"

„Nein!", riefen einige der Männer.

„Können wir nicht", antwortete auch Vuk, „also, wenn wir jemand sehen, lassen wir ihn ziehen."

„Woher kommt deine plötzliche Sorge um Andere?"

„Weil wir morgen nach Elektro gehen werden. Und so wie wir hier Unterschlupf gefunden haben, könnten dort Andere sein. In Serbien war ich auf der anderen Seite, alleine, verängstigt, auf der Flucht vor Horden von Männern mit Gewehren. Ich möchte, dass wir uns einig sind – wir lassen Andere in Ruhe – wir helfen ihnen nicht, aber wir fügen ihnen auch keinen Schaden zu."

„Wir können sie natürlich ziehen lassen, eine Art Waffenstillstand." Vuk nickte aber Shutov fuhr fort: „Aber was dann? Vielleicht kommt der Eine, den wir laufen lassen, mit zehn anderen zurück. Oder, wenn er alleine ist, verfolgt er uns und wartet, bis wir alle schlafen damit er uns ausrauben und umbringen kann."

„Das kann man nicht sagen."

„Nein, kann man nicht. Aber man kann sagen, dass wir in einer verzweifelten Lage sind, und in einer verzweifelten Lage können Menschen gefährlich und unberechenbar werden. Wenn wir auf unsere Sicherheit Wert legen, müssen wir misstrauisch sein. Lieber bin ich paranoid und liege falsch, als ich bin zu vertrauensselig und bald tot."

„Was sollen wir also machen?", fragte Vuk.

Oben von der Leiter kam die kalte Antwort des Butchers: „Wir schießen als erste."

Einige der Männer nickten aber Vuk schüttelte den Kopf: „Das kann es doch nicht sein, nicht schon wieder."

Shutov legte die Hand auf Vuks Knie: „Vuk, ich finde ja auch, das ist nicht schön..."

„Nicht schön! Ihr redet davon, Menschen umzubringen wegen Verbrechen, die sie unter Umständen in Zukunft begehen könnten."

„Und du sprichst von Gesetzen in einem gesetzlosen Land. Hier draußen gibt es keine Regeln, keine Polizei, die man rufen kann, keine Gerichte, die Verbrecher verurteilen. Es geht hier um's Überleben – nicht mehr und nicht weniger. Aber du hast Recht damit, dass wir uns in dieser Sache einig sein müssen. Wir werden abstimmen – schließlich sind wir keine Wilden."

„Ach wirklich?", konterte Vuk.

„Du verstehst das falsch. Was wir vorhaben ist brutal. Menschen umzubringen um nicht umgebracht zu werden. Aber wir machen das nicht aus einem animalischen Instinkt heraus, nicht aus Mordlust", *jedenfalls nicht alle*, dachte Shutov und sah zum Butcher. „Wir machen das nur um zu überleben. Jeder, den wir töten, hat womöglich wertvolle Vorräte, mit denen einer von uns einen weiteren Tag überlebt. Er könnte Nahrung, Wasser oder Munition haben – wir töten ihn, damit einer von uns überlebt. Aber nur wenn wir alle zustimmen. Hand hoch wer dafür ist – werden wir töten, oder getötet werden?" Sofort waren zwei Hände in der Dachluke zu sehen.

Einige der anderen Männer hoben sofort die Hand, andere waren zögerlich. Aber unter den Blicken der Zustimmenden hoben sich schließlich auch ihre Hände. Nur Vuk konnte das nicht, er vergrub sein Gesicht in den Händen und wünschte, dieser Moment wäre vorbei. Er nahm die Hände vom Gesicht und sah auf die anderen. Einige ermunterten ihn, die Hand zu erheben.

„Was ihr hier beschließt, das ist Banditentum. Andere wegen des Gewehrs auf ihrem Rücken oder des Essens in ihren Taschen zu ermorden", sagte er.

„Es ist Überleben", antwortete Shutov.

„Wir könnten auch überleben, ohne andere zu ermorden. Sicher, es wäre schwieriger und gefährlicher. Uns muss klar sein, dass wir dabei sind, Banditen zu werden, Verbrecher. Wenn einer damit ein Problem hat, dann soll er seine Hand lieber runter nehmen." Vuk hoffte, dass wenigstens einer seine Hand senken würde, denn alleine hatte er keine Chance.

Vuk und Shutov sahen herum, aber alle Hände blieben erhoben. Wenn er die Gruppe verlassen wollte, würde Shutov ihn vermutlich töten. Wenn Shutov bereit war, Menschen für die paar Habseligkeiten umzubringen, die sie in ihren Rucksäcken hatten, was würde er mit Vuk machen, wenn der ihn verriet und die Gruppe verließ? Wenn er nicht zustimmen würde, wie zuwider es ihm auch sein mochte, würde er vermutlich einen ‚Unfall' erleiden und bald tot sein.

„Dann werde ich ein Bandit, zusammen mit euch, meine Brüder. Nicht weil wir wollen, sondern weil wir müssen. Und zusammen werden wir überleben", und damit erhob er widerwillig seine Hand. Leiser Beifall ertönte von Seiten der Männer und sie beglückwünschten sich gegenseitig. Ein Hauch von Kameradschaft war zurückgekehrt.

„Also gut, meine Brüder. Schlaft euch aus in dieser Nacht, denn morgen geht es nach Elektro." Nach einem zaghaften ‚Hurra' zu diesen Worten verschwanden die Männer nacheinander, um sich einen Schlafplatz zu suchen.

„Gott helfe allen Überlebenden, die wir morgen treffen", flüsterte Vuk, laut genug dass Shutov es hören konnte. Shutov ließ den Zeigefinger über das eingravierte ‚Errettung' gleiten, diesmal bewusst.

„Ich denke wir sind uns zumindest darin einig, dass Gott diesen Ort verlassen hat", er schulterte sein Gewehr und ging die Treppe hinunter, ohne auf eine Antwort zu warten.

Vuk blickte nach oben und sah das grinsende Gesicht des Butchers, der zu ihm herunter sah. Der Butcher nickte ihm zu und verschwand in der Dunkelheit. Mit dem Finger fischte Vuk den letzten Rest seiner Bohnen aus der Büchse und warf sie dann achtlos zur Seite. *Er hat recht, hier regiert der Teufel*, dachte er, bevor er sich das Hemd über das Gesicht zog und versuchte, ein wenig zu schlafen.

KAPITEL 18

ARNOLDS RETTUNG

Sie verließen das PBX Schlauchboot am Hafen der ersten Ansiedlung, die sie fanden. Arnold ging es schlechter. Seine Haut hatte einen orangefarbenen Ton angenommen und sein Bauch war aufgebläht. Er stöhnte jedes Mal vor Schmerz, wenn der Doktor ihn untersuchte. Diese Stadt war von Infizierten verseucht, darum hatte Robert den Doc und Arnold in einem Lagerhaus am Hafen zurückgelassen und sich alleine auf die Suche nach einem Krankenhaus gemacht.

Die Stadt bestand aus zwei Teilen – einem Industriegebiet im Norden, nahe am Ufer und einem Wohngebiet, mit dem Stadtzentrum, weiter südöstlich und im Inland gelegen. Als er den nördlichen Teil der Stadt durchsuchte, verbrachte Robert den größten Teil der Zeit auf dem Bauch kriechend, während er stöhnenden Infizierten auswich und nach Vorräten suchte. Er hatte Nahrung, Wasser, Kleidung und eine Menge Leichen gefunden, die ihre Waffen umklammert hielten, außerdem eine Landkarte und einen Kompass, aber kein Krankenhaus. Nach dem Grad der Verwesung waren diese Menschen schon vor geraumer Zeit gestorben, aber aus irgendeinem Grund nicht als Infizierte wieder auferstanden. Robert machte sich viele Notizen im Kopf, während er seine Suche nach Medikamenten fortsetzte.

Als er die Straße hinauf schlich, sah er ein Ortschild, das den Namen Berezino trug, das war wohl der Name dieser Stadt. Er sah auf die Karte und verfolgte ihren Weg zurück. Er fand die Bucht, wo er das Boot gefunden hatte, die Landzunge, wo das Schiff aufgelaufen war und die Hafenanlagen, wo sie das Boot verlassen hatten. Er nahm einen Stift aus der Tasche und strich sich einige Örtlichkeiten an, die er auf seinem geplanten Weg nach Süden aufsuchen wollte, besonders ein Militärlager, das sich, wie es schien, auf einem Fußballplatz befand.

Während des Morgens, im nördlichen Teil von Berezino, hatte er gelernt, den Infizierten auszuweichen. Und er hatte auch bemerkt, dass ihr Gehör wesentlich besser entwickelt war als ihre Sehfähigkeit. So lange man unten blieb und kein Geräusch machte, konnte man fast an ihnen vorbei kriechen, ohne dass sie einen bemerkten. Auch schien es, als würden sie keinen Geruchssinn haben – vielleicht waren sie auch von ihrem eigenen Gestank betäubt – zumindest schienen sie Robert nicht zu riechen. Nur über ihren Tastsinn wusste er nichts, und er hoffte, dass er es auch nie herausfinden würde.

Er war nun mit einer 870 Remington Schrotflinte bewaffnet, die er einigen eindrucksvolleren Waffen bei den Militärzelten vorgezogen hatte. Robert ging davon aus, dass ein Zusammenstoß mit den Infizierten eher auf engem Raum stattfinden würde, und da war ihm die Durchschlagskraft einer Schrotflinte lieber als die Reichweite eines Scharfschützengewehres. Er hatte 24 Schuss, aber zum Glück hatte er bisher noch keinen abfeuern müssen.

Als er eine freie Fläche überquerte, sah er einen grob zusammengezimmerten Hochstand, um den drei Infizierte strichen. Robert beschloss kein Risiko einzugehen, schlug einen Bogen und hielt dann wieder auf die Gebäude zu, die er in der Ferne sah, und von denen er hoffte, dass eines ein Krankenhaus sein würde. Er kam zu einem Supermarkt mit einem ausgebrannten Humvee und einer Reihe Leichensäcken an der Rückseite. Er wich den Infizierten aus und schlich sich in den Markt, um nach weiteren Nahrungsmitteln zu suchen.

Er fand Konserven mit Bohnen und solche mit Pasta, außerdem einen Alice Pack Rucksack, den er gleich gegen seinen kleineren Patrol Pack vom Schiff tauschte. Er füllte ihn mit so viel Nahrung und Getränken wie er tragen konnte. Dann fand er noch eine weitere Landkarte, ein Jagdmesser und eine Schachtel Streichhölzer. Der Rucksack lag schwer auf seinem Rücken, als er den Markt verließ und über die Straße kroch. Er hielt sich unten und bewegte sich im Schatten der Gebäude. Als er um eine Hausecke kroch, sah er ein hohes Gebäude, auf das ein großes rotes Kreuz gemalt war. Es war ein Not-Hospital, das zuvor ein ziviles Krankenhaus gewesen sein musste, mit Tarnnetzen und Zelten, die um das Hauptgebäude herum standen. *Bingo*, dachte er bei sich. Er näherte sich dem Gebäude von hinten um den Infizierten auf der Vorderseite auszuweichen.

Er durchsuchte die Zelte, aber sie waren bereits leergeräumt worden, nur am Boden zwischen ihnen fand er einen Karton mit EpiPens - Epinephrin Injektoren, Morphin Injektoren, Bandagen und Blutkonserven. Sie waren nicht auf der Liste der Medikamente, nach denen er suchen sollte, aber er nahm trotzdem einige davon mit, nur für den Fall. Da er hier nicht weiter kam, kroch er langsam zurück, um zur Vorderseite zu gelangen.

Hier gab es eine große Glasfront und im Inneren standen noch mehr Medikamentenkartons. Er kroch bis zum Eingang, aber die Doppeltüren waren an den Griffen durch eine Kette mit Schloss gesichert. Er rüttelte gewaltsam an der Kette, aber es war zwecklos, die Türen rührten sich nicht. Er klopfte mit dem Lauf seiner Remington sachte an die Scheibe, zwei oder drei Schüsse würden reichen. Er betrachtete all die Infizierten, die in der Nähe herum wankten und entschied, dass er das nicht alleine machen würde. Er brauchte Hilfe, er brauchte den Doc. *Wenn er überhaupt noch da ist*, er konnte diesen aufsteigenden Gedanken nicht unterdrücken. Er spürte, dass der Doc sie bei der ersten sich bietenden Gelegenheit im Stich lassen würde.

Schließlich machte er sich auf den Rückweg. Im Augenwinkel bemerkte er eine gemalte Flamme. An einem Haufen mit altem Fahrzeugschrott lehnte ein Motorrad, eine Kawasaki. Feuerrot mit einer gelben Flamme auf dem Tank. Nicht weit davon lag die Leiche eines jung aussehenden Mannes – er mochte der Besitzer gewesen sein. In seinen Taschen fand sich der Schlüssel des Motorrades, was diese Vermutung bestätigte. Das Motorrad hatte nicht mehr viel Benzin, aber es schien in gutem Zustand und sprang beim ersten Versuch an. Robert brachte den Motor auf Touren und die Infizierten strömten herbei, das Heulen des Motors zog sie an wie die Motten das Licht. Er klappte den Standfuß hoch, legte den ersten Gang ein und fuhr die Straße hinunter, mit einem Tross von Infizierten, die hinter ihm her jagten.

Allerdings machte das Tempo des Motorrades ihrer Jagd ein schnelles Ende. Sie konnten ihn bald nicht mehr sehen und verloren das Interesse, als das Geräusch des Motors in der Ferne immer leiser wurde. Er war erleichtert, als er am Hafen ankam und sah, dass der Doc noch da war. Er saß neben Arnold und träufelte ihm Wasser in den Mund. Der Doc war froh, als er sah, dass der Motorenlärm von Robert kam und lächelte sogar ein wenig, als er in die Lagerhalle gefahren kam.

Robert stellte das Motorrad ab und schloss das Tor der Halle. Er nahm den schweren Rucksack ab und gab dem Doc ein paar Konserven und Limonade: „Ich hab in der Stadt ein Krankenhaus gefunden. Davor stand ein Karton mit Medikamenten. Das ist alles, was drin war." Er legte dem Doc seine Ausbeute vor. „Hilft das Arnold irgendwie?"

Der Doc sah sich die Sachen an und nahm die Blutkonserve in die Hand: „Null negativ."

„Und – kann man das brauchen?", fragte Robert.

„Das ist die universelle Blutgruppe, die kann man also jedem verabreichen. Aber sie ist nicht gekühlt und wir wissen nicht, wie alt sie ist. Sie könnte also die Sache auch verschlimmern. Der Rest sieht nach Medikamenten für militärischen Bedarf aus, für Gefechtssituationen. Damit kann man einen Mann zusammenflicken, damit man ihn wieder hinaus schicken kann. Für die Behandlung von Malaria sind sie nutzlos."

„Dann müssen wir wieder zurück. Drinnen gab es noch mehr Kartons, aber die Tür war verschlossen. Ich denke, es gibt einen Weg hinein, aber dafür brauche ich Hilfe."

„Da müssen wir uns aber beeilen. Arnold geht's von Minute zu Minute schlechter."

„Dann nehmen wir das Motorrad. Aber wir brauchen zuvor noch Benzin, und für dich eine Waffe."

„Eine Waffe?", Der Doc erschrak.

„Du hast es doch gerade gesagt – das ist eine Gefechtssituation. Und in so eine Situation geht man nicht unbewaffnet."

Nach einem kurzen Abstecher zu den Militärzelten kehrte Robert zum Krankenhaus zurück, dieses Mal zusammen mit dem Doc. Arnold hatten sie es in dem Lagerhaus so bequem wie möglich gemacht. In einem der Militärzelte hatte Robert eine M9 Pistole mit Schalldämpfer für den Doc gefunden. Er hatte ihm einen Crashkurs im Schießen gegeben, indem er ein paar leere Dosen aufgestellt hatte. Sein erster Schuss war daneben gegangen, aber durch den Schalldämpfer hatten sie keine Infizierten auf sich aufmerksam gemacht. Als auch die beiden nächsten Schüsse ihr Ziel verfehlten, hatten sie beschlossen, keine weiteren Kugeln mehr zu verschwenden und die Munition lieber zu sparen.

„Ziel einfach auf die Brust und drück so oft ab, bis sie umfallen", war die letzte Anweisung, die Robert dem Doc gab, als sie am Krankenhaus ankamen.

Sie hatten das Motorrad am Supermarkt zurück gelassen und sich vorsichtig dem Krankenhaus genähert. Der Doc hatte sich dabei von Robert abgeschaut, wie man den Infizierten aus dem Weg ging.

Später würde die intellektuelle Seite seines Geistes die physiologischen Gründe dafür erörtern, wieso das Gehör der Infizierten besser arbeitete als ihre Augen. Für den Moment dachte er nur ans Überleben. Den Infizierten so nahe zu sein, verunsicherte ihn und er konnte sich nicht daran gewöhnen.

Vor dem Krankenhaus zielte er zitternd auf die nahen Infizierten und wünschte, sie würden einfach weggehen. Robert lud durch und schoss auf die Glasfront. Der Schuss zerriss die ländliche Stille, und gleich darauf folgte ein zweiter. Der Doc sah, wie die Infizierten in der Nähe sofort reagierten und auf die Lärmquelle zu gerannt kamen. „Sie kommen, zerschieß das Scheiss-Fenster", schrie er panisch.

Der dritte Schuss zerbrach das Glas und die Scheiben fielen in sich zusammen. „Rein jetzt!", rief Robert ihm zu, als er die Infizierten herankommen sah. „Geh nach hinten und schau in die Kartons. Ich kümmere mich um den Rest."

Robert ging hinter der Empfangstheke des Krankenhauses in Stellung und richtete die Schrotflinte auf die zerbrochenen Fenster. Er atmete schwer, in schnellen Stößen und versuchte vergeblich, seine Atmung unter Kontrolle zu bekommen. Der erste Infizierte kam herein. Die Geräusche, die der Doc mit den Kartons machte, verschwanden, Roberts Wahrnehmung setzte aus und er konzentrierte sich nur noch auf den Infizierten. Er sah durch das Visier, wartete, bis er nahe genug war und drückte ab. Er hörte den Schuss nicht, aber das Gesicht des Infizierten war plötzlich verschwunden und was blieb war ein schwärzlicher Krater, aus dem dunkelbraune Galle lief.

Er merkte, dass der Doc hinter ihm etwas gesagt hatte, aber er blendete es aus und wartete auf den nächsten Infizierten. Er war ebenso rasch erledigt wie vier weitere, die herein kamen. Robert gab drei weitere Schüsse ab, dann gab es nur noch ein Klicken. Die Munition war zu Ende.

Der Lärm und das Stöhnen der Infizierten drang langsam wieder zu ihm durch. Er stieß einen Infizierten mit dem Fuß weg, während er die Remington nachlud. Der Infizierte schlug nach seinem Arm und der Doc sah Blut aus der Wunde sickern, als Robert den Infizierten in die Brust schoss. Er ging zu Boden und so erging es auch den letzten vieren, die herein kamen.

Plötzlich war es in dem Krankenhaus ganz still – sie konnten ihre Atemzüge hören – und Robert drehte sich zum Doc um: „Hast du was gefunden?"

„Nein, nichts. Ein paar Antibiotika, die ihn vielleicht noch eine Weile am Leben halten. Aber gesund machen sie ihn nicht."

„Dann war all das hier also umsonst", Robert sah auf die Körper am Boden.

„Du blutest. Darum kümmern wir uns gleich, bevor wir uns weiter über Arnold Gedanken machen." Robert sah zu, während der Doc die Wunde verband.

„Heißt das jetzt, dass ich zu einem von denen werde?"

„Weiß ich nicht. Ich habe ein paar nützliche Dinge eingepackt, aber jetzt sollten wir hier verschwinden, bevor noch mehr kommen. Wir geben Arnold die Antibiotika, wenigstens verschafft ihm das ein wenig Zeit", antwortete der Doc.

Sie kehrten zu ihrem Motorrad am Supermarkt zurück. Der Schock legte sich langsam und Roberts Verstand arbeitete wieder normal. „Wir werden in der Abenddämmerung zurückkommen Das Glas ist jetzt kaputt und wir müssen keinen Lärm mehr machen. Das sollte dir die Zeit verschaffen, die richtigen Medikamente zu finden." Der Doc nickte und sie stiegen auf und kehrten zum Lagerhaus zurück.

Aber sie fuhren am Abend nicht mehr zum Krankenhaus. Sie verbrachten den Abend damit, Arnold zu beerdigen. Als sie von ihrer erfolglosen Tour zum Krankenhaus zurückgekommen waren, war Arnold tot. Insgeheim war der Doc erleichtert, weil das ihre Überlebenschancen deutlich verbesserte. Robert sagte nichts. Er schlug mit den Fäusten so lange an die Blechwand, bis die Knöchel bluteten. Dann suchte er nach einer Schaufel. Während er das Grab aushob, weinte er. Der Doc saß unter einem Baum und sah zu, weil Robert darauf bestanden hatte, alleine zu graben.

Als Robert die letzten Schaufeln Erde in das Grab füllte, verzogen sich die Wolken und ein heller Vollmond schien auf das Feld. „Sollen wir irgend ein Zeichen aufstellen?", fragte der Doc.

Robert klopfte sich die Erde von den Händen: „Nein." Er warf die Schaufel hin und ging zurück zum Lagerhaus. Im Grunde genommen war Arnold nun gerettet – er war davor bewahrt worden, jemals zu erfahren, dass die Welt von dieser Infektion heimgesucht wurde.

KAPITEL 19

KONFLIKT

Ein friedlicher und heiterer Morgen brach an, an einem Tag, der für einige der Überlebenden der MV Rocket ein gewaltsames Ende bringen würde. In der Kirche war das Feuer herunter gebrannt. Der letzte Schein der Glut ging im Licht der aufgehenden Sonne unter, das den Raum erfüllte. Die Männer rieben sich den Schlaf aus den Augen, darunter auch – wie Janik mit Missfallen bemerkte – die beiden Posten, die eigentlich Wache halten sollten.

Aber zum Glück war die Nacht ruhig gewesen und Janik sah erleichtert, dass sein Fahrrad wieder da war und an der Wand lehnte. Er packte seine wenigen Sachen in den Rucksack und machte sich zum Gehen bereit.

„Janik, du solltest da nicht allein raus gehen", kritisierte Yuri.

„Das Fahrrad trägt nur einen und ich will die Umgebung erkunden. Sehen, wie weit die nächste Ansiedlung entfernt ist", antwortete Janik. Er hatte niemandem erzählt, dass er eine Landkarte hatte. Daher brauchte er jetzt einen Platz, wo er sie in Ruhe studieren konnte. Yuri war nicht überzeugt, aber Janik hielt seine Armbrust hoch: „Mir passiert nichts. Nur ein paar Stunden – vor dem Mittag bin ich zurück. Vielleicht finde ich ein paar gute Stellen, die wir am Nachmittag ausräumen können." Das beschwichtigte Yuri und so gab er nach. Janik sprang auf sein Rad und fuhr davon.

Eine ganz andere Art von Diskussion gab es zur selben Zeit im Camp der Banditen, die sich gerade zum Aufbruch bereit machten. Alejandro war soeben von einer nächtlichen Aufklärungsmission nach Elektro zurückgekommen. Er meldete, dass alle Überlebenden dort in der Kirche Zuflucht gefunden hatten. Als sie die Karte studierten, schlug Vuk vor, sie in Ruhe zu lassen und stattdessen das Viertel mit den Hafenanlagen, südöstlich der Kirche, näher am Ufer, zu durchsuchen. Auf der Karte waren dort viele Gebäude eingezeichnet und sie würden dort sicher einiges von Wert finden.

Der Butcher aber vertrat die Ansicht, dass es besser sei, sie in der Kirche zu überfallen und niederzumachen, so lange sie ahnungslos waren. „Es ist eine Sache, als erster zu schießen, aber es ist etwas anderes, Menschen zum Spaß zu jagen und zu ermorden", widersprach Vuk.

„Das ist nicht zum Spaß, sondern zum Überleben", antwortete der Butcher.

„Nein, das ist Mord. Sie stellen keine Gefahr für uns dar."

Shutov unterbrach: „Ihr habt beide Unrecht." Er drehte sich zu Vuk: „Wenn sie nicht zu uns gehören, *sind* sie eine Bedrohung", und zum Butcher, „aber es gibt auch keinen Grund sie zu jagen. Wir lassen sie in Ruhe, so lange sie im Osten bleiben. Viel wichtiger ist, dass Alejandro einen Omnibus gesehen hat, der zu funktionieren schien."

„Was wollen wir denn mit einem Bus?", fragte Harrison.

Shutov hielt die Papiere hoch, die er die ganze Nacht studiert hatte. „Weil *das* mir sagt, dass es im Norden wesentlich mehr zu holen gibt - und dieser Bus wird uns dorthin bringen."

Vuk war mit diesem Plan zufrieden, er konnte mit allem leben, was einen Konflikt mit den Überlebenden vermied. Er wandte sich zu Alejandro: „Was brauchen wir, damit der Bus fährt?"

„Da muss einiges getan werden. Ein Reifen ist platt und ich weiß nicht, was mit dem Motor ist. Aber die Motorhaube war offen, darum denke ich, dass es

Motorprobleme gab. Und höchstwahrscheinlich brauchen wir auch Benzin."

Shutov rief nach Sam, einem kleinen Mann mit überraschend muskulösen Armen. „Sam, du hast unter Robert auf dem Schiff gearbeitet."

„Ja, ich hab diesem Säufer die Arbeit gemacht", entgegnete Sam.

„Denkst du, du bringst diesen Bus in Gang?"

„Ich hab bei der Luftwaffe jahrelang als Mechaniker gearbeitet. Ich denke schon, dass ich deinen kleinen Bus wieder hinkriege. Aber ich brauche Werkzeug und, so wie es aussieht, auch Ersatzteile."

Shutov wandte sich an die anderen: „Dann, Männer, haben wir für heute eine Aufgabe. Wir beschaffen Sam alles, was er braucht, um den Bus bis zum Abend in Gang zu bringen." Als sie schon anfingen, sich zu verteilen und ihre Sachen zu packen, fuhr er fort: „Aber lasst mich eines klarstellen. Wenn wir einen der Überlebenden sehen, töten wir ihn. Vergesst euer altes Leben auf dem Schiff. Sie sind nicht mehr die, die sie waren, und wir sind es auch nicht. Ich will nicht, dass irgendjemand von unseren Plänen erfährt." Die Männer nickten und fuhren damit fort, sich vorzubereiten. Shutov sah Vuk an.

„Ich werde töten, aber nicht jagen", reagierte Vuk auf seinen Blick.

Shutov nickte zufrieden: „Das ist alles, was ich von dir erwarte - für unsere Sicherheit."

Lucas saß auf dem Dach des Turms der Feuerwache von Elektro und hielt Ausschau. Er genoss die friedliche Stimmung, zumindest wenn man die herumstreifenden Infizierten ignorierte. Er beobachtete sie durch das Aimpoint Visier eines M14 Gewehrs, das er in der Feuerwache gefunden hatte. Obwohl er ein wenig enttäuscht gewesen war, dass sie kein Zoom Visier hatte, so war sie doch eine sehr gute Waffe und Lucas übte mit ihr, Infizierte zu erschießen.

Lucas war schon als Kind mit seinem Vater zur Jagd gegangen. Diese Ausflüge hatten ihre Beziehung zueinander gestärkt. Sein Vater war kein Mann großer Worte, aber er liebte seinen Sohn. Ihm beizubringen, wie man jagt, war seine Art, diese Liebe zu zeigen. Lucas wusste, dass sein Vater an einem Kriegstrauma litt. Er war aus der Armee entlassen worden, weil er seinen Dienst als Scharfschütze nicht hatte ausführen können. Auf Familientreffen, wenn seine Onkel zu viel getrunken hatten, zogen sie ihn damit auf, dass er nicht geschossen hatte. Aber Lucas glaubte, dass er den wahren Grund kannte. Sein Vater genoss den Nervenkitzel der Jagd, die Verfolgung, das Beobachten der Beute, das Prüfen der Windverhältnisse, das Anvisieren, das Warten auf den richtigen Moment. Er hatte kein Problem damit, Tiere zu erlegen oder auf Scheiben zu schießen. Aber das erste Mal, als er den Abzug drücken sollte, um einen Menschen zu töten, hatte er es nicht gekonnt. Und deswegen war er aus der schwedischen Armee entlassen worden.

Für Lucas bedeutete das, dass er praktisch eine Ausbildung als Scharfschütze erhielt, wenn er mit seinem Vater jagen ging. Als Lucas seinen ersten kapitalen Bock geschossen hatte, war sein Vater so stolz gewesen, dass er es dem ganzen Dorf erzählt hatte. Lucas war erst zehn Jahre alt gewesen. An diesem Abend hatte sein Vater das Wild auf dem Teller kaum angerührt und stattdessen die ganze Zeit nur seinen Sohn angesehen, mit einem Lächeln auf dem Gesicht. Seit diesem Tag war Lucas Feuer und Flamme für die Jagd, sehr zum Missfallen seiner Freundin, die jagen für barbarisch und gemein hielt.

Jetzt setzte er diese Ausbildung bei den Infizierten ein, die sich in mancher Hinsicht genau wie Tiere verhielten. Sie gingen nicht in Deckung, sie nahmen nur Dinge in ihrer unmittelbaren Umgebung wahr und sie folgten unbeirrbar ihrer Beute. Da Munition zu kostbar war, um sie zu verschwenden, visierte er sie an, beobachtete welchen Weg sie nahmen, folgte ihren Bewegungen und wenn es so weit war, drückte er ab. Allerdings hatte er die Waffe nicht entsichert, so dass sie nicht wirklich schoss. Er konnte es kaum erwarten, den Sicherungshebel umzulegen und wirklich zu schießen. Er lenkte seine Aufmerksamkeit nun von den Infizierten zu seinen Kameraden, denen er Deckung geben sollte, während sie den Supermarkt plünderten.

Wie Janik war auch Lucas der Ansicht, dass viele von ihnen undiszipliniert waren, und dass ihnen das noch zum Verhängnis werden würde. Aber anders als Janik wollte Lucas ihnen helfen, ihnen beibringen, was er wusste. Daher hatte er bei der Planung des Beutezuges zum Supermarkt angeboten, Wache zu halten und für ihre Sicherheit zu sorgen. Er hatte verständnislose Blicke geerntet und sich die Zeit genommen, ihnen die Vorteile zu erklären, wenn jemand ihre Bewegungen überwachte.

Lucas fand, dass ihre Entscheidungen ohne Voraussicht getroffen wurden, so wie einen Supermarkt ohne wirkliche Deckung zu plündern. Ohne jemanden, der über sie wachte, würden die Männer im Markt nicht bemerken, wenn sie in Gefahr waren, bis es zu spät sein würde. Als er sie in dem Markt beobachtete, wünschte er, er hätte eine weitere Wache auf dem Turm der zweiten Feuerwache gehabt, auf dem Gelände des Kraftwerks weiter nördlich. Von dort aus hätte man die Nordseite des Marktes sichern können. Aber im Moment gab es nur ihn.

Janik hatte sich bereits weit von der Gruppe der anderen entfernt und saß nun unter einer Kiefer um in Ruhe die Landkarte zu studieren. Er befand sich an der Flanke eines bewaldeten Hügels, westlich von Elektro. In der Ferne konnte er Lucas' Silhouette auf dem Turm der Feuerwache sehen. Er vertiefte sich so in das Studium seiner Karte, dass er die Banditen erst entdeckte, als sie bereits in der Nähe der Tankstelle waren. Sie waren zu dritt und Janik erkannte alle von ihnen: Kai, Rory und Harrison. Er war überrascht, dass Rory dabei war. Harrison und Kai hatten sich auf dem Schiff immer über ihn lustig gemacht und ihm den Spitznamen ‚Simpel' gegeben. *Besondere Umstände erfordern wohl seltsame Allianzen,* dachte er und rutschte weiter in die Deckung des Baumes, um nicht gesehen zu werden.

Er beobachtete, wie die Männer die Umgebung der Tankstelle erkundeten. Sie hatten Benzinkanister dabei und versuchten, sie an den Zapfsäulen zu füllen. Aus der Art, wie Harrison seinen Kanister auf den Boden schleuderte, schloss er, dass es nicht funktionierte. Janik fiel auf, dass sie alle Schusswaffen hatten, bloß Rory trug nur eine Axt. Die Art, wie er sie hielt, weckte eine Erinnerung in Janik – das war der Mann gewesen, der in der ersten Nacht die vier Infizierten getötet hatte. *Gut für dich,* Janik lächelte und wollte den Männern gerade zurufen, als ihn das Knacken eines Astes hinter ihm aus seinen Erinnerungen riss.

Vor Angst wie erstarrt lauschte er angestrengt und hörte, wie auf das Knacken Schritte folgten, was ihn erneut an die erste Nacht erinnerte, als er Rorys Schritte auf dem Beton gehört hatte. Hier im Wald schien der Verursacher der Schritte keine Anstalten zu machen, sich leise zu verhalten. Janik drehte vorsichtig den Kopf und spähte durch die tief hängenden Äste. Ein bisschen weiter den Hügel hinauf gingen weitere sechs Männer vom Schiff und für Janik sah es aus, als seien sie auf einem Kriegszug.

Alle hatten Schusswaffen, einige Sturmgewehre, AK-74 und Schrotflinten. Sie gingen aufgeteilt in Zweiergruppen und sicherten sich nach vorne und hinten ab. Janik vermutete, dass sie es gewesen waren, die gestern in Cherno geschossen hatten. Er wusste nicht, was sie in Elektro wollten, aber sie sahen nicht freundlich aus.

Vuk blieb am Waldrand stehen, keine 50 Meter von der Stelle entfernt, wo sie, ohne es zu merken, Janik passiert hatten. Er nahm ein Fernglas heraus und beobachtete die Stadt, die vor ihnen lag. Auch Shutov und Alejandro blickten durch ihre Ferngläser, wobei Alejandro immer wieder auf besondere Gebäude zeigte, die er in der Nacht zuvor entdeckt hatte. Vuk achtete kaum auf ihre Unterhaltung und konzentrierte sich stattdessen auf die

Bewegungen unten in der Stadt. Von hier oben konnte er die Infizierten herum streifen sehen, wie er es erwartet hatte. Zum Glück schienen jedoch keine Überlebenden dort unten zu sein. Vor Elektro sah er die zweite Banditengruppe die Straße entlang gehen. Sie hatten die Tankstelle hinter sich gelassen und passierten gerade eine große Scheune. Bald würden sie den Stadtrand von Elektro erreicht haben.

Shutov hatte Vuk nicht in seine Pläne eingeweiht, aber es schien ihm, als sollten die Männer der zweiten Gruppe so etwas wie eine Ablenkung sein, oder auch ein Köder, das hing von der Betrachtungsweise ab. Sie waren alle entbehrlich und ihre Route entlang der Straße würde garantiert die Aufmerksamkeit jeden Beobachters auf sich ziehen. Diese Gruppe hatte eigentlich die Aufgabe, Benzin zu beschaffen und die Infizierten auszuschalten. Aber da Vuk bereits Zeiten mit Benzinknappheit erlebt hatte, wusste er, dass Tankstellen als erstes geleert wurden. Er erinnerte sich, wie die Menschen damals in Serbien Benzin gehortet hatten. Vermutlich würden sie in den Benzintanks verlassener Fahrzeuge oder in den großen Tanks in der Nähe von Lagerhallen und Fabrikgebäuden mehr Glück haben.

Nachdem sie an der Tankstelle erfolglos gewesen waren, hatten sich die drei ihrer zweiten Aufgabe zugewandt und begonnen, jeden Infizierten zu erschießen, den sie sahen. *Köder, definitiv*, dachte Vuk bei sich als die Schüsse zu ihnen herauf hallten.

Shutovs Plan funktionierte, da ihre Schüsse alle Infizierten weg von den Gebäuden und in Richtung der zweiten Gruppe lockten. Vuk hatte mit seiner Vermutung recht gehabt, dass die Mitglieder des zweiten Teams entbehrlich waren. Darum hatte Shutov sie ausgewählt. Die Gebäude, zu denen er wollte, waren jetzt frei von Infizierten. Sie verließen den Waldrand und gingen den Hügel hinunter in Richtung Stadtrand. Vuk hoffte, dass die Schüsse nur die Infizierten anlocken würden und dass die Überlebenden bereits weiter gezogen waren.

Von seinem Turm aus konnte Lucas die Schüsse nicht hören, aber er nahm die Bewegung der größeren Gruppe auf dem Feld wahr. Die Männer waren zu weit entfernt um zu erkennen, um wen es sich handelte, aber an der Art wie sie gingen und daran, dass sie alle Waffen trugen, erkannte er, dass sie keine Infizierten waren. Da er nicht wusste, was die anderen Überlebenden vorgehabt hatten, nahm er einfach an es seien einige von ihnen, die von einem Plünderungszug zurückkamen. Er bedauerte, dass sie keine Funkgeräte hatten um sich besser abzusprechen. Mit diesem Gedanken machte er sich wieder daran, seine Zielübungen auf Infizierte fortzusetzen.

Mitch wünschte sich, er wäre wieder zu Hause, und das nicht nur deshalb, weil es dort nicht so gefährlich war. Bei ihm zu Hause hatte man, wenn man gekocht hatte, nicht auch noch den Abwasch machen müssen. Es schien ihm unfair. Da er doch immerhin das Wildschwein erlegt hatte, hätte es eigentlich jemand anderer zubereiten sollen. Da das Fleisch ohne Kühlung nicht lange halten würde, und da er an diesem Morgen nicht viel zu tun hatte, war er Yuris Aufforderung gefolgt, aus dem Rest kalten Braten zu machen. Und nun brachte er ihn zu den Männern. Lucas war seine letzte Station. Als er zur Feuerwache ging schimpfte er darüber vor sich hin, dass er den Braten, nachdem er ihn schon zubereitet hatte, nun auch noch ausliefern musste.

Er stieg die Metallleiter am Turm hinauf und schnappte nach Luft. Schweiß tropfte von seiner Stirn auf die Sprossen. Er hatte sich nie um sein Übergewicht gesorgt, aber nach der Tour durch Elektro an diesem Morgen war ihm sein Mangel an Fitness bewusst geworden. Wenigstens zeigte Lucas ein angemessenes Maß an Dankbarkeit, als er das Essen nahm. Mitch ruhte sich ein wenig aus, sein Bauch sprang bei jedem Atemzug.

„Viel los heut Morgen?", sagte Lucas mit vollem Mund.

„Ich spiel' hier nur grad den Lieferjungen und du bist meine letzte Station", antwortete Mitch.

„Haben die Jungs drüben bei den Fabriken ihre Rationen gleich mitgenommen?" Lucas wies hinter sich auf die Männer, die das freie Feld überquerten.

„Da ist niemand draußen. Wir haben bloß Leute im Supermarkt. Der Rest ist in der Kirche und sortiert die Vorräte." Lucas schluckte seinen Bissen hinunter, zog Mitch auf die Füße und drehte ihn herum. Er zeigte mit dem Finger und Mitch folgte mit seinem Blick. Er konnte gerade noch ein paar Männer erkennen, die am Rand des Feldes angekommen waren und den Stadtrand erreicht hatten.

„Wer zum Teufel sind dann die?"

„Die gehören nicht zu uns", sagte Mitch.

Der Butcher bemerkte im Augenwinkel die Bewegung auf dem Turm der Feuerwache. Aus dieser Entfernung konnte er keine Details erkennen, aber gegen den blauen Himmel stachen die Silhouetten zweier Männer ab, die auf dem Turm standen.

„Sir, ich habe hier in einiger Entfernung zwei Feindkontakte", teilte er Shutov mit und zeigte in die Richtung. Shutov nahm sein Fernglas und sah in die Richtung, in die der Butcher gezeigt hatte.

Er sah die Männer dort stehen und sie sahen eindeutig in seine Richtung. Der Fette drehte sich nun um und stieg die Leiter hinunter. „So viel zum Thema unbemerkt", sagte er laut als er sich an Vuk wandte, „schick das zweite Team dort rüber. Sie sollen uns aus der Richtung Deckung geben. Alle anderen weitermachen, wir brauchen diese Ersatzteile, wenn wir hier raus wollen."

Mitch ärgerte sich, dass er vom Lieferjungen jetzt zum Boten degradiert worden war. Er wandte sich in Richtung der Männer, die sie gesehen hatten. Die Sonne brannte und er schwitzte noch mehr. Die freie Fläche zwischen der Feuerwache und den Fremden war zu gefährlich, es wimmelte dort von Infizierten und es gab keine Deckung. Also machte er einen Umweg, hielt sich in der Nähe von Häusern und kroch von Deckung zu Deckung. So dauerte es fast vierzig Minuten anstatt der zehn, wenn er aufrecht hätte gehen können.

Er kroch am Rand eines Feldweges entlang, als er in einiger Entfernung eine Gestalt sah. Sie saß auf den Stufen eines mit Brettern vernagelten Hauses. Der Mann hatte Mitch noch nicht gesehen, als er, an einem Infizierten vorbei, näher heran kroch. Erst in ausreichender Entfernung zu dem Infizierten fühlte sich Mitch sicher genug, um sich auf die Knie aufzurichten und dem Mann zuzuwinken und ihn auf sich aufmerksam zu machen. Rory sprang auf, ließ seine Axt fallen und winkte Mitch mit beiden Händen zu sich.

Von seiner Position aus sah Lucas nur Mitch, der winkte. Wem er auch zuwinken mochte, derjenige war von dem verbarrikadierten Haus und dem Baum, der daneben stand, verdeckt. Er blickte durch sein Aimpoint Visier – obwohl es keine Vergrößerung hatte, half es ihm sich zu konzentrieren. Unbewusst legte er den Sicherungshebel um.

Rory rief nach Kai und Harrison, die sich auf der anderen Seite des Hauses versteckt hatten: „Es ist Mitch vom Schiff."

„Gute Arbeit, Simpel", antwortete Kai. „Ruf' ihn hier rüber."

„Es ist Mitch, kein's der Monster. Ihr braucht eure Waffen nicht."

Kai und Harrison ignorierten seine Worte und behielten die Waffen auf den Feldweg gerichtet, wo sie Mitch erwarteten. Leiser rief Kai zurück: „Kümmere dich nicht um uns, bring bloß diesen Idioten näher ran."

Mitch konnte Rory sprechen sehen, aber er sah nicht, mit wem er sprach und dachte auch nicht groß darüber nach. Er machte sich mehr Sorgen darüber, ob vielleicht Infizierte in der Nähe waren. Rory kannte er ja vom Schiff, so fühlte er sich sicher.

Lucas sah immer noch durch sein Visier und verfluchte diesen Baum. Er glaubte, hinter dem Baum eine Bewegung wahrzunehmen, aber die Blätter versperrten ihm die Sicht. Auf jeden Fall ging Mitch auf jemanden zu.

Als Mitch die Ecke des Hauses erreichte stand er Kai und Harrison gegenüber, die beide ihre Schrotflinten auf ihn richteten. „Hey, beruhigt euch. Was sollen die Schrotflinten?", fragte Mitch und wich etwas zurück. „Ich bin doch nicht euer Feind."

„Was soll dann die Kanone?", fragte Kai und deutete mit dem Lauf seiner Flinte auf die Pistole in Mitchs Hand.

„Die ist für die Infizierten. Aber wenn du willst, kann ich sie auch hinlegen", antwortete Mitch.

Lucas sah, wie Mitch seine Pistole senkte, sie auf den Boden legte und einen Schritt zurück trat. Mitch sprach zu jemandem hinter dem Haus, den Lucas nicht sehen konnte, und gestikulierte in Richtung Feuerwache. Dann sah er, wie Mitch zurückwich und verzweifelt seine Hände ausstreckte. Dann verfärbte sich sein Brustkorb plötzlich blutig rot, er fiel nach hinten und schlug hart auf den Feldweg. Lucas versuchte zu begreifen, was gerade passiert war.

„Nicht unser Feind, die Ratte!", spottete Kai, während ein Rauchfaden aus dem Lauf seiner Flinte stieg.

„Warum habt ihr das getan?", frage Rory und lief zu Mitch hinüber um ihm zu helfen. Er versuchte mit den Händen die Blutung zu stoppen. Mitch schlug die Augen auf und sah ihn an.

„Wieso?", fragte er.

„Ich hab nicht gewusst, dass sie das tun. Es tut mir leid", sagte Rory. Das war das letzte, was Mitch hörte, bevor er starb.

„Komm schon, Simpel, wir gehen zurück zu den anderen", befahl Harrison.

In der Nähe eines Fabrikgebäudes hatten Shutov und die anderen angehalten, als sie den Schuss gehört hatten. Auch im Supermarkt hielten die Männer inne und lauschten, ob weitere Schüsse folgen würden.

Lucas sah durch sein Visier, wie Rory neben Mitch kniete. Er hätte schießen können, aber irgendetwas hielt ihn davon ab. Es sah nicht so aus, als ob Rory Mitch verletzen würde und er hatte auch keine Waffe. Er gestikulierte zu jemandem hinter dem Haus. *Schieß schon, Feigling*, sagte er zu sich selbst, *vielleicht hat er nicht den Abzug gedrückt, aber er ist auf jeden Fall ein Komplize.*

„Ich gehe nicht zurück", antwortete Rory. „Ihr seid böse Männer."

„Böse bis auf die Knochen, Baby", witzelte Kai.

„Gebt mir meine Axt", sagte Rory.

„Also gehörst du jetzt nicht mehr zu uns?", fragte Harrison.

„Nein. Gebt mir meine Axt und ich gehe fort."

„Aber das ist jetzt unsere Axt."

„Aber ihr habt Gewehre. Ich brauch auch eine Waffe. Ich kann nicht ohne Waffe gehen."

„Oh, wir denken auch gar nicht daran, Dich gehen zu lassen... ohne Waffe", antwortete Kai.

Rory sah hinunter zu der Pistole, die neben Mitchs Leiche am Boden lag. „Denk nicht mal dran, Simpel. Du würdest sie ohnehin verkehrt rum halten und dich selber erschießen", spottete Kai, während Rory zu ihm hinauf schaute und dann wieder zurück zu der Pistole. „Steh auf und geh' von der Waffe weg."

Lucas sah, wie Rory aufstand, einen Schritt rückwärts ging und seine Hände ausstreckte, genau wie Mitch zuvor. Rory ging weiter rückwärts und versuchte verzweifelt, sich von dem unbekannten Angreifer zu entfernen. Von unten, hinter sich, hörte Lucas Yuris Stimme. „Lucas, was ist passiert? Wer schießt da?"

„Mitch ist tot", antwortete Lucas.

„Was?"

„Jemand hat ihn grade erschossen. Ich sehe Einen, aber ich glaube, er ist nicht allein. Hol die anderen und geht zurück zur Kirche."

„Was willst du machen?", fragte Yuri.

Lucas sah, wie Kai hinter dem Haus hervor kam und Rory mit der Schrotflinte folgte. Er visierte Kai an. „Was mein Vater nicht konnte." Mit diesen Worten drückte er ab.

Harrison sah, wie Kai von der Wucht des Einschlags herum gerissen wurde. Rory drehte sich um und begann zu rennen, während Harrison sah, wie eine zweite Kugel in Kais Seite schlug. Er war sich sicher, dass Kai tot war. Er wich zurück und versuchte herauszufinden, wo die Kugeln hergekommen waren.

Vuk und Shutov sahen die Rauchwölkchen, als die Schüsse vom Turm der Feuerwache abgegeben wurden. Aus ihrem Blickwinkel im zweiten Stock des TEC Gebäudes am Hafen konnten sie nicht sehen, wo die Schüsse einschlugen. Aber durch Ihre Ferngläser erkannten sie, dass der Mann auf dem Turm der Feuerwache jetzt schoss.

Shutov ließ sein Fernglas sinken und wandte sich an Vuk: „Kannst du mir sagen, was das für eine Waffe ist?"

Vuk schüttelte den Kopf: „Auf jeden Fall ein Gewehr, hohe Durchschlagskraft, und er schießt dorthin, wo die zweite Gruppe sein müsste."

„Denkst du die sind freundlich?"

Auch Vuk ließ sein Fernglas sinken: „Die sind ganz sicher nicht freundlich. Ab jetzt sind wir im Krieg."

Shutov schlug ihm kameradschaftlich auf den Rücken und rief hinunter zu den Männern, die das Gebäude durchsuchten: „Ihr habt Vuk gehört. Die schießen auf uns. Jetzt heißt es töten oder getötet werden. Los, die schnappen wir uns."

Lucas beobachtete immer noch die Häuser, wo Kai erschienen war. Das Adrenalin floss durch seine Adern, während er das Gewehr langsam hin und her schwenkte. Er sah Harrison, wie er über die Hauptstraße rannte, und versuchte zu zielen. Aber Harrison war zu schnell und bereits wieder in Deckung, bevor Lucas ihn erfassen konnte.

Lucas beobachtete die Mauer, hinter der Harrison sich geduckt hatte und wartete darauf, dass er am anderen Ende, bei den Bahnschienen, wieder auftauchen würde. *Wenn er über die Schienen will, ist er ein toter Mann*, dachte er bei sich, während er beobachtete.

Plötzlich nahm er im Augenwinkel weiter entfernt eine Bewegung wahr. Er sah, wie sich aus Richtung des TEC Gebäudes eine größere Gruppe Männer verteilte und in seine Richtung bewegte. Sie waren zu weit entfernt, um sie zu treffen und sie hielten sich meist in Deckung. Lucas's Visier sprang vom einen zum anderen, aber es waren zu viele und er konnte sie nicht anvisieren.

Stattdessen richtete er sich auf und rief Richtung Kirche: „Yuri, Yuri!"

Yuri rannte heraus: „Was ist los, auf wen hast du geschossen?"

„Auf den Kerl, der Mitch ermordet hat. Aber er hat Freunde, ich sehe mehr von Ihnen. Sie kommen in eure Richtung. Ich müsst da raus, und zwar sofort."

„Was? Wieso? Wir können doch mit denen reden", sagte Yuri fast flehentlich.

„Das hat Mitch versucht - bevor sie ihn erschossen haben. Diese Kerle sind bewaffnet und sie sind nicht hier, um zu reden. Ruf alle zusammen und haut ab. Geht in den Wald nach Norden. Ich hole euch später ein."

„Was hast du vor?"

„Ich verschaffe euch Zeit, also verschwendet sie nicht mit Reden", antwortete er und wandte sich wieder den anrückenden Männern zu.

Sie hatten sich zwischen den Gebäuden und Frachtcontainern im Hafengelände verteilt. Lucas nahm einen ins Visier und schoss. Wie er erwartet hatte, war der

Mann zu weit entfernt und so ging der Schuss zu kurz. Aber der Knall des Schusses reichte weiter und der Mann blieb stehen und sah sich um. Lucas nahm das zweite DMR Magazin aus seinem Rucksack und legte es vor sich auf den Boden. Wenn er mit seiner Munition sparsam umginge, konnte er sie aufhalten, wenn er sie zwang, in Deckung zu bleiben. Mit etwas Glück konnte er sogar einige erwischen.

Shutov versuchte einen Bogen nach rechts zu schlagen, um näher an die Feuerwache heranzukommen. Bei jedem Schuss hielt er an und versuchte festzustellen, wo er einschlug. Einige waren beunruhigend nahe, als er sich durch das Hafengelände voran arbeitete. Die Männer waren in Panik, sie schossen willkürlich auf Infizierte, anstatt ihnen auszuweichen. In der Stadt lockte jeder Schuss, der einen von ihnen tötete, drei weitere an. Wenn sie das hier überlebten, würde er ein paar grundlegende Regeln zum Umgang mit Munition aufstellen. Denn im Moment waren nicht die Infizierten ihre größte Bedrohung, sondern der Scharfschütze auf dem Turm der Feuerwache.

Vuk ging in die entgegengesetzte Richtung wie Shutov. Er sprintete über die Bahnschienen. Er hatte den Scharfschützen aus der Deckung beobachtet und war losgerannt, als er in die andere Richtung zielte. Wenn sie sich weiter verteilen würden, konnten sie ihn erwischen. Sie hatten den Vorteil der größeren Zahl, der Scharfschütze konnte schließlich nicht überallhin gleichzeitig zielen. Vuk überquerte die Straße und erreichte eine kleine Gruppe von Häusern. Vor ihm auf einem Feldweg lagen zwei Leichen. Er schlich langsam näher heran, sah sich nach Infizierten um, und versuchte außer Sicht des Scharfschützen auf dem Turm zu bleiben.

Als er näher kam hörte er Schluchzen. Er sah sich um und sah Rory an die Wand des gegenüber liegenden Hauses gekauert. „Rory, was ist los?"

„Meine Axt, ich will meine Axt", er zeigte auf die Axt, die neben Vuk an den Stufen des Hause lehnte.

„Was ist hier passiert, Rory?"

„Er hat ihn umgebracht. Einfach erschossen", Vuk sah auf die Leichen von Mitch und Kai.

„Wieso? Wieso hat Mitch Kai erschossen?"

„Es war nicht Mitch. Mitch hatte keine Waffe", er zeigte auf die Pistole, die zwischen den beiden Toten auf dem Boden lag. „Mitch hat die Pistole hingelegt, wie Kai gesagt hat, und dann hat Kai ihn erschossen."

„Aber wieso? Warum sollte er das tun wenn Mitch unbewaffnet war?"

„Kai hat gesagt, Mitch ist ein böser Mann. Aber Kai war ein böser Mann. Er wollte mich auch erschießen und dann fiel er tot um."

„Warum wollte er denn dich erschießen?"

„Weil ich nicht mit bösen Männern zusammen sein will. Das habe ich gesagt, aber er hat mir nicht meine Axt gegeben. Bitte gib mir meine Axt. Ich will gehen. Ich verrate es bestimmt niemandem."

Vuk versuchte, die Lage abzuschätzen. Er sah hinüber zur Feuerwache. Von dort zu Kais Leiche gab es freies Schussfeld, wie ihm schien. Langsam konnte er sich erklären, was passiert sein musste.

Vuk hob die Axt auf und warf sie zu Rory hinüber. Sie landete vor seinen Füssen und er hob sie sofort auf. „Du wartest hier. Wenn ich sage ‚Lauf Rory' rennst du in den Wald hinüber. Und von da an hältst du dich fern von anderen Menschen und traust niemandem. Wir alle hier sind böse Männer, verstehst du?" Rory nickte und umklammerte seine Axt.

Vuk beobachtete Lucas und als er sah, dass Lucas sich in Richtung Kirche wandte, befahl er Rory loszulaufen. Der zögerte nicht und schoss geradewegs über das freie Feld in Richtung Waldrand. Vuk sah abwechselnd zu Rory und dann zu Lucas, der immer noch der Kirche zugewandt war – er hoffte inständig, dass er Rory nicht bemerken würde. Dann hörte er, wie Lucas einen Schuss abgab, gleich darauf gefolgt von einem zweiten.

Lucas sah, wie Kiam, der letzte der Überlebenden, die Straße hinauf in Richtung Norden rannte, dicht gefolgt von zwei Infizierten und weiteren fünf in einiger Entfernung. Lucas visierte den dichtesten Verfolger an und wollte gerade abdrücken. Plötzlich rannte noch ein Infizierter seitlich aus einem Haus und schlug Kiam nieder.

„Scheisse", rutschte es Lucas heraus als er sah, wie die Infizierten sich auf ihn stürzten. Er erschoss einen der Infizierten, der genau auf Kiam landete. Der zweite schob seinen Genossen weg und fiel weiter über Kiam her, während die anderen fünf Verfolger bereits näher kamen.

Lucas sah, dass er nichts mehr für Kiam tun konnte. Er konnte ihn nicht einmal von seinen Leiden erlösen, weil der Infizierte seine Schussbahn blockierte.

„Sorry Kiam", flüsterte er und wandte sich wieder den anrückenden Banditen zu. Er hatte sie aus den Augen verloren und hielt nun dort nach ihnen Ausschau, wo er sie zuletzt gesehen hatte.

Shutov lag hinter einem Busch auf dem Boden, von wo er den Turm der Feuerwache sehen konnte. Er beobachtete, wie Lucas durch sein Visier die Gegend absuchte. Er stützte seine CZ550 am Boden ab und sah durch das Visier. Aber da Lucas sich ständig bewegte, konnte er ihn nicht richtig erfassen. Infizierte wankten an ihm vorbei, ohne ihn zu bemerken. Aber er wusste, dass sie alle zu ihm strömen würden, wenn er erst schoss. Das hieß, dass er nur einen Schuss hatte, und der musste treffen.

Lucas suchte immer noch nach einem Ziel. Er sah hinüber zu der Stelle, wo er Kai erschossen hatte, und glaubte, dort eine Bewegung wahrzunehmen. Er presste den Kolben des Gewehrs an die Schulter und hielt den Atem an.

Shutov lächelte, als Lucas aufhörte herumzusuchen und er ihn endlich ins Visier nehmen konnte. Auch er hielt den Atem an – und drückte ab.

Eine plötzliche schnelle Bewegung im Augenwinkel, links von ihm, ließ Lucas herumfahren. Es war nur ein Kaninchen und er musste fast lachen, als er spürte, wie die Kugel an seinem Kopf vorbei pfiff, noch bevor er den Schuss hörte. Er ließ sich flach auf den Boden fallen.

Shutov stand auf. „Fuck!", fluchte er, weil er sich nicht sicher war, ob er Lucas getroffen hatte. Während er noch auf den Turm starrte, begannen die Infizierten in seine Richtung zu rennen. Da oben bewegte sich zwar nichts mehr, aber ob er getroffen hatte, konnte er nicht sagen. Dann rannte er zurück in Richtung des Hafengeländes, um die Infizierten abzuschütteln, die ihm bereits hinterher jagten.

Vuk beobachtete den Turm ebenfalls. Aber alles, was er sehen konnte, war der Lauf des Gewehrs, der über die niedrige Brüstung stand. Vuk hatte den Klang der CZ550 erkannt und vermutete, dass Shutov geschossen hatte. Der Gewehrlauf auf dem Turm bewegte sich nicht, *womöglich hat Shutov ihn doch erwischt.*

Lucas tastete seinen Körper ab. Er fühlte keinen Schmerz, aber er hatte gehört, dass ein Schuss das Schmerzempfinden betäuben konnte. Doch seine Hände waren sauber – er blutete nicht. Er kroch von der Brüstung weg zur Leiter. Sein Gewehr nahm er mit. *Höchste Zeit abzuhauen.*

Vuk sah, wie der Lauf des Gewehrs verschwand und war froh, dass Shutov sein Ziel verfehlt hatte. Er beobachtete die Feuerwache, aber nichts bewegte sich. Aus seiner Position konnte er die Leiter sehen und da niemand herunter geklettert war, wusste er, dass da oben immer noch jemand war.

Lucas nahm das Magazin aus seiner M14 und zählte die verbliebenen Kugeln, da waren nur noch drei. Er steckte das

Magazin zurück und streichelte sein Gewehr. „Sorry Baby, aber du musst hier bleiben", sagte er und legte es auf den Boden. Er schob es etwas nach vorne, so dass der Lauf wieder über den Rand des Daches stand.

Vuk beobachtete, wie der Lauf wieder erschien. Er wurde in Richtung Hafengelände gerichtet, dann fiel ein Schuss. *Seltsam*, dachte sich Vuk, *das Gewehr liegt flach auf, da geht der Schuss doch viel zu hoch in die Luft*. Dann zielte das Gewehr in seine Richtung und ein weiterer Schuss fiel, wie zuvor viel zu hoch, gefolgt von einem dritten weiter rechts von seiner Position. Dann bewegte sich das Gewehr nicht mehr. Vuk sah hinter sich und suchte nach einem möglichen Ziel. Aber da gab es nur Bäume, nichts, worauf sich zu schießen lohnte. Als er sich wieder dem Turm zuwandte, sah er, wie Lucas die Leiter hinunter kletterte. Vuk nickte, er war beeindruckt, *schlauer Kerl*.

Shutov hatte das Gewehr auch gesehen und fluchte, dass er nicht getroffen hatte. Von seiner Position aus konnte er Lucas nicht heruntersteigen sehen. Er sah nur den Lauf des Gewehrs und so nahm er an, wie die anderen auch, dass der Schütze noch dort oben war.

Vuk beobachtete wie Lucas die letzten Sprossen herunter sprang und losrannte. Bald war er im Wald, den Hügel hinauf, verschwunden. Vuk sah sich um, aber es war niemand zu sehen, so blieb Lucas's Flucht sein Geheimnis.

Nach etwa 20 Minuten ohne einen weiteren Schuss bot Vuk ‚todesmutig' an, hinauf zu steigen um zu sehen was passiert war. Da hatten sie die Feuerwache bereits umstellt und niemand hatte gesehen, dass sich das Gewehr wieder bewegt hätte.

Als Vuk die Leiter hochstieg, hoffte Shutov insgeheim, dass er vielleicht doch getroffen hatte und der Mistkerl sich mit dem Sterben einfach Zeit gelassen hatte.

Oben angekommen nahm Vuk die M14 und hielt sie hoch: „Er ist nicht hier. Bloß das Gewehr."

„Verdammt", fluchte Shutov.

Von hoch oben sah Vuk Alejandro und Sam zusammen an dem Bus stehen, der auf der Straße unweit der Kirche liegen geblieben war. Er erinnerte sich, dass es diese Kirche gewesen war, in der Alejandro das Lager der Überlebenden gesehen hatte. Da wurde ihm klar, dass Shutov das auch gewusst hatte. Gewusst hatte, dass der Bus in der Nähe der Kirche stand, gewusst hatte, dass alles zwangsläufig in einem Blutbad enden musste. Er schüttelte den Kopf, *der Mistkerl hat mich zum Narren gehalten*. Obwohl es keine Munition mehr gab nahm Vuk die M14 und steckte sie in seinen Rucksack.

Unten schlich der Butcher um Shutov herum: „Scheint, dass sie alle abgehauen sind. Sie sind bestimmt Richtung Norden in den Wald, sollen wir ihnen nach?"

„Wozu sollte das gut sein. Wegen der Bohnen in ihren Rucksäcken?", tadelte Shutov.

„Aber sie haben Waffen. Und sie haben Kai umgebracht."

Shutov ließ ihn stehen und ging Richtung Bus. „Lass ihnen ihre kleinen Waffen und ihren kleinen Sieg. Wir haben den Bus." Er wandte sich an Sam: „Fang an zu arbeiten, jetzt! Alejandro, ich will eine Sicherheitszone. Ich will Männer, die in alle Richtungen Deckung geben, während Sam das Ding zum Laufen bringt." Alejandro nickte und begann, Aufgaben zu verteilen.

„Was ist den so besonderes an diesem Bus?", fragte der Butcher.

„Nichts, es ist ein ganz normaler Bus. Aber wohin er uns bringen kann, *das* ist etwas Besonderes."

„Und wohin ist das?"

Shutov hielt eine Landkarte hoch.

„Der große Flugplatz hier im Nordwesten, dort liegt unsere Rettung. Glaubt mir, der Krieg hat gerade erst begonnen und wenn wir diesen Überlebenden das nächste Mal begegnen, wird keiner von ihnen das überstehen."

KAPITEL 20

TIMOR HAT ETWAS SEHR; SEHR SCHLIMMES GETAN

Timor blickte auf den kleinen Haargummi, den er zwischen den Fingern drehte. Ein langes blondes Haar hatte sich in dem Metallclip verfangen, der die Enden zusammen hielt. Er rieb es zwischen den Fingern, genoss dieses Gefühl, schwelgte in der Erinnerung an das Mädchen, dem das Haar einmal gehört hatte. Das Haar an dem Gummi war das einzige, was von ihr geblieben war. Er wünschte, er wüsste ihren Namen.

Er dachte zurück an die Nacht. Diese folgenreiche Nacht, kurz nachdem das Chaos ausgebrochen war. Zu einer Zeit, als die Menschen noch in ihren Häusern lebten und die Bauern den Soldaten die Tür öffneten und sie mit offenen Armen empfingen. Sie war so jung und unschuldig gewesen, dass Timor und sein Trupp sofort gewusst hatten, dass sie ihnen gehören würde. Ihre Eltern waren leicht auszuschalten gewesen und auf diesem einsamen Bauernhof gab es niemanden weit und breit, der ihre Hilfeschreie hören konnte. Sie hatten ihr schlimmes angetan in dieser Nacht, bevor sie sie am Morgen von ihren Leiden erlöst hatten.

Timor atmete tief ein und genoss die Erinnerung. Er hatte damals nicht gewusst, warum er das Band aus ihrem Haar genommen hatte. Er verstand auch nicht, warum er es nach so langer Zeit immer noch am Handgelenk trug. Vielleicht weil sie die Erste gewesen war. Vielleicht auch, weil es in dieser Nacht gewesen war, in der ihre Taten die Männer für immer zusammengeschweißt hatten. Anstatt einer Regierung, die es vermutlich gar nicht mehr gab, oder einer Uniform, die nun schmutzig und abgerissen aussah, hatten sie einander die Treue geschworen. Sie hatten sich ihre dunklen Seiten gezeigt und herausgefunden, dass sie damit leben konnten – sie waren verwandte Seelen. Sie war nicht die Letzte gewesen, aber sie war es gewesen, die sie einander verbunden hatte. Das Haarband aufzubewahren, war vielleicht seine Art, diese Nacht zu würdigen, diese herrliche Nacht.

Der Sommer ging langsam zu Ende und die Nächte wurden kälter. Bald schon würden sie nicht mehr im Freien schlafen können, aber noch war es dazu nicht zu kalt. Das Problem, wenn man ein Dach über dem Kopf haben wollte, waren die Infizierten, weil sie sich aus irgendeinem Grund in der Nähe der Ortschaften und Häuser aufhielten.

Timor dachte über den Spitznamen nach, den die Amerikaner den Infizierten gegeben hatten. Zed. Die Abkürzung für das Z in Zombie. Es war schlau, die Infizierten in Monster zu verwandeln. Eigentlich waren sie ja nicht tot, sondern lebende Menschen, die wegen dieser namenlosen Infektion nun dazu verdammt waren, auf eine animalische Weise weiter zu existieren. Obwohl Zed nur ein Name war, funktionierte es. Es half dabei, sie nicht mehr als einst lebende, atmende Menschen zu betrachten. Es war besser, wenn man sie als Monster ansah, die der Fantasie entsprangen, die Zombies unserer Alpträume.

Die Wälder waren nicht vollkommen sicher, mindestens einmal am Tag lief ihnen einer über den Weg, den sie ausschalten mussten. Aber es passierte nicht häufiger, und gewöhnlich waren diese Zeds alleine unterwegs. Das war ein Vorteil der Tatsache, dass Chernarus nicht besonders dicht besiedelt gewesen war.

Natürlich hatten die Militärmissionen der Russen und Amerikaner, in dem Bestreben die Infektion einzudämmen, die Bevölkerung und damit auch die Zahl der Zeds erhöht. Aber alles in allem konnte man damit leben. Er konnte sich gar nicht vorstellen, wie seine Heimatstadt Moskau wohl aussehen mochte. Welche Horden von Zeds dort herum streifen würden. Es war am besten, gar nicht groß darüber nachzudenken. Moskau war weit, und sie steckten hier fest.

Hier draußen war es gar nicht so schlecht. Der Regen hatte aufgehört, der Boden war trocken und sie hatten ihre Zelte tief im Wald aufgeschlagen. Die Überlebensregeln in dieser neuen Welt wollten gelernt sein, und dabei zu scheitern bedeutete meist den Tod. Ihre ursprüngliche Zahl von acht Männern war nun auf vier zusammengeschmolzen. Vier Männer, abgehärtet durch die Bedingungen, bereit dazu, um jeden Preis zu überleben.

Vier schien ihm eine gute Zahl. Es war leichter, Entscheidungen zu treffen und man kam schneller voran. Sie mochten unterschiedliche Mütter gehabt haben, aber der letzte Monat hatte sie zu Brüdern gemacht, zumindest so lange die Umstände es erforderten. Timor machte sich keine Illusionen darüber, dass das Band der Loyalität, die sie füreinander empfanden, ein dünnes Band war. Wenn es nötig sein würde, seine drei Brüder umzubringen, um aus dieser Hölle zu entkommen, würde er nur überlegen, auf welche Weise er das tun sollte.

Er starrte ins Feuer, das sie mit einer kleinen Steinmauer eingefasst hatten, damit der Lichtschein aus der Ferne nicht sehen war. Timor war in drei Stunden mit seiner Wache an der Reihe und hätte eigentlich schlafen sollen, aber er konnte nicht. Er war unglaublich erschöpft, aber Timor kam nie wirklich zur Ruhe. Es war an ihm hängen geblieben, die Gruppe zu führen, wenn auch Pavel, der dort drüben schnarchte, einen höheren Rang hatte. Pavel war zu schwach, also hatte Timor sich verpflichtet gefühlt, die Lücke zu füllen und der Anführer zu sein, vermutlich wären sie sonst bereits alle tot. Timor seufzte, er wollte das hier einfach bloß überstehen, aber nun musste er sich auch noch um drei weitere Leben kümmern.

Jeder Tag war ein neuer Kampf. Ein Kampf um Nahrung und um Munition, eine ewige Suche nach Benzin für ihren Wagen, nach Holz und nach Steinen für die Feuerstelle. Timor spülte sich mit einem Schluck Wasser den Mund. Er hatte immer noch den Benzingeschmack von zuvor im Mund, als er mit einem Schlauch Benzin aus dem Tank eines liegengebliebenen Wagens geholt hatte. Es wurde immer unwirtschaftlicher, mit einem Wagen herumzufahren. Fahrtüchtige Autos gab es genügend, aber nicht das Benzin, das man für sie brauchte. Sämtliche Tankstellen und Militärdepots, die sie gefunden hatten, waren bereits vor langer Zeit leer geräumt worden. Also hatten sie begonnen, das Benzin aus den liegengeblieben Autos abzusaugen, die überall herumstanden. Aber es war abzusehen, dass auch diese Quelle versiegen würde und dann würden sie wieder zu Fuß gehen müssen. Dann hatten sie ihre eigene kleine Ölkrise. Timor lachte, zumindest hier hatten die Hippies recht damit behalten, dass die fossilen Brennstoffe zur Neige gehen würden.

Morgen würden sie ihren getarnten UAZ Geländewagen abseits der Straße parken und zu Fuß nach Mogilevka gehen. Es war eine Weile her gewesen, seit sie das letzte Mal eine Ortschaft hatten plündern müssen. Sie hatten sich lange damit über Wasser gehalten, dass sie andere Autos überfallen hatten. Aber nun fuhren auf den Straßen keine Autos mehr, seit Wochen hatten sie keinen lebenden Menschen mehr gesehen. Also mussten sie nun wieder anfangen, die Dörfer und Städte zu durchsuchen. Mogilevka hatte ruhig ausgesehen, aber Timor wollte volles Tageslicht für den Raubzug. Sie hatten früh gelernt, dass es wichtig war sich die Zeit zu nehmen, jedes Gebäude gründlich von Infizierten zu säubern. Sie hatten es auf die harte Tour lernen müssen, in Dolina, als Sergov angegriffen wurde.

Sergov hatte Vorräte in einem der Häuser gesammelt, als es passiert war. Sie hatten angenommen, dass das Dorf sicher sei. Um die herumstreunenden Infizierten hatten sie sich bereits gekümmert und es gab Wachposten, die nach weiteren Ausschau hielten. So hatten sie sich etwas entspannt, die Waffen gesenkt und gesichert. Die Suche nach Vorräten hatte begonnen. Sergov brach in ein ganz gewöhnliches Haus ein, wie viel Male zuvor. Dieses Mal brauchte er etwas länger, weil der frühere Besitzer die Türe besonders gut vernagelt hatte.

Drinnen warf ihn der Leichengestank fast um. Inzwischen waren alle daran gewöhnt. Es war ein Anblick, den sie bereits zu oft gesehen hatten. Es lief immer gleich ab. Eine Familie verbarrikadierte sich in ihrem Haus. Sie fühlten sich sicher, die Spannung löste sich. Dann gingen ihnen Nahrung und Wasser aus und Panik machte sich breit. Aber nach einer Weile überkam sie die Hoffnungslosigkeit der Lage und sie resignierten. Dann wählten sie meist den einfachen Weg. In der Regel war es der Vater, der alle erschoss und dann die Waffe gegen sich selbst richtete.

Der Szene war meistens die gleiche. Der arme Kerl hatte seine toten Kinder auf den Schoss genommen und sich in den Kopf geschossen. Überraschenderweise machten sie das fast immer, bevor noch alle Vorräte komplett aufgebraucht waren, so gab es meist noch etwas zu finden.

Aber das Haus, in das Sergov eingebrochen war, war anders. Hier lag nur eine einzige Leiche am Boden, keine weiteren Leichen zu entdecken. Die anderen Leichen hätten natürlich in einem der anderen Räume liegen können, aber für gewöhnlich war das nicht der Fall. Meist lagen alle im selben Raum. Das einzige Mal, dass er ein Haus entdeckt hatte, in dem die Leichen nicht alle im selben Raum gelegen hatten, war auch das einzige Haus gewesen, in dem es nichts mehr zu essen gab.

Dort hatte Sergov in der Ecke eines Schlafzimmers einen säuberlich gestapelten Haufen menschlicher Knochen gefunden, Knochen von Erwachsenen, aber auch von Kindern. Sie waren vollkommen abgenagt, sogar das Mark hatte man heraus gesogen. Nur die Köpfe waren unberührt. Sie blickten, inzwischen verwest, vom Kaminsims auf den armen Mann, der sich in seinem Lehnstuhl erschossen hatte. Dieser Anblick verfolgte Sergov, so war er froh, dass dieses Mal einfach nur ein toter Bauer auf dem Küchenboden lag.

Er nahm die Kugeln aus der Pistole des Mannes, die Pistole selbst ließ er liegen. Eine rostige alte Makarov PM, die vermutlich ohnehin inzwischen Ladehemmung hatte. Dann durchsuchte er die Küchenschränke, fand aber nichts außer Putzmitteln und Geschirr. Wäre er aufmerksamer gewesen, wäre ihm womöglich das Familienfoto an der Wand aufgefallen. Das Foto, das auch eine Frau und eine Tochter zeigte, deren Leichen er jedoch nicht gesehen hatte. Aber Sergov ließ sich von seinem Hunger ablenken und hoffte, wenigstens in der Vorratskammer etwas Essbares zu finden.

Als er jedoch die Türe öffnete, fand er nur die Tochter. Sie war in eine Ecke gekauert und schien tot zu sein. Doch plötzlich öffneten sich ihre Augen und sie stürzte sich auf ihn. Er hatte so etwas zuvor schon gesehen. Sobald die Infizierten auf engem Raum eingeschlossen waren, hörten sie auf, sich zu bewegen. Sie schienen instinktiv zu spüren, dass sie ihre Energie sparen mussten. Die ganze aufgestaute Energie kam jetzt mit diesem Sprung über ihn, eine rasende Siebenjährige, die ihre Zähne und Krallen in ihn schlug.

Sergov schleuderte sie weg und sie schlug hart gegen die Rückwand der Speisekammer. Sie war nur Haut und Knochen und leicht wie eine Feder. Sie schien den Aufschlag gar nicht wahrzunehmen, sondern wirbelte herum und stürzte sich erneut auf ihn. Mit seiner eigenen Makarov schoss er ihr in den Kopf. Der Schuss traf sie rechts oben in die Schläfe und spaltete ihren Kopf. Sie fiel um. Durch den Knall des Schusses alarmiert, kamen nun auch die anderen Soldaten ins Haus gerannt.

Timor traf als letzter ein, da herrschte bereits ein Durcheinander. Alle hatten ihre Waffen auf Sergov gerichtet und schrien ihn an, die Pistole fallen zu lassen. Sergovs Augen waren weit aufgerissen, er war in Panik und schrie, dass es ihm gut ging. Er fühle sich nicht krank, sie habe ihn nicht verletzt. Aber an seinem Hals gab es eine klaffende

Wunde und Blut tropfte auf den Boden. Alle, auch Sergov, wussten, was das bedeutete. Aber dieser Vorfall war zu einer Zeit passiert, als sie sich noch keine festen Regeln gegeben hatten, als sie noch vieles lernen mussten. Heute hätten sie Sergov ohne zu zögern erschossen, wenn er es nicht gleich selbst getan hätte. Aber damals, in diesem Zimmer, gab es nur Geschrei und Chaos.

Timor trat nach vorn und befahl ihnen, den Mund zu halten und ihre Waffen zu senken. Widerwillig gehorchten die Männer und die Anspannung legte sich ein wenig. Dann verlangte er, dass Sergov ihm seine Pistole geben sollte. Er versprach, dass sie Sergov fesseln und dann abwarten würden, was passiert. Auf dieses Versprechen hin übergab Sergov ihm widerwillig die Waffe und Timor schoss ihm in den Kopf.

Timor nahm noch einen Schluck Wasser, als ihn diese Erinnerung überfiel. Es war eine bittere Lektion gewesen, die sie an diesem Tag hatten lernen müssen. Inzwischen verwandten sie viel Zeit darauf, jedes Dorf gründlich zu säubern. Außerdem gingen sie nur paarweise vor und öffneten jede Tür. Selbst wenn sie glaubten, dass das Dorf sicher sei, dass alle Infizierten ausgeschaltet waren, gingen sie manchmal erneut los und durchsuchten alle Häuser noch einmal. Es ging langsam, aber seit sie diese Prozedur befolgten, hatte es keine Situationen wie mit Sergov mehr gegeben. Es bedeutete aber auch, dass sie sich an kleine Ortschaften und Dörfer halten mussten, weil ihre kleine Gruppe nie eine größere Stadt hätte säubern und halten können. Für sie waren die größeren Städte immer noch Todesfallen. Zumindest so lange, bis ihre schwindenden Vorräte sie zwingen würden, diesen Grundsatz zu überdenken.

KAPITEL 21

LICHT IM DUNKEL

Rorys Kopf schmerzte, die Adern auf seiner Stirn traten hervor als wollten sie gleich platzen. Er atmete schwer und stoßweise. Seine Füße schmerzten und sein Gesicht war vom Unterholz zerkratzt, durch das er gestolpert war. Seine verschwitzten Hände umklammerten den glatten Holzgriff seiner Axt, die jetzt sein wertvollster Besitz war. Sie war auch sein einziger Besitz, seit Vuk ihn vor Stunden fortgeschickt hatte.

Rory hatte keine Ahnung, wo er war, um ihn herum gab es nur Wald. Während er gerannt war, hatte er zwei Mal eines der Monster getroffen und beide getötet. Dann, als er eines davon wiederfand, das er vor Stunden erschlagen hatte, blieb er stehen. Wie ihm nun sein Scheitern zu Bewusstsein kam, als er den Beweis seiner Dummheit da im Gras liegen sah, war zu viel für ihn. Tränen der Erschöpfung und der Verzweiflung liefen ihm über das Gesicht.

Er setzte sich auf einen Felsen und ruhte sich aus, betrachtete das tote Monster. Er war stundenlang im Kreis gelaufen und nun war er wieder hier. Er konnte nicht mehr. Er konnte keinen einzigen Schritt mehr gehen, geschweige denn laufen. Er musste sich ausruhen, sein Mund war staubtrocken, er hatte nicht einmal mehr Spucke. Sein Herz schlug so heftig in seiner Brust, dass er sicher war, es würde gleich herausspringen, so wie er es im Kino gesehen hatte. Er wünschte, er hätte seinen Rucksack - darin hätte er wenigstens Bohnen und Wasser gefunden. Es war jetzt fast dunkel und er hatte niemanden, der ihm Gesellschaft leistete, außer dem toten Monster am Boden vor ihm.

Es wurde bereits kühl und Rory dachte, es wäre gut ein Feuer zu machen. Es nahm seine Axt und zerhackte ein paar Äste in kleine Stücke. Er war sich nicht sicher, wie man ein Feuer machte, aber er fand, das sei ein guter Anfang.

Nach einer Weile hatte er einen kleinen Haufen trockene Äste und Zweige beisammen und umgab ihn mit Steinen, damit sich das Feuer nicht ausbreiten würde. Seine Atmung war nun langsamer und alles fühlte sich wieder normal an. Er würde zwar in der Nacht ein wenig frieren, und auch hungern, aber wenigstens würde er ein Feuer haben und nicht im Dunkeln sitzen.

Rory hatte sich schon als Kind vor der Dunkelheit gefürchtet und, anders als den meisten Erwachsenen, war ihm das geblieben. Für ihn machte es Sinn, sich vor etwas zu fürchten, das man nicht sehen konnte. Aber er wusste, dass man ihn nur auslachte, wenn er das jemandem erzählte. Er achtete immer darauf, dass es ein wenig Licht gab, wenn er schlafen ging. Und wenn es nur das Mondlicht war, das durch sein Bullauge fiel, oder das Licht seiner Armbanduhr, wenn die Nacht bewölkt war. Das reichte aus, damit er sich sicher fühlte. In dieser Nacht allerdings wollte er ein richtiges Licht – das Licht eines Feuers.

Rorys Mutter bestand darauf, dass seine Angst vor der Dunkelheit etwas irrationales war, dass er sich einfach zusammenreißen musste. Also verbarg er sie sogar vor ihr, und Rory verbarg sonst nie etwas vor seiner Mutter. *Mama,* dachte er, *du hast dich geirrt. Es gibt doch Monster in der Welt und sie sind echt.* Er blickte zu dem toten Monster hinüber, dann hatte er seine Feuerstelle fertig.

Plötzlich fiel ihm ein, dass er Streichhölzer oder ein Feuerzeug brauchen würde, um das Feuer in Gang zu bekommen. Er durchsuchte seine Taschen, aber er fand keines von beiden. *Sie haben recht gehabt, dass sie mich Simpel nannten. Ich bin wirklich dumm,* schimpfte er in Gedanken mit sich selbst. Vergeblich durchsuchte er seine Taschen ein zweites Mal, nur falls er zuvor etwas übersehen hatte, aber er fand wieder nichts. Rory setzte sich wieder auf den Felsen und überlegte, was er jetzt tun sollte.

Im Kino machen die Leute immer Feuer, indem sie zwei Stöcke aneinander reiben, vielleicht sollte ich das probieren. Rory nahm zwei Stöcke und rieb sie aneinander. Schneller und schneller. Es gab ein wenig Rauch. Aufgeregt rieb er sie noch fester aneinander – und sie zerbrachen. Wütend warf er sie auf den Boden. Was nun? Er brauchte ein Feuer. Ein Blick zu dem toten Monster erinnerte ihn wieder daran, wie wichtig Licht war. Licht drängt die Dunkelheit zurück und hält die Monster fern.

Das Monster war natürlich einmal ein Mensch gewesen, nach seiner Kleidung ein Jäger. Er hatte zwar kein Gewehr, aber eine Schirmmütze in Tarnfarben und Tarnkleidung. Langsam kam Rory eine Idee. Vielleicht hatte der Jäger Streichhölzer. Nicht das Monster natürlich – Monster machten kein Feuer. Aber der Mensch, der früher in dem Monster war, vielleicht schon. Der hatte vielleicht Streichhölzer zur Jagd mitgenommen, und vielleicht hatte er sie noch bei sich.

Rory fragte sich, ob er die Taschen des Monsters so einfach durchsuchen konnte. Würde er selber ein Monster werden, wenn er es berührte? Sollte er das wirklich tun? Und war das Monster wirklich tot? Womöglich lag es da und tat nur so als ob, wartete in Wirklichkeit darauf, dass er näher kommen würde, um dann aufzuspringen und ihn zu fressen. Rorys Gedanken überschlugen sich. Einerseits wollte er die Taschen durchsuchen, andererseits war das sehr gefährlich. Vielleicht zu gefährlich.

Er rückte näher an das Monster heran, die Axt im Anschlag. Näher und näher, die Axt jetzt ausgestreckt. Er ging sogar noch näher heran, nahe genug, dass die Axt es berühren konnte. Er stieß es mit der Axt. Keine Reaktion. Er stieß nochmal, härter. *Vielleicht wartet es bloß. Vielleicht weiß es genau, dass das nur eine Axt ist und wartet auf meine Hand.* Rory würde auf diesen Trick nicht hereinfallen. Er musste absolut sicher sein, dass das Monster tot war bevor er seine Hand auch nur in dessen Nähe streckte.

Er stieß noch härter zu, die Axt drang durch die vermoderten Kleider und in den aufgeblähten Bauch des Monsters. Schwarze Galle floss heraus. Da wusste Rory, dass es noch am Leben war. Jeder wusste, dass Monster schwarzes Blut haben. *Ha ha, mich legst du nicht rein*, dachte er und holte mit der Axt aus.

Da er nicht besonders klug war, war Rory immer zu körperlicher Arbeit eingeteilt worden, er hatte auch gar nichts gegen körperliche Arbeit. Sie war einfach und leicht zu verstehen. Trag das da hinüber, schlag dies kaputt. Solche Anweisungen verstand er.

Die viele körperliche Arbeit hatte ihn stark gemacht, sehr stark. Als er nun die Axt auf den Hals des Monsters fallen ließ, ging sie glatt durch. Der Kopf rollte zu ihm und er trat ihn erschrocken mit dem Fuß weg. Aus dem Hals trat noch mehr schwarze Galle und lief auf den Boden. Rory wusste, dass man kein Blut anfassen sollte, weil man davon krank werden konnte, und ohne Zweifel galt das auch für Monsterblut. So wartete er, bis es aufhörte, so wie man ein Huhn ausbluten lässt. Zufrieden ließ er die Axt sinken.

Nichts konnte ohne Kopf leben, nicht mal ein Monster. Da war er sich sicher. Vorsichtig begann er damit, die Taschen zu durchstöbern und achtete besonders darauf, auf keinen Fall Haut oder Blut des Monsters zu berühren. In einer Tasche fand er einen Müsliriegel, den er sofort gierig verschlang. Aber da mussten doch auch Streichhölzer sein, ein Jäger musste doch Streichhölzer haben. Dann fand er etwas in der Innentasche der Jacke. Es waren keine Streichhölzer, es war sogar noch besser. Ein silbernes Feuerzeug. Rory hielt es an sein Ohr und schüttelte es. Drinnen konnte er das Schwappen des Feuerzeugbenzins hören. Er öffnete die Kappe und drehte das Rad – es brannte beim ersten Mal. Rory küsste es, nun war er in Sicherheit, in dieser Nacht würde er nicht im Dunkeln bleiben.

Er prüfte ein letztes Mal den Körper des Monsters, ob er nichts übersehen hatte, aber das bisschen Essen und das Feuerzeug waren alles, was es bei sich hatte. Das war zwar nicht viel, aber Rory war trotzdem fast in Ekstase. Im Nu brannte das Feuer und er setzte sich davor. In dieser Nacht würde er sicher sein und am Morgen würde er wieder aufbrechen, so wie Vuk es ihm gesagt hatte.

KAPITEL 22

PANIK

Die Panik setzte schnell ein, überwältigte sie, während sie um ihr Leben rannten. Yuri wusste nicht, was an der Feuerwache geschah, aber er rannte mit den anderen, weil es das war, was Lucas ihnen gesagt hatte. Da waren andere Männer, entweder vom Schiff oder von hier, die Mitch umgebracht hatten und die Gruppe angriffen. Also rannten sie weg, den Hügel hinauf, mit allem, was sie tragen konnten.

In dem Durcheinander hatten sie einen Mann aus den Augen verloren. Zu fünft waren sie aus der Kirche gekommen, aber jetzt zählte Yuri nur vier.

„Wo ist Kiam?", rief er den anderen zu.

„Keine Ahnung, er war doch hinter dir, Alfie, oder nicht?"

„Ich dachte, er war weiter links. Ist er nicht nach links gelaufen?"

„Er war ganz sicher hinter dir, Alfie."

„War ich nicht der letzte?", fragte Alfie.

„Nein, du Idiot. Ich bin als letzter rausgelaufen", antwortete Yuri.

„Was ist mit Lucas, hat er's geschafft?"

„Er hat unsere Flucht gedeckt. Ich weiß nicht, ob er rausgekommen ist."

Sie blieben stehen um zurück zu schauen. Sie waren vollkommen außer Atem, einige krümmten sich und schnappten nach Luft. Von hier oben konnten sie Elektro in der Ferne sehen. Es gab Bewegung in der Stadt, aber viel war nicht zu erkennen.

„Hat einer das Fernglas mitgenommen?"

„Ja ich", antwortete Alfie und wühlte in seinem Rucksack. Er gab es Yuri. Yuri sah angestrengt hindurch, aber trotz der Vergrößerung war es immer noch zu weit, um Details zu unterscheiden.

„Was siehst du?", fragte Alfie.

„Leute, jede Menge Leute da unten. Aber ich kann nicht sagen, wer das ist."

„Zeig mal."

Yuri gab Alfie das Fernglas zurück. Alfie wischte die Linsen sauber und sah hindurch, hinunter in die Stadt.

„Sie scheinen eine Sicherheitszone um die Kirche zu bilden. Ich sehe zwei Wachen im Norden, zwei im Süden und eine da, wo Lucas war.

„Aber wieso machen sie das?"

„Sieht aus, als richteten sie sich für die Nacht ein. Außerdem sehe ich jemanden an dem Bus. Vielleicht versuchen sie, den wieder in Gang zu bekommen."

„Aber wieso?"

„Weiß ich auch nicht. Der Bus ist das einzige, was dort von Nutzen ist. Und da sie sich nicht in die Kirche verzogen haben, sondern draußen Wache stehen, schützen sie vielleicht den Kerl mit dem Bus."

Alfie ließ das Fernglas sinken und wandte sich an Yuri: „Also Yuri, was machen wir jetzt?"

„Wir müssen uns neu sammeln. Ich denke, hier oben sind wir für den Moment sicher. Ich schlage vor, wir lagern erst mal hier und beobachten diese Kerle. Womöglich erfahren wir so, was sie planen. Wir müssen auch nach Lucas und den anderen Ausschau halten. So weit ich sehe, fehlen uns drei Mann, ohne Mitch."

„Was ist mit Mitch passiert?"

„Ich hab ihn nicht gesehen, aber Lucas hat gesagt, dass diese Kerle ihn erschossen haben, kaltblütig ermordet", sagte Yuri.

„Hat Lucas deswegen geschossen. Hat er welche von denen erwischt?"

„Keine Ahnung", antwortete Yuri, „das war ein ziemliches Durcheinander da unten. Lucas hat gesagt wir sollen rennen, und das haben wir getan."

„Und jetzt sind wir hier."

„Genau. Jetzt sitzen wir auf diesem Hügel."

Alfie öffnete seinen Rucksack und leerte ihn aus. „Wir sollten Inventur machen. Mal schauen, was wir alles mitnehmen konnten auf unserem Weg da raus." Auch die anderen leerten ihre Rucksäcke. Zwischen ihnen lag der kleine Haufen ihrer Habseligkeiten, ein paar Konserven, Wasser, Getränkedosen, ein Jagdmesser, ein paar Schrotflinten und Pistolen. Alfie und Yuri sahen die Sachen durch.

„Damit kommen wir nicht weit", sagte Yuri.

„Stimmt", sagte Alfie, „ein Sturmgewehr oder ein Scharfschützengewehr wäre gut gewesen. Aber Lucas ist der einzige, der sowas hat. Wenigstens haben wir eine Karte und wenn das hier Elektro ist, dann sind wie hier auf diesem A06 wie-auch-immer Hügel."

„Dobryy Hügel. Das ist kyrillisch und heißt Dobryy."

„Echt? Das soll ein D sein?"

„Das ist Ukrainisch. Dobryy heißt gut."

„Von mir aus, dann sind wir eben auf dem guten Hügel. Und nicht allzu weit von hier gibt's zwei Ortschaften. Die hier", er deutete auf die Karte und sah hilfesuchend zu Yuri.

„Pusta, Das ist Pusta."

„Pusta und diese hier an der Küste, Kambobivo."

„Kamyshovo", korrigierte Yuri.

„Kamyshovo. Wir müssen eine davon plündern und unsere Vorräte ergänzen. Hat irgendjemand eine Idee, welche wir nehmen sollen?"

„Die im Inland, Pusta. Ich sage, wir gehen nach Pusta", antwortete Pablo.

„Warum Pusta?", fragte Yuri.

„Ich finde, das Inland ist sicherer. An der Küste sind viel mehr Infizierte. Denkt daran, dass sie mal Menschen waren – wenn ich von her weg wollte, würde ich auch zuerst zur Küste gehen. Darum denke ich, wir sollten mehr ins Landesinnere. Da haben wir ein geringeres Risiko, auf andere Leute zu treffen und finden trotzdem Ausrüstung und Vorräte, vor allem was zu essen."

„Das macht Sinn", sagte Alfie. „Irgendjemand dagegen?"

Alle schüttelten den Kopf.

„Gut, dann ist es beschlossen. Wir gehen nach Pusta." die anderen begannen, ihre Sachen zu packen. „Moment, Moment, macht mal langsam. Wir warten lieber, bis es dunkel wird. Es ist sicherer, wenn uns niemand sehen kann. Wir bleiben erstmal hier, beobachten die Banditen da unten und halten nach unseren vermissten Freunden Ausschau. Wir warten auf die Nacht, bevor wir losgehen. Die da unten können uns dann wegen ihrer Feuer nicht sehen, wenn wir uns den Hügel hinauf verziehen."

Yuri nickte zustimmend: „Pablo. Joseph. Ich zwei verteilt die Sachen, teilt sie gleichmäßig auf, damit, falls wir getrennt werden, jeder zu essen und zu trinken hat bis wir uns wiederfinden. Wenn das erledigt ist, sollen sich alle verteilen und die Flanken sichern. Ich will, dass sich niemand, egal ob tot oder lebendig, an uns anschleichen kann. Ich decke unseren Rücken und du Alfie, behältst die Kerle in der Stadt im Auge. Wie viel Kugeln hast du noch in deiner Lee-Enfield?"

„Acht", antwortete Alfie.

„Verdammt. Hoffentlich reicht das. Schieß nicht, wen du nicht unbedingt musst."

„Geht klar."

Alfie nahm das Fernglas wieder hoch und beobachtete die Banditen in Elektro.

„Was ist bloß so besonderes an diesem Bus?", murmelte er vor sich hin.

KAPITEL 23

LEBEN MIT DEM SCHWERT

Unter Husten und Stottern blieb der Motor stehen und das Motorrad rollte am Straßenrand aus. Selbst wenn der Motor in sehr gutem Zustand war – nur mit den Benzindämpfen, die noch aus dem leeren Tank kamen, konnte er nicht weiterlaufen. Robert klappte den Standfuß aus und stieg ab. Der Doc, der auf dem Rücksitz mitgefahren war, folgte. „Verdammter Mist, sieht aus, als wären wir jetzt wieder zu Fuß", fluchte Robert. Der Doc nickte und streckte seine verkrampften Glieder. Robert dreht sich um und gab dem Motorrad einen Tritt, so dass es umfiel. „Verdammtes Mistding", schimpfte er und gab ihm noch einen Tritt.

Der Doc ließ ihn seine Wut an dem Motorrad auslassen. Den ganzen Morgen hatte er bereits geflucht und getobt, als sie die verlassenen Autos nach Benzin abgesucht hatten. Gelegentlich hatten sie auch etwas gefunden, aber sie hatten viel Zeit gebraucht und waren kaum vorangekommen. Der Doc war zwar nur ein praktischer Arzt, aber man musste kein Psychotherapeut sein um zu erkennen, dass Robert seinen Frust über Arnolds Tod an allem und jedem ausließ, das ihm in die Quere kam. Der Doc hatte daher beschlossen, ihm an diesem Tag lieber nicht in die Quere zu kommen, besonders nach der Schimpftirade, die er auf die Bemerkung geerntet hatte, dass es nicht besonders klug sei, ihr einziges Transportmittel zu treten.

135

Nachdem sie ohnehin nicht weit gekommen waren, sahen sie sich nun mit einem Motorrad und einem leeren Benzinkanister gestrandet. Und weit und breit waren weder Autos noch irgendwelche Tanks zu entdecken, von wo sie etwas Benzin hätten bekommen können. Der Doc ließ seinen Rucksack fallen und setzte sich in den Schatten eines Baumes. Robert trat immer noch auf das Motorrad ein.

Der Doc öffnete seine Feldflasche und nahm einen Schluck Wasser. Er blickte die Straße in beide Richtungen entlang. Diese Küstenstraße war gut befahrbar gewesen, kaum verlassene Autos oder Barrikaden. Gelegentlich ein Wagen oder eine zusammengezimmerte Straßensperre in einer Ortschaft, aber die hatten kein Problem dargestellt. Mit den Infizierten allerdings war das eine andere Sache.

Mit dem Motorrad waren sie bequem überall durchgekommen, den verkeilten Autowracks früherer Unfälle ausgewichen und notfalls auch abseits der Straße gefahren. Aber sie waren auch den Elementen ausgesetzt, und dem Risiko, von Infizierten vom Motorrad gezogen zu werden. Außerdem war es laut. Jeder Infizierte, der in Hörweite herumstreifte, kam sofort angerannt. Natürlich hatten sie sie immer abgehängt, aber hätten sie einen Unfall gehabt, einen geplatzten Reifen oder etwas anderes, das sie im falschen Moment zum Anhalten zwang, wären sie im Nu überrannt worden. Glücklicherweise war ihnen das Benzin an einer sehr einsamen Stelle ausgegangen. Weder im Norden noch im Süden schien es Infizierte zu geben. Hinter ihnen begann der Wald, aber es schien ihnen ratsam, auf der Straße zu bleiben, wo sie in jeder Richtung weit sehen konnten.

Robert stapfte zum Doc herüber und warf seinen Rucksack hin, was den Doc aus seinen Gedanken riss. Er setzte die Feldflasche ab und schluckte das Wasser hinunter. Roberts Stirn glänzte vor Schweiß, von seinen Attacken auf das Motorrad: „Und, fertig zum Gehen?", fragte er den Doc, der daraufhin nickte.

„Wo gehen wir hin?"

„Keine Ahnung", antwortete Robert und nahm die Landkarte aus seinem Rucksack. Er breitete sie vor ihnen auf dem Boden aus und beide sahen auf die Karte.

„Ich denke, wir sind irgendwo hier", Robert beschrieb einen Bereich auf der Karte, „der Leuchtturm da vorn müsste Krutoy Kap sein." Er zeigte auf einen Leuchtturm, der in der Karte eingezeichnet war. „Also haben wir von hier zwei Möglichkeiten. Wir können auf der Küstenstraße bleiben und nach Kamyshovo gehen. Oder wir gehen ins Hinterland nach Tulga. Im Inland könnten wir uns zwar leichter verirren, aber Tulga ist näher als Kamyshovo. Außerdem würde ich den Leuchtturm durchsuchen wollen, wenn wir an der Küste bleiben, und dann würde es noch länger dauern."

„Warum unbedingt eine der beiden Ortschaften? Wir sollten uns besser von den Infizierten fernhalten."

„Weil unsere Vorräte langsam knapp werden. Und falls wir nicht mitten im Nirgendwo einen Feinkostladen finden, kommen wir nur in einer der Ortschaften an Nahrung und Wasser."

„Wir können doch das, was wir haben, ein bisschen strecken, damit es länger reicht", entgegnete der Doc fast flehentlich.

„Das können wir machen. Aber früher oder später, sei es morgen oder in einer Woche, brauchen wir neue Vorräte und dann müssen wir in eine der Ortschaften. Es macht keinen Sinn, das so lange hinauszuzögern, bis wir hungrig und geschwächt sind, wenn wir es auch gleich machen können. Die Frage ist nicht wann, sondern wo. Also, wohin sollen wir als nächstes?"

„Dann bleiben wir an der Küste. Ich hab' keine Lust durch den Wald zu stolpern und mich zu verirren."

„Also gut", sagte Robert und faltete die Karte zusammen, „dann also Kamyshovo. Wir sehen besser zu, dass wir vorankommen. Es wird bald dämmern und ich will dort sein, bevor es dunkel ist."

Robert und der Doc schulterten ihre Rucksäcke und gingen los. Robert kratzte seinen verbundenen Arm, wo ihn am Vortag einer der Infizierten verletzt hatte. Der Doc bemerkte das.

„Tut es weh? Ich sollte mir das nochmal ansehen."

„Alles in Ordnung."

„Und du fühlst dich nicht irgendwie... anders?"

„Du meinst in der Art, dass ich Appetit auf Menschenfleisch habe?", scherzte Robert. „Nein, bisher nicht. Wir haben ja noch ein par Konserven."

„Du solltest das nicht auf die leichte Schulter nehmen, Robert. Wenn du dich in einen dieser Infizierten verwandelst, hab' ich keine große Wahl."

„Ich verstehe schon, aber noch ist alles normal und ich würde mir wünschen, dass du es nicht herbei redest. Im Moment fühle ich mich gut, und wenn sich das ändert, bist du der erste, der es erfährt."

„Ich hab keine Ahnung, wie lange die Inkubationszeit dauert und wie sich diese Infektion ausbreitet. Nach den Berichten, die wir auf dem Schiff empfangen haben, verbreitet sie sich durch Körperflüssigkeiten, wie Speichel und Blut. Die Inkubationszeit wurde zwischen einem Tag und einer Woche angegeben. Da bist du also noch mittendrin."

„Wenn ich anfange, mich seltsam zu verhalten, weißt du ja, was du zu tun hast."

„Wissen und Tun sind zwei verschieden Dinge."

„Nun, Doc, besser du schaffst dir ein paar Eier an, bevor's ernst wird. Denn sonst laufen wir bald zusammen durch die Gegend und suchen nach dem nächsten armen Kerl, auf dem wir herumkauen können. Und so will ich bestimmt nicht enden"

KAPITEL 24

VERKRIECHEN UND STERBEN

Duke prüfte noch einmal die verbarrikadierte Tür. Sie schien stabil und würde wohl über Nacht halten. Neben ihm zerriss Xavier Bettlaken und Decken, um die Fenster des kleinen Bauernhauses zu verhängen. Da sie nicht genug Holz und Nägel hatten, um auch die Fenster zu verbarrikadieren, schlug Duke vor, sie wenigstens zu verhängen, damit niemand herein sehen könne.

Der Raum wurde dunkler, durch die verhängten Fenster und auch weil draußen die Sonne unterging. Xaviers Arme taten weh, als er die letzte Decke mit Panzerband vor dem Fenster befestigte. Er war körperliche Anstrengung nicht gewöhnt, und das machte sich nun bemerkbar. Als alles fertig war, ließen sie sich auf den Boden sinken und genossen die Stille und Dunkelheit. Es war ein neues Gefühl für Xavier, einfach bloß dafür dankbar zu sein, dass er am Leben war. Und nach den Ereignissen der letzten Nacht und des vergangenen Tages hatte er guten Grund, selbst für diese simple Tatsache sehr dankbar zu sein.

Vor nicht einmal 24 Stunden war er noch im Supermarkt in Zelenogorsk gewesen, aber jetzt kam es ihm vor wie vor einer Woche. Xavier schloss die Augen und dachte daran, wie sie entkommen waren. Er wollte diesen Tag nicht noch einmal durchleben, aber sein Gedächtnis hatte wohl beschlossen, dass einmal nicht genug war. Also durchlitt er alles aufs Neue.

Sie hatten es nur knapp aus dem Supermarkt geschafft. Duke war immer unruhiger geworden, als die Infizierten hereinströmten. Zwar streckte jeder Schuss aus seiner M16A1 einen von ihnen nieder, aber gleichzeitig rief er auch weitere herbei. Das Problem mit den Untoten war, dass sie keine Angst hatten. Wenn andere vor ihren Augen erschossen wurden, machte ihnen das überhaupt nichts aus. Sie kümmerten sich nicht darum, wenn sie angeschossen waren, sie spürten keinen Schmerz. Nichts konnte sie aufhalten, nur eine Kugel in den Kopf. Aber die Kugeln waren Duke soeben ausgegangen.

Als Xavier das trockene Klicken von Dukes Sturmgewehr hörte, war er sich sicher, dass sie nun sterben würden. Aber Duke blieb ruhig. Er nahm Xavier den Revolver aus der Hand und prüfte die Trommel. Fünf Kugeln. „Na gut Frenchy, Zeit dass wir hier verschwinden!" Das war alles, was er sagte. Dann nahm er eines der Supermarktregale und warf es durch das Schaufenster. Das Glas zersprang und Duke trat die im Rahmen verbliebenen Scherben hinaus, bis sie durchschlüpfen konnten.

„Komm mit", rief er und sprang hinaus auf den Parkplatz. Duke hielt sich geduckt und machte so wenig Geräusche wie möglich, als er zwischen die Häuser von Zelenogorsk schlich. Es ging langsam, und einige Male wurde es eng, aber am Schluss schafften sie es, aus der Stadt zu entkommen.

Als sie einen Wald erreichten und einigermassen sicher waren, hielten sie an, um wieder zur Ruhe zu kommen. Obwohl das natürlich nicht sein konnte, hatte Xavier das Gefühl, dass er nicht mehr geatmet hatte, seit sie den Supermarkt verlassen hatten. Nur aus Angst davor, dass auch noch das leiseste Atemgeräusch einen der Zeds anlocken könnte. Duke nahm das Sturmgewehr von der Schulter und nahm das leere Magazin heraus. Er nahm ein neues STANAG Magazin aus dem Rucksack – sein letztes - und lud es in die Waffe.

„Zur Hölle, das war eng", sagte Duke.

„Die lassen sich durch nichts abschrecken, oder?"

„Sowas hab ich noch nie erlebt. Die sind unerbittlich", antwortete Duke. „Ich hab keine Ahnung was hier passiert ist, aber es ist total irre und wir sollten hier weg."

„Aber wo sollen wir hin?"

„Weiß ich auch nicht", sagte Duke, „aber im Moment müssen wir uns irgendwo verkriechen, wo es sicher ist. Es ist fast dunkel und ich weiß nicht ob das gut oder schlecht ist, mit den Dingern da draußen." Duke sah sich um: „Da oben ist ein Bauernhaus. Da verstecken wir uns für die Nacht."

Duke ging los in Richtung des Hauses, das ein Stück entfernt lag.

„Kann ich meine Waffe wiederhaben?", fragte Xavier.

„Scheisse, ja, sicher Frenchy."

„Xavier. Ich heiße Xavier, nicht Frenchy."

„Sicher Xavier, ich heiße Duke", Duke streckte ihm die Hand hin.

„Die Waffe. Bitte!", sagte Xavier und ignorierte Dukes ausgestreckte Hand.

„Hör zu. Ich hab mich wegen der Sache im Supermarkt entschuldigt. Es war 'ne üble Situation und bist da rumgelaufen mit diesen Dingern auf den Fersen. Ich hab Panik bekommen und Sachen gesagt, die ich nicht hätte sagen sollen. Das tut mir leid. Wir sollten quitt sein, nach allem war wir gerade durchgemacht haben."

„Die Waffe bitte! Ich will wirklich nicht noch einmal darum bitten", Xavier streckte die Hand aus.

Duke zog die Waffe aus dem Hosenbund und schlug sie Xavier in die Hand: „Da hast du deine Scheiss Waffe, wenn das alles ist, was du willst."

„Ich hoffe, du erwartest nun kein Dankeschön. Diese Nacht bleiben wir zusammen und passen aufeinander auf, damit wir etwas Schlaf bekommen. Aber Morgen haue ich ab und gehe meiner Wege, und du machst das gleiche."

„Nichts dagegen einzuwenden, Frenchy", sagte Duke und ging weiter.

„Xavier. Ich hab gesagt, ich heiße Xavier." Duke ging nicht darauf ein und so stapfte Xavier ihm hinterher.

Jetzt saß er in der dunklen Kühle des Bauernhauses und dachte über diesen Wortwechsel nach. Er wünschte, er könnte zurücknehmen, was er gesagt hatte, wünschte er könnte die richtigen Worte finden für das, was er Duke sagen wollte.

Obwohl dieses Haus kleiner war, als das vom Vortag, fühlte er sich hier sicherer. Er konnte Dukes Umriss am anderen Ende des Raumes kaum sehen, aber er hörte ihn atmen.

Xavier hatte bereits an sich bemerkt, dass er weniger lauschen musste, aber dabei mehr hörte. Dass er intuitiv lernte, welche Geräusche man ignorieren konnte und auf welche man achten musste. Er hörte, wie Duke in seinem Rucksack wühlte, das Geräusch von Metall auf Metall. Auch als er aufstand und in die Küche ging, dann das Geräusch eines Streichholzes auf der Reibefläche. Er sah das Licht, das plötzlich die Dunkelheit durchbrach. Für einen Moment war die Küche erleuchtet, dann senkte sich das Streichholz zum Herd und es entstand eine bläuliche Flamme.

„Kaffee?", fragte Duke.

„Super Idee", spöttelte Xavier.

„Es mag ja nicht dein cooles Latte Zeug sein, aber es bringt dich wieder auf Trab."

„Ich meine das Licht vom Herd. Willst du nach letzter Nacht heute wieder welche anlocken?"

„Diesmal haben wir die Tür verrammelt und die Fenster abgedunkelt. Hier kommen die nicht rein, diesmal sind wir sicher."

Xavier sah sich um und musste zustimmen, diese Nacht würden sie sicher sein.

„So, ich hoffe du magst deinen Kaffee schwarz und widerlich, weil anders gibt es ihn nicht", sagte Duke.

Xavier lachte: „Verglichen mit letzter Nacht klingt schwarz und widerlich ziemlich verlockend."

Duke lächelte und wandte sich wider dem kochenden Wasser zu. Er starrte in den Topf und beobachtete, wie sich Blasen bildeten und aufstiegen. Das Zischen rief in ihm die

Erinnerung an die vorige Nacht wach.

Sie hatten sich auch in einem Bauernhaus versteckt, allerdings war es grösser gewesen, als das in dieser Nacht. Trotzdem sah die Küche fast gleich aus. Eines der Fenster war zerbrochen, vermutlich von einem Plünderer, der schon lange weg war und alles Brauchbare mitgenommen hatte. Als Duke in die Küche kam, genügte ihm ein flüchtiger Blick, um zu erkennen, dass sie bereits ausgeräumt war. Die Schränke standen offen und aus dem offenen Backrohr drang ein säuerlicher Geruch. Duke schloss es mit einem Fußtritt und prüfte den Herd. Er hatte kein Gas mehr.

Draußen ging bereits die Sonne unter und Duke ließ seinen Rucksack zu Boden fallen und ging in den nächsten Raum.

„Ich schau mir mal die anderen Zimmer an", sagte er zu Xavier als er die Küche verließ. Xavier nickte und ließ ebenfalls seinen Rucksack fallen. Dann begann er, ihn zu leeren, nahm Essen für die Nacht heraus und legte die Landkarte auf den Boden, ohne groß darüber nachzudenken. Er durchsuchte gerade vergeblich die Schubladen nach etwas Brauchbarem als Duke zurück in die Küche kam. Sofort bemerkte er die Karte.

„Ist das eine Landkarte?", fragte er aufgeregt.

„Ja, hab ich am Flugplatz gefunden", antwortete Xavier.

„Warum hast du nicht gesagt, dass du 'ne verdammte Karte hast?"

„Du hast nicht gefragt."

„Na klar, natürlich, wie konnte ich nur so dumm sein, meine Schuld. Weißt du, wo wir sind?"

„Schon möglich." Xavier breitete die Karte auf dem Küchentisch aus.

„Diese Stadt hier ist Zelenogorsk. Siehst du die Kreuzung da? Und hier ist die Hochspannungsleitung." Duke nickte. „Also sollten wir nördlich davon sein, bei diesem Bauernhof." Xavier deutete auf einen Punkt auf der Karte.

„Ich nehme an, du wirst die Karte morgen mitnehmen,

wenn du verschwindest."

„Sicher."

„Dann lass mich sie studieren. Ich will sie mir einprägen und eine Route planen, wenn du schläfst."

„Nein, das denke ich nicht."

„Meinst du, ich haue damit ab, wenn du schläfst?", fragte Duke.

„Nein, so müde bin ich nicht, aber ich hab Hunger. Du gibst mir eine von deinen Konservendosen, dann kannst du sie ansehen, so lange ich esse. Na ja, ich geb dir ein paar Stunden, aber ich werde bestimmt nicht schlafen, bevor die Karte wieder in meinem Rucksack ist."

„Von mir aus. Du kannst heute Nacht gern mit ihr schmusen, wenn ich erst weiß, wo ich als nächstes hingehe."

Xavier nickte und Duke knipste seine Taschenlampe an, um die Karte genauer zu untersuchen. „Verdammt, ich wünschte ich hätte Papier und was zum Schreiben, dann könnte ich mir Teile davon kopieren - dieses Chernarus ist riesig."

„Ich seh' mal, ob ich was finde."

Duke hatte das nicht gehört, und auch nicht, als Xavier in den Wohnraum ging, weil er sich vollkommen auf die Karte konzentrierte. Der Wohnraum war sparsam möbliert und es war ganz still dort, und auf angenehme Weise düster, weil die Sonne fast untergegangen war. Xavier gab die Suche nach einem Stift auf und setzte sich stattdessen in einen Lehnsessel. Er war alt und roch modrig, außerdem drückte eine der Spiralfedern in seine Seite, aber für Xavier fühlte es sich himmlisch an und er ließ sich zurück sinken. Er blickte aus dem Fenster auf die Sonne, die gerade hinter einer Hügelkuppe verschwand, und er spürte, wie sein Atem gleichmäßiger wurde. Bevor er es merkte, schlossen sich seine Augen und sein Körper gab der Erschöpfung nach, ohne ihm eine Wahl zu lassen.

Xavier erwachte mit einem Ruck. Der Raum war noch vollkommen dunkel und er bekam Panik. Er tastete nach seinem Revolver, der ihm aus der Hand gefallen war und nun am Boden lag. Er wand sich aus dem Stuhl und lauschte, aber aus der Küche war kein Geräusch zu hören. *Duke. Die Karte. Sie sind weg. Verdammt, du blöder Idiot, jetzt bist du erledigt*. Diese Gedanken schossen ihm durch den Kopf, als er sich zur Türe tastete. Er spannte den Hahn des Revolvers, den er vor sich hielt, und öffnete die Türe.

Duke saß am Küchentisch, die Taschenlampe in der Hand, und studierte die Karte. Er sah von der Karte auf, als Xavier herein trat, die Waffe auf ihn gerichtet.

„Gut geschlafen, Frenchy?"

Xavier sah sich um, dann ließ er dem Revolver sinken und gähnte: „Warum hast du mich schlafen lassen?"

„Du hast da gelegen wie ein Stein. Es gab nichts zu tun da hab ich dich in Ruhe gelassen."

„Aber..."

„Was aber? Die Karte ist noch da, ich bin noch da und du hast dich ein bisschen erholen können, also wo ist das Problem?" Da drüben steht was zu essen. Hol's dir und komm rüber. Ich denke, ich habe einen Plan für unseren nächsten Zug."

„Du meinst *deinen* nächsten Zug", korrigierte Xavier als er sich die Konservendose holte.

„Wenn du meinen Plan erst gehört hast, willst du womöglich mitkommen."

Das war der Moment, als es passierte. Duke war vollkommen auf die Karte konzentriert und kopierte Details auf einen Schreibblock. Xavier beschäftigte sich mit seinem Essen. Keiner sah aus dem Fenster, keiner dachte, dass Dukes Taschenlampe so hell war, dass sie auf die Zeds in der Umgebung wie ein Leuchtfeuer wirken würde.

Aus Richtung des zerbrochenen Fensters war plötzlich ein Zischen zu hören. Duke hob automatisch die Lampe und richtete den Lichtstrahl auf das Fenster, genau in das Gesicht eines Zeds in Militäruniform. Seine glasigen blicklosen Augen sogen das Licht förmlich auf und sein Mund öffnete sich und stieß einen langen, rauen, ächzenden Schrei aus.

„Scheisse", rief Duke.

Der Zed reagierte, indem er versuchte, durch das zerbrochene Fenster zu klettern. Die Scherben schnitten in sein ohnehin zerschrammtes Gesicht, aber er spürte nichts und kletterte einfach weiter. Xavier starrte ihn nur an, einen Löffel mit Pasta in der Hand vor dem offenen Mund.

Duke nahm sein Gewehr und visierte die Stirn des Zeds an. Er drückte ab, der Kopf des Zeds zerplatzte förmlich vom Einschlag und er fiel rückwärts nach draußen. Sofort tauchte am Fenster ein weiterer auf, auch ihn setzte Duke außer Gefecht.

„Frenchy, pack zusammen", schrie er, „wir müssen hier raus."

„Wo ist der hergekommen?"

An der Eingangstüre rüttelte es und Duke stemmte sich dagegen. „Da draußen sind noch mehr. Keine Ahnung wie sie uns gefunden haben, aber jetzt müssen wir hier weg." Xavier raffte alles zusammen und warf den Rucksack über die Schultern. Duke stemmte sich gegen die Tür und versuchte zu verhindern, dass die Horde herein kam. „Schnapp dir meinen Rucksack und vergiss die Karte nicht. Diese Tür wird nicht mehr lang halten." Xavier hängte sich Dukes Rucksack vor die Brust, er atmete schwer von dem zusätzlichen Gewicht.

„Wird's gehen?"

„Ja, ja, mir geht's gut", antwortete Xavier.

„Das hoffe ich, denn wir müssen jetzt schnell sein. Nimm die Lampe, du musst für mich leuchten."

„Was meinst du?"

„Ich geh' gleich weg von der Tür, dann kommen sie rein. Du hältst die Lampe auf die Tür gerichtet und ich werde so viele umlegen, wie ich kann. Dann müssen wir durchbrechen und hier raus. Fertig?"

Xavier nickte wieder. Duke sprang zurück und die Tür brach auf. Er nahm den ersten ins Visier, während er weiter rückwärts ging. Bam! Bam! Zwei fielen, aber zwei weitere erschienen in der Tür. Er zielte und erschoss auch diese beiden.

„Ok, lauf."

Er feuerte blind auf die Türöffnung als er darauf zulief. Die Zeds wurden durch die Einschläge und den plötzlichen Lichtschein im Gesicht verlangsamt. Duke und Xavier liefen an ihnen vorbei hinaus, wo bereits eine Horde auf sie wartete.

„Scheisse, das sind mehr als ich befürchtet habe. Hier lang, Frenchy." Duke sprintete rechts weg und Xavier folgte ihm, die Taschenlampe nach vorn gerichtet. Duke rannte über die Straße in Richtung Waldrand, mit Xavier und den Zeds auf den Fersen.

„Wirf die Lampe weg."

„Was?"

„Wirf sie weg, jetzt! Ein Stück weg von uns, hoffentlich laufen sie ihr nach."

Xavier warf die Lampe nach links die Straße hinauf. Das Geräusch des Metalls auf dem Asphalt und der Lichtschein zogen die Aufmerksamkeit der dichtesten Verfolger auf sich.

„Gottseidank, es funktioniert", flüsterte Duke.

„Was jetzt?"

„Lauf weiter, wir haben's noch nicht überstanden."

Sie rannten an der Straße entlang, weg von der Lampe. Einige der Infizierten folgten ihren Schrittgeräuschen, aber die meisten liefen hinter der Lampe her. Duke sah sich um und sah die Umrisse, die ihnen folgten.

„Verdammt, ich seh fast nichts."

„Du hast doch gesagt, dass ich die Lampe wegwerfen soll."

„Schnell, runter hier." Duke zog Xavier eine Böschung am Straßenrand hinunter. Er drückte ihn zu Boden, hielt ihm mit beiden Händen den Mund zu und starrte ihm in die Augen. Dann hielt er einen Finger an die Lippen und als Xavier nickte, dass er verstanden hatte, nahm er auch die andere Hand von seinem Mund. Er deutete nach oben, wo nur ein paar Meter entfernt drei Zeds die Straße hinunter rannten. Duke konnte in der Dunkelheit ihre Gesichter ausmachen und einer sah direkt zu ihnen herunter. Aber er wandte sich wieder ab und Duke atmete erleichtert aus. Er hielt die Hand vor seine Augen, zum Zeichen, dass sie nichts sehen konnten. Xavier nickte, er hatte verstanden.

Sie lagen ganz still, während sich die Zeds auf der Straße entfernten. Duke klopfte mit der Hand auf den Boden zum Zeichen, dass sie hier warten sollten. Er deutete auf seine Uhr und machte mit dem Finger einen Kreis. Xavier nickte, sie sollten für eine Stunde warten.

Duke beobachtete die Straße in einer Richtung, Xavier in der anderen. Keiner wagte sich zu bewegen, so blieben sie in ihren unbequemen Stellungen liegen, während sie warteten.

So überlebten sie still und heimlich diese Nacht. Als es am Morgen hell genug war, dass sie etwas sehen konnten, gingen sie weiter. Sie versuchten, einen Orientierungspunkt in der Landschaft zu finden, um ihre Position zu bestimmen. Am Waldrand fanden sie ein einsames, kleines Haus am Ende eines Feldweges. Sie gingen ein Stück den Weg entlang, der vom Haus weg führte, aber sie konnten keinen besonders auffälligen Punkt oder Hügel entdecken. Alles was sie ausmachen konnten, war ein hoher Sendeturm auf einem Berg in der Ferne.

Da sie keine Ahnung hatten, wo sie sich befanden und außerdem vom Laufen und vom Schlafmangel erschöpft waren, beschloss Duke, dass es das Beste sein würde, umzukehren und in dem kleinen Haus den Tag und die folgende Nacht zu verbringen. Sie brauchten eine Weile um die Türe zu verrammeln und die Fenster abzudunkeln, aber wenigstens hatte der Vorbesitzer ein wenig Gas im Tank gelassen, außerdem etwas Instant Kaffee in einem Küchenschrank.

Duke gab Xavier einen Bescher mit einer dampfenden, schwarzen Flüssigkeit.

„Schwarz und widerlich, wie bestellt."

„Merci", Xavier nahm den Becher, „und wie lang sollen wir hier bleiben?"

„Weiß nicht. Mindestens für die Nacht. Wir gehen bei der Morgendämmerung los und versuchen rauszufinden, wo wir sind. Ich hab keine Ahnung, wo wir gestern hingelaufen sind – wir könnten überall in der Nähe von Zelenogorsk sein."

Xavier nahm einen Schluck Kaffee und schüttelte sich: „Grauenhaft."

„Trink aus, wer weiß, wann du wieder mal einen Kaffee bekommst."

KAPITEL 25

JANIK UND DIE BANDITEN

Janik hatte während des Gefechts in Elektro die ganze Zeit vom Hügel aus zugesehen. Er konnte von seinem Beobachtungspunkt alles sehen, was vorging. Allerdings hatte er, im Gegensatz zu Lucas, nicht beobachten können, wer Mitch umgebracht hatte. Er hatte nur die Schüsse gehört, und einige Zeit darauf den Simpel mit blutigen Händen den Hügel hinauf rennen sehen. Für Janik musste es so aussehen, als habe der Simpel Mitch ermordet.

Er beobachtete, wie Lucas vom Turm der Feuerwache aus schoss und erschrak für einen Moment, als es so aussah, als würde Lucas genau in seine Richtung zielen. Danach beobachtete er, wie sich die Lage nach Lucas' letzten Schüssen langsam beruhigte und die Banditen die Kirche besetzten.

Janik sah sich genau an, wie sie sich auf den Bus konzentrierten und ihre Sicherheitszone um die Kirche errichteten. Als es zu dämmern begann, stellten sie Wachtposten ab und machten sich für die Nacht fertig. Während der ganzen Zeit wollte er eigentlich ständig sein Rad nehmen und verschwinden, so lange er noch konnte. Aber andererseits wollte er auch sehen, was sie machten und vielleicht etwas Wichtiges in Erfahrung bringen.

Er war von Shutov und seiner Banditenbande beeindruckt. Sie schienen besser organisiert als die Überlebenden und in der Lage, sich auf ein Ziel zu konzentrieren. *Vielleicht solltest du runtergehen und Hallo sagen*, spöttelte er innerlich. *Vielleicht geben sie dir einen dicken, feuchten Kuss und sagen Janik, wir sind so froh, dass du da bist. Jetzt fühlen wir uns endlich wieder sicher.* Er sah zu, wie sie arbeiteten. *Wäre es wirklich so schlecht, sich ihnen anzuschließen? Sicher, du würdest ihnen etwas bieten müssen, was sie haben wollten. Aber willst du wirklich wie die sein? Selbst wenn sie dich akzeptieren würden, würdest du sie auch akzeptieren?* Seine Gedanken sprangen zwischen diesen beiden Standpunkten hin und her, während die Sonne unterging und das Tageslicht zu schwinden begann.

Als es dunkler wurde, fühlte sich Janik mutiger. Er beschloss, näher heran zu gehen und dann zu entscheiden, was er tun würde. Er wollte sich frei bewegen können, daher verstaute er seinen Rucksack zusammen mit dem Fahrrad in einem nahe gelegenen Haus. Er nahm nur seine Armbrust mit drei Bolzen mit und machte sich auf den Weg in Richtung Kirche.

Die untergehende Sonne half ihm. Sie blendete ihn zwar ein wenig, aber sie sorgte auch für lange Schatten, in denen er sich verbergen konnte. So schlich er durch Elektro, langsam mit bedachten Schritten, um keinen der Infizierten auf sich aufmerksam zu machen. Als er der Kirche ein wenig näher kam, fragte er sich, warum er unbedingt in die sprichwörtliche Höhle des Löwen wollte. War ihm sein Überleben plötzlich nicht mehr so wichtig, wollte er sich ihnen vielleicht anschließen, oder trieb ihn irgendetwas anderes? Irgendetwas veranlasste ihn, immer weiter vorzurücken. Ein Risiko einzugehen, obwohl er doch zuvor in Sicherheit gewesen war.

Noch näher herangekommen, sah er einen Mann auf dem Dach der Feuerwache patrouillieren. Auf demselben Gebäude, auf dem Lucas gewesen war und von wo er verschwand. Janik fragte sich, ob er tot war. Ob die anderen tot waren? Ob es jemand lebend heraus geschafft hatte? Womöglich war es das, weswegen er sich der Gefahr aussetzte. Weil er Gewissheit haben wollte, verstehen wollte. Janik erkannte Harrison in dem Mann auf dem Dach. Harrison hatte ihm auf dem Schiff gerne das Leben wegen seiner geringen Größe schwer gemacht. Janik sah sich nach den anderen um, die er mit Harrison katte ankommen sehen, aber außer den herumwankenden Infizierten konnte er niemanden entdecken.

Janik spähte um die Ecke eines Hauses und blickte geradewegs ins Gesicht eines Infizierten. Der Infizierte stand ganz still, nur den Kopf bewegte er ab und zu und horchte auf Geräusche. Ganz langsam und ruhig hob Janik die Armbrust. Die Bewegung war so langsam, dass man sie kaum wahrnehmen konnte, aber am Ende zeigte die Armbrust genau auf den Infizierten vor ihm. Janik zog den Bolzen zurück und strich mit dem Finger sanft über den Abzug. Er sah über das Visier genau in das Gesicht des Infizierten, das sich ihm zuwandte. Janik sah ihm in die Augen. Er suchte nach Anzeichen von Intelligenz, dem Anflug eines Ausdrucks. Aber da war nichts, nur glasiges Weiß. Der Infizierte öffnete gerade den Mund um zu stöhnen als der Bolzen mit einem Zischen die Armbrust verließ und sich in seine Augenhöhle bohrte.

Der Infizierte fiel, den Mund immer noch geöffnet zu einem Stöhnen, das seine Lippen nie verlassen würde. Janik sah sich um, er hatte keinerlei Aufmerksamkeit auf sich gezogen. Er schlich zu dem Körper hinüber und griff nach dem Bolzen, der sich tief in den Kopf des Infizierten gebohrt hatte. Er steckte fest und es brauchte einiges Zerren und Rütteln, bis er sich schließlich löste. Er wischte das Blut an der Kleidung des Untoten ab und lud den Bolzen zurück in die Armbrust.

Janik spähte über die Straße in Richtung Feuerwache. Es war fast Nacht und die Schatten der Gebäude tauchten den Parkplatz davor fast in Dunkelheit. Harrison patrouillierte noch immer auf dem Dach. Er rieb sich immer wieder die Augen, weil der helle Horizont der untergehenden Sonne mit den dunklen Schatten der Stadt kontrastierte. Janik überlegte, wie er näher an die Feuerwache heran kommen sollte.

Auf dem Parkplatz lagen eine Menge Schutt und Abfall, ein aufrecht stehendes Ölfass, eine niedrige Barrikade, einige hölzerne Paletten – aber nichts, das groß genug gewesen wäre, um sich dahinter zu verstecken. Allerdings gab es neben dem offenen Tor ein kleines Wachhäuschen. Wenn er dort hinein gelangen könnte, hätte er genügend Deckung bis es vollkommen dunkel sein würde. Aber zwischen Janik und dem Wachhäuschen befand sich die Straße, die er kaum überqueren konnte, ohne entdeckt zu werden.

Zum Glück für Janik war die Straße nicht ganz leer. Nicht weit von ihm gab es zwei ineinander verkeilte, ausgebrannte Autowracks – die Überbleibsel eines früheren Verkehrsunfalls, die nie beseitigt worden waren. Sie verhinderten zwar nicht, dass Autos diese Stelle passieren konnten, aber sie konnten ihm Deckung vor Harrison geben, falls er herüber sehen würde. Janik legte sich auf den Bauch und begann, auf die Straße zu kriechen. Seine Arme wurden vom Asphalt aufgeschürft und er ärgerte sich, dass er immer noch keine Jacke hatte.

Er kam unentdeckt auf der anderen Seite an und kroch in Richtung des offenen Tores. Er wartete darauf, dass Harrison in die andere Richtung sah. Sobald er sich wegdrehte schlich Janik auf Zehenspitzen weiter. Seine Füße berührten kaum den Boden und er ging fast lautlos. Er schlich in das Häuschen, von wo er das Dach der Feuerwache sehen konnte. Zwischen ihm und dem Gebäude lag nun nur noch der Parkplatz mit dem Schutt und Abfall. Bald würde es dunkel sein und dann würde er hinüber schleichen.

Janik kauerte in dem Wachhäuschen und spähte über den Rand des Fensters zum Dach der Feuerwache. Draußen war die Nacht angebrochen und die Dunkelheit verbarg ihn, so dass er sich sicherer fühlte. Beruhigt nahm er einen Schluck Wasser, während er beobachtete, wie Harrison auf und ab ging. Er wanderte planlos umher und murmelte vor sich hin, aber Janik war zu weit entfernt um zu verstehen, was er sagte.

Stattdessen höre er menschliche Schritte näher kommen. Janik presste sich an die Wand und versuchte sich so klein wie möglich zu machen. Die Schritte kamen immer näher. *Du Vollidiot, du bist aufgeflogen*, dachte er, während er nach einem Ausweg suchte.

Jetzt merkte er, dass er nicht nachgedacht hatte, als er sich das kleine Häuschen ausgesucht hatte. Es hatte nur einen Ausgang, und auch wenn die Schritte, die näher kamen, nicht zu einem Infizierten gehörten, war er nun ganz sicher in Gefahr. *Du verdammter Narr*, fluchte er mit sich selbst, hob die Armbrust und richtete sie auf den Eingang. Wenn jemand herein kam, würde er nur einen Schuss haben, um ihn zu erwischen.

„Wird aber auch Zeit. Ich sehe hier überhaupt nichts mehr."

„Hey, irgendjemand muss ja der letzte sein – also warum nicht du?", antwortete der andere Mann. Janik lauschte angestrengt. Der Mann war irgendwo auf dem Parkplatz stehen geblieben und Janik hörte, wie Holz zerbrach und auf Metall schlug.

Er erschrak als plötzlich alles hell erleuchtet wurde. Er kroch weiter nach hinten, weil er fürchtete, dass er in dem plötzlichen Lichtschein sonst gesehen werden könnte.

„Na, besser, Prinzessin?", rief der Mann. Janik erkannte die Stimme des Butchers.

„Viel. Wenigstens sehe ich jetzt was. Wie lang will Shutov noch, dass ich hier oben bleibe?"

„Keine Ahnung. Er ist fixiert darauf, dass Sam heute Nacht diesen Bus noch repariert, damit wir Morgen zum Flugplatz fahren können."

„Mist, dann kann es ja die ganze Nacht dauern."

„Sieht ganz danach aus. Und nicht dass du mir da oben einschläfst. Du überwachst immerhin den ganzen Nordosten."

Janik spähte über den Rand des Fensters. Das Ölfass, dem er nicht viel Beachtung geschenkt hatte, war jetzt hell erleuchtet. Er sah, dass Holzstücke von den Paletten oben heraus standen. Das Feuer verbreitete einen gespenstischen Lichtschein, der über die Wände der Feuerwache tanzte. Der ganze Parkplatz war erleuchtet. Janik sah, wie der Butcher den Parkplatz verließ und in Richtung Kirche verschwand.

Er sah hinüber zum Dach der Feuerwache, das im Dunkeln lag, weil der Lichtschein der Tonne nicht bis ganz nach oben reichte. Er kniff die Augen zusammen, aber es half nichts. Er konnte nicht feststellen, wo Harrison stand und auch nicht, wohin er gerade schaute. *Verdammt!* dachte er, als er merkte, dass er nun hier in diesem Wachhäuschen festsaß. Er konnte Harrison nicht sehen und er konnte sich nicht wegbewegen, ohne dass Harrison ihn sehen würde.

KAPITEL 26

FEUER UND EIS

Yuri und die Gruppe der Überlebenden hatten ihre Sachen gepackt und waren nun am Waldrand entlang unterwegs nach Pusta. Nachdem Alfie die Banditen stundenlang beobachtet hatte, war er sich sicher, dass sie in der Stadt bleiben würden und nicht planten, in dieser Nacht noch abzurücken. Da sie nun wussten, wo sich die Banditen während der nächsten Stunden aufhalten würden, war es für die Gruppe sicher, während der Nacht zu marschieren.

Der Himmel war wolkenlos und der Mond schien, so hatten sie beschlossen, ihre Lampen erst auf der anderen Seite des Hügels anzuschalten. Dadurch kamen sie in der Dunkelheit zwar deutlich langsamer voran, aber sie hatten sich darauf geeinigt, dass es so sicherer sein würde. Yuri war besorgt, weil Lucas, Janik und Kiam immer noch nicht zurückgekommen waren. Er hätte ihnen gerne eine Nachricht hinterlassen, wohin die Gruppe gegangen war. Sie hatten den Vorschlag diskutiert und waren zu dem Schluss gekommen, dass es unwahrscheinlich war, dass jemand die Nachricht finden würde und wenn, sie nicht sicher sein konnten, dass es nicht einer der Banditen sein würde.

Yuri hoffte, dass sie die Vermissten vielleicht in Pusta treffen würden. Das war nicht so unwahrscheinlich, da Pusta die nächstgelegene Ansiedlung im Hinterland war und niemand Lucas oder Janik an der Küste hatte laufen sehen. Sie konnten natürlich auch nach Süden, in Richtung

Chernogorsk gegangen sein, aber Yuri hielt an der Hoffnung fest, sie in Pusta zu finden.

Während sie gingen, bemerkte er plötzlich in der Ferne den Lichtschein eines Lagerfeuers. Er hielt Joseph fest und deutete auf das Feuer. „Siehst du das?", flüsterte er. Joseph sah in dieselbe Richtung und nickte. „Hol die anderen", sagte Yuri, während er das Feuer weiter beobachtete. Bald standen alle beisammen und starrten zu dem Feuer hinüber. Alfie sah durch sein Fernglas und konnte ausmachen, dass da ein einzelner Mann am Boden neben dem Feuer lag.

„Ich kann nicht erkennen, wer das ist", erklärte Alfie.

„Könnten es unsere Vermissten sein?"

„Könnte sein. Oder es ist ein Späher. Oder eine Falle. Kann man nicht sagen."

„Gehen wir hin?"

„Nein, zu gefährlich."

„Aber es könnten Janik oder Lucas sein. Wir sollten zumindest sichergehen", sagte Yuri. „Ich gehe hin. Ich sehe nach."

„Du musst aber leise sein. Da könnten Andere sein, die im Dunkeln sitzen und Wache halten."

Yuri nickte: „Gib mir dein Gewehr." Alfie tausche seine Lee-Enfield gegen Yuris Pistole. „Ihr bleibt hier. Wenn ich mit jemandem zurückkomme, seid vorsichtig. Wenn es die anderen sind, pfeife ich, wenn ich auf dem Rückweg bin. Seht zu, dass ihr es nicht überhört."

„Viel Glück", Alfie schlug ihm auf die Schulter.

„Alles in Ordnung", sagte Yuri und sah auf die Uhr. „Eine halbe Stunde. Wenn ich in einer halben Stunde nicht zurück bin, ist irgendwas faul."

Alfie nickte und Yuri ging los. Er ging langsam und setzte sachte jeden Schritt, um knackende Äste zu vermeiden. Er hielt die Lee-Enfield im Anschlag und spähte und lauschte auf Anzeichen für die Gegenwart Anderer in seiner Nähe.

Als er sich dem Feuer näherte, konnte er das Knacken und Prasseln der brennenden Äste hören und den Rauch riechen, der über ihn hinweg zog. Er spähte zum Feuer und sah einen zweiten Mann am Boden liegen. Einer war zugedeckt, der andere lag flach auf dem Boden. Aber mit dem, der flach dalag, stimmte etwas nicht und als er näher kam, sah er was es war – er hatte keinen Kopf. *Oh verdammt, was ist denn hier passiert*, fragte er sich, als er vorsichtig einen Halbkreis schlug um das Gesicht des anderen Mannes sehen zu können.

Er hatte sich wegen der Kälte die Jacke halb über den Kopf gezogen, weswegen Yuri weiter um das Feuer herum schleichen musste. Dabei hielt er sein Gewehr immer direkt auf den Schlafenden gerichtet.

Schließlich konnte er das Gesicht erkennen, es war Rory, der Simpel. *Was zum Teufel macht der denn hier?* Yuri sah sich um, aber es schien als sei Rory ganz alleine und er schlief tief und fest. Yuri sah ihn an und stellte fest, dass er nur eine Axt hatte und das, was er am Leib trug. *Der wird hier doch verhungern, wir müssen ihm helfen...* seine Gedanken wurden jäh durch Gewehrschüsse unterbrochen, die aus der Stadt hinter ihnen herauf drangen.

Rory öffnete die Augen und sah in den Lauf von Yuris Gewehr, keine drei Meter entfernt. Er setzte sich auf, seine Augen waren geweitet und er sah sich um wie ein in die Enge getriebenes Tier. Yuri bemerkte, dass er immer noch die Waffe auf Rory gerichtet hatte und senkte sie. Als Rory das sah fuhr er hoch, griff nach seiner Axt und rannte ins Dunkel hinaus.

„Simpel, warte doch. Ich wollte dich nicht erschrecken", rief Yuri, allerdings nicht sehr laut, weil das Schießen in der Stadt unten immer noch anhielt.

„So ein Mist", fluchte Yuri als er nach Rory Ausschau hielt. Aber der war längst verschwunden. Von links hörte er das Knacken von Zweigen als die anderen der Gruppe durch das Unterholz gerannt kamen, die Waffen im Anschlag.

„Yuri, was zur Hölle ist passiert, wir haben Schüsse gehört?", fragte Alfie als er den Lagerplatz betrachtete.

„Es war der Simpel. Aber als er die Schüsse hörte, hat er Angst bekommen und ist weg gelaufen."

„In welche Richtung?", fragte Joseph.

„Den Hügel runter nach Elektro."

„Dahin können wir ihn nicht verfolgen."

„Was hat er denn hier draußen gemacht?", fragte Pablo.

„Womöglich war er ein Späher, oder eine Art Vorposten?", entgegnete Alfie.

Yuri war nicht überzeugt: „Der Simpel, meinst du wirklich? Würdest du ihn als Vorposten aufstellen?"

„Eher nicht. Aber dann sag mir, was er ganz alleine hier draußen gemacht hat, mit einem Feuer, das die ganze Gegend erleuchtet. Und warum rennt er zurück zur Stadt, wenn er dich sieht. Ich seh hier auch kein Zelt, bloß den toten Infizierten. Hat er eine Waffe gehabt?"

„Bloß eine Axt. Er hatte noch nicht mal einen Rucksack dabei."

„Also sitzt er ganz alleine hier draußen mit nichts als einer Axt und einem Feuer. Wieso sollte er das tun, wenn er nicht einer von denen ist?", fragte Alfie.

„Verdammt noch mal, das weiß ich doch auch nicht", antwortete Yuri.

„Genauso wenig wie ich", gab Alfie zu, „aber wir müssen vom Schlimmsten ausgehen. Das bedeutet, dass Pusta nicht mehr sicher ist."

„Warum soll Pusta deswegen nicht mehr sicher sein?"

„Weil es hier in der Nähe nichts anderes gibt. Pusta liegt im Norden, Elektro im Süden. Die Banditen sind in Elektro und wenn der Simpel ihnen erzählt, dass er uns gesehen hat, werden sie annehmen, dass wir nach Pusta gehen. Es gibt keinen anderen Grund, warum wir hier sein sollten. Darum sage ich Pusta ist gestrichen."

„Aber was ist mit den Anderen? Sie sind vielleicht dort", warf Yuri ein.

„Und wenn wir sie warnen könnten, würden wir es tun. Hör zu, ich will hier nicht die ganze Nacht diskutieren. Wir sollten schnellstens umkehren und zu dieser anderen Ortschaft an der Küste gehen."

„Kamyshovo?"

„Genau. Kamyshovo. Ohne Lampen werden wir langsamer sein, aber wenn wir erst dort sind, können wir für den Rest der Nacht lagern. Das ist zwar kein besonders raffinierter Plan, aber sicher besser, als hier herum zu stehen. Sind alle einverstanden?"

Die anderen nickten.

„Dann los. Das Feuer lassen wir brennen. Wir können nur hoffen, dass sie denken wir gehen nach Norden."

KAPITEL 27

PARANOIA

Kurz bevor Yuri zum schlafenden Simpel am Lagerfeuer schlich, hatte Janik in Elektro ein ganz anderes Erlebnis mit Feuer. Er ging seine Möglichkeiten durch, während er in dem Wachhäuschen saß. Seine Chancen standen nicht besonders gut.

Er könnte es aussitzen und bis zum Morgen warten. Aber dann wäre es wieder hell und er würde kaum Deckung finden, um unbemerkt zu verschwinden. Er könnte auch einfach hinausgehen und sich zu erkennen geben, aber dann würden sie ihn vermutlich erschießen, also war das auch keine Option. Wenn er nur irgendwie das Feuer zum Erlöschen bringen könnte, dann würde er im Schutz der Dunkelheit entkommen. Allerdings würde es wahrscheinlich auffallen, wenn plötzlich das Feuer ausging, und die anderen würden kommen, um nachzusehen.

Keine dieser Möglichkeiten schien sonderlich erfolgversprechend. Die einzige Option, die eine gewisse Erfolgsaussicht hatte, war Harrison aus dem Hinterhalt zu töten und sich dann heimlich davon zu machen. Allerdings konnte er Harrison nicht sehen und ihn daher auch nicht erschießen. Er durchstöberte die Schubladen des alten Schreibtisches in dem Wachhäuschen und fand einige Bengalische Fackeln. Er überarbeitete seinen Plan, er könnte doch eine davon auf das Dach der Feuerwache werfen und dann auf Harrison schießen. Natürlich würde das rote Licht die anderen anlocken, also würde er nicht viel Zeit haben, Harrison zu erledigen und zu entkommen.

Janik drehte die Fackel in der Hand und dachte nach, ob es nicht einen anderen Weg gäbe. Aber er kam immer wieder zum selben Punkt zurück. Er dachte nur noch, *wirf die Fackel, tu es endlich*. Er hatte sich festgefressen, eine andere Idee würde ihm nicht einfallen. Widerstrebend brach er die Fackel und warf sie auf das Dach.

Dir Wirkung trat sofort ein. Das Dach war in leuchtendes Rot getaucht und er konnte Harrison sehen, als er verwirrt vor der Fackel zu seinen Füssen stand. Janik trat aus dem Wachhäuschen und hob seine Armbrust. Er hatte Harrison genau im Visier. Harrison nahm die Bewegung wahr und rief: „Wer ist da?" Er versuchte seine Augen mit der Hand von der Helligkeit abzuschirmen, aber er konnte nur eine schemenhafte Gestalt erkennen. Er ging näher an den Rand des Daches, um besser nach unten sehen zu können.

Janik sah durch sein Visier als Harrison näher kam. *Du hast ihn im Visier, genau vor dir, ein sicherer Schuss, drück endlich ab*. Sein Finger lag auf dem Abzug, aber er konnte es nicht, konnte nicht abdrücken und das Leben dieses Mannes so einfach beenden.

„Wer ist da?", fragte Harrison erneut. Seine Augen hatten sich an die Helligkeit gewöhnt und er konnte Janik nun besser sehen.

„Waffe weg", rief Janik. Er hatte lange Zeit nicht gesprochen und seine Stimme brach, als er das Kommando bellte, so klang es mehr wie ein Krächzen.

„Shorty? Bist du das, Janik?"

„Ich hab gesagt, du sollst die Waffe fallen lassen."

„Du hast es auch geschafft. Super. Komm, schließ dich uns an. Wir haben jede Menge Essen."

„Ich sag's nicht noch mal. Lass – sie – fallen.", befahl Janik als er langsam näher ging.

Harrison konnte Janik nun unten am Boden sehen, wie er die Armbrust auf ihn richtete.

„Warte doch mal. Der ganze Mist muss doch nicht sein", er nahm die AK-74 von der Schulter und legte sie auf das Dach. „Da, ich hab sie fallen lassen. Jetzt lass uns reden."

„Schieb sie hier runter."

„Zum Teufel mit Dir, das mach' ich nicht."

„Schieb sie runter, hab ich gesagt."

„Und ich hab gesagt zum Teufel mit Dir."

„Zwing' mich nicht dazu."

„Wozu? Mich umzubringen. Ich hab' heute wegen euch Mistkerlen bereits einen Freund verloren. Ihr habt ihm nicht mal eine Chance gelassen."

„Davon weiß ich nichts. Ich will nur, dass du mir das Gewehr gibst."

„Wenn du mich umbringen willst, dann tu's. Aber das Gewehr bekommst du nicht."

Janik starrte durch das Visier auf Harrison. Harrison starrte herausfordernd zurück. Janik hob den Arm, um sich den Schweiß von der Stirn zu wischen. Dieser kurze Moment der Unaufmerksamkeit genügte Harrison. Er warf sich flach auf den Boden und griff nach seiner AK-74.

Dann fing er an, blind vom Dach im Janiks Richtung zu schießen. Die Kugeln flogen in alle Richtungen und verfehlten Janik, aber er wollte kein Risiko eingehen. Er trat das Ölfass mit dem Feuer um und verschwand in die Dunkelheit. Harrison spähte über die Kante und sah, dass der Parkplatz leer war.

„Komm doch zurück, Shorty. Ich dachte, wir wollen verhandeln", schrie er, als er in die Dunkelheit feuerte.

Shutov, Alejandro und der Butcher bogen um die Ecke und kamen auf den Parkplatz gerannt.

„Was ist hier los? Auf wen schießt du?", herrschte Shutov ihn an.

„Einer von denen war gerade hier. Er ist da raus ins Dunkel gelaufen", antwortete Harrison.

Der Butcher lächelte: „Ich hab doch gesagt, sie kommen zurück. Lass mich ihn verfolgen. Wo ist er hin?"

„Hab ich nicht gesehen. Den Hügel rauf denke ich, aber sicher bin ich mir nicht."

„Also könnte er noch in der Nähe sein?", fragte Shutov.

„Weiß nicht."

„Waren da noch andere oder war er allein?"

„Ich hab bloß ihn gesehen, aber das muss ja nicht heißen, dass da nicht noch andere sind."

„Zu viele Unbekannte, Butcher. Du bleibst hier. Ich will, dass der Bus und die Kirche bewacht werden."

„Lass mich ihn verfolgen. Ich finde schon raus, was er weiß", sagte der Butcher.

„Nein!", befahl Shutov. „Wenn das nur eine Ablenkung war, dann könnten sie jetzt schon bei unserem Bus sein. Ich will, dass alle wach bleiben und die Sicherheitszone decken. Alejandro, du siehst dich um und versuchst sie zu finden. Aber sei vorsichtig und komm zurück, wenn du was entdeckst, um Bericht zu erstatten. Lass dich nicht auf einen Kampf ein."

„Wenn sie da draußen sind, dann finde ich sie", sagte Alejandro in übertriebenem Selbstvertrauen.

„Ich verlass mich auf dich, Bruder. Jetzt geh und stöbere diese kleinen Ratten in ihren Löchern auf."

Alexandro verschwand in der Dunkelheit. Shutov sah zu Harrison hinauf.

„Und du hörst auf, Munition zu verschwenden und auf Schatten zu schießen. Geh wieder auf Beobachtungsposten und ruf, wenn du etwas siehst, dann kommen wir." Harrison nickte. „Butcher, du kommst mit mir. Wir sehen jetzt zuerst nach dem Bus und dann kontrollieren wir die Sicherheitszone."

Ohne auf eine Antwort zu warten verließ Shutov den Parkplatz. Der Butcher warf noch einen letzten Blick in die Dunkelheit, bevor er sich umdrehte und Shutov folgte.

Janik rannte schnell und verbissen, bis die Dunkelheit ihn verschluckte. Sein Gesicht war aufgeschlagen, weil er gestürzt war. Er warf einen Blick zurück, die Feuerwache war in den Schatten der Nacht verschwunden und so erlaubte er sich einen Moment der Rast. Mit dem ersten klaren Gedanken, den er fassen konnte, tadelte er sich selbst. *Du bist ein Feigling. Sieh bloß, was du angerichtet hast. Jetzt wissen sie, wer du bist und werden dich verfolgen.* Janik sah sich um, aber abgesehen von seinem eigenen Keuchen war alles ruhig.

Er blickte den Hügel hinauf und bemerkte in der Ferne das flackernde Licht eines Feuers. Das Licht verschwand und tauchte wieder auf, als ob es immer wieder durch etwas verdeckt würde. Janik wischte sich den Schweiß von der Stirn und aus den Augenbrauen und versuchte festzustellen, was dort passierte. Und dann wurde es ihm klar.

Da war ein Lagerfeuer, aber es wurde immer wieder durch den Schatten eines Mannes verdeckt, der auf ihn zu gerannt kam. Janik hastete herum, um sich irgendwo zu verstecken, aber er war auf freiem Feld, konnte nirgends hin und sich nirgends verstecken.

Die Gestalt kam weiter auf ihn zugelaufen und Janik erkannte, dass sie eine Axt trug. Er hob die Armbrust und zielte auf den Mann.

„Bleib da stehen wo du bist", rief Janik.

„Janik?", fragte die Gestalt.

„Rory?"

„Janik, bist du das?", Rory blieb drei Meter vor ihm stehen und kam dann näher.

„Bleib da stehen, Rory."

„Wir müssen hier weg. Da sind Männer mit Gewehren bei dem Feuer."

Janik sah an Rory vorbei zum Feuer hinauf.

„Wer? Welche Männer?"

„Es war Yuri. Er hat mit dem Gewehr auf mich gezielt."

„Yuri ist da oben?" Rory nickte. „Warum hat er auf dich gezielt? War es, weil du zu denen gehörst?"

„Ich gehöre nicht zu denen. Ich war alleine. Ich hab geschlafen."

„Aber ich hab dich mir denen gesehen. Mit Kai und Harrison an der Tankstelle. Da wart ihr zusammen."

„Kai ist tot."

„Hast du ihn umgebracht?"

„Nein, sie wollten mich umbringen, aber Vuk hat mich

gehen lassen."

„Vuk ist auch bei ihnen?"

„Und Shutov. Er ist der Chef – wie auf dem Schiff."

Janik versuchte, das alles zu verstehen: „Warum hast du Mitch ermordet?"

„Ich hab Mitch nicht ermordet, das war Kai."

„Warum bist du dann voller Blut?"

„Ich wollte ihm helfen, aber er hat nicht aufgehört zu bluten."

„Und warum haben die Mitch ermordet?"

„Ich weiß nicht. Das sind böse Männer. Vuk hat gesagt lauf und da bin ich gelaufen."

„Hör zu Rory, ich hab jetzt für all das keine Zeit. Ich muss Yuri und die anderen finden. Vielleicht glaube ich dir, vielleicht auch nicht. Die bösen Männer sind in der Stadt, also gehst du da besser nicht hin. Ich gehe zum Lagerfeuer und ich will nicht, dass du mir folgst. Darum läufst du dorthin", er zeigte nach Westen, „und du bleibst nicht stehen, bis du ein sicheres Versteck findest."

„Warum darf ich nicht mitgehen?"

„Weil ich dir nicht traue, darum. Du willst leben, dann geh' nach Westen, du willst sterben, dann nimm eine andere Richtung. Wenn ich dich hinter mir sehe, erschieße ich dich."

„Ich hab gedacht, wir sind Freunde."

„Das war früher, bevor wir hier gestrandet sind. Hier gibt es keine Freunde mehr, nur Leute, die dich bisher noch nicht umgebracht haben."

Und damit ging Janik nach Norden, in Richtung des Lagerfeuers. Rory stand da und versuchte sich darüber klar zu werden, was er jetzt machen sollte. Er ging ein paar Schritte hinter Janik her, aber dann schüttelte er den Kopf und begann nach Westen zu laufen, in die Richtung, die Janik ihm gezeigt hatte.

KAPITEL 28

PATTSITUATION

Es war kalt in dem Haus, aber Robert bemerkte das nicht. Da er Kälte gewöhnt war, hatte sich die Nacht für ihn eher wie eine laue Frühlingsnacht angefühlt. Obwohl sie den ganzen Nachmittag gebraucht hatten, hatte sich Kamyshovo als gute Wahl erwiesen. Es gab nur zwei Straßen, die hinein führten, und die Infizierten hatten ihnen keine großen Probleme bereitet.

Sie hatten sich ein Haus an der Kreuzung ausgesucht, von dem aus sie beide Straßen überblicken konnten und daher jede Annäherung bemerken würden. Das Haus war klein, es hatte zwei Zimmer und nur einen Eingang, aber es war leicht zu verbarrikadieren. Sie hatten sogar ein paar Decken gefunden um sich warm zu halten. Der Doc wickelte sich komplett ein, während er Wache hielt.

Er hatte die erste Wache, während Robert schlief, dann wechselten sie. Während der Wache des Docs gab es keine besonderen Vorkommnisse. Draußen streiften einige Infizierte umher, aber sie schienen ihre Gegenwart nicht bemerkt zu haben.

Als Robert seine Wache antrat, beobachtete er die Infizierten und suchte nach einem Muster in ihren Bewegungen. Sie schienen zu gehen, schlurfen, kriechen, je nach dem Verwesungsgrad ihrer Körper oder den Verletzungen, die sie erlitten hatte. Aber auch nach einiger Zeit des Beobachtens konnte Robert kein Muster entdecken.

Allerdings schien es ihm, als seien sie in der Dunkelheit fast blind, aber ohne irgendein Licht, um diese Theorie zu überprüfen, konnte er nicht sicher sein.

Der Himmel war wolkenlos und Robert konnte klar sehen, nachdem sich seine Augen an die Dunkelheit gewöhnt hatten. Die Infizierten in der Nähe nahmen nicht wahr, dass er am Fenster stand. Einer ging ganz nahe vorbei, sah sogar in das Fenster, aber schenkte ihm keinerlei Aufmerksamkeit. Er stand dabei natürlich ganz still, seine Remington über der Schulter, und er ging davon aus, dass diese Bewegungslosigkeit auch eine Rolle spielte. Er lernte jeden Tag dazu und hoffte nur, dass es nicht umsonst sein sollte und er sich selbst in eine dieser Kreaturen verwandeln würde.

Nachdem Robert eine Stunde lang in die Nacht gestarrt hatte, begann er sich zu langweilen. Auch daran würden sie sich gewöhnen müssen, Tag und Nacht nach Infizierten Ausschau zu halten. Auch in einer stillen und ereignislosen Nacht trotzdem wachsam zu bleiben. Ein winziger Moment der Unkonzentriertheit konnte reichen, damit ein fatales Problem auftrat. Diesen Dauerzustand der Über-Wachsamkeit war Robert nicht gewohnt.

Der Leuchtturm war ein Misserfolg gewesen. Sie hatten nichts Verwendbares dort gefunden und die Automatik, die ihn steuerte, hatte ihren Geist lang aufgegeben. Robert hatte auf Notizen oder Informationen darüber gehofft, was hier passiert war – Schiffsbewegungen in einem Logbuch oder Militärkarten. Gefunden hatte sie nur Spinnweben und einen Generator, der kein Benzin mehr hatte.

Robert studierte seine Landkarte im schwachen Licht seiner Armbanduhr. Es schien das Beste, wenn sie von hier parallel zur Küste nach Elektrozavodsk gehen würden. Es war eine große Stadt und falls es Überlebende geben würde, seien es Leute vom Schiff oder Einheimische, dann standen die Chancen nicht schlecht, dass sie sie dort finden würden. Robert sah hoch durch das Fenster, die Straße entlang, als er Lichter in der Ferne entdeckte.

Er stand einen Moment still, die Hand mit der Karte hing herunter, und versuchte sich auf die Lichter zu konzentrieren. Kann es wirklich sein, dass da Lichter sind? Er war sich nicht sicher, denn die Entfernung war groß und es lagen viele Schutthaufen und Autowracks auf der Straße. Aber sie kamen näher und Robert konnte Einzelheiten erkennen. Es waren zwei Lichtstrahlen, die die Dunkelheit unterbrachen. Sie schwenkten herum und leuchteten die Umgebung ab, die Bäume und die Autowracks, an denen sie vorbei kamen.

Ganz leise prüfte Robert seine Remington - sie war geladen. Er schaltete zum Test kurz die Lampe ein, die an der Unterseite montiert war. *Ja! Sie funktioniert.* Robert schlich in das andere Zimmer, wo der Doc schlief.

„Doc, aufwachen", flüsterte er.

„Mit diesen Dingern, die da draußen rumstöhnen, kann ich sowieso nicht schlafen", antwortete der Doc müde.

„Egal, wach trotzdem auf. Wir bekommen Besuch."

„Was für Besuch?", fragte der Doc und stand im selben Moment aufrecht.

„Zwei Leute kommen die Straße runter."

„Wunderbar. Gehen wir raus."

„Das würde ich lieber nicht tun. Wir wissen nicht, wer das ist und was sie für Absichten haben."

„Sie könnten vom Schiff sein."

„Wenn sie das sind, werden wir es merken. Ich will aber nicht, dass sie uns entdecken, bevor wir wissen wer sie sind. Falls wir sie erkennen, machen wir uns bemerkbar, aber falls nicht, halten wir uns ruhig bis sie wieder verschwunden sind."

Der Doc ging zum Fenster und spähte hinaus.

„Oh, ich sehe sie auch, aber das sind mehr als zwei."

„Mist, du hast recht."

Hinter den beiden mit den Lampen sah Robert zwei weitere Männer mit Gewehren. Sie hielten ihre Waffen immer in Richtung der Lichtstrahlen.

„Das ist schlimm", murmelte Robert.

„Warum? Sie können uns nicht sehen."

„Stimmt schon. Aber die sehen nicht sehr freundlich aus. Die Hinteren tragen Waffen und sie scheinen nach jemandem zu suchen."

„Meinst du sie suchen nach uns?"

„Kann ich mir nicht vorstellen."

„Erkennst du einen von denen?"

„Im Moment nicht", antwortete Robert. „Gehen wir besser vom Fenster weg. Hier gibt's keine Vorhänge und wenn sie hierher leuchten, dann haben sie uns."

Sie duckten sich und spähten über die Fensterbank auf die anrückenden Männer. Sie hatten ihre Lampen ausgeschaltet und gingen nun nicht mehr auf der Straße, sondern am Ufer entlang. Robert beobachtete sie, bis sie hinter einem Lagerhaus am Pier verschwanden.

„Kannst du sie von drüben sehen?"

Der Doc stand auf und ging zum Fenster im hinteren Zimmer. Aber auf der anderen Straßenseite stand ein Zaun, der ihm die Sicht versperrte.

„Nada. So ein blöder Zaun steht im Weg", antwortete er.

„Mist", mir gefällt das alles nicht. Denkst du, sie sind in das Lagerhaus gegangen?"

„Sie könnten auch vorbei gegangen und weiter gezogen sein."

„Mist, Mist, Mist, wir müssen da raus und nachsehen."

„Du hast vorhin gesagt, wir sollen hier bleiben."

„Ich will nicht, dass sie uns entdecken. Aber wir dürfen sie nicht verlieren. Wir müssen rausfinden, wer sie sind."

„Was spielt das für eine Rolle?"

„Das sind die ersten Menschen, die wir seit Tagen gesehen haben. Die wissen vielleicht mehr, haben Essen und Wasser. Sie sind nachts unterwegs, vielleicht haben sie herausgefunden, dass es so am sichersten ist. Wenn wir überleben wollen, müssen wir uns mit Anderen zusammentun."

„Aber es könnten auch üble Burschen sein."

„Das stimmt – also gehen wir näher ran und stellen es fest. Lass dein ganzes Zeug hier, das können wir später holen. Nimm bloß die 9mm und die ganze Munition mit."

Der Doc nahm die Pistole und steckte zwei Magazine in die Tasche. Robert schob die Möbel weg, mit denen sie die Tür versperrt hatten.

„Wir halten uns unten und bewegen uns lautlos. Wir gehen rüber zur Rückseite der Lagerhalle, damit wir feststellen können, ob sie dort rein oder weiter gegangen sind. Sei auf alles vorbereitet, aber schieß nicht, wenn du nicht musst. Alles klar?"

„Ja, alles klar."

„Gut", Robert öffnete die Tür, „dann los."

Yuri und Alfie sicherten, mit ihren Waffen in der Hand, während Pablo und Joseph die Umgebung ableuchteten. Sie waren nur langsam vorangekommen, bis sie endlich außer Sichtweite von Elektro gewesen waren. Danach, mit Hilfe der Lampen und auf freier Straße, war es schneller gegangen. Yuri hatte dauernd das Gefühl, sie würden beobachtet, aber da er niemanden ausmachen konnte, versuchte er es für den Moment zu ignorieren. Trotzdem wurde er den Verdacht nicht los, dass oben in den Hügeln jemand war, der ihre Bewegungen verfolgte.

Das Gefühl verstärkte sich, als sie sich Kamyshovo näherten. Anstatt das Risiko auf sich zu nehmen, in der Dunkelheit in das Dorf vorzustoßen, hatten sie beschlossen in einem Lagerhaus am Pier zu bleiben. Als sie am Ufer waren, hatten sie die Lampen ausgeschaltet, um Strom zu sparen. Außerdem wollte Yuri, dass die Dunkelheit ihre Bewegungen verbarg.

Als sie am Pier ankamen, sahen sie zwei Infizierte, die an der Vorderseite des Lagerhauses aufhielten. Die vier Männer legten sich still in den Sand und beobachteten sie. Da es keinen Grund zur Eile gab, beschlossen sie, einfach zu warten, bis die Infizierten weggehen würden. Nach einiger Zeit wankten sie beiden am Ufer entlang davon, weg von ihnen und, vor allem, weg von dem Lagerhaus.

Als sie endlich weit genug entfernt waren, wollte Yuri aufstehen als Alfie ihn am Hemd wieder nach unten zog. Genervt drehte er sich zu Alfie, aber der sah nicht ihn an, sondern starrte auf die andere Seite des Lagerhauses, wo zwei Gestalten an einer Betonmauer entlang schlichen.

Beide gingen gebückt und der erste hielt eine Schrotflinte in der Hand, während der zweite eine Pistole mit einem Schalldämpfer trug – das verhieß nichts Gutes. Yuri bedeutete auch Joseph und Pablo, in diese Richtung zu sehen und alle vier beobachteten die Fremden. Die beiden schlichen zum Eingang des Lagerhauses. Der erste spähte durch das große Schiebetor ins Innere.

„Ich hab' gespürt, dass wir beobachtet wurden", flüsterte Yuri.

„Meinst du, dass sie nach uns suchen?", fragte Alfie.

„Da bin ich ganz sicher."

„Was machen wir?"

„Wir bleiben hier und warten, bis sie weiter gehen."

Robert sah ins Innere der Halle, aber es war so dunkel, dass er nicht feststellen konnte, ob da jemand war.

„Siehst du sie?", flüsterte der Doc.

„Zu dunkel. Bin nicht sicher", antwortete Robert.

„Was machen wir?"

„Ich bin sicher, dass sie hier entlang gekommen sind. Siehst du etwas auf der Straße?"

Der Doc sah sich um. Weiter oben sah er Häuser und Schutthaufen, aber keine Menschen. Er spähte nach Süden am Ufer entlang. Nichts außer vier Schatten nah am Wasser. Der Doc starrte auf die Schatten und versuchte sie einzuordnen.

„Ich glaube, ich sehe sie."

„Wo?", Robert sah sich suchend um.

„Da drüben am Strand. Siehst du diese Schatten, die sich da gegen das Mondlicht auf dem Wasser abheben? Ich glaube das sind sie. Sie liegen da im Sand."

Robert folgte der Uferlinie und sah die Schatten, von denen der Doc sprach. Zuerst sahen sie für ihn nur wie Schatten aus, bis er eine winzige Bewegung wahrnahm. Ein Kopf, der sich zu den anderen drehte.

„Du hast recht, und sie schauen genau zu uns herüber."

„Sie haben uns entdeckt", flüsterte Alfie.

„Die können uns nicht sehen", antwortete Joseph.

„Aber warum starren sie dann genau hierher?", fragte Alfie.

Yuri sah, wie die beiden hastig in der Lagerhalle verschwanden und die Tür hinter sich schlossen.

„Alfie hat recht, wir sind entdeckt", bestätigte Yuri.

„Oh Mann, wir sind geliefert", erklärte Pablo, „was machen wir jetzt?"

„Was machen wir jetzt", fragte der Doc verzweifelt.

Robert hatte die Lampe an seiner Schrotflinte angeschaltet und suchte das Lagerhaus ab. Abgesehen von einigen ausgedienten Motoren- und Autoteilen war sie leer.

„So schlimm ist das nicht", versuchte Robert ihn zu beruhigen.

„Das ist es schon – da draußen sind vier bewaffnete Männer."

„Wenn sie uns hätten töten wollen, hätten sie es bereits getan..." er wurde vom Stöhnen eines Infizierten unterbrochen, der in seiner Nähe auf dem Boden kroch. Er richtete die Lampe der Schrotflinte in dem Moment auf ihn, als er gerade ausholte, um nach ihm zu greifen. Ohne zu zögern schoss Robert. Der Kopf des Infizierten verwandelte sich in einen feuchten Haufen Brei am Boden.

„Ein Schuss", rief Pablo aus.

„Wir haben's gehört", entgegnete Alfie.

„Schießen die auf uns?"

„Ich werde nicht warten, bis ich es herausfinde", Alfie hob seine Lee-Enfield und schoss auf die Tür.

Die Kugel ging glatt durch das dünne Blech und pfiff am Kopf des Docs vorbei, ein wenig zu nahe für ihn, um ruhig zu bleiben.

„Mist, die schießen auf uns!"

„Das kannst du nicht wissen. Womöglich haben sie da draußen auch ein Problem mit Infizierten."

Eine weitere Kugel durchschlug die Tür und der Doc warf sich in Panik auf den Boden.

„Glaubst du das immer noch?"

Robert sah sich um, es gab nur einen Weg hinein oder hinaus.

„Dieses Katz und Maus Spiel muss aufhören."

Robert ging zur Tür und öffnete sie, gerade so weit, dass ein Mensch durchpasste. Er stellte sich neben den Eingang.

Yuri sah, wie die Tür sich öffnete.

„Jetzt machen sie sich bereit. Wenn ihr an der Tür etwas seht, dann schießt ihr", befahl Yuri. Alle richteten ihre Waffen auf die Öffnung. Sie sahen einen Lichtstrahl heraus scheinen, aber sonst rührte sich nichts.

Von der Lagerhalle rief Robert: „Hört auf, auf uns zu schießen. Wir haben nicht auf euch geschossen, wir hatten einen Infizierten hier drin."

Die Männer sahen sich an, aber keiner ließ die Waffe sinken.

„Könnt ihr mich hören?", rief Robert.

„Ja, wir hören dich", schrie Alfie zurück.

„Alfie! Bist du das, Alfie?"

Alfie sah die anderen fragend an. Yuri schüttelte den Kopf. Nein.

„Komm schon Alfie. Diesen Liverpooler Akzent kenn' ich doch. Ich bin's, Robert."

„Robert, was machst du da drin?" fragte Yuri.

„Ich versuche, diese ganze Scheisse zu überleben – genau wie ihr."

„Bist du hinter uns her? Gehörst du zu denen?", fragte Alfie.

„Zu wem?"

„Zu den Banditen. Zu den Männern, die uns heute Morgen angegriffen haben."

„Hör zu, ich hab' keine Ahnung, wovon du sprichst. Ich bin hier mit dem Doc und wir haben euch nicht angegriffen. Im Gegenteil – ihr seid die ersten nicht infizierten, die wir sehen, seit das Schiff gestrandet ist", schrie Robert zurück.

„Ich glaube ihm nicht", flüsterte Yuri, „ich hab dieses Gefühl, dass wir beobachtet werden, schon eine ganze Weile. Ich glaube, er und sein Partner sind uns vom Camp aus gefolgt."

Der Doc lag bewegungslos am Boden und beobachtete Robert.

„Was passiert da?", flüsterte er Robert zu.

„Ich weiß nicht. Sie scheinen sich zu unterhalten."

„Wir glauben dir nicht", rief Yuri vom Ufer aus, „warum seid ihr hier in diesem Dorf?"

„Weil uns weiter die Straße runter mit dem Motorrad das Benzin ausgegangen ist, und das hier der einzige Ort war, den wir vor Einbruch der Dunkelheit erreichen konnten", antwortete Robert. Dann flüsterte er: „Oh Mist."

„Was ist?", fragte der Doc.

„Sie verteilen sich. Sieht aus als bereiteten sie sich darauf vor, zu stürmen", flüsterte Robert zurück.

„Wir werden sterben. Sie bringen uns um. Sie glauben dir nicht", jammerte der Doc.

„Halt die Klappe", flüsterte Robert. „Wenn sie uns hätten umbringen wollen, hätten sie bereits die Gelegenheit gehabt. Sie haben Angst, genau wie wir. Irgendjemand muss den ersten Schritt machen."

„Was meinst du denn?"

„Alfie, halt Deine Männer zurück. Ich komme raus, unbewaffnet."

„Was?", rief der Doc.

Robert entlud die Remington und warf sie aus der Tür, weg von ihm und dem Lagerhaus.

„Sieh her, da liegt meine Flinte. Jetzt leuchtet mit euren Lampen auf die Tür." Es blieb dunkel. „Nun kommt schon, wir haben eure Lampen auf der Straße gesehen. Leuchtet auf die Tür, damit ihr mich sehen könnt."

Dann war die Tür hell erleuchtet.

„Danke. Ich gehe jetzt ins Licht. Ich bin unbewaffnet. Ich werde mein Hemd hochheben, damit ihr seht, dass ich keine Waffe versteckt habe. Aber ich möchte nicht gern sterben, also in Gottes Namen schießt nicht auf mich. Ich habe nichts mit irgendwelchen Dingen zu tun, die euch passiert sind. Ich bin nicht anderes als ihr – ein armes Schwein, das bloß überleben will. Sind wir uns einig?"

„Du hast keine Waffen?", rief Yuri zurück.

„Ich werde euch zeigen, dass ich keine Waffen habe. Kannst du meine Sicherheit garantieren?"

„Was ist mit deinem Freund in der Halle?", fragte Yuri.

„Er wird es auch so machen", antwortet Robert.

„Ich kann's gar nicht erwarten. Wenn du da rausgehen und dich abknallen lassen willst, tu dir keinen Zwang an. Ich bleibe hier.", sagte der Doc.

„Du tust was?", bellte Robert.

„Ich bleibe hier. Und am Leben."

„Es ist der Doc vom Schiff", schrie Robert den Männern am Strand zu, „aber er scheisst sich zu sehr in die Hosen, um raus zu kommen."

„Fick dich", fluchte ihm der Doc zu.

„Nein, fick du dich", gab Robert schneidend zurück, „wegen deiner Feigheit werde ich am Ende noch erschossen."

„Nicht wegen mir, sondern weil du da raus gehst, wo Kerle mit Gewehren sind, die gerade auf uns gefeuert haben. Deswegen wirst du am Ende erschossen. Ich versuche bloß, am Leben zu bleiben."

Robert drehte sich um: „Er will nicht rauskommen, er hat Angst, dass ihr in erschießt. Damit befassen wir uns später, ich komm' jetzt jedenfalls raus."

Robert ging nach draußen ins Licht der Taschenlampen, seine Arme hatte er erhoben.

„Seht ihr mich?"

„Wir sehen dich", antwortete Pablo.

„Ok. Ich werde jetzt mein Hemd hochheben, damit ihr seht, dass ich nichts verstecke. Einverstanden?"

„Mach es so", rief Alfie, „aber ganz langsam und keine plötzlichen Bewegungen."

Robert nahm langsam die Hand herunter zum Saum seines Hemdes. Dann zog er es ebenso langsam hoch, damit sie sehen konnten, dass nichts im Bund seiner Hose steckte. Dann begann er sich langsam zu drehen, die andere Hand immer noch erhoben. Nachdem er seine Drehung beendet hatte, ließ er das Hemd los, hob diese Hand auch wieder hoch und ging auf das Licht zu.

„Ist jetzt alles klar?"

„Du warst schon immer ein verrückter Bastard", Alfie konnte das Lächeln in seiner Stimme nicht verbergen.

„Hey, du hast schon so oft mit mir Poker gespielt, dass du weißt, dass ich im Bluffen eine Niete bin, du Liverpooler Pfeife."

„Vielleicht sollte ich dich doch lieber abknallen."

„Komm her, du dummer Bastard."

Alfie stand auf und ließ die Lee-Enfield liegen. Er ging zu Robert und sie umarmten sich. Die anderen ließen ihre Waffen sinken und kamen näher.

„Verdammte Scheisse, das war eng", Robert atmete erleichtert aus, „ich hoffe, einer von euch hat Reserve Unterwäsche, weil ich hab mir in die Hose gemacht, als ich da ins Licht gekommen bin."

„Aber woher hast du gewusst, dass wir dich nicht erschießen, Kumpel?", fragte Alfie.

„Ich hab's nicht gewusst. Ich hab's einfach gehofft", gab Robert zu, als er zu seiner Remington ging und sie vom Boden aufhob.

„Dann warst du also die ganze Zeit mit dem Doc unterwegs?", fragte Yuri.

„Ja. Schau her", Robert leuchtete in die Halle, wo der Doc am Boden lag und zitternd seine Pistole auf die Tür richtete.

„Hallo Doc. Wie es scheint bist du gerade selber derjenige, der medizinische Versorgung braucht", spottete Alfie. Alle lachten während der Doc aufstand.

„Dass wir uns hier getroffen haben, macht vieles leichter und löst manches Problem", sagte Robert, „der Doc allerdings wird ein's bleiben. Stimmt doch, Doc?"

Der Doc nickte widerwillig, seine Hand mit der Pistole zitterte noch immer.

KAPITEL 29

DER PARTY BUS

Die Luft war immer noch kühl, als sich die Sonne langsam über dem Horizont erhob. Die Männer, die immer noch Wache standen, waren für die Wärme der ersten Strahlen dankbar. Sie rieben ihre müden Augen und sahen zu, wie sich die Dunkelheit langsam aus den Straßen verzog. Die Zeugnisse ihres nächtlichen Wachdienstes lagen um sie verstreut, leblose Körper von Infizierten, meist mit der Axt getötet, um Lärm zu vermeiden und Munition zu sparen.

Shutov trat aus der Kirche. Seine Müdigkeit versteckte er hinter einem Lächeln und einem Becher Wasser – was hätte er jetzt für einen Kaffee gegeben. Er hatte die halbe Nacht damit verbracht, gemeinsam mit dem Butcher die Sicherheitszone abzuschreiten, in Erwartung eines Angriffs, der dann doch nicht stattgefunden hatte. In ständiger Anspannung und mit den dauernden Beschwerden des Butchers im Ohr, hatte er keine sehr angenehme Nacht verbracht. Allerdings hätte sie auch schlimmer sein können – nämlich wenn der erwartete Angriff tatsächlich passiert wäre.

Die dauernde Belastung, der Anführer der Gruppe zu sein, hatte von Shutov bereits ihren Tribut gefordert. Die Verantwortung, die er nun für das Leben seiner Männer hatte, unterschied sich von allem, was er kannte. Er hatte schon oft das Kommando geführt, eine Machtstellung inne gehabt, eine Führungsposition bekleidet. Aber hier war es anders. Wenn er hier einen Fehler machte, war es nicht so, dass sich einfach jemand einen neuen Job suchen musste. Wenn er hier versagte, würden Menschen sterben, für immer verschwinden. Da gab es keine Versicherung oder Wohlfahrt, auf die man hätte zurückgreifen können – tot war tot, und das schloss ihn selbst mit ein.

Deshalb hatte er auch die ganze Nacht über den Vorfall nachgedacht, über einen möglichen Grund dafür gegrübelt, dass Janik plötzlich an der Feuerwache aufgetaucht war. Es machte zwar Sinn für die andere Gruppe, Janik als Späher zu schicken. Er war kein, schnell und schlau. Aber wenn er an der Feuerwache gewesen war, um sie zu beschäftigen, wo war dann der Angriff geblieben? Hatten seine Männer sie verscheucht? Hatten sie sich in den Bäumen versteckt, um bei Tag anzugreifen? Gab es einen Hinterhalt, ein Stück entfernt, auf der Straße?

Und was war mit diesem Lagerfeuer. Alejandro hatte es entdeckt, als er nach Janik gesucht hatte. Aber es ergab keinen Sinn, dass da ein Lagerfeuer war. Es brannte, aber es gab kein Zeichen von Leben in der Nähe, nur den Körper eines Infizierten und die Verpackung eines Müsli Riegels hatte Alejandro dort gefunden. Weder er selbst noch Alejandro konnten es sich erklären. Die Aktionen der Überlebenden in dieser Nacht beunruhigten ihn, und das hatte ihn fast die ganze Nacht wach gehalten.

Er klopfte sich mit der flachen Hand sich ins Gesicht und rieb seine Bartstoppeln. *Der wird mich wenigstens warm halten,* dache er sich, als er zu Sam hinüber hing. Sam sah genau so müde aus, wie Shutov sich fühlte. Er hatte die ganze Nacht daran gearbeitet, den Bus zum Laufen zu bekommen.

„Sag' mir, dass du gute Neuigkeiten hast, Sam. Sag mir, dass dieser Bus lebt", sagte Shutov und klopfte ihm auf den Rücken.

„Der Schlüssel steckt. Setz dich rein und lass ihn mal an, dann werden wir sehen", antwortete Sam und öffnete die Tür. Shutov stieg ein und setzte sich auf den Fahrersitz. Er blies sich in die Hände, machte das Kreuzzeichen und drehte den Schlüssel.

Der Motor orgelte und aus dem Auspuff kam eine dicke, schwarze Rauchwolke. Shutov pumpte mit dem Gaspedal, um Benzin in den Vergaser zu leiten. Der Motor orgelte noch lauter, dann höre man ein dumpfes Röhren und er sprang an. Shutov spürte das Vibrieren am Steuerrad, als der Motor lief. Er drückte das Gaspedal und der Motor heulte auf. Shutov jubelte und einige der Männer, die zugesehen hatten, stimmten ein.

Er ließ den Motor laufen, stand auf und stieg aus. Er ging zu Sam und schlug ihm anerkennend auf den Rücken: „Mein Junge, du hast ein Wunder vollbracht." Er wandte sich an die anderen: „Gut Männer, packt alles zusammen und beladet den Bus. Wir fahren in einer Stunde."

„Da gibt es noch ein Problem, Sir", warf Sam ein.

„Erzähl mit nichts von Problemen, sondern von Lösungen."

Vuk trat vor: „Das Problem hat nichts mit Sam zu tun. Es geht um Benzin. Der Tank reicht vielleicht für einen oder zwei Kilometer, aber mehr haben wir in den Autowracks nicht gefunden. Wir müssen auf dem Weg Benzin suchen, und an Tankstellen werden wir dabei kaum etwas finden."

„Und wo dann?", fragte Shutov.

„Da, wo wir auch das gefunden haben, was im Tank ist. Verlassene Autos, Fabriken, Generatoren, Bauernhöfe. Wir können entweder diesen Tag darauf verwenden, hier alles abzusuchen, damit wir den Tank mit einem Mal voll bekommen, oder wir fahren los und halten unterwegs immer wieder an, um überall dort Benzin abzuzapfen, wo wir etwas finden.

„Dann fahren wir los und suchen unterwegs nach Benzin."

„Das ist aber riskanter", gab Vuk zurück, „das Benzin könnte uns mitten im Nirgendwo ausgehen."

„Jeder Tag, den wir hier bleiben, gibt den Überlebenden mehr Zeit, einen Hinterhalt zu legen oder einen Angriff auf uns zu planen."

„Du glaubst doch nicht ernsthaft, dass sie uns angreifen wollen. Die wollen irgendwie durchkommen, so wie wir eben auch. Die sind doch an uns gar nicht interessiert."

„Warum ist dann Janik gestern Nacht hier herumgeschlichen? Warum haben sie oben am Hügel ein Lager aufgeschlagen? Und wohin ist der Schütze verschwunden, der Kai erschossen hat?", bedrängte ihn Shutov.

„Das spielt keine Rolle, ich hab sein Gewehr", antwortete Vuk.

„Dieses da, ja. Aber was ist, wenn er noch eines hat? Was, wenn er gerade in diesem Moment auf uns zielt?" Vuk und die anderen sahen sich nervös um. „Vuk, womöglich hast du Recht und sie sind schon lange weg. Aber würdest du für diese Vermutung dein Leben, mein's und das jeden anderen Mannes hier riskieren?" Vuk schüttelte den Kopf. „Gut, dann lasst uns aufbrechen. Benzin werden wir auf dem Weg schon finden."

Vuk nickte und ging mit den anderen zur Kirche, um ihre Sachen zu packen.

KAPITEL 30

ALLEIN AUF DER FLUCHT

Shutov hätte nicht weiter von der Wahrheit entfernt sein könnten, als er andeutete Lucas würde womöglich in diesem Moment auf die Männer zielen. Lucas hatte kein zweites Gewehr, tatsächlich hatte er überhaupt nichts bei sich gehabt, als er vor fast 24 Stunden von der Feuerwache geflohen war. Lucas kam es allerdings viel länger vor. Er war fast die ganze Zeit gelaufen. Er war nicht nur vor möglichen Verfolgern, sondern auch vor seinen eigenen Gedanken weggerannt.

Er fühlte sich nicht schuldig, weil er Kai erschossen hatte. Schließlich hatte er gesehen, wie dieser Mitch kaltblütig ermordet hatte. Aber besonders wohl fühlte er sich damit auch nicht. Kai war der erste Mensch, den er getötet hatte, und er spielte diese Situation immer wieder in Gedanken durch. Vom Standpunkt eines Jägers betrachtet, hatte er alles richtig gemacht. Der erste Schuss hatte den Körper getroffen und ihn zu Boden geworfen, der zweite hatte ihn erledigt. Aber es war eben kein kapitaler Hirsch gewesen, kein Grizzly Bär, sondern ein menschliches Wesen. Lucas war nicht sehr religiös, aber er glaubte an so etwas wie einen Geist oder eine Seele, und es stand fest, dass er Kais Seele ohne zu zögern ausgelöscht hatte.

Wird sich das nächste Mal auch so anfühlen? Wird es leichter werden, oder schwerer? Wird es ein nächstes Mal geben? Könntest du es nochmal tun? Diese Gedanken kreisten in Lucas' Kopf und er durchlebte die Situation in seiner Vorstellung wieder und wieder.

Lucas hatte sich im Wald verirrt, nachdem er den ganzen Tag gelaufen war. Er hatte weder eine Waffe noch eine Landkarte. Bei Sonnenuntergang kletterte er auf einen Baum und versuchte etwas zu schlafen. Aber die Angst herunter zu fallen oder entdeckt zu werden, ließ ihn kein Auge zutun. Sobald es hell wurde, gab er es auf und kletterte herunter, um weiter zu gehen.

Zum Glück kam er nach all dem Wald endlich an eine Straße. Es war eine asphaltierte Straße und ein Stück weiter nördlich sah er verlassene Autos und einen Damm. *Gottseidank*, dachte Lucas, *in den Autos finde ich bestimmt etwas*. Als er näher kam, sah er, dass Koffer auf den Dächern festgeschnallt waren. Aber es gab auch Koffer, die offen herum lagen. Kleider und andere Sachen waren überall verstreut.

Dann sah er auch die toten Infizierten auf der Straße. Es war schwer zu sagen, wie lange sie bereits dort lagen, aber es schien eine Weile her zu sein. Er begann, die Kleider durchzusehen, aber es war nur noch Frauen- und Kinderkleidung übrig. *Hier ist wohl schon jemand vorbeigekommen*, stellte er fest. Er fand auch DVDs und zerstörte Notebooks. Aber weder Waffen und Munition noch Nahrung. Wer immer hier gewesen war, hatte alles Brauchbare mitgenommen.

Ihm fiel ein kleiner weißer Wagen mit Fließheck auf, der unbeschädigt war. Alle Türen standen offen und Gegenstände waren am Boden verstreut. Als er näher ging, sah er, dass der Tankdeckel offen stand. Er roch hinein und nahm einen schwachen Benzingeruch wahr, aber der Tank war leer. Er besah sich die anderen Wagen, alle hatten offene Tankdeckel.

Plötzlich bemerkte er im Inneren eine Bewegung. Lucas wich zurück und ging vorsichtig um den Wagen herum. Die Bewegungen wurden heftiger. Dann sah er, dass auf dem Fahrersitz ein Infizierter festgeschnallt war. Ein großes Stück seiner Schulter fehlte, es gab nur eine Bissspur. *Sieht aus als hätte es ihn erwischt, während er noch angeschnallt war.* Der Infizierte strampelte wie verrückt und versuchte, nach Lucas zu schnappen, aber sein Unterkiefer fehlte. Schwarze Flüssigkeit tropfte von seinem Gesicht, während er versuchte, nach Lucas zu greifen. Aber er hatte auch keine Arme mehr, da waren nur noch Stümpfe, direkt unterhalb der Schultern. Beide Wunden waren mit derselben schwarzen Flüssigkeit überkrustet und die Ärmel hingen leer herab. *Das muss passiert sein, nachdem er sich bereits verwandelt hatte.*

Als Lucas weiter um den Wagen herum ging, bemerkte er etwas auf der Motorhaube. Es sah aus, als wären die abgehackten Arme des Fahrers auf die Motorhaube gelegt worden. Er ging vor das Auto und nahm diese absurde Situation in sich auf.

Beide Arme waren am Ellbogen nochmal durchtrennt worden, so dass sich vier Stücke ergaben. Diese vier Stücke hatte man in Form von zwei Buchstaben auf der weißen Motorhaube angeordnet. Drei Stücke bildeten den Buchstaben H, das vierte Stück zeigte ein i, mit dem Unterkiefer als Punkt darüber. Lucas fuhr herum und spähte in alle Richtungen, ob ihn jemand beobachtete.

Er betrachtete noch einmal die Anordnung der Autos. Auf den ersten Blick sah sie ganz zufällig aus, aber sie bildete eine sehr wirksame Straßenblockade. Lucas sah sich um und nahm mehr Einzelheiten auf. Die Straße lag zwischen zwei baumbestandenen Hügeln, ideal um Scharfschützen zu postieren. Dann sah er sich die Straße genauer an und schob einen der Koffer zur Seite. Er verdeckte eine Blutspur am Boden, eine menschliche Blutspur. In dem kleinen Stausee hinter dem Damm konnte er, trotz des hohen Wasserstands, Autos erkennen. Vermutlich waren sie dort versenkt worden, nach dem man alles Brauchbare entfernt hatte.

„Oh Mist, das ist ein Hinterhalt", rief er aus und stürmte los. Er lief den Hügel hinauf und erwartete, dass jeden Moment ein Kugelhagel auf ihn niederprasseln würde.

Lucas rannte. Die Panik, die schon abgeklungen war, war wieder zurück und hatte von seinem Herz und seinem Verstand Besitz ergriffen. *Wie hast du blöder Idiot das übersehen können?* Sein Kopf drehte sich suchend hin und her, unter jedem Baum erwartete er einen Schafschützen, der ihn bereits im Visier hatte. Er stürmte stolpernd den Hügel hinauf, zwar verwundert, dass keine Schüsse fielen, aber zu verwirrt, um wirklich darüber nachzudenken. *Bloß von dieser Straße weg. Tief im Wald bist du sicher.* Dieser Gedanke, und nur dieser, kreiste in seinem Kopf. Er rannte auf eine Gruppe dicht beieinander stehender Kiefern zu, dort würde er in Sicherheit sein.

100 Meter.

80 Meter.

50 Meter.

30 Meter. *Scheisse, scheisse, jetzt passiert's gleich. Die spielen bloß mit dir.*

10 Meter.

Dann hechtete er unter die Bäume und lag still. Er hörte nichts außer seinem eigenen Keuchen und dem Rascheln der Blätter naher Büsche. Abgesehen davon – nichts. Keine Schüsse. Kein Kugelhagel. Niemand, der ihm befohlen hatte, stehen zu bleiben.

Lucas lag lange Zeit einfach nur da, atmete und starrte in den Himmel. Er war sich sicher gewesen, jeden Moment sterben zu müssen und so genoss er das Leben. Das Gras unter seinen Händen und den Wind in seinen Haaren. Er war verwirrt. Das war auf jeden Fall ein Hinterhalt, aber er schien verlassen. Er kroch unter den Kiefern umher und sah sich um.

Lucas war weit den Hügel hinauf gerannt, aber er konnte die Autos noch sehen. Von diesem Punkt aus sah er weiter nördlich an der Straße drei Häuser. Vielleicht würde er dort etwas finden. Es schien sich bei den Häusern etwas zu bewegen, aber da die Entfernung zu groß war, erkannte er nicht, was es war. Sein Jagdinstinkt kehrte zurück. Er wusste, dass man ihn womöglich entdecken würde, wenn er zu nahe heran ging. Also beschloss er, erst einmal aus der Distanz zu beobachten. Es konnten die Leute sein, die den Hinterhalt gelegt hatten, oder aber nur ein paar Infizierte – bevor er darüber Gewissheit haben würde, hatte er nicht die Absicht, die Sicherheit seines Verstecks aufzugeben.

KAPITEL 31

DER HINTERHALT

Lucas wusste nicht, dass er Timor und die Russen bei den Vorbereitungen auf ihren Raubzug nach Mogilevka gesehen hatte. Ihren UAZ hatten sie zusammen mit der Ausrüstung, die sie dafür nicht brauchten, an einem Forstweg in der Nähe der drei Häuser versteckt. Wie in der Nacht davor geplant, gingen sie zu Fuß, damit das Motorengeräusch sie weder möglichen Überlebenden noch den Infizierten verraten würde.

Oleg hatte eine Karte auf der Motorhaube eines ausgebrannten Wagens ausgebreitet. Er war ein großer und kräftiger Mann, ein früherer olympischer Gewichtheber. Einmal hatte er in einem Kraftakt brutaler Gewalt den Kopf eines Infizierten zusammen mit seinem Rückgrat herausgerissen. Er hatte dann den noch schnappenden Mund mit Panzerband verklebt und den Kopf als Glücksbringer an seinen Gürtel gehängt. Es hatte eine Woche gedauert, bis der Infizierte verendet war. Jedenfalls hatten sie das angenommen, als seine Augen aufhörten, sich zu bewegen. Da keiner von ihnen das Klebeband hatte abmachen wollen, um es herauszufinden, hatte Oleg den Schädel einfach unter seinem mächtigen Stiefel zertreten.
Wenn sie auf Beutezug waren, war Oleg meistens der Frontmann. Seine Lieblingswaffe war eine scharfe Sense. Mit seinen langen Armen und der zusätzlichen Reichweite

der Sense, enthauptete er die meisten Infizierten mit einem Schwung, bevor sie ihn überhaupt erreichen konnten. In jeder Ortschaft, in der sie gewesen waren, hatte Oleg eine Spur von enthaupteten Infizierten als Visitenkarte zurückgelassen.

Timor und Pavel studierten die Karte. Mogilevka war ein großes Dorf, mit vielen Häusern und einer Kirche. Falls der Ort nicht bereits geplündert worden war, würde die Kirche ihr lohnendstes Ziel sein. Wenn eine Welt in Trümmer fiel, zog es die Menschen immer in die Kirchen. Timor zeigte auf der Karte an die Stelle, wo Gregory sich positioniert hatte.

„Grigory ist hier, nordwestlich vom Dorf. Er ist dort schon seit dem Morgengrauen, wenn also etwas nicht stimmt, dann hat er es bemerkt. Wir machen einen Umweg und treffen uns als erstes mit ihm, damit wir erfahren was er beobachtet hat." Timor zeigte auf den westlichen Ortsrand von Mogilevka.

„Da ist die Kirche. Oleg und ich gehen als erste rein und säubern sie. Wenn die Kirche so weit ist, wird der Rest des Dorfes es auch sein, dann geben wir euch das Zeichen zum Runterkommen. Das ist das Signal", Timor hob die Hände und kreuzte sie über dem Kopf. „Wenn etwas nicht stimmt, komme ich raus und nehme meine Mütze ab. Wenn ihr das seht, dann soll Grigory sich bereit machen."

„Hat er die AS-50 genommen? Ich hab die SVD im Wagen gesehen", fragte Pavel.

„Klar, seit wir damals den Humvee erledigt haben, sind für Grigory russische Waffen nicht mehr gut genug. Wenn alles klar ist, suchen du und Grigory den südlichen Teil des Dorfes ab, Oleg und ich den nördlichen. Wir machen's wie immer, töten die Infizierten lautlos, wenn möglich, und nehmen in erster Linie Essen und Munition mit. Wenn ein Haus durchsucht ist, ritzen wir ein **X** in die Tür."

Oleg sah von der Karte auf: „Halten wir Funkstille?"

„Der Ort ist nicht so riesig, ich denke wir können die Funkgeräte ausgeschaltet lassen und die Batterien schonen. Wenn einer einen funktionierenden Generator findet, soll er die Stelle markieren. Dann können wir heute Nacht zurückkommen und alle elektrischen Geräte aufladen. Die Sonne sollte so gegen 18:00 untergehen, also treffen wir uns hier wieder um 16:00. Wenn wir uns verlieren, schalten wir die Funkgeräte an und finden raus, was los it. Irgendwelche Fragen?"

„Widerstand?", fragte Pavel.

„Unwahrscheinlich. Wir sind schon ein paar Mal durchgefahren und ich habe kein Zeichen von Leben entdeckt. Aber seid trotzdem wachsam – man kann nie sicher sein...", Timor verstummte, in seinem Gedankengang unterbrochen. Er sah auf und lauschte.

Auch Oleg wandte sich in die Richtung, aus der das Geräusch kam. Er nickte Timor zu. In weiter Ferne war ganz schwach das Brummen eines Fahrzeugs zu hören.

„Klingt wie ein Bus, der von Süden hier hoch kommt", sagte Oleg.

„Sieht fast aus, als müssten wir gar nicht in das Dorf gehen, Männer", Timor entsicherte seine AKM.

„Was ist mit Grigory? Er ist zu weit weg."

„Wir machen es zu dritt, aber nur auf mein Kommando. Schießt nicht zu früh, Männer. Sie wissen nicht, dass wir hier sind. Es wird nicht anders laufen, als beim letzten Mal, nur ohne einen Scharfschützen."

Oleg und Pavel prüften ihre Waffen und rannten dann die Straße hinunter, dem herannahenden Bus entgegen.

Lucas beobachtete, wie sie um die Karte herum standen. Ihre Bewegungen und ihre Kopfhaltung, und dass sie anscheinend miteinander sprachen, sagte ihm, dass es keine Infizierten sein konnten. Allerdings waren sie zu weit entfernt, als dass er erkennen konnte, wer das war. Er verhielt sich ruhig und beobachtete weiter. Auch Lucas hörte den herannahenden Bus und bemerkte sofort die Veränderung in ihrem Verhalten. Als sie sich aufteilten und dem Geräusch entgegen liefen, war sich Lucas sicher, dass sie nichts Gutes im Schilde führten. Er fluchte innerlich darüber, dass er keine Waffe mehr hatte, als er den Hang entlang schlich, um einen besseren Blick auf die Stelle des Hinterhalts zu bekommen.

Als Sam um die Kurve bog sah er die zerstörten Autos vor ihnen. Sie versperrten die Straße vollkommen und so musste er anhalten. Shutov kam nach vorne.

„Was ist los?"

„Ein Unfall vor uns auf der Straße. Aber ich denke wir können das wegräumen, außerdem könnten die Autos Benzin haben", antwortete Sam, als der Bus zum Stillstand kam. Er zog einen Hebel und die Türen öffneten sich. Shutov drehte sich um zu den Männern.

„Butcher, Vuk, ihr beide holt Benzin. Alejandro, Harrison und Sam, ihr räumt die verdammten Autos von der Straße, aber seht vorher nach, ob noch was Brauchbares drin ist. Ich will, dass das in zehn Minuten erledigt ist, also bewegt euch."

Die Männer stiegen aus. Sie gähnten und streckten sich, froh darüber, ein bisschen Bewegung zu bekommen. Vuk sah sich um, während der Butcher zwei leere Kanister mit Schläuchen auslud und einen davon Vuk hinstreckte. Vuk winkte ab und zeigte auf den ersten Wagen.

„Das kannst du dir sparen, das ist kein Benzin mehr", erklärte er.

„Du hast jetzt wohl den Röntgenblick", spottete der Butcher.

„Nein, bloß Augen, die sehen können. Und du?", antwortete Vuk. Shutov kam zu ihnen herüber.

„Die Tankdeckel Butcher. Siehst du nicht, dass die alle offen stehen?", sagte Shutov an Vuks Stelle.

Vuk ließ sich nicht unterbrechen und fuhr fort: „Und die ganzen offenen Taschen und Koffer, die hier rum liegen. Hier ist schon jemand gewesen." Vuk sah auf die Blutspur am Boden und dann die Hügel hinauf.

Oleg und Timor beobachteten die Szene aus der Deckung der Bäume. Sie waren nahe genug um zu hören, was gesprochen wurde.

„Der alte Mann riecht Lunte. Es sind nur sieben, die schaffen wir", flüsterte Oleg.

„Ich will sie aber nicht töten."

„Schau dir doch den Bus und all die Waffen an, stell dir vor, was die alles dabei haben."

„Schau nicht auf die Sachen, Oleg. Schau dir die Leute an", tadelte Timor, „sie sind gut genährt und sauber. Das sind weder Russen noch Amerikaner. Wie und von wo sind sie hierher gekommen? Haben sie ein Boot? Einen Weg, hier raus zu kommen? Ich will ihr Wissen, nicht ihren Kram." Er zeigte mit dem Kopf auf Shutov: „Der da ist anscheinend der Anführer. Wenn er sich von den anderen entfernt, erschießen wir sie und ihn nehmen wir mit. Aber nicht, bevor ich es sage." Oleg nickte und wandte sich wieder den Banditen zu.

Von seinem Beobachtungspunkt aus sah Lucas, dass die Banditen keine Ahnung hatten, dass sich die Russen in der Nähe befanden. Lucas überlegte kurz, ob er sie warnen sollte. Aber das würde auch sein eigenes Leben in Gefahr bringen, etwas was er für die Mörder von Mitch sicher nicht in Kauf nehmen würde. Lucas konnte hören, wie sie miteinander sprachen und er nahm an, dass auch die Russen das konnten.

Vuk bat Shutov um die Karte.

„Wieso, was ist denn", fragte Shutov, als er sie ihm gab.

„Mit gefällt das alles nicht. Irgendetwas stinkt hier. Ich denke, wir sollten umkehren."

„Wir kehren auf keinen Fall um. Wir fahren zu diesem Flugplatz."

„Sieh dich doch mal um. Diese Blutspur ist menschlich. Schau dir all die Autos im Wasser an - denkst du, das waren alles betrunkene Autofahrer? Und diese waldigen Hügel um uns herum geben eine hervorragende Deckung ab. Ich empfehle, dass wir hier so schnell wie möglich verschwinden, und zwar sofort", erklärte Vuk, während er die ganze Zeit die Hügel absuchte. Shutov folgte seinem Blick und dann dämmerte es ihm.

„Männer, zurück in den Bus, jetzt!", befahl er. Die Männer, die sich mit den Autos abmühten, waren froh, dass sie erlöst wurden und liefen zum Bus zurück. Sam begann die mühsame Aufgabe, den Bus zu wenden.

„Sie entwischen uns", sagte Oleg beschwörend.

„Lass sie", antwortete Timor, „ich weiß, wohin sie wollen, und ich weiß auch, wo wir sie erwischen. Wir machen es richtig und legen einen neuen Hinterhalt."

Lucas sah, wie der Bus wegfuhr und war verwirrt darüber, dass die Banditen ungeschoren davongekommen waren. *Die Russen hätten sie erledigen können, aber sie haben's nicht getan. Wieso?* Er sah, wie die Russen wieder die Straße hinauf rannten, zurück zu ihrem Ausgangspunkt. Bald waren sie hinter der Kurve verschwunden. Als er sich sicher war, dass sie sich weit genug entfernt hatten, stand er auf und folgte ihnen.

KAPITEL 32

SÜNDEN DER VERGANGENHEIT

Grigory fühlte, wie ihm der Schweiß herunterlief, während er das Dorf beobachtete. Seine geliebte AS-50 lag neben ihm im Gras, als er den Ort durch sein Fernglas betrachtete. Mogilevka war gleichsam tot, nur die Infizierten strichen zwischen den Häusern herum. Grigory sah, dass die Seitentür der Kirche nicht offen stand, ein gutes Zeichen dafür, dass sie wohl noch nicht aufgebrochen worden war.

Er schaute erneut auf seine Uhr, *die anderen müssen jetzt auch bald kommen.* Er betrachtete das Gebiet rund um die Kirche und suchte nach Anzeichen von Menschen. Es gab keine Nottoiletten, keine Müllhaufen und keine angelegten Barrikaden. Kirche und Dorf sahen aus wie viele andere, die sie gesehen hatten, von ihren Einwohnern aufgegeben und von den Infizierten in Besitz genommen.

Grigory senkte sein Fernglas und hielt Umschau. Er lag offen auf freiem Feld, mitten in einem grasbewachsenen Abhang, aber sonst war ja niemand in der Nähe, und von hier konnte er die Ortschaft am besten überblicken. Er wandte sich wieder der Kirche zu und fragte sich, ob wohl noch irgendwo ein Priester am Leben sein mochte. Jemand, der ihm Absolution für all seine Sünden erteilen konnte. Das war natürlich sehr unwahrscheinlich, weil alle Priester, die sie gesehen hatten, infiziert gewesen waren. Wie es schien, war Gott im Bezug darauf, wen die Infektion befiel, nicht besonders wählerisch.

Viele Kirchen waren inzwischen Infizierten Herde. Mit ziemlicher Sicherheit würde bereits eine Horde von ihnen drinnen warten, wenn sie die Tür öffneten. Aber trotzdem war es ein geringes Risiko im Verhältnis dazu, was sie alles an Vorräten finden konnten, wenn die Infizierten erst erledigt waren. Es schien, als ob sich in jedem Dorf und jeder Stadt in etwa die gleiche Geschichte abgespielt hatte. Die Infektion hatte sich verbreitet und die Menschen hatten sich an Gott erinnert. Sie strömten in die Kirchen. Die Priester waren erfreut über den Zustrom und nahmen jeden auf. An Quarantäne oder medizinische Untersuchungen dachte man gar nicht, jeder konnte einfach kommen. Viele brachten Nahrung, Wasser und Waffen mit, in der Absicht, einfach das Ende der Infektion auszusitzen. Aber einen gab es anscheinend immer, einen selbstsüchtigen Bastard, der gebissen oder gekratzt worden war, oder sich auf andere Weise infiziert hatte. Einen der dachte, in der Kirche zu beten, würde die Infektion wie durch Zauberhand verschwinden lassen.

Irgendwann verwandelte sich dieser Narr dann, wurde zu einem von ihnen und riss die anderen mit. Da die Infektion noch am Anfang stand, wussten die Menschen nicht gleich, was passierte. Vielleicht versuchten sie, ihn festzubinden, anstatt ihn gleich zu erschießen. Oder sie schossen auf ihn, aber er starb nicht, weil es kein Kopfschuss war. Und so wurden aus einem zwei, dann vier und bald mussten sie die Kirche aufgeben und die Infizierten einschließen. Zumindest dann, wenn sie es überhaupt hinaus schafften. Wenn die Verwandlung bei Nacht geschah, als alle schliefen, infizierte einer im Schutz der auftretenden Panik und der Dunkelheit vielleicht die ganze Kirche. Diese Kirchen waren am schwierigsten zu säubern, brauchten am meisten Zeit aber die Chance, Nahrung und Wasser zu finden war dort auch am größten.

Da er wohl kaum einen lebendigen Priester würde finden können, war sich Grigory sicher, dass er geraden Wegs in die Hölle kommen würde. In den letzten Monaten hatte er mehr Sünden begangen als in den ganzen 24 Jahren davor.

Diebstahl, Vergewaltigung, Mord – es gab viele Striche auf jeder dieser Listen. *Wie bin ich bloß so geworden?* Das fragte er sich, als er die Kirche betrachtete. Aber es gab keine klare Antwort, keinen bestimmten Moment, den er festmachen konnte. Es war einfach eine Ansammlung von Sünden, die ständig angewachsen war. Und es war immer leichter geworden. Vergewaltigst du erst mal eine Frau, fällt es bei ihrer Tochter schon leichter. Bringst du erst mal einen Mann um, dann tötest du beim nächsten Mal schon zwei. Zu Hause hatte man ihn als Feministen bezeichnet - er war immer für die Rechte der Frauen eingetreten. Und nun vergewaltigte er die Frauen, für die er eingestanden war. Wie hatte er so tief sinken können?

Grigory versuchte, diese Gedanken zu verdrängen, aber der Anblick der Kirche und sein Verlangen nach Erlösung spülten alle seine Sünden wieder hoch. Wie viele Menschen hatte er ermordet? Und zu welchem Zweck? Welchen Wert hatten diese Leben gehabt? Das Traurige war, dass er sich daran nicht einmal mehr erinnern konnte, es waren einfach zu viele gewesen – die Gründe zu vielfältig. Aber als er es getan hatte, hatte es sich immer richtig angefühlt, notwendig. Als ob es richtig und notwendig wäre, einen Mann nur wegen des Gewehrs auf seinem Rücken zu ermorden. Sicher hatte es auch damit zu tun, Mitglied einer Gruppe zu sein. Es schien, dass die negativen Charakterzüge eines Menschen durch die negativen Charakterzüge des nächsten gestärkt wurden. Und bevor man es merkte beging die Gruppe Untaten, die ein einzelner Mann niemals begehen würde.

Hinzu kam, dass es für Grigory irgendwie nicht real war, einen Menschen aus 300 Metern Entfernung zu erschießen. Aber trotzdem waren das reale Menschen, mit realen Familien und realen Problemen. Alle versuchten nur, diese Katastrophe zu überstehen, die sie nicht verursacht hatten, aber die ihr Leben auf so unumkehrbare Weise verändert hatte. Grigory hätte mit den Menschen, die er getötet hatte, auf vielfältige Weise verfahren können. *Warum haben wir nicht zusammengeholfen? Warum haben wir nicht* zusammen ein Dorf übernommen und befestigt, *Nahrungsmittel angepflanzt, Brunnen gegraben, auf das Ende der Infektion oder gar auf ein Heilmittel gewartet? Es wäre wie Thomas Morus' Utopia inmitten von Zerstörung und Tod gewesen. Warum haben wir das nicht gemacht?* Grigory beobachtete, wie ein Schmetterling auf einer Blume neben ihm landete. Er hatte sich so ruhig gehalten, dass der Schmetterling ihn nicht wahrnahm. *Gier, das ist der Grund. Und die Weigerung, sich anzustrengen. Es ist leichter zu morden und zu stehlen als etwas zu schaffen und aufzubauen.*

Gab es vielleicht gar Gemeinschaften wie die, die Grigory sich ausmalte? Sie waren nie ganz im Norden gewesen, also war da womöglich noch eine Chance. Vielleicht waren die Menschen weiter im Norden gewarnt worden und hatten eine Ortschaft abriegeln können. Würden sie willkommen sein, wenn sie so eine Zufluchtsstätte fänden? Schließlich waren sie Deserteure von der russischen Armee, Vergewaltiger und Mörder. *Ja sicher, ich kann mir schon vorstellen, dass sie gerade für uns die Arme ausbreiten und uns in ihren Häusern willkommen heißen würden.* Nein, sein Schicksal war es, sein Dasein zu fristen und darauf zu warten, bis er verhungern oder von Infizierten oder anderen Plünderern getötet werden würde.

„Hallo", grüßte eine Stimme von hinten.

Er ließ das Fernglas fallen, drehte sich um und sah den Simpel über sich stehen, die Axt über der Schulter. Grigory war so in Gedanken versunken gewesen, dass er ihn nicht kommen gehört hatte.

„Ehhhmmm... hallo", stammelte er.

„Ich bin Rory. Bist du ein böser Mann?", fragte Rory unschuldig.

Grigory sah diesen großen Mann an, der da mit seiner Axt vor ihm stand. Er hatte etwas Nobles an sich, als ob nichts ihn anrühren könnte. Grigory fühlte, dass von Rory keine Bedrohung ausging, aber er beschloss trotzdem auf Nummer sicher zu gehen.

„Ich weiß nicht, Rory. Ich glaube nicht, dass ich ein böser Mann bin, aber ich habe böse Dinge getan." Grigory war überrascht, wie leicht ihm dieses Geständnis von den Lippen kam.

„Du siehst nicht aus wie ein böser Mann", antwortete Rory.

Grigory versuchte zu lächeln, aber es wirkte aufgesetzt. Er sah herum aber es war niemand sonst in der Nähe.

„Wo kommst du denn her, Rory?"

„Ich war auf einem Schiff, aber es ist gesunken und der Kapitän hat gesagt, wir sollen ins Wasser springen."

„Was ist mit den Anderen? Waren da noch Andere auf dem Schiff?"

„Ja, viele. Aber sie waren böse Männer und darum bin ich fortgelaufen."

„Dann bist du ganz alleine hier?", fragte Grigory und tastete heimlich nach seiner Pistole im Halfter.

„Ja." Es gab eine Pause und sie blickten sich in die Augen. Grigory nahm seine Hand von der Pistole. „Hast du Essen?", fragte Rory.

„Ich hab ein bisschen Pökelfleisch", sagte Grigory.

„Darf ich bitte was davon haben. Ich bin sehr hungrig?"

Grigory griff in seine Jacke, neben die Pistole, und holte das Fleisch heraus, das in ein Tuch gewickelt war. Er gab es Rory.

„Da, nimm das Ganze."

„Oh, vielen Dank", sagte Rory als er gierig das Stück Fleisch verschlang.

„Wasser?", fragte Grigory und hielt ihm seine Feldflasche hin.

Rory nickte und trank hastig fast die ganze Flasche in einem Zug leer.

„Siehst du, du bist kein böser Mann", sagte Rory als er sich die Lippen leckte.

„Ich versuch's, Rory, ich versuch's", antwortete Grigory leise."

KAPITEL 33

VERTRAUE DEINEM INSTINKT

Die Überlebenden waren guter Stimmung, während sie durch den Wald marschierten. Robert und Yuri tauschten Geschichten über ihre Erlebnisse der letzten beiden Tage aus. Oft beteiligten sich auch die anderen, um manche Stellen besonders auszumalen. Beide konnten gut Geschichten erzählen und ihre Berichte gaben den anderen die Gelegenheit, ihre Situation zu vergessen, wenn auch nur für den Moment.

Sie gingen Richtung Staroye, wo sie weitere Vorräte zu finden hofften. Robert sprach davon nur als Crappee (sinngemäß: Scheisskaff) nachdem er gesehen hatte, wie es in Kyrillisch geschrieben wurde. Und jedes Mal, wenn die Gruppe zurück fiel, gab er denselben Einzeiler von sich, um sie zu motivieren „Kommt schon, wer will das erste Arschloch sein, das in Crappee Einen abseilt?"

Sie folgten einem Forstweg, der steil einen Hügel hinauf führte, daher kamen sie nur langsam voran. Der Doc beklagte sich ständig und verlangte, dass sie ein Auto finden sollten. Yuri versuchte, die Männer abzulenken: „Pablo, was ist es, das du am meisten vermisst?", fragte er.

„Frauen. Wunderschöne Frauen", war Pablos Antwort.

„Du machst wohl Witze Kumpel. Wir sind erst drei Tage hier und du vermisst bereits die Frauen?", fragte Alfie.

„Was soll ich sagen? Ich bin eben ein Latin Lover", grinste Pablo.

„Hör doch auf. Wir haben auf dem Schiff schon mehr als drei Tage ohne Frauen verbracht", warf Alfie ein.

„Stimmt schon. Aber da hatten wir immer noch den Kleinen", scherzte Pablo und alle lachten mit.

„Ob er es geschafft hat. Jesus, wie hieß er gleich noch?", fragte Robert

„Ich weiß nicht. Hab' ihn nicht gesehen."

„Und Vuk, hat irgend jemand Vuk gesehen? Ich hab ihn in Meer aus den Augen verloren", fragte Yuri die Männer. Alle schüttelten den Kopf und verstummten, in eigene Gedanken versunken, während sie weiter bergauf gingen.

„Na gut, du Stimmungskanone. Nach dem du den vermasselt hast, sag mir wenigstens was du selber am meisten vermisst?", bohrte Yuri bei Robert nach.

„Na ja, wenn man unser heutiges Marschziel betrachtet, ist es sehr angemessen", Robert ließ diese Aussage erstmal sacken.

„Sag schon, was ist es?"

„Toilettenpapier. Wunderschönes, weiches, dickes Toilettenpapier. Ich habe Waffen gefunden, Uhren, Landkarten, Kompasse – aber glaubt ihr, ich hätte eine einzige Rolle Toilettenpapier gefunden? Zur Hölle, ich würde sogar die einlagige Zerkratz-dir-den-Hintern Variante nehmen, aber nein, nicht eine einzige Rolle. Ich hab's so satt, mit den Hintern mit Blättern abzuwischen. Man muss erst mal weiche, grüne Blätter suchen. Dann muss man aufpassen, dass kein Dreck oder Insekten daran sind. Und egal wie ich sie auch staple, entweder sie zerkratzen mir den Hintern, oder sie reißen und ich hab die Finger voller Scheisse."

„Lass mich das nochmal klarstellen. Die ganze Welt zerfällt, wir sitzen hier in diesem gottverlassenen, russischen Höllenloch fest, und das, was du dir am meisten wünschst, ist verdammtes Toilettenpapier?", fragte Alfie ungläubig.

„Hey, ich war mal verheiratet. Ich bin daran gewöhnt, Monate ohne Sex auszukommen", antwortete Robert grinsend und erntete lautes Gelächter von den anderen.

Inzwischen hatten sie die Hügelkuppe erreicht und begonnen, auf der anderen Seite hinunter zu gehen.

„Also Yuri, du bist dran. Was vermisst Du?"

Yuri musste erst nachdenken: „Schlaf, ich vermisse Schlaf."

„Hör doch auf. Ich hab' dich bis jetzt jede Nacht schnarchen hören", sagte Alfie.

„Ich hab' vielleicht geschlafen, aber das war kein richtiger Schlaf. Nicht wie früher. Man schläft natürlich, wenn man hundemüde ist, weil der Körper einfach Schlaf braucht. Aber es ist kein friedlicher, erquickender Schlaf, und Gott behüte, dass man einen Traum hat. Also ja, Schlaf, Schlaf vermisse ich am meisten."

Andere nickten zustimmend und kehrten zu ihren eigenen Gedanken zurück. Als sie um eine Kurve des Weges kamen, sahen sie in einiger Entfernung einen Mann am Weg sitzen. Hinter ihm stand ein Fahrrad.

„Ich weiß, ich habe auch nicht viel geschlafen, aber sagt mir, dass da nicht wirklich ein Kerl mitten auf dem Weg sitzt."

Alle sahen ihn und waren sofort auf der Hut. Robert hob seine Schrotflinte und lud durch.

„Verteilt euch, richtet die Waffen auf ihn aber geht in Deckung." Die anderen folgten Roberts Anweisung.

Der Mann sah, dass sie sich aufteilten. Er stand auf und hob die Hände.

„Ich bin harmlos", rief er.

„Janik? Bist du das, Janik?"

„Yuri, bin ich froh, dass ihr es geschafft habt."

„Ruhig Männer, es ist Janik", rief Yuri.

Die anderen ließen ihre Waffen sinken als Yuri zu Janik lief, ihn umarmte und ihn in die Luft hob. Robert zögerte und blieb zurück, die Schrotflinte gesenkt, aber bereit. Er suchte die Bäume in der Umgebung ab um zu sehen, ob noch jemand in der Nähe war. Aber der Wald war zu dicht, so dass er nicht viel erkennen konnte. Nun umarmten auch Pablo und Joseph Janik und klopften ihm auf den Rücken.

„Wo warst du denn", fragte Yuri.

„Es war ein verrückter Tag", antwortete Janik.

„Was ist mit den anderen? Lucas und Kiam, hast du sie gesehen?"

„Nein, ich war die ganze Zeit allein. Ich bin zurück nach Elektro und hab gesehen, dass die Banditen mit Shutov dort waren. Gott sei Dank haben sie mich nicht erwischt und ich konnte verschwinden. Dann hab ich das Lagerfeuer in den Hügeln gefunden und eine Gruppe Männer gesehen. Ich war nicht sicher, wer das war, so bin ich ihnen ein Stück gefolgt. Aber dann habe ich sie verloren..."

„Das waren wir. Ich hab doch gewusst, dass mich mein Gefühlt nicht trügt, dass wir beobachtet werden."

„Auf jeden Fall habe ich euch dann verloren und bin zurück, um meinen Rucksack und das Fahrrad zu holen. Ich hab' dann in einem Bauernhaus übernachtet, dort habe ich auch eine Karte gefunden. Als ich sie studiert habe, habe ich mir schon gedacht, dass ihr entweder nach Msta oder nach Kamyshovo gehen würdet. Zuerst bin ich nach Msta gefahren, aber weil dort von euch weit und breit nichts zu sehen war, bin ich runter Richtung Kamyshovo. Dann hab ich euch den Hügel raufkommen hören – ihr habt ja auch einen Höllenlärm veranstaltet. Ich wollte nicht aus Versehen erschossen werden und auch nicht rumschreien, also hab ich mir gedacht, das Beste wird sein, einfach hier zu sitzen und zu warten."

Robert nahm seine Karte heraus und warf einen Blick darauf.

„Willst du mir erzählen, dass du diese ganze Strecke in den letzten paar Stunden zurückgelegt hast?"

„Na sicher. Mein Rad ist ziemlich gut, auf der Straße, aber auch im Gelände."

Pablo öffnete seinen Rucksack: „Was hältst du von was zu essen und zu trinken? Brauchst du was?"

„Nee, ich hab' alles. Ich hab ein paar Vorräte in Msta ergattert, dank Alfies Armbrust. Inzwischen bin ich ganz gut damit."

„Die kannst du gern behalten. Dann hast du deine Lautlosigkeit. Ich für meinen Teil bin mehr für rohe

Gewalt", sagte Alfie und streichelte seine Lee-Enfield.

Robert ging näher zu Janik: „Was hast du unten in Elektro gesehen?"

„Sie haben die Stadt abgeriegelt, vor allem um die Kirche. Einige haben Benzin gesammelt und ich habe davon sprechen hören, dass sie einen Bus zum Laufen bekommen wollten."

„Den Kaputten vor der Kirche?", fragte Alfie.

„Ja, genau den. Ich hab gehört, dass Sam daran arbeitet."

„Wenn man ihn überhaupt reparieren kann, dann ist er der richtige Mann. Was noch?", fragte Robert.

„Sie wollten mit dem Bus zu irgendeinem Flugplatz."

Robert sah auf die Karte, es gab drei Flugplätze. „Welchem Flugplatz?"

„Das hab' ich nicht gehört. Aber was immer da auch ist - Shutov scheint besessen davon. Sam musste über Nacht arbeiten, damit der Bus fertig wird."

„Noch was?"

„Nein, das ist alles. Ich hab' mich dort nicht lang aufgehalten."

Yuri klopfte ihm auf die Schulter: „Das hast du wirklich gut gemacht, mein Freund."

„Ja Janik, das sind wertvolle Informationen. Wenn wir uns von den Flugplätzen fernhalten, können wir den Banditen vermutlich ausweichen. Diese Nachrichten retten womöglich unser Leben", fügte Robert hinzu.

„Klein zu sein hat auch seine Vorteile, denke ich, und ich bin daran gewöhnt herumzuschleichen."

„Warum wollen wir ihnen denn ausweichen?", fragte der Doc. „Sie sind doch unsere Schiffskameraden. Wir haben doch früher alle zusammengearbeitet, warum können wir das jetzt nicht wieder tun?"

„Sie haben Mitch umgebracht", knurrte Yuri.

„Das weißt du nicht."

„Lucas hat es gesehen. Er hat es mir selbst gesagt."

Der Doc wandte sich an Yuri: „Ich bestreite nicht, dass Mitch getötet wurde, aber du hast gesagt er wurde ermordet. Woher weißt du das? Warst du dabei?" Yuri antwortete nicht. „Woher weißt du, dass es kein Unfall war? Oder dass Mitch zuerst angegriffen hat und in Notwehr getötet wurde?"

Robert unterbrach: „Wir sprechen hier über Mitch, den dicken, lustigen Kerl vom Schiff. Warum sollte er denn jemanden angreifen?"

„Du unterstellst doch auch, dass Shutov und seine Gruppe nichts Gutes im Schilde führen. Sam hat noch vor zwei Tagen mit dir gearbeitet und jetzt gehst du davon aus, dass er dich umbringen wird, sobald er dich sieht."

„Das ist etwas anderes. Shutov war schon immer ein Mistkerl. Dem würde ich zutrauen, dass er Spaß an seiner kleinen Privatarmee hat und alles dafür tut, damit er sie behält. Wenn du mich fragst, hat er auch den Kapitän erschossen."

„Das war ein offensichtlicher Selbstmord", sagte der Doc.

„Woher weißt du das? Warst du dabei?"

„Du hast doch seine Leiche auch gesehen."

„Was ich gesehen habe war unser Kapitän, mit einem Loch im Kopf, und keine Waffe weit und breit. Wenn er sich selbst erschossen hat, wo ist dann die Pistole geblieben? Für mich sieht es so aus, als habe Shutov ihn umgebracht, damit er von da an die Befehle geben konnte. Jeder weiß, dass er auf den Job des Kapitäns scharf war, vielleicht hat er einfach für eine ‚frühe Pensionierung' gesorgt."

„Das kauf ich dir nicht ab", sagte der Doc.

„Ich will es dir gar nicht verkaufen. Der Punkt ist, dass wir ihm nicht trauen können. Die einzigen Menschen, denen wir trauen können, sind die in unserer Gruppe. Es ist mir ganz egal, was Shutov mit seiner Gruppe plant, so lang er sich von uns fern hält. Ich will, dass wir alle das hier überstehen, und die beste Chance dafür besteht darin, dass wir zusammenhalten und vorsichtig sind. Das beinhaltet auch, dass wir den Kontakt mit den Banditen vermeiden."

Die anderen nickten zustimmend, nur der Doc schüttelte den Kopf.

„Das stimmt nicht. Sie haben einen Bus, Waffen, Lebensmittel. Sie sind unsere beste Chance zu überleben."

„Nein, sie sind ihre eigene beste Chance zu überleben. Damit wir überleben, müssen wir uns unser eigenes Zeug suchen. Dabei können wir uns nicht auf irgendjemand anderen verlassen", antwortete Robert. Er drehte dem Doc den Rücken zu, zum Zeichen dass das Gespräch beendet war, und wandte sich wieder seiner Karte zu.

„Janik, wir gehen weiter nach Crappee..."

„Staroye", korrigierte Yuri.

„Tschuldigung, Staroye." Robert zeigte auf die Karte: „Es wäre gut, wenn du vorausfahren und als Späher agieren würdest. Fahr hin und beobachte den Ort und die Umgebung. Finde heraus, ob es für uns sicher ist."

„Klar."

„Sag nicht einfach klar, Janik. Das ist eine gefährliche Aufgabe. Du bist da draußen ganz alleine und wir haben keine Funkgeräte, also kannst du uns nicht rufen, wenn du in Schwierigkeiten gerätst."

„Ich hab ‚ja' gesagt. Schau, ich kenne die Risiken und ich weiß, dass du recht hast. Es ist besser, wenn jemand voraus fährt und die Lage sondiert. Und ich bin dafür am besten geeignet, mit meinem Fahrrad natürlich", er strich mit der Hand über den Sitz.

„Na gut. Wir treffen dich hier wieder, südlich der Ortschaft. Wenn du andere Leute oder Lager entdeckst, markiere sie einfach auf deiner Karte. Geh nicht näher ran. Auch wenn das Dorf sauber ist - riskiere nicht, alleine rein zu gehen. Warte auf uns. Aber sieh dir die Autos auf dem Weg dahin an, wir könnten wirklich einen fahrbaren Untersatz brauchen."

„Verstanden. Keine Sorge, ihr könnt euch auf mich verlassen."

„Das können wir, Janik, das können wir", Robert lächelte ihn an und Janik konnte nicht anders, als zurück zu lächeln.

KAPITEL 34

EIN WACKLIGES BÜNDNIS

Xavier erwachte mit einem Ruck und tastete nach seinem Revolver. Es war heiß und dunkel. Er sah sich verwirrt um, konnte aber nichts erkennen. *Wo bin ich? Was ist los?* Sein angeschlagener Verstand drehte und wendete diese beiden Gedanken hin und her. Er warf die Decken beiseite und erhob sich.

Duke hatte ihn gehört und kam herein. Seine Augen hatten sich bereits an das Dämmerlicht gewöhnt, und anders als Xavier konnte er gut sehen.

„Morgen Frenchy. Der letzte Kaffee ist fertig, falls du welchen willst."

Xavier erinnerte sich an den üblen Geschmack vom Vorabend und winkte ab: „Nenn' diese Monstrosität bloß nie wieder Kaffee, Amerikaner."

„Selbst schuld", um diese Aussage zu unterstreichen nahm er einen tiefen Schluck aus seinem Becher und schnalzte anerkennend mit der Zunge, „ahhh, wunderbar."

„Wieviel Uhr ist es?", fragte Xavier.

„Irgendwann Vormittags", antwortete Duke und hob sein Handgelenk, um seine stehengebliebene Uhr zu zeigen. „Unglücklicherweise war die nicht wasserdicht."

Xavier kramte seine Sachen zusammen: „Kannst du die Decken abmachen und ein bisschen Licht hereinlassen?"

„Das mache ich eher nicht", sagte Duke, „sieh mal raus."

Xavier ging zum Fenster und zog ein Stück des Klebebands ab. Dann spähte er durch den Schlitz. Draußen streiften Zeds um das Haus, fast so als ob sie es bewachen würden.

„Sacrebleu! Wie viele sind da draußen?", fragte Xavier und schloss den Spalt wieder.

„Ich hab fünf gezählt."

„Was ist denn passiert, während ich geschlafen habe?"

„Nichts. Überhaupt nichts. Das ist ja das Seltsame. Irgendwann am Morgen sind sie einfach aufgetaucht."

„Vielleicht können sie uns riechen, oder hören?"

„Vielleicht. Aber sie versuchen ja nicht, hier rein zu kommen. Anders als beim letzten Haus." Duke spähte durch eine kleine Öffnung: „Schau sie dir an. Was siehst du?"

Xavier schaute wieder durch den Spalt. Am nächsten war ein weiblicher Zed, die langen braunen Haar verfilzt und matt, mit Schmutz und Blut verkrustet. Sie trug ein zerschlissenes Nachthemd, das den Blick auf ihr graues Fleisch freigab. Nicht weit von ihr befanden sich zwei halbwüchsige Jungen, identische Zwillinge. Sie hatten beide den gleichen Haarschnitt, trugen aber unterschiedliche Kleidung, es waren zerrissene Schlafanzüge. Etwas weiter weg, in der Nähe des Pumpbrunnens, war ein kleines Mädchen, vielleicht fünf Jahre alt, in einem Nachthemd mit Hello Kitty Aufdruck und einem kyrillischem Schriftzug.

„Was soll ich denn sehen?", fragte Xavier.

„Schau dir ihre Kleider an, Frenchy. Sie tragen Schlafanzüge und Nachthemden, als ob sie im Schlaf überrascht worden wären."

„Und weiter?"

„Nun, hier in der Nähe gibt es keine anderen Häuser, darum haben wir uns diesen Platz ausgesucht. Ich denke, das hier ist eine Familie, die Mutter mit ihren drei Kindern. Der Vater ist auf der anderen Seite, hinter dem Haus."

„Na gut, dann ist das eine Tragödie. Aber was spielt das für eine Rolle?"

„Du verstehst nicht, das hier ist ihr Haus." Duke nahm

ein Foto vom Kaminsims und reichte es Xavier: „Das sind sie, in besserem Zustand natürlich."

Xavier betrachtete das Foto. Es zeigte die Infizierten, die er draußen gesehen hatte. Sie standen an einem Strand und lächelten.

„Also schleichen sie um ihr eigenes Haus herum", überlegte Xavier.

„Ganz genau. Als ob es für sie immer noch eine Bedeutung hätte."

„Na gut. Aber was heißt das für uns?", fragte Xavier.

„Das bedeutet, dass wir uns nicht mehr in Häusern aufhalten sollten. Es ist einfach zu riskant. Wir könnten jedes Mal angegriffen werden, wenn wir hinein oder hinaus gehen."

„Aber wo waren sie gestern?"

„Keine Ahnung. Wir sind ohne Probleme rein gekommen, aber sie müssen in der Nähe gewesen sein. Womöglich sind sie nicht nachtaktiv. Vielleicht haben sie sich irgendwo ausgeruht und wir haben sie nicht bemerkt. Ich hab' verdammt noch mal keinen Schimmer. Aber der Punkt ist, dass Ansiedlungen und Häuser nicht sicher sind. Sie haben irgendeine Bedeutung für diese Kreaturen, also sollten wir uns davon fernhalten."

„Wir?"

„Ja genau, wir. Ich hab auch darüber nachgedacht und ich meine, wir sollten erstmal zusammen bleiben."

„Du vergisst wohl den Supermarkt."

„Nein, ich vergesse den Supermarkt nicht, aber ich wünschte, du würdest ihn endlich vergessen."

„Du wolltest mich dem Tod überlassen!"

„Ja und ich hab mich bereits zu oft dafür entschuldigen müssen. Ich hab den Dachboden durchstöbert und wie es scheint, haben die Jungs gerne gezeltet. Ich hab' ein kleines Zweimannzelt und Campingausrüstung gefunden. Und diese Schätzchen hier", Duke zog zwei Äxte aus seinem Rucksack, „damit schaffen wir unser kleines Problem draußen aus der Welt."

„Ich weiß nicht."

207

„Was? Die sind leise und wir sparen Munition."

„Ich meine, dass wir zusammen bleiben sollen."

„Was gibt es darüber groß nachzudenken? Es ist unsere beste Option. Wie willst du ruhig schlafen, ohne dass jemand Wache hält? Wie willst du in einer Stadt Vorräte sammeln, ohne dass wir uns gegenseitig den Rücken decken?"

„Ja, das macht schon Sinn, aber..."

„Was? Was ist das Problem?"

„Nichts."

„Nein, sag schon."

„Kein Problem. Ich bin eben lieber allein."

„Wenn das stimmt, warum hast du mich dann verfolgt?"

„Ich hab dich nie verfolgt."

„Hör schon auf. Klar hast du. Wie bist du den sonst in genau derselben Stadt gelandet wie ich? Schau dir doch die Karte mal an. Es gibt tausend Möglichkeiten, wo du hättest hingehen können aber du landest genau an derselben Stelle wie ich, und auch noch genau zur selben Zeit. Und ich soll glauben, dass das reiner Zufall war? Ich habe gespürt, dass mich jemand beobachtet. Ich habe dich zwar nie gesehen, aber trotzdem hab ich recht gehabt."

„Ich hab mich verlaufen, das ist alles."

„Du bist mir gefolgt, weil du Hilfe brauchtest. Lass mich dir jetzt helfen."

„Oh ja, so wie im Supermarkt?"

„Ach zu Hölle mit dir, Mann. Ich..."

Xavier unterbrach ihn. Er zog seinen Revolver und richtete ihn auf Duke: „Nein, zur Hölle mir dir. Du hast mich dem sicheren Tod überlassen. Weißt du, wie oft ich seitdem darüber nachgedacht habe, dich umzubringen? Darüber dich für das zahlen zu lassen, was du mir angetan hast?"

„Ich habe einen Fehler gemacht."

„Wegen deines Fehlers wäre ich fast gestorben."

„Du willst Rache, du willst es mir heimzahlen? Du willst mich tot sehen? Dann mach...", Duke ließ einen Rucksack und die Äxte fallen und ging auf Xavier zu, bis seine Stirn den Lauf des Revolvers berührte. „Los, mach schon. Wenn du mir schon nicht vergeben kannst, drück endlich den verdammten Abzug."

Xavier schüttelte den Kopf.

„Bring mich um, beschissener Feigling. Nimm deine Rache und leb weiter, mit meinem Blut für immer an Deinen Händen."

Xavier sah Duke in die Augen und Duke starrte trotzig zurück. Dann schloss er die Augen und wartete auf den Schuss. Für Xavier schien die Zeit stehen zu bleiben, dieser Moment schien kein Ende zu nehmen. Er nahm einen tiefen Atemzug. Als er ausatmete war es, als habe er seinen Zorn mit ausgeatmet. Er ließ den Revolver sinken.

Duke fühlte den Lauf nicht länger an seiner Stirn und öffnete die Augen. Xavier hatte den Revolver gesenkt und kämpfte mit den Tränen, Schleim lief ihm aus der Nase über das Gesicht.

„Ich weiß ja, dass ich das im Supermarkt vermasselt habe und es tut mir leid. Lass es mich wieder gut machen", sagte Duke.

„Aber wie? Wie könntest du das?"

„Ich habe dich damals dem Tod überlassen, also lass mich dich jetzt lebend hier raus bringen." Duke machte einen Schritt nach vorne und schloss Xavier in die Arme: „Ich habe mein ganzes Leben verschwendet. Ich hab mich einfach treiben lassen. Ich hab nichts geleistet, nichts erreicht. Aber wenn ich es schaffe, dich lebend hier raus zu bringen, nach Hause, in Sicherheit, dann habe ich wenigstens dieses Eine erreicht. Vielleicht ist das nicht viel, aber es ist besser als alles, was ich sonst habe." Duke ließ Xavier los und trat einen Schritt zurück: „Lass mich dieses Eine erreichen."

Xavier nickte und wischte sich das Gesicht ab.

„Ja, verdammt noch mal, Frenchy, du wirst hier raus kommen."

„Duke, nachdem wir uns jetzt umarmt haben, kannst du vielleicht das mit Frenchy sein lassen und mich Xavier nennen?"

„Dafür braucht's mehr als bloß eine Umarmung, Frenchy."

Duke nahm eine der Äxte und schob die andere zu Xavier hinüber. Dann stellte er sich neben die Tür.

„Ich mach sie fertig und du deckst mich mit dem Revolver."

Xavier wischte sich ein letztes Mal über das Gesicht, dann nickte er zustimmend. Duke legte seine Hand auf den Türgriff, aber bevor er sie öffnete, sah er zurück zu Xavier.

„Freunde?"

„Auf dem Weg dahin", antwortete Xavier.

„Damit kann ich leben", sagte Duke und öffnete die Tür. Das Tageslicht flutete in den Raum.

KAPITEL 35

ENGPASS NOVY

Der olivfarbene UAZ fuhr in vollem Tempo durch Novy Sobor. Wie er die Straße entlang raste, zog das Heulen des Motors alle Infizierten in der Nähe an. Oleg steuerte den Wagen, Timor saß auf dem Beifahrersitz und Grigory, der Simpel und Pavel mussten sich auf die Rückbank quetschen. Der Simpel hatte Angst und hielt Grigorys Knie fest. Grigory tätschelte seine Hand, aber Rorys Gesicht war aschfahl. Grigory war froh, dass sie den Simpel mitgenommen hatten und der schraubstockartige Griff an seinem Knie störte ihn nicht.

Es hatte Grigorys ganzer Überzeugungskraft bedurft, die anderen daran zu hindern, ihn auf der Stelle zu erschießen, sobald sie ihn sahen. Er hatte Rory aufgefordert, seine Geschichte zu wiederholen und Timor hatte sich sehr interessiert gezeigt, bis er hörte, dass das Schiff gesunken war. Da sie unter Zeitdruck standen und Timor schnellstmöglich den Hinterhalt für den Bus vorbereiten wollte, hatte Grigory Rory vor der Hinrichtung bewahren können, zumindest für diesen Tag. *Hoffentlich finde ich eine Verwendung für Rory, die ihn ein bisschen länger am Leben halten wird,* dachte er bei sich.

Während der Fahrt deckte Timor Rory mit Fragen ein. Man merkte zwar sofort, dass Rory nicht der Hellste war, aber dafür war er offen und ehrlich in seinen Antworten. Darüber war Timor froh, denn es lieferte ihm wertvolle

211

Informationen über die Gegner, die er in den Hinterhalt locken wollte. Es war klar, dass sie Rory nicht in ihre Pläne eingeweiht hatten, aber er lieferte ihnen die Namen der Banditen und betonte immer wieder, dass sie böse Männer seien. Er erzählte, wie der Butcher einen seiner Schiffskameraden wegen einer Schrotflinte ermordet hatte und Timor war begierig darauf, mehr über ihre Waffen zu erfahren. Da Rory sich mit Waffen nicht auskannte, abgesehen davon, dass er wusste, dass sie böse waren, beschrieb er sie so gut er eben konnte.

Timor war auch neugierig in Bezug auf die anderen Männer des Schiffs. Rory erklärte, dass einige von den Monstern getötet worden waren, aber dass immer noch viele vermisst wurden. Er berichtete, wie er Janik in der Nacht getroffen und wie ein anderer Kai aus der Entfernung erschossen hatte. Während Oleg fuhr, dachte Timor über alles nach, was Rory ihm erzählt hatte. Das bedeutete, dass es mindestens drei separate Gruppen gab, die irgendwo unterwegs waren. *Seit Wochen haben wir keinen Menschen mehr gesehen und jetzt haben wir plötzlich mit drei Gruppen zu kämpfen. Als erstes kümmern wir uns um die Gruppe im Bus, dann beschäftigen wir uns mit den anderen.*

Der UAZ fuhr in Schlangenlinie zwischen den Autowracks und Schutthaufen auf die Kreuzung in Novy Sobor zu. In Richtung Norden ging es nach Gorka, im Westen lag Stary Sobor und im Osten Guglovo. Timor hatte richtig vermutet, dass der Flughafen, zu dem die Banditen wollten, eher der große internationale Flughafen im Nordwesten war, als der kleinere im Nordosten. Die wahrscheinlichste Route würde sie über Novy Sobor und Stary Sobor führen. Diese Route war die kürzeste und sie führte über asphaltierte Straßen. Es war jedoch auch möglich, von Novy Sobor aus einen anderen Weg zu nehmen. Sie könnten sich entscheiden, nach Norden zu fahren und einen Umweg zum Flugplatz zu machen. Timors Plan war, sie in Novy aufzuhalten und sicherzustellen, dass sie sich nicht nach Norden wenden würden.

„Halt hier an, gleich hinter der Kreuzung", sagte Timor und zeigte nach vorne. „Macht euch fertig. Wenn wir anhalten will ich, dass wir uns zuerst um die Infizierten kümmern. Rory, du bleibst zurück und deckst uns, wir haben das zwar schon oft gemacht, aber ich will, dass uns jemand den Rücken frei hält. Jeder Infizierte am Boden kann aussehen wie tot, aber trotzdem angreifen. Also geh davon aus, dass sie gefährlich sind, so lange sie nicht ohne Kopf oder mit einem Loch im Schädel da liegen."

Der UAZ kam schlingernd zum Stillstand und alle sprangen heraus. Oleg ließ den Motor laufen, falls ein schneller Rückzug nötig sein würde, und nahm seine Sense hervor. Timor und Pavel sicherten nach links und rechts, mit ihren Waffen im Anschlag. Grigory stand hinten und deckte die Rückseite. Seine AS-50 hatte er gegen eine handlichere MP5 Maschinenpistole getauscht. Rory stand mit erhobener Axt neben Grigory.

Oleg stürzte sich ins Gefecht und schlug dem ersten Infizierten mit einem Schwung den Kopf ab. Zwei weitere näherten sich ihm von rechts. Mit dem Fuß stieß er den ersten zurück und schwang seine Sichel gleichzeitig von unten, so dass sie sich, durch das Kinn, in den Schädel des anderen bohrte. Er zog sie nach vorne durch sein Gesicht heraus, so dass es in zwei Hälften zerfiel, während der Infizierte zu Boden ging. Der andere hatte sich inzwischen wieder aufgerappelt und griff erneut an. Oleg traf ihn mit der Sense, von der bereits schwarze Flüssigkeit tropfte. Er schnitt mit einem abscheulichen Knirschen von oben durch den Schädel und der Infizierte fiel zu Boden. Timor sah einen Kriechenden, der am Straßenrand auf Oleg zukam. „Oleg, Kriecher auf zehn Uhr", rief er.

Oleg ging auf den Kriecher zu, der noch beide Beine hatte, aber sie aus irgendeinem Grund nicht benutzen konnte. Er hob seinen Kampfstiefel und zerschmetterte ihm den Schädel mit einem Tritt. Er wischte seinen Stiefel an den Kleidern des toten Infizierten ab und wandte sich dann drei weiteren zu, die auf ihn losstürmten. Der erste fiel, bevor er überhaupt herankam, durch Pavels schallgedämpfte Bizon PPR. Oleg holte aus und enthauptete den nächsten, drehte sich und nutzte den Schwung, um sich auf den dritten zu stürzen. Der flog durch die Luft und landete mit dem Geräusch brechender Knochen hart auf dem Asphalt. Oleg rannte zu ihm, schlug ihm mit einem Schwung seiner Sense den Kopf ab und stieß ihn mit dem Fuß weg. Er sah sich nach weiteren Gegnern um.

Auch Timor und Pavel sahen sich um. Aber da waren keine Infizierten mehr, die auf sie zukamen.

„Sauber!"

„Sauber!"

„Sauber!" rief auch Oleg, während er seine Sense abwischte.

Grigory rief: „Hier hinten auch alles klar." Alle blickten sich noch einmal um, bevor sie ihre Waffen sinken ließen und die Anspannung wich.

Rory ging auf Oleg zu, den Mund offen vor Staunen: „Oleg, du bist ein Monster Killer, wie ein Ritter im Märchen."

Oleg klopfte Rory freundschaftlich auf die Schulter, als er an ihm vorbei zu Timor ging.

„Wie ist der Plan, Boss?", fragte Oleg.

„Ich will sie nach Stary Sobor lenken und verhindern, dass sie die Straße nach Norden nehmen. Wir müssen schnell sein, aber es muss gut aussehen. Der alte Kerl ist schlau und riecht den Braten, wenn es zu auffällig aussieht."

„Also was willst du genau?"

„Oleg, du und Rory schiebt diese Autos auf die Straßen und blockiert sie damit. Es soll aussehen, als seien an dieser Kreuzung viele Autos verlassen worden. Aber stellt die größeren und die Lastwagen auf die nördliche Straße und die kleineren auf die Straße nach Stary. Grigory, du prüfst jeden Wagen, sobald er an seinem Platz steht. Ich will alle Automatikhebel in Parkstellung und alle Tankdeckel geschlossen. Schließt alle Wagen ab, aber schlagt die Scheiben ein. Nehmt alle Schlüssel, die ihr findet. Versteckt die von den Wagen an der Westseite an offensichtlichen Plätzen, unter dem Sitz oder im Handschuhfach.

Die von den Wagen auf der Nordseite versteckt ihr in Häusern, Müllcontainern oder sonst wo, bloß nicht alle an einer Stelle. Falls irgendwelche dieser Autos noch fahren, macht sie unbrauchbar, aber lasst das Benzin im Tank. Ich will, dass sie nur den Bus haben, wenn sie nach Stary kommen. Pavel, du räumst diese Infizierten weg, versteck sie irgendwo. Ihr habt 20 Minuten Männer, bevor wir nach Stary weiter fahren. Ich will, dass bis dahin alles erledigt ist."

Die Männer machten sich an die zugewiesenen Aufgaben. Timor beobachtete die Straße durch sein Fernglas und hielt Ausschau nach dem Bus.

KAPITEL 36

STAROYE

Janiks Fahrt nach Staroye verlief ereignislos. Auf dem Weg fand er einige Autos vor, die er überprüfte. Da sie alle noch zu funktionieren schienen, markierte er sie auf seiner Karte und fuhr weiter. Die Straße war frei von Infizierten und die Sonne schien. Janik genoss einfach nur den Augenblick.

Als er sich Staroye näherte, hielt er an und betrachtete die Ortschaft vor ihm. Die Häuser lagen verstreut an mehreren Straßen und Feldwegen und vor ihm, etwas außerhalb der Ortschaft an der Hauptstraße von Süden, gab es eine Tankstelle. Dort hingen handgeschriebene Schilder an den Zapfsäulen, und obwohl Janik kyrillisch nicht verstand, konnte er sich denken was sie bedeuteten - dass es kein Benzin gab.

Auf der Straße unterhalb der Tankstelle gab es eine Reihe verlassener Autos. Ihre Türen standen offen, Taschen und Koffer waren herausgezerrt worden, der Inhalt lag auf der Straße verteilt. Janik hatte sich die Sachen im Vorbeifahren angesehen und registriert, dass nichts von Wert übrig war – zumindest nichts von Wert in dieser Welt. Es gab iPods, Schmuck, Mobiltelefone aber weder Nahrung, noch Wasser, Munition oder warme Kleidung.

Janik blieb neben einem großen Ural LKW stehen und stellte sein Rad ab. Es war ein großer, gelber Lastwagen mit einer dreisitzigen Fahrerkabine und einer großen

Ladefläche mit Verdeck. Er schlug die Plane zur Seite und sah hinein. Auf jeder Seite gab es eine Holzbank über die ganze Länge, dieser LKW war offensichtlich dafür gedacht gewesen, eine größere Anzahl Menschen zu transportieren. Er stieg ein und sah, dass die Schlüssel steckten. Er versuchte, den Wagen anzulassen. Der Motor orgelte, aber er sprang nicht an. Die Tankanzeige stand auf Leer, aber keine der Warnleuchten auf dem Armaturenbrett brannte – ein gutes Zeichen. Janik markierte ihn auf der Karte, dann kletterte er vom Fahrersitz aus auf das Dach der Kabine.

Das Metalldach fühlte sich heiß an, als er sich hoch zog, aber als er erst einmal oben war, hatte er einen guten Überblick über den Ort. Staroye bestand aus drei Teilen, der mittlere bestand aus einigen gewöhnlichen Häusern, die beiden anderen aus Bauernhöfen. Janik sah, dass alles ruhig war, und dass einige der Haustüren offen standen.

Er musste sich erst einige Minuten umsehen, bevor er merkte, was ihm die ganze Zeit schon seltsam vorkam. Alles war ruhig – gespenstisch ruhig. Er konnte keinen einzigen Infizierten entdecken. Er besah sich alles ganz genau, aber es gab keinerlei Bewegung. An manchen Stellen sah er leblose Körper liegen, auf der Straße oder in Hauseingängen. Noch war allerdings die Entfernung zu groß, um zu erkennen, ob es sich um Menschen oder

217

Infizierte handelte.

„Haaaallllloooo!", rief er. Er sah sich um. Nichts. Alles still, kein Schwarm Infizierter, der auf ihn losstürmte, nur Stille. Er stieg hinunter und sprang auf sein Rad. Vorsichtig fuhr er weiter auf der Hauptstraße und behielt dabei die Umgebung im Auge.

Überall lagen tote Infizierte. Viele waren enthauptet worden, manche hatten ein Einschussloch im Kopf und bei einigen konnte er nicht feststellen, woran sie gestorben waren. Janik fiel auf, dass in alle Türen ein **X** eingeritzt worden war. Auf den Straßen lagen Sachen verstreut und kein Fenster war abgedeckt. Die Fensterläden standen offen, die Gardinen waren zurückgezogen. Er verlangsamte und blieb vor einem der Häuser stehen. Er zog mehrmals an der Türglocke. „Hallo, ist da jemand?" Aber er bekam keine Antwort, alles blieb still.

Er nahm seine Armbrust vom Rücken und schlich zur Eingangstüre. Wie die anderen trug auch sie ein **X**. Neben dem Eingang lag ein Infizierter. Janik stieg über seinen Arm und trat ins Haus. Er bemerkte gleich, dass alle Schubladen offen standen und der Inhalt überall verteilt lag. Links von ihm lag das Wohnzimmer und auch hier war alles durchsucht worden. Am Boden lag ein weiterer toter Infizierter, sein Kopf war nur noch durch ein paar Sehnen mit dem Körper verbunden.

Janik wandte sich nach rechts in die Küche. Alle Küchenschränke waren geöffnet und es war nirgendwo etwas zu essen zu entdecken. Putzmittel, Teller, Tassen – nichts Brauchbares. *Total ausgeräumt*, dachte Janik, als er das Haus verließ und zur Straße zurückging.

Nach einer Stunde und drei weiteren Häusern war er sich sicher, dass das komplette Dorf bereits geplündert worden war. Wer immer das getan hatte war sehr methodisch vorgegangen und hatte nichts Verwendbares zurück gelassen. Janik studierte seine Karte. Da Staroye nun ausfiel, würde er eine andere Ortschaft finden müssen, wo sie ihre Vorräte ergänzen könnten.

In Msta, das etwa anderthalb Kilometer östlich lag, war er bereits gewesen. Obwohl Msta nicht leergeräumt war, wie Staroye, hatte er einige Häuser durchsuchen müssen, um etwas Essbares und Wasser zu finden. Es hatte dort Infizierte gegeben, vielleicht hatte er nur Pech gehabt, oder auch Msta war von jemandem geplündert worden, der allerdings weniger gründlich gewesen war. Auf der Karte sah Janik, dass es nicht allzu weit entfernt zwei weitere Orte gab, einen im Norden und einen im Nordosten. Er konnte vorausfahren und sie ausspähen. So würde er Robert wenigsten eine Alternative anbieten können, wenn sie sich wieder trafen.

Aber welches Dorf sollte er sich ansehen? Im Norden lag Shakovka, im Nordwesten, an einer anderen Straße, Guglovo. Shakovka war grösser und lag näher, Guglovo sah auf der Karte kleiner aus, zudem lag es weiter entfernt. Also wohin? *Du wolltest Verantwortung, jetzt hast du Verantwortung.*

Janik sah sich um. Die Leute, die hier geplündert hatten, waren systematisch und gründlich. Sie hatten kein Haus übersehen. Sie hatten die Türen gekennzeichnet, so dass keine Zeit durch doppelte Durchsuchungen verloren wurde. Die Infizierten waren meist durch Klingen oder stumpfe Objekte getötet worden, es gab nur wenige Einschusslöcher. Janik erkannte, dass sie gut ausgebildet und trainiert waren, und gut geführt wurden. Mit so vielen Männern würde ein kleines Dorf wie Guglovo nicht interessant sein. *Wenn ich die wäre, wäre ich nach Shakovka gegangen. Es ist grösser und liegt näher.* Janik sah auf die Karte. *Ja, da sind sie vermutlich als Nächstes hin. Und darum werde ich nach Guglovo gehen.* Janik packte die Karte ein, sprang auf sein Rad und fuhr los in Richtung Guglovo.

KAPITEL 37

DIE KIRCHENRUINE

Lucas hatte mit der Hitze und seinem Durst zu kämpfen. Er wanderte durch den Wald, über Hügel und durch Täler, ohne auf ein Zeichen von Leben oder eine Ansiedlung zu stoßen. Lucas war oft in der Wildnis unterwegs gewesen, er wusste, wie man überlebte. Aber ohne eine Waffe, ohne Wasserflasche, ohne überhaupt irgendetwas, war er von seinen Aussichten nicht gerade begeistert.

Als er einen weiteren Hügel hinauf wanderte, entdeckte er, dass über der Hügelkuppe die oberste Spitze einer Kirchturmkuppel zu sehen war. Dieser Anblick trieb ihn schneller voran und bald hatte er die Kuppe des Hügels erreicht. Vor ihm lag eine Ebene mit einer Kirche und weiteren Gebäuden, nicht allzu weit entfernt. Lucas lächelte, jetzt hatte er zumindest eine Chance.

Als er jedoch näher kam, schwand sein Lächeln. Er sah Löcher in den Wänden, Pflanzen, die überall wucherten und dann bemerkte er, dass die Kirche kein Dach mehr hatte, nur ein paar verkohlte Balken waren übrig. Und die anderen Häuser sahen nicht besser aus, auch von ihnen waren nur noch Ruinen übrig. Das alles schien bereits vor sehr langer Zeit passiert zu sein. Lucas fluchte. Am liebsten hätte er laut geschrien, aber er wusste, dass das nicht ratsam war und so riss er sich zusammen.

Er ging durch die Ruinen dieses Dorfes und suchte, ob es nicht doch etwas gab, das er gebrauchen konnte. Aber da war nichts. Wenn es hier jemals etwas gegeben hatte, dann war es schon lange fort. Er tröstete sich damit, dass er jetzt wenigstens eine Straße hatte, der er folgen konnte. Er sah links die Straße entlang und bemerkte ein Stück weiter eine kleine Hütte.

Mit neuer Hoffnung rannte er dort hin. Diese Hütte war, im Gegensatz zu den anderen Gebäuden, neu und hatte ein Dach. Sie war im Moment seine größte Überlebenschance. Als er näher kam bemerkte er ein Schild mit kyrillischer Schrift, die er nicht entziffern konnte, und einem Bild der Kirchenruine darunter. Die Türe der Hütte bestand aus mattiertem Glas, ebenfalls mit einem kyrillischen Schriftzug und einem blauen i darüber.

Er versuchte, sie zu öffnen, aber sie war verschlossen. Die Fenster waren ebenfalls geschlossen und die Vorhänge waren zugezogen, so dass er nicht ins Innere sehen konnte. Er umrundete das Haus und fand eine zweite Tür, aber auch sie war verschlossen. Er legte sein Ohr an die Tür und lauschte angestrengt. Drinnen schien alles ruhig.

Er sah sich um, niemand war in der Nähe, weder tot noch lebendig. Er hämmerte ein paar Mal mit den Fäusten an die Türe, dann horchte er wieder. Kein Laut war zu hören. Froh darüber, dass es sicher schien, nahm er eine großen Stein und schlug ein Loch in die Glastür. Dann griff er hindurch, drehte den Türgriff und entriegelte die Tür. Schnell zog er den Arm zurück, stieß die Tür auf und trat ein Stück zurück.

Drinnen war es dunkel und – gottseidank – still. Er versuchte, hinein zu spähen, aber er konnte jenseits des Bereichs, der vom Licht der offenen Tür beschienen wurde, nicht viel ausmachen. Er stand vor der Tür, sah hinein und überlegte, wie er nun vorgehen sollte. Wenn er eine Waffe gehabt hätte, wäre er einfach hineingegangen, hätte die Räume überprüft, alles durchsucht und mitgenommen, was er brauchen konnte. Aber ohne Waffe, und ohne hineinsehen zu können, war er sich unsicher. Das Risiko war hoch. Ein anderer Mann oder ein Infizierter könnten dort drinnen sein, an einer Stelle, die er nicht sah. Er ging zu einem nahen Baum und behielt dabei den Eingang ständig im Auge. Dann griff er nach einem stabilen Ast und zog mit seinem ganzen Geweicht daran, bis er schließlich abbrach. Die Bruchstelle war scharfkantig und er löste noch ein paar weitere Stücke ab, so dass sich eine deutliche Spitze ergab.

Nicht viel, aber besser als nichts, dachte er und ging zurück zum Eingang. Er trat hinein. Es war dunkel und er wartete einen Moment am Eingang, bis sich seine Augen an das Dämmerlicht gewöhnt hatten. Schließlich konnte er Details unterscheiden. Am anderen Ende des Raumes gab es eine hohe Theke, an den Wänden hingen Plakate und es gab Regale mit verschiedenen Souvenirs. Langsam ging er in Richtung der Theke und versuchte, darüber zu spähen, an die einzige Stelle des Raumes, die er nicht sehen konnte. Er nahm eine Kaffeetasse von einem der Regale und warf sie hinter die Theke. Sie fiel scheppernd auf den Boden. Er war zufrieden, dass sich hinter der Theke niemand versteckte. Als er um die Theke herumging, hielt er seinen Ast vor sich gestreckt, bis er dahinter sehen konnte. Abgesehen von einem Stuhl und ein paar Kartons war alles leer. Lucas zog die Vorhänge zurück und Licht flutete in den Raum. Er drehte sich um und öffnete die Tür zum zweiten Raum.

Das Licht reichte nun, um auch dort Details zu erkennen. Er war kleiner als der andere Raum und in der Mitte stand ein runder Tisch mit einigen Stühlen. An einer der Wände gab es eine kleine Teeküche mit Schränken, die an einer Seite ein Spülbecken hatte. Daneben stand ein Kühlschrank. Lucas ging hinein und sah sich um, es gab keine verwinkelten Ecken und der Raum schien leer. Er riss die Vorhänge von einem der Fenster, so dass auch hier Licht hereinfiel. Das machte er auch mit den anderen Fenstern, bald war der Raum in helles Licht getaucht. Der Raum schien eine Kombination aus Umkleide und Küche zu sein, vermutlich für die Fremdenführer, die hier gearbeitet haben mochten. An einer Wand mit einer weiteren Tür stand eine Reihe von Spinden.

Lucas schlich zu dieser Tür, die geschlossen war. Er lauschte, konnte aber dahinter nichts hören. Vorsichtig öffnete er und spähte hinein. Es gab dort eine Dusche und eine Toilette. Er zog den Duschvorhang zurück, aber auch die Dusche war leer. Das Haus war sicher.

Er ging zurück und öffnete den Kühlschrank. Der Gestank verfaulter Lebensmittel traf ihn wie ein Schlag und er zuckte zurück. Mit seinem Stock schob er die verdorbenen Lebensmittel weg und suchte nach etwas Verwendbarem. Es gab nichts, aber wenigstens fand er eine halbvolle Wasserflasche auf die jemand ‚Alex' geschrieben hatte.

„Vielen Dank, Alex", sagte Lucas und leerte sie in einem gierigen Zug. Mit der leeren Flasche ging er zurück in die Toilette und nahm den Deckel vom Spülkasten. Das Wasser war rotbraun vom Rost der eisernen Armaturen, es war nicht trinkbar.

Lucas verbrachte die nächsten zwanzig Minuten damit, das Gebäude zu durchsuchen, aber er fand nicht Nützliches. Mit einem Hammer brach er die Spinde auf, wo er eine Menge Kleidung fand, außerdem Deos und Rasierzeug, aber nichts zu essen und nichts, was ihm das Überleben irgendwie erleichtern würde. In einem der Spinde gab es einen kleinen Rucksack. Er nahm das nutzlose Zeug heraus und steckte seine leere Wasserflasche hinein. An die Wand montiert fand er einen weißen Kasten mit einem roten Kreuz darauf. Er öffnete ihn und steckte auch die darin enthaltenen Bandagen und Tabletten in den Rucksack. Dann nahm er seinen Stock, ging hinaus und schloss die Tür hinter sich.

Lucas ging zurück zur Straße und besah sich die Umgebung. Die Sonne war ein Stück weiter gezogen und alles schien ruhig. Vor ihm lagen die Ruinen und links sah er die Stromleitung, die von der Hütte weg führte. Sie lief einen Hügel hinauf und er konnte nicht sehen, wo sie endete. *Ich kann genauso gut dieser Leitung folgen, schließlich muss eine Stromleitung irgendwo hinführen*, dachte Lucas und begann, den Hügel hinauf zu gehen. Die

Stromleitung machte eine Kurve nach links und Lucas folgte ihr.

KAPITEL 38

DIE ABSTURZSTELLE

Private Barnes hatte sich bereits den ganzen Tag nicht wohl gefühlt. Er hatte leichtes Fieber, aber er gab sich alle Mühe, sich nichts anmerken zu lassen. Ihre Vorgesetzten hatten sie zwar angewiesen, alle Anzeichen von Fieber und alle Bisse sofort zu melden, aber Barnes war aufgefallen, dass diejenigen, die das getan hatten, verschwunden und nie wieder aufgetaucht waren. *Scheisse nochmal*, dachte er sich, *ich sterbe bestimmt nicht hier in diesem russischen Höllenloch.* Barnes saß in einem UH60 Helikopter auf dem Weg nach Hause. *Bleib einfach ruhig, niemand muss erfahren, dass dich einer von denen gebissen hat.* Er sah sich nach der Besatzung um. Da waren der Pilot und der Kopilot, zwei Bordschützen und drei, die hinten saßen. Er war der mittlere von den Dreien und blickte, an Willis vorbei, durch die offene Seitentür.

Überall gab es Rauchsäulen. Kleinere stammten von brennenden Fahrzeugen, die größeren von leichten Geschützen oder Mörsern. Chernarus war verloren und die Oberen hatten endlich entschieden, die Truppen zu evakuieren. Barnes sah unter sich eine verfallene Kirche.

„Praktisch, nicht?", sagte Willis und sah auf dieselbe Kirche. Barnes wollte antworten, aber stattdessen bekam er einen Hustenanfall. Der Anfall wurde immer schlimmer und Willis sah sich zu ihm um.

„Alles in Ordnung, Barnes?", fragte er. Barnes nickte, er konnte nicht mehr aufhören zu husten. Als er seine Hand vom Mund nahm, sah er das Blut.

„Oh Scheisse, er ist infiziert", schrie Willis. Alle sahen Barnes an, der immer mehr Blut aushustete. „Der Mistkerl ist infiziert und hat nichts gesagt", schrie Willis, zog seine Pistole und schoss Barnes in den Kopf.

Das Blut aus der Wunde spritzte durch den Helikopter. Barnes hatte seine Hand auf seinem M4A1 Sturmgewehr und nun, als sie sich im Todeskampf verkrampfte, wurde dadurch der Abzug betätigt. Das Gewehr begann vollautomatisch zu schießen - ein Kugelhagel ergoss sich nach vorne und verwundete den Piloten und den Kopiloten.

Der Helikopter begann sich unkontrolliert zu drehen und verlor schnell an Höhe. „Es ist in meinem Mund, das Blut ist in meinem Mund", schrie Willis.

Einen Monat später ging Willis schwankend durch eine Wiese, unweit des Wracks an der Absturzstelle. Seine Kleidung war von Blut verkrustet. Er war das eines Bordschützen und das von Barnes gewesen, denn an beiden hatte er sich genährt, nachdem er der erste gewesen war, der sich verwandelt hatte. Der Pilot und der Kopilot wankten auf die gleiche Weise umher. Ihre Helme hatten sie immer noch auf. Nicht weit davon entfernt ging einer der Soldaten, der sich ebenfalls verwandelt hatte. Ein Stück weiter lagen die Überreste einer Kuh, die der Absturzstelle zu nahe gekommen war.

Janik beobachtete die Infizierten durch sein Fernglas. Die Absturzstelle lag auf freiem Feld, etwas südlich von Guglovo, und Janik hatte sie auf seinem Weg dorthin entdeckt. Die infizierte Mannschaft patrouillierte noch immer um das Wrack. Janik konnte am Wrack nichts Brauchbares entdecken. Er wollte gerade sein Fernglas senken, als er auf der anderen Seite der Lichtung eine Bewegung wahrnahm, ein ziemliches Stück hinter der Absturzstelle. Zuerst nahm er an, es sei ein weiterer Infizierter, als die Gestalt plötzlich stehen blieb. Es war zu weit, um es genau zu erkennen, aber Janik schien es, als hätte er die Hand gehoben, um seine Augen vor der Sonne zu schützen.

Oh Mist, das ist ein Mensch. Als ihm das klar wurde stieß er sein Rad um und huschte in den Schutz naher Bäume. Er hob das Fernglas und beobachtete, wie der Mann begann, in Richtung der Absturzstelle zu gehen. Es war immer noch zu weit, um zu erkennen, wer das sein mochte, und so wartete Janik ab und versteckte sich so gut wie möglich zwischen den Bäumen.

Lucas blieb stehen und hob die Hand über die Augen. Er war sich nicht ganz sicher, aber dort in der Ferne schien das Wrack eines Helikopters zu liegen. Er konnte Bewegung um die Stelle sehen, aber er war sich ziemlich sicher, dass es nur Infizierte waren. Tief gebückt schlich er näher heran.

Janik sah, wie der Mann gebückt immer weiter in Richtung des Wracks schlich. Noch immer konnte er nicht erkennen, wer das war.

Als Lucas nicht mehr weit entfernt war, sah er, dass dort vier Infizierte herum streiften, zwei von ihnen trugen Pilotenhelme. „Verdammt", fluchte er, „warum kann es nicht auch mal leicht sein." Er schlich langsam zum Helikopter. Noch näher am Wrack versuchte er, eine Position zu finden, von der aus er sehen konnte, ob es drinnen etwas gab, das er brauchen konnte.

Janik beobachtete, wie der Mann um das Wrack herum auf die andere Seite schlich. Der Mann verschwand aus seinem Sichtfeld. Er überlegte, ob er seine Position wechseln sollte, um besser sehen zu können. Aber weil er dann seine Deckung hätte aufgeben müssen, entschloss er sich, lieber darauf zu warten, bis der Mann wieder auftauchen würde.

Lucas schlich in einiger Entfernung weiter um das Wrack herum, aber er konnte nicht erkennen, ob im hohen Gras am Boden etwas Verwendbares lag. An der Seite des Rumpfes sah er die Reste einer aufgemalten amerikanischen Flagge. *Oh Mann, das ist ein Militärhubschrauber. Da muss doch etwas drin sein.* Er legte sich auf den Bauch und kroch durch das hohe Gras, direkt zum Wrack.

Janik beobachtete das Wrack, aber er konnte den Mann nicht mehr sehen, und außer den Infizierten nahm er auch keinerlei Bewegung wahr. Er sah herum, aber es sah nicht so aus, als ob noch jemand in der Nähe war. Weil das Gras so hoch war, entschied er sich, doch näher heran zu gehen. Er behielt das Wrack im Auge und schlich geduckt darauf zu, bereit sich sofort ins Gras fallen zu lassen, sobald er den Mann sehen würde.

Lucas war nun so nahe, dass er hören konnte, wie die schlurfenden Schritte der Infizierten das Gras streiften. Er richtete sich langsam auf und vor ihm stand der Infizierte Willis. Reflexartig rammte er seinen angespitzten Stock in Willis' Kopf. Willis fiel ohne einen Laut um. Lucas tastete Willis ab, aber er fand keine Pistole. Immerhin waren da ein paar Magazine, die Lucas in seinen Rucksack steckte. Dann ließ er sich wieder ins Gras gleiten und kroch weiter auf das

Wrack zu.

Janik hielt nach dem Mann Ausschau, aber er konnte ihn nirgends entdecken. Er war nun etwa 100 Meter von dem Wrack entfernt und spähte durch das Gras. Er sah die Rotorblätter des Helikopters und einen Infizierten, der vorbeiwankte, aber kein Zeichen von dem Mann. Janik nahm seine Armbrust von der Schulter und sah durch das Visier.

Als Lucas schon ganz nahe war, sah er einen toten Mann, der im Inneren, noch immer angeschnallt, in der Mitte auf der Bank saß. In den Händen hielt er ein M4A1 Sturmgewehr. *Jackpot*, dachte Lucas und kroch weiter. Durch das Wrack konnte er zwei der Infizierten sehen, aber er hatte keine Ahnung, wo sich der dritte befand. Langsam kroch er dicht an das Wrack heran und griff ins Innere. Er streckte sich, bekam den Schulterriemen des Gewehrs zu fassen und zog daran. Die Hände des Toten hatte es immer noch umklammert und so zog er stärker, um es ihm aus den Händen zu winden. Aber einer der Finger des Toten verklemmte sich am Abzug und das Gewehr begann zu feuern.

Janik ging sofort in Deckung, als er die Schüsse aus dem Helikopter hörte. Er spähte durch das Visier seiner Armbrust und sah, dass die Infizierten auf das Geräusch zustürmten.

„Oh Scheisse", rief Lucas. Durch den Rückschlag rutschte das Gewehr außer Reichweite. Er sah den infizierten Piloten, der genau auf ihn zukam. Er griff nach seinem Stock am Boden und rammte ihn dem Piloten ins Gesicht. Der Stock brach, als er an die Rückseite des Helms stieß, und der Pilot fiel um. Lucas sah auf seinen Stock, er hatte jetzt nur noch einen stumpfen Knüppel anstatt einer Spitze. Von links kam der Kopilot auf ihn zugestürzt und Lucas schlug mit dem zerbrochenen Stock nach ihm. Er traf den Helm und der Schwung warf den Infizierten zu Boden, aber der Helm hatte ihn vor Verletzungen geschützt. „Fuck", rief Lucas als er in das Wrack kletterte und nach dem Gewehr griff.

Janik sah immer noch durch sein Visier, als er Lucas in dem Wrack erkannte, der dort versuchte, an das Gewehr zu kommen. Lucas hatte nicht bemerkt, dass der letzte Infizierte von hinten um das Wrack herum gekommen war und nun von Janiks Seite aus auf ihn losging. Janik stand auf und nahm den Infizierten ins Visier. Als er ihn erfasst hatte drückte er den Abzug.

Lucas hörte einen dumpfen Laut. Als er hoch sah, stand ein Infizierter über ihm, aus dessen Kopf der Bolzen einer Armbrust ragte. Der Infizierte sank zusammen und gab den Blick auf Janik frei, der hinter ihm im Gras stand. Lucas lächelte und hob das Gewehr auf, als auf der anderen Seite der infizierte Kopilot in das Wrack kletterte. Er warf sich herum, drückte das Gewehr an die Schulter und drückte ab. Da die Waffe immer noch auf Vollautomatik gestellt war, zuckte der Körper des Kopiloten unter den Einschlägen der Kugeln, die durch den Rückschlag nach oben auslaufend, zuerst in der Brust, dann im Hals und schließlich in der linken Gesichtshälfte einschlugen. Als er umfiel drückte Lucas immer noch den Abzug, aber es kam nur noch ein Klicken – das Magazin war leer. Lucas ließ sich rücklings auf den Boden der Kabine sinken und betrachtete, wie sich der auf dem Kopf stehende Janik näherte.

„Was für ein Anblick für meine entzündeten Augen", sagte er zu Janik.

„Lucas. Bin ich froh, dass du aus Elektro rausgekommen bist."

„War ziemlich eng."

„Die anderen werden sich riesig freuen, dich zu sehen", sagte Janik.

„Gut, das heißt sie haben es auch geschafft."

„Ich bring dich zu ihnen. Aber lass uns erstmal sehen,

was wir hier drinnen noch finden", Janik streckte Lucas die Hand hin und half ihm hoch.

KAPITEL 39

GUGLOVO

Janik und Lucas waren gerade dabei, Guglovo zu durchsuchen, als sie den Bus hörten. Das Wrack des Helikopters hatte sich als sehr ergiebig erwiesen. Janik hatte nun eine M4A1 CCO SD, eine schallgedämpfte Version des Sturmgewehrs, das den Absturz verursacht hatte, während Lucas ein M107 Scharfschützengewehr gefunden hatte. Die M107 war als .50 cal für den Einsatz gegen Fahrzeuge und Helikopter gedacht, ein Schuss konnte einen Motorblock zerstören und drang, auch durch leichte Panzerung, bis zum Fahrer eines Wagens durch. Allerdings hatte er nur ein einziges Magazin mit zehn Schuss 12.7x99mm Munition. Deshalb behielt er sie am Rücken und trug stattdessen das normale M4A1 Sturmgewehr.

Guglovo war ein kleines Dorf. Es lag an einem Feldweg, der in flachem Bogen von der Hauptstraße abzweigte, um sie hinter dem Dorf wieder zu treffen. Janik schaltete die Infizierten mit seiner Armbrust aus, während Lucas ihn mit seinem Sturmgewehr deckte. Sein schallgedämpftes Sturmgewehr hätte Janik die Sache leichter gemacht, aber sie hatten entschieden, dass es besser sei, die Munition dafür zu sparen. Glücklicherweise befanden sie sich gerade in einem Haus, das sie nach Nahrung und Wasser durchsuchten, als sie das Motorengeräusch des Busses auf der Hauptstraße hörten.

Beide hielten sofort inne und spähten aus dem Fenster zur Hauptstraße, von wo das Geräusch kam.

„Haben unsere Leute einen Lastwagen in Gang gebracht?", fragte Lucas.

„Bei Staroye war ein Ural, ich hab ihn gesehen. Aber sie können unmöglich schon dort gewesen sein", antwortete Janik und sah aus dem Fenster. Lucas spähte aus einem anderen Fenster, auf das freie Feld hinter Guglovo. Aber alles, was er sah, war die Absturzstelle mit dem Helikopterwrack.

„Da", rief Janik, „da kommt was die Straße rauf." Er zeigte auf einen entfernten Punkt. Lucas sah aus demselben Fenster und sah den näherkommenden Bus, der eine kleine Staubwolke hinter sich herzog. „Mist, es ist ein Bus."

„Diesen Bus hab ich schon mal gesehen. Es sind Shutov und die Banditen. Ich hab dir doch erzählt, wie sie fast von den Soldaten überfallen worden wären."

„Was machen wir jetzt?", fragte Janik.

„Wir bleiben außer Sicht und warten, bis sie vorbei sind."

„Zu spät, die werden schon langsamer!", rief Janik aus.

„Verdammter Mist", sagte Lucas, legte seine M4A1 hin und nahm die M107.

Vuk entdeckte das Wrack des Helikopters zuerst, als der Bus Richtung Guglovo fuhr. Er erwartete immer noch einen Hinterhalt, deshalb starrte er angestrengt aus dem Fenster, auf der Suche nach einer möglichen Bedrohung. Shutov wollte nicht anhalten, aber nachdem Vuk ihn davon überzeugt hatte, dass es eine Militärmaschine war, ließ er stoppen.

Dieses Mal waren alle wachsam, als sie den Bus verließen. Sie hielten die Gewehre im Anschlag und sahen sich nach möglichen Bedrohungen um. Shutov wies ihnen ihre Aufgaben zu, als auch er ausstieg.

„Butcher, Sam, geht nach vorne und sichert nach Norden und Westen. Passt auch auf Infizierte aus dem Dorf auf. Luther, Harrison, ihr sichert nach Süden und Osten. Vuk, Alejandro, ihr kommt mit mir zur Absturzstelle. Ich will, dass ich euch alle konzentriert und jedes mögliche Ziel meldet. Lasst uns keine Zeit verlieren, wir sind hier ziemlich ungeschützt." Shutov prüfte seine CZ550 und ging los zum Wrack, während sich die anderen verteilten.

Janik und Lucas beobachteten sie aus dem Haus. "Denkst du die wissen, dass wir hier sind?", fragte Janik.

"Nein, sie gehen zum Wrack. Was denkst du, wie weit sie entfernt sind?"

"Zwei- oder dreihundert Meter, wieso?", antwortete Janik.

Lucas stelle sein Zielfernrohr auf 300 Meter ein: "Wir können das jetzt und hier beenden."

"Lucas nicht, du kannst sie doch nicht einfach erschießen."

"Und wieso nicht. Die würden mit uns das gleiche tun. So haben sie es mit Mitch gemacht. Ich habe ihn raus geschickt um mit ihnen zu reden und sie haben ihn einfach erschossen."

"Aber das ist nicht deine Schuld. Du hast ja nicht abgedrückt."

"Stimmt, aber diesmal drücke ich ab", Lucas sah, wie Shutov am Wrack stehen blieb. Er hatte ihn genau im Visier und sein Finger klopfte sachte an die Seite des Gewehrs, bereit den Abzug zu drücken.

Shutov sah zu, als Vuk und Alejandro das Wrack durchsuchten. "Alle tot", rief Vuk.

"Wie lang schon?", fragte Shutov.

"Bei den Infizierten kann ich das nicht sagen. Aber der Kerl, dem der halbe Kopf fehlt und der halb aufgefressene Bordschütze sind schon lange tot", antwortete Vuk, während Alejandro aus dem Wrack kletterte.

"Nichts drin, Sir", sagte Alejandro als er wieder draußen stand. "Gut, dann gehen wir zurück zum Bus", sagte Shutov.

Lucas hatte Shutov immer noch im Visier, während Janik auf ihn einredete.

„Hör zu, ich will genauso so sehr wie du, dass sie tot sind. Aber nicht so. Nicht durch einen kaltblütigen Mord."

„Ach Scheisse, diese Regeln zählen hier draußen nicht."

„Na gut, aber was ist mit gesundem Menschenverstand? Jeder Schuss macht uns zu einem Ziel für die anderen und für alle Infizierten in der Nähe. Das ist Selbstmord. Sie sind in der Überzahl und sie haben mehr Gewehre. Willst du, dass wir in diesem Kaff unser letztes Gefecht führen, bloß wegen deiner Rache?"

„Hast wohl Angst draufzugehen", spottete Lucas.

„Allerdings. Wieso - hast du keine?", antwortete Janik.

Shutov und die anderen Männer gingen zurück zum Bus.

„Siehst du, sie hauen ab. Lass sie fahren und lass uns die Chance zum Überleben."

Die Banditen stiegen wieder ein und Sam schloss die Türen. Er startete den Bus und fuhr weiter, an Guglovo vorbei. Vuk sah zum Dorf hinüber, wo er einige Infizierte ausmachen konnte. Aber er sah keine verlassenen Fahrzeuge.

Sobald sie weg waren, stürzte Janik hinaus und sprang auf sein Fahrrad.

„Wo willst du hin?", fragte Lucas.

Ich fahre ihnen nach und finde raus, wohin sie fahren. Geh' du einfach auf der Hauptstraße in die andere Richtung. Nach zwei Kilometern kommt ein Ort namens Staroye. Dort gibt es keine Infizierten mehr, du wirst also problemlos durchkommen. Warte an der Tankstelle auf der anderen Seite auf Robert und die Gruppe. Erzähl Robert von dem Ural unweit der Tankstelle, der sollte das Ding eigentlich in Gang kriegen. Dann sollen alle hierher nach Guglovo fahren und das Nachtlager aufschlagen. Ich komme hierher zurück. Falls ihr bei Sonnenuntergang noch nicht da sein solltet, fahre ich weiter nach Staroye."

„Verstanden. Wirst du zurechtkommen?", fragte Lucas.

„Mach dir um mich keine Gedanken. Ich komme zurecht." Er radelte los, blieb aber stehen und wandte sich um: „Lucas, danke dass du vorhin nicht geschossen hast."

Lucas nickte und Janik nickte zurück, bevor er die Straße hinunterfuhr, dem Bus der Banditen hinterher.

KAPITEL 40

GUTE NACHT NOVY

Als Janik die Banditen einholte, steckten sie in Novy Sobor fest. Timors Plan, sie aufzuhalten, hatte funktioniert. Sie waren damit beschäftigt, die Straße frei zu räumen und Benzin aus den Autos abzulassen. Den Bus hatten sie weiter hinten geparkt und Janik beobachtete, wie die Männer die verlassenen Fahrzeuge durchsuchten, während Shutov, Alejandro und Vuk über eine Karte gebeugt waren, die sie auf einer der Motorhauben ausgebreitet hatten. Janik hatte sich zwischen einigen Bäumen versteckt. Er wünschte, er würde hören können, was sie besprachen.

Shutov zeigte mit dem Finger auf die Stelle in Novy Sobor, an der sie sich befanden.

„Also, von hier können wir entweder in nördlicher oder in westlicher Richtung zum Flugplatz fahren."

„Aber mit den ganzen Autos im Weg geht im Moment weder das eine noch das andere", unterbrach ihn Alejandro.

„Ich will, dass sie weggeräumt werden. Was dauert da so lang?"

„Sie machen ja so schnell sie können."

„Nicht schnell genug. Wir müssen heute Abend am Flugplatz sein."

„Ist das machbar, Sir", fragte Vuk.

„Wenn ich es sage, dann ist es machbar", antwortete Shutov barsch.

„Alles ist irgendwie machbar. Aber wieso diese Eile?",
sagte Vuk. „Ein weiterer Tag macht keinen großen
Unterschied, aber hält uns womöglich am Leben. Schau dir
diesen Ort an, er ist sicher. Es gibt Häuser, wir sehen sofort,
wenn sich jemand nähert. Außerdem ist es schon später
Nachmittag. Zum Flugplatz werden wir es bis zum Abend
nicht schaffen."

„Du willst also, dass wir hier bleiben?", fragte Shutov
herausfordernd.

„Ich will nur die Möglichkeiten aufzeigen. Wir können
weiter fahren oder bleiben. Am Ende ist das deine
Entscheidung. Ich meine nur, es gibt viele Unsicherheiten,
wenn wir weiter fahren und weniger, wenn wir bleiben."

Alejandro sah sich um und schätzte die Umgebung ab.

„Der Platz hier ist nicht schlecht. Wir könnten heute
Nacht in der Scheune neben dem langen Stall dort drüben
schlafen. Die Einzäunung sieht ganz in Ordnung aus, die
würde die Infizierten abhalten", sagte Alejandro.

„Außerdem hätten wir dann Zeit, das ganze Benzin aus
den Autos zu holen und den Bus zu betanken. Womöglich
finden wir sogar genug, dass wir direkt zum Flugplatz
fahren können und unterwegs nicht mehr anhalten
müssen." Vuk sah auf die Karte: „Auf diesem Weg sollten
wir morgen am späten Nachmittag dort sein." Er zeichnete
mit dem Finger eine Route nördlich von Novy: „Auf diesen
Feldwegen würden wir zwar langsamer voran kommen, aber
es wäre sicherer, weil wir nur durch eine einzige Ortschaft
müssten."

„Aber wieso nach Norden fahren, wenn es Richtung
Westen viel schneller geht?", fragte Shutov.

„Weil es im Norden weniger Möglichkeiten für einen
Hinterhalt gibt."

„Ich sage es gibt mehr Möglichkeiten, nicht weniger.
Schau dir an, wie bewaldet die Gegend da ist. Der letzte
Hinterhalt war auch in so einer Gegend. Ich stimme zu, dass
wir hier übernachten, aber morgen fahren wir nach Westen.
Durch Stary Sobor und Kabanino und dann direkt zum
Flugplatz. Wir werden auf der Startbahn zu Mittag essen."

„Wenn du es sagst. Du bist schließlich der Boss", sagte Vuk und hob die Hände.

„Freut mich, dass du das nicht vergessen hast. Alejandro, sieh dir den Stall und die Scheune an. Ich will, dass das Gelände jetzt gleich gesäubert und gesichert wird, damit wir ein Lager aufschlagen können. Vuk nimm dir Sam und durchsucht die Häuser. Seht zu, ob ihr noch mehr Essen findet, und Möbel als Brennstoff für das Feuer."

Janik saß in seinem Versteck in den Hügeln und beobachtete die Banditen, bis es zu dämmern anfing. Er sah, wie die Autos zur Seite geschoben wurden, nachdem man das Benzin abgezapft hatte und auch, wie der Bus neben der Scheune geparkt wurde und die Männer die Vorräte ausluden und in die Scheune schleppten. Nachdem er sich sicher sein konnte, dass sie dort die Nacht verbringen würden, stieg er auf sein Fahrrad und fuhr zurück in Richtung Staroye, um alles zu berichten, was er beobachtet hatte.

KAPITEL 41

LUCAS WIRD MISSTRAUT

Als Lucas durch die unheimliche Stille in Staroye schritt, wurde er immer nervöser. Obwohl es noch hell war, lagen Teile der Häuser schon im Dämmerlicht der immer länger werdenden Schatten. Beim Geräusch eines rostigen Tores fuhr er zusammen. Aber es hatte sich nur im Wind bewegt. Lucas versuchte, sich zu beruhigen. Aber er hatte vorher noch nie so eine tote Stadt gesehen. Kein Leben. Keine Infizierten. Nur der Wind und all die toten Körper. Meistens waren es Infiziere, aber einige davon waren auch Menschen, allerdings waren die schon ziemlich verwest.

Er versuchte, in die Fenster der Häuser zu schauen, als er die Hauptstraße hinunter ging. Aber drinnen war es dunkel und er bekam das Gefühl, dass Infizierte in von dort beobachteten und auf ihn warteten. Ein Stück voraus, kurz hinter dem Dorf, sah er die Tankstelle mit der Reihe verlassener Fahrzeuge auf der Straße, wie Janik es ihm beschrieben hatte. Er war nun am Treffpunkt, aber er konnte niemanden sehen.

„Lucas, ich komme jetzt raus", rief eine Stimme vor ihm. Yuri trat hinter einer grob aufgehäuften Barrikade hervor, die die Hälfte der Straße versperrte.

„Yuri!", rief Lucas erleichtert. Yuri hob seine Hände zum Zeichen, dass er unbewaffnet war.

„Wie du siehst bin ich unbewaffnet. Jetzt möchte ich, dass du deinen Rucksack abnimmst und ihn auf den Boden legst, Lucas. Dann will ich, dass du deine Gewehre daneben legst und zurück trittst", sagte Yuri und trat ganz auf die Straße hinaus, die Hände immer noch erhoben.

„Yuri, zu Hölle. Ich tu dir doch nichts", rief Lucas verwirrt.

„Ich weiß das, aber du musst es den anderen auch zeigen", sagte Yuri und gab einen Pfiff von sich. Rund um Lucas erschienen nun die Männer aus ihren Verstecken, alle waren bewaffnet und hatten ihre Gewehre auf ihn gerichtet. Lucas kannte sie alle und er war froh, als er sah, dass einige ihn auch aus den Häusern heraus beobachteten.

„Also denkt ihr, ich gehöre jetzt zu denen?", fragte Lucas.

„Nun, du warst für einige Tage verschwunden und das letzte, was wir von dir gesehen haben, war dass dich Shutov und seine Banditen in Elektro umzingelt hatten. Jetzt bist du plötzlich wieder da und schwer bewaffnet. Wir kommen hier an und finden den Ort ohne Leben vor. Du musst verstehen, dass wir nun argwöhnisch sind. Ich bin sicher, dass du das alles erklären kannst, aber nun musst du uns erstmal vertrauen."

„Ist gut, ist gut. Beruhigt euch mal alle. Ich mach' ja, was ihr wollt. Ich lege als erste meinen Rucksack hin", rief Lucas und sah die Männer an, die auf ihn angelegt hatten.

„Langsam", befahl Robert, „leg ihn auf den Boden."

Lucas nahm behutsam seinen Rucksack ab und legte ihn vor sich auf den Boden.

„Jetzt das Gewehr", sagte Yuri.

Lucas hielt seine M4A1 vor sich.

„Ich nehme jetzt das Magazin raus. Bleibt alle ruhig", sagte Lucas. Er richtete den Lauf nach unten und nahm das Magazin heraus, dann legte er beides auf den Boden. Dasselbe machte er auch mit seiner M107 und trat dann ein paar Schritte zurück.

„Gut", sagte Robert, „jetzt können wir uns vernünftig unterhalten." Er legte sein Gewehr weg und trat nach vorn. „Ich entschuldige mich für unser Misstrauen, aber wir vermissen einen Mann und man kann nicht vorsichtig genug sein."

„Janik, ich weiß", sagte Lucas.

„Was weißt du?", fragte Yuri.

„Er hat mich hierher, zu dem Treffpunkt mit euch geschickt. Er ist noch unterwegs und späht die Banditen aus."

„Die waren hier?"

„Nein. Im nächsten Dorf, in Guglovo. Von da komme ich gerade. Shutov und die Banditen sind mit ihrem Bus durchgefahren. Janik hat sie mit dem Fahrrad verfolgt und mir aufgetragen, euch alles zu erzählen."

„Wie können wir dir trauen? Woher wissen wir, dass das alles hier keine Falle ist?", fragte Robert.

„Yuri hat doch vorhin von Vertrauen gesprochen, jetzt müsst ihr mir eben auch ein bisschen vertrauen", lächelte Lucas. „Es wird langsam dunkel. Lasst mich euch alles erzählen, während wir diesen gelben Ural zum Laufen bekommen. Wir sollten noch vor Sonnenuntergang in Guglovo sein."

Lucas ging zurück zu seinem Rucksack und den Gewehren: „Kann ich das Zeug jetzt wieder aufheben?"

Robert sah die Männer fragend an und alle nickten zustimmend.

„Sicher, wir trauen dir."

Yuri ging zu Lucas, umarmte ihn und küsste ihn auf beide Wangen.

„Ich glaube mir hat's besser gefallen, als noch die Gewehre auf mich gerichtet waren", scherzte Lucas.

„Lucas, ich will alles darüber wissen, wie es dir ergangen ist. Aber vorher möchte ich dir danken. Wir alle danken dir. Du hast uns in Elektro gerettet. Wie können wir dir das jemals vergelten?"

„Was zu essen wäre schön. Ich muss zugeben dass ich ziemlich hungrig bin."

„Du bekommst ein Festmahl", erklärte Yuri.

„Na ja, ein Festmahl aus Bohnen und Sardinen", korrigierte Alfie.

„Im Moment ist das für mich ein Festmahl", sagte Lucas.

„Hah, dieser Mann hat wirklich Hunger!", scherzte Yuri, fasste Lucas um die Schultern und ging mit ihm zur Tankstelle und dem gelben Ural.

KAPITEL 42

VERRAT

Der Doc wusste, dass ihm nun wieder eine schlaflose Nacht bevorstand. Er hatte seine Wache beendet, als Pablo ihn abgelöst hatte, und nun versuchte er einzuschlafen, aber es gelang ihm nicht. Während seiner ganzen Schicht, als er die Straße beobachtet hatte, die nach Novy Sobor zu den Banditen führte, hatte er über das nachgedacht, was er gehört hatte. Nun, da seine Schicht vorüber war, wollte er es abstellen, aber er konnte nicht. Die Geräusche der Männer, die um ihn herum fest schliefen, halfen ihm auch nicht dabei. Schließlich gab er es auf und ging hinaus, um frische Luft zu schnappen und hoffentlich den Kopf frei zu bekommen.

Janik war kurz nach Sonnenuntergang nach Guglovo zurückgekommen, gerade als sie damit fertig waren, das Dorf zu säubern. Der Doc hatte vorgeschlagen, einen der Infizierten am Leben zu lassen, damit er ihn untersuchen konnte, aber die anderen erhoben Einspruch. „Alles was wir wissen müssen, ist wie man sie umlegt", war Yuris Antwort.

Als alle sich für die Nacht eingerichtet hatten, wechselte der Doc den Verband an Roberts Arm. Die Wunde war sauber und es gab keinerlei Zeichen einer Infektion. Es schien ihm, als ob Robert sie Sache überstanden hatte. Robert dankte ihm nicht einmal, sie studierten einfach weiter ihre Karten und sprachen über Janiks

Beobachtungen.

Der Doc ließ sich Zeit, damit er hören konnte, was Janik erzählte. Janik berichtete, wie gut die Banditen anscheinend zurechtkamen, und dem Doc schien, dass sie geschickter seien, als seine eigenen Gruppe. Janik erzählte, welche Waffen sie hatten, wie sie die Kontrolle über Novy Sobor übernommen hatten und über ihre Ausrüstung, wie Zelte und Schlafsäcke. Der Doc selber musste sich auf dem blanken Boden eines Hauses zwischen zwei Männer quetschen, mit nichts weiter als einer alten Decke, um sich warm zu halten. Robert hatte darauf bestanden, dass sie keine Feuer anzünden sollten, weil Rauch und Licht vielleicht Aufmerksamkeit auf sich ziehen würden.

Der Doc sah die Straße Richtung Novy Sobor hinunter und dachte an das Gespräch zwischen Robert und Janik. Roberts Plan war es, den Banditen aus dem Weg zu gehen. Er wollte nach Norden und die Banditen nach Westen abziehen lassen. Niemand wusste, was auf dem Flugplatz war, aber Robert hatte entschieden, es den Banditen zu überlassen. Die anderen Männer sprachen darüber, dass sich am Flugplatz die letzten Menschen versteckten und dass dort Flugzeuge landeten, um sie auszufliegen. Der Doc wusste nicht, ob das stimmte. Aber die Banditen taten alles, um schnellstmöglich dorthin zu gelangen, also musste es etwas geben, das der Mühe wert war.

Als Janik alles erzählt hatte, bot er an, zurück zu fahren und die Banditen während der ganzen Nacht zu beobachten. Robert war beeindruckt, aber er bestand darauf, dass Janik jemanden mitnehmen sollte. Janik entgegnete, dass es nur ein Fahrrad gäbe und er alleine besser vorwärts käme. Er erklärte, dass er sich nicht in Gefahr bringen würde und nichts anderes vorhatte, als von einem Hügel aus zu beobachten. Er würde sich zwar nicht ausruhen können, aber dafür würden sie wissen, was die Banditen vorhatten. Schließlich stimmte Robert widerstrebend zu und Janik fuhr mit etwas Nahrung und Wasser in die Nacht hinaus.

Nur dass der Doc Janik nicht traute. Er war scheinbar versessen darauf, hinaus zu fahren und die Banditen zu ‚beobachten'. Spielte er beide Seiten gegeneinander aus? Hatte er vor, sich den Banditen anzuschließen, damit sie ihn zum Flugplatz mitnahmen? Was wusste Janik, von dem er niemandem erzählt hatte? Der Doc hatte diese Fragen nie laut ausgesprochen, aber sie nagten an ihm. Die Überlebenden hatten Wachtposten zu beiden Seiten des Dorfes aufgestellt, daher würde es schwierig sein, sie während der Nacht anzugreifen. Und was hätten die Banditen auch von solch einem Angriff? *Wir haben kaum was zu essen, ein wildes Sammelsurium an Waffen und einen schrottreifen alten Ural. Selbst wenn die Banditen wüssten, dass wir hier sind, würden sie uns vermutlich ignorieren und lieber ein lohnenderes Ziel wählen, wie den Flugplatz.*

Der Doc vermutete, dass es Janiks Plan war, sich in der Nacht den Banditen anzuschließen und am Morgen mit ihnen weiter zu fahren. Und das schien ihm kein schlechter Plan. Es würde am Morgen Stunden dauern, bis Fragen gestellt würden. Sie würden langsam bis Novy vordringen, nur um festzustellen, dass die Banditen fort waren und von Janik keine Spur. Und da Robert darauf bestand, den Banditen auszuweichen, würde Janiks Verrat nie entdeckt werden. Man würde andere Erklärungen für sein Verschwinden suchen – ein Infizierter hat ihn erwischt, er ist gestürzt und hat sich das Genick gebrochen, nur nicht die Erklärung, die für den Doc offensichtlich schien.

Er sah sich um, plötzlich war es ganz still geworden. Es war dunkel und er merkte, dass er, in seine Gedanken versunken, bereits ein ganzes Stück auf der Straße nach Novy Sobor gegangen war. Er drehte sich um und sah nach Guglovo zurück, aber das Dorf war verschwunden, als ob es sich in Luft aufgelöst hätte, so dunkel war es. Alles, was er sah, war die Straße, die vor ihm lag. Die Straße bedeutete die Rettung, sie war sein Weg hier heraus.

Er mochte seinen Marsch nach Novy Sobor unbewusst angetreten haben, aber er würde ihn beenden im vollen Bewusstsein darüber, was er tat. *Zur Hölle mit den*

Überlebenden und ihren Plänen, davonzulaufen und sich zu verstecken. Er würde leben. Er würde sich der stärkeren Gruppe anschließen und hier heraus kommen. Er ging weiter die dunkle Straße entlang, mit nichts weiter als den Kleidern, die er am Leib und dem Hass, den er im Herzen trug.

Janik war überrascht, wie sorglos die Banditen vorgingen, während er sie in dieser Nacht beobachtete. Wieder entzündeten sie Feuer, um eine Sicherheitszone auszuleuchten, dieses Mal entlang der Scheune. Zwei Männer, die alle zwei Stunden abgelöst wurden, bewachten ständig diese Zone. Janik hatte mit seiner Müdigkeit zu kämpfen und als die Dunkelheit weniger undurchdringlich wurde und das Morgengrauen sich ankündigte, musste er sich ein paar Mal mit der Hand ins Gesicht schlagen, um nicht einzuschlafen.

Er beobachtete die Straße und sah eine Gestalt, die ohne erkennbare Waffen in Richtung Novy Sobor marschierte. Die Gestalt war noch zu weit entfernt, als dass die Banditen sie sehen konnten, aber von Janiks Beobachtungspunkt konnte man sie gut erkennen. Er blickte durch sein Fernglas und war verblüfft, als er den Doc erkannte. Ohne Rucksack und ohne Waffe ging er dort die Straße entlang, als stünde er unter Schock. *Mist, da ist was Schlimmes passiert*, dachte er bei sich. Schnell packte er seine Sachen zusammen und fuhr den Hügel hinunter zum Doc.

Der Doc hörte das Fahrrad und wandte sich zu Janik, der auf ihn zukam. Er blieb stehen und winkte, er wirkte ein wenig kleinlaut.

„Was ist passiert?", fragte Janik und sprang vom Rad.

„Bring mich zu den Banditen. Wo sind sie?"

„Ich hab sie die ganze Nacht beobachtet. Sie sind immer noch da. Wurden die Anderen angegriffen?"

„Nicht dass ich wüsste."

„Aber was machst du dann hier?", fragte Janik verwirrt.

„Was machst *du* hier?", fragte der Doc zurück.

„Überwachung. Hat Robert dich geschickt um nach mir zu sehen?", fragte Janik.

„Oh Janik, komm schon. Mach mir doch nichts vor."

„Ich verstehe nicht, was du meinst. Aber wir müssen in Deckung gehen."

„Na sicher, wir wollen ja nicht, dass deine Freunde uns sehen."

„Hast du jetzt komplett den Verstand verloren?"

„Ich weiß, dass du mit denen zusammenarbeitest. Ich weiß, dass du heute mit ihnen zum Flugplatz fährst. Sieh mal, ich verurteile dich ja nicht, du handelst klug. Ich will einfach nur mitkommen."

„Doc, ich habe keine Ahnung, was du zu wissen glaubst. Aber ich arbeite nicht mit den Banditen zusammen. Ich bin hier, um sie zu beobachten und zu sehen, ob wir etwas Neues erfahren können."

„Eine Aufgabe, für die dich praktischerweise sofort freiwillig gemeldet hast."

„Genau. Ich habe auf meinen Schlaf verzichtet, für den Fall, dass sie in der Nacht etwas vorgehabt hätten. Wie steht's mir dir, worauf hast du in der letzten Zeit verzichtet?"

„Sei bloß nicht so selbstgefällig. Du warst schon immer ein kleiner Wurm, also erzähl mir jetzt nicht, du seist so eine Art Held. Ich weiß, dass du ein Feigling bist und nichts tun würdest, das nicht in erster Linie dir selbst nützt."

Janik wurde wütend: „Was hast du gesagt?"

„Du würdest uns alle verkaufen, wenn du dadurch deinen Arsch retten könntest. Du bist doch nur bei uns geblieben, weil dich das am Leben erhalten hat. Und jetzt, wo du ein besseres Angebot hast, rennst du weg und lässt uns im Stich."

Voller Wut nahm Janik seine Armbrust und zielte auf den Doc. „Bitte gib mir einen Grund, du Mistkerl", stieß er zwischen de Zähnen hervor.

„Dazu hast du doch gar nicht den Mumm. Lucas hat uns erzählt, dass du gestern nicht wolltest, dass er Shutov erledigt. Sehr passend, du wolltest wohl deine Fahrkarte hier raus nicht verlieren. Du warst immer ein Feigling und wirst immer einer bleiben."

Sie starrten sich in die Augen – keiner von beiden senkte den Blick. Der Doc erkannte die fehlende Entschlossenheit in Janiks Augen und nützte das aus. „Wie ich mir gedacht habe. Wie es scheint hab ich dich allerdings überschätzt, Janik. Du hast ja nicht einmal den Mut, dich auf die Seite der Gewinner zu schlagen, wenn du die Gelegenheit dazu bekommst." Damit drehte er sich um und ging die Straße hinunter nach Novy Sobor.

„Zur Hölle mit dir. Ich muss den Abzug gar nicht drücken – die Arschlöcher da unten werden das für mich erledigen", sagte Janik als er die Armbrust sinken ließ.

„Ich bin Arzt, ich habe besondere Fähigkeiten, die ich mitbringe. Was hast du zu bieten, außer ein bisschen Übung im Armbrustschiessen?"

Janik hob erneut die Armbrust und zielte auf den Doc. Der jedoch ging einfach weiter und kümmerte sich nicht mehr um Janik, er sah sich noch nicht einmal um. Janik sah ihm noch einen Moment nach und beschloss dann, ihn nicht zu töten. Stattdessen stieg er auf sein Rad und fuhr so schnell er konnte nach Guglovo zurück.

Alejandro brauchte einen Moment, bis er registrierte, dass da ein Mann die Straße entlang kam. Er stieß einen Pfiff aus und rief: „Ich habe einen Kontakt 200 Meter die Straße runter und es ist kein Infizierter." Alle kamen aus der Scheune gerannt, die meisten waren noch gar nicht richtig wach. Shutov drängte sich nach vorne und sah durch das Visier seiner CZ550.

„Sieh mal einer an, es ist der Doc", sagte Shutov.

„Ist er alleine", fragte Vuk.

„Sieht ganz so aus. Er hat weder einen Rucksack noch eine Waffe und er geht mit erhobenen Händen", antwortete Shutov.

Vuk sah sich nach anderen Überlebenden um: „Mir gefällt das nicht. Ein einzelner, unbewaffneter Mann marschiert so einfach in unser Lager. Das muss eine Falle sein."

„Das sehe ich auch so", Shutov ließ das Gewehr sinken. „Verteilt euch, ich will Augen in jeder Richtung. Achtet darauf, ob sich irgendjemand nähert, besonders in unserem Rücken. Vuk, Butcher, ihr bleibt bei mir. Behaltet ihn im Visier. Wenn er auch nur niest, erschießt ihn."

„Wir wollten uns doch um jeden Preis gegenseitig schützen, also warum erschießen wir ihn nicht gleich?", verlangte der Butcher.

„Ganz ruhig, Butcher. Es ist alles in Ordnung. Ich will wissen, was er hier will und das verschafft ihm noch zehn Minuten. Trotzdem läuft seine Zeit ab, du kannst ihn danach gerne erschießen, wenn auch nur komisch schaut."

Vuk sah besorgt zum Doc: „Wie kommt er ohne Waffe so weit ins Inland. Er muss mit jemandem zusammenarbeiten."

„Alejandro, hast du ihn zusammen mit den Überlebenden in Elektro gesehen?", rief Shutov.

„Nein, da war er nicht dabei."

„Hmmmmm", murmelte Shutov, „Doc, Doc, Doc. Wo hast du dich die ganze Zeit versteckt, und warum tauchst du jetzt plötzlich auf?"

Der Doc ging verunsichert auf Shutov, Vuk und den Butcher zu. Er hätte gerne den langen Schweißtropfen abgewischt, der seine Wange hinunter lief, aber er wagte nicht, seine Hände zu bewegen.

„Ich bin unbewaffnet, Ich bin nicht gefährlich", rief er.

„Wir machen uns keine Sorgen deinetwegen, aber wegen deiner Freunde, sie sich da draußen verstecken."

Der Doc ging weiter auf sie zu. „Ich bin alleine", rief er zurück.

„Das sagst du", rief der Butcher.

Der Doc ging mit erhobenen Händen weiter. Als er noch etwas 80 Meter entfernt war, riefen sie ihn erneut.

„Das ist nahe genug", rief Vuk, „bleib da stehen und heb langsam dein Hemd hoch."

„Was?"

„Mach was er sagt", schrie Shutov.

Der Doc hob sein Hemd und zeigte seinen weißen, rundlichen Bauch. „Dreh dich herum", rief Vuk und der Doc gehorchte.

„Keine versteckte Waffen, keine Bombe", sagte Vuk leise zu Shutov.

„Gut, du kannst weiter gehen. Leg die Hände auf den Kopf, die Finger verschränkt und lass sie da, oder wir schießen", befahl Vuk.

Der Doc nickte und folgte der Anweisung, als er weiter auf sie zuging. Vuk nahm eine Holzkiste und drehte sie um, als Sitzgelegenheit.

„Setz dich da hin uns lass die Hände auf dem Kopf", befahl Vuk.

Der Doc setzte sich auf die Kiste und der Butcher stellte sich hinter ihn.

„So Doc, und jetzt werden wir uns ein wenig unterhalten", sagte Shutov drohend, „und wenn ich das Gefühl habe, dass du lügst, oder wenn mir deine Antworten nicht gefallen, dann wirst du derjenige sein, der medizinische Versorgung braucht."

Janik kam nach Guglovo und fand das Dorf still vor. Es gab keine Wachen und alle Türen der Häuser waren verschlossen. Er stieg ab und begann, nach den anderen zu suchen. Plötzlich erschienen alle aus ihrer Deckung und richteten ihre Waffen auf ihn.

„Hey Leute, ich bin ein Freund, erinnert ihr euch?"

„Der Doc ist weg", erklärte Yuri.

„Ich weiß. Ich hab ihn heute Morgen zu den Banditen gehen sehen."

„Was? Wieso?", fragte Lucas.

„Er sagte, er will sich ihnen anschließen."

„Mistkerl!", rief Robert aus. „Der Bastard hat uns verkauft."

„Das heißt, dass wir hier nicht mehr sicher sind", sagte Yuri, „sie könnten bereits hierher unterwegs sein."

„Packt alles in den Ural. Wir fahren in fünf Minuten.

Lucas, such dir eine Position, von wo aus du die Hauptstraße überblicken kannst. Wenn den Bus kommen siehst, setzt du ihn außer Gefecht. Versuch aber, Verluste zu vermeiden. Halt sie auf aber bring sie nicht um." Lucas nickte und rannte los, während Robert seine Karte herauszog.

„Janik, zeig mir, von wo aus du sie beobachtet hast." Janik deutete auf eine Baumreihe östlich von Novy Sobor. „Ich will, dass du dahin zurück fährst. Aber fahr nicht auf der Straße, nimm den Weg durch diese Felder. Wenn du dort bist beobachte die Banditen und warte, bis wir da sind."

„Ihr wollt zu ihnen?", fragte Janik überrascht.

„Das ist das Einzige, mit dem sie nicht rechnen. Wir können nicht hier auf sie warten um zu kämpfen. Sie sind mehr und besser bewaffnet. Wenn wir fliehen und sie kommen uns nach, müssen wir uns früher oder später stellen. Da sie vermutlich mehr Benzin haben, holen sie uns irgendwann ein und wir sind dann immer noch unterlegen. Aber wenn wir langsam auf der Hauptstraße vorrücken, während Lucas uns Deckung gibt, ist das etwas, mit dem sie nicht rechnen. Shutov ist nicht dumm, er wird kaum mit allen Männern im Bus die Straße herauf kommen. Falls er es trotzdem tut, wird Lucas ihn sehen und den Bus ausschalten, so dass wir entkommen können. Aber vermutlich nehmen sie eine andere Route oder sie entscheiden sich sogar, weiter zum Flugplatz zu fahren. Es gibt nur einen Ort, an dem sie bald nicht mehr sein werden, und das ist Novy. Deshalb will ich, dass wir dann dort sind. Sollten sie aber, wider Erwarten, noch dort sein, bevor wir ankommen, dann kannst du uns vorher warnen. Aber jetzt los – wir haben nicht viel Zeit."

Janik wollte widersprechen, aber er sah ein, dass es zwecklos war, sprang wieder einmal auf sein Rad und fuhr davon. Yuri schüttelte den Kopf.

„Hör zu, Yuri. Ich weiß, das ist kein besonders brillanter Plan, also bitte, wenn du einen besseren Vorschlag hast, sag ihn mir. Aber wir haben nicht viel Zeit und noch weniger Optionen", bat Robert.

„Du hast recht, es ist kein besonders guter Plan, aber wir werden dafür sorgen, dass er funktioniert", sagte Yuri.

„Guter Mann, fahren wir los."

Yuri ging zum Ural und kletterte auf den Fahrersitz. Robert sah die Straße nach Novi Sobor hinunter.

„Zur Hölle mit dir, Doc. Zur Hölle dafür, was du getan hast", murmelte er.

Als Janik seinen Beobachtungspunkt am Hügel erreicht hatte, war in Novy Sobor bereits alles still. Er sah zu der Scheune hinüber, in der die Banditen übernachtet hatten – aber sie schien verwaist. Nichts bewegte sich, der Bus war verschwunden. Mit seinem Fernglas suchte er den Ort und die Umgebung ab, aber es war alles verlassen.

Er beobachtete für eine Weile und als sich nichts bewegte, begann die Müdigkeit ihn zu übermannen. Er hatte sie die ganze Nacht beobachtet und nun, am Tag, fing er an sich zu langweilen, weil es nichts zu sehen gab. Er wollte unbedingt schlafen, nur eine oder zwei Stunden. Dann kam ihm wieder zu Bewusstsein, dass sich die anderen auf ihn verließen. Wenn er einschlafen würde, konnte das ihren Tod bedeuten. Er schüttete sich Wasser über das Gesicht, um munterer zu werden, und fuhr dann fort, nach Anzeichen der Banditen Ausschau zu halten.

Zum Glück musste er nicht lange warten, bis er hörte, wie sich der Ural näherte. Er wollte gerade seine Sachen packen, als er das Klicken einer Pistole hinter seinem Kopf hörte.

„Bum, du bist tot", sagte Lucas.

„Verdammt Lucas, ich hab mir fast in die Hose gemacht", keuchte Janik.

Lucas steckte die Pistole weg und suchte die Stadt durch das Zielfernrohr seiner M107 ab. „Du solltest besser auf deinen Hintern achtgeben", sagte er, „wie sieht's in Novy aus?"

„Alles leer. Ihr Lager war dort, in der Scheune auf der anderen Seite, aber es ist weg, genauso wie ihr Bus."

„Wie lange bist du schon hier?", fragte Lucas.

„Etwa 40 Minuten – ich hab länger gebraucht abseits der Straße."

„Da haben sie genug Zeit gehabt, das Lager abzubrechen und loszufahren. Das hier oben ist ein guter Platz. Sag Robert, dass ich hier bleibe und Deckung gebe, wenn sie reingehen. Gebt mir ein Zeichen, wenn alles sauber ist."

„Klar doch", sagte Janik, stieg auf sein Rad und rollte den Hügel hinab um den Ural zu treffen.

Der Ural hatte etwa 300 Meter vor dem Ortsrand angehalten. Die Männer waren ausgestiegen und beobachteten die Umgebung, während Janik Robert Bericht erstattete.

„Es könnte eine Falle sein", gab Yuri zu bedenken, „vielleicht verstecken sie sich in den Häusern und warten auf uns."

„Nein, Novy ist leer, wie erwartet. Entweder suchen sie nach uns in Guglovo oder sie sind zum Flugplatz weitergefahren."

„Mir gefällt das nicht. Wir können dabei nichts gewinnen, aber alles verlieren", sagte Yuri.

„Es gibt nichts, worüber du dir Sorgen machen müsstest, da ist kein Hinterhalt in Novy."

„Wie kannst du da so sicher sein?"

„Weil sie nicht erwarten, dass wir direkt zu ihnen kommen. Deshalb haben sie auch keinen Hinterhalt gelegt. Das größere Problem sind die Straßen, die aus Novy hinaus führen. Wenn sie uns einen Hinterhalt legen, dann machen sie es dort", erklärte Robert.

„Also kehren wir um?", fragte Alfie.

„Wir können nicht zurück. Sie könnten jetzt schon in Guglovo sein", gab Yuri zurück.

„Das stimmt, wir müssen weiter vorwärts. Es wird kein Problem geben, Lucas gibt uns Deckung. Janik hat nichts gesehen, seit er dort angekommen ist. Wenn es einen Hinterhalt gäbe, dann hätte er irgendetwas bemerkt."

„Es gibt Stellen, die konnte ich von da oben nicht sehen. Und ohne Röntgenblick weiß ich auch nicht, was in den Häusern vor sich geht."

„Ich müsst mir jetzt vertrauen. Uns wird nichts geschehen", sagte Robert.

„Du setzt unser Leben einem großen Risiko aus", entgegnete Yuri.

„Ich weiß, dass du das denkst, aber es gibt kein Risiko. Die Banditen sind weg. Alles zurück in den Ural, wir fahren rein."

Die Männer stiegen auf den Lastwagen und Janik reichte ihnen sein Fahrrad hoch. Sie verstauten es auf der Ladefläche und halfen Janik hinauf. Robert und Yuri stiegen vorne ein und Yuri startete den Motor.

„Ich hoffe wirklich, dass du recht hast", sagte Yuri.

„Das habe ich, du wirst sehen."

Und Robert behielt recht. Die Banditen waren nicht mehr in Novy Sobor. Alejandro lag am Ortsrand in einer Baumgruppe versteckt und beobachtete den Ort, aber technisch gesehen befand er sich nicht mehr in Novy Sobor. Im Gebüsch hinter ihm war ein Geländemotorrad versteckt. Durch sein Fernglas beobachtete er den Doc, der gefesselt und geknebelt immer noch auf der Kiste saß.

Als Yuri und Robert um eine Kurve bogen sahen sie ihn.

„Es ist der Doc", rief Yuri aus.

„Mach den Motor aus, wir gehen zu Fuß rein", sagte Robert als er aus der Kabine kletterte. Er schlug auf die Türe und die Männer stiegen ebenfalls aus. Robert zeigte auf den Doc und bedeutete ihnen auszuschwärmen.

Die Männer verteilten sich, sie hatten die Gewehre im Anschlag und hielten nach möglichen Bedrohungen Ausschau. Langsam arbeiteten sie sich zum Doc vor. Robert und Yuri gingen voran, Yuri trug die M4A1 aus dem Helikopter und Robert die schallgedämpfte Version.

Oben auf dem Hügel beobachtete Lucas durch sein M107 Zielfernrohr, wie die Männer sich verteilten. *Oh Mist, da stimmt was nicht*, dachte Lucas, und er begann, die Hügel in der Umgebung nach einer möglichen Bedrohung abzusuchen.

Der Doc sah sie kommen und wand sich in dem Versuch, sich zu befreien. Robert winkte ihm zu und deutete ihm, er solle sich beruhigen, während er näher heran ging.

Alejandro beobachtete durch sein Fernglas, wie sie sich dem Doc näherten. Neben ihm am Boden lag seine AK-74.

Zufrieden darüber, dass die Umgebung gesichert und ausreichend Gewehre auf den Doc gerichtet waren, nahm Robert ihm den Knebel ab.

„Du verdammte Ratte", sagte Robert.

„Du hast jedes Recht, wütend zu sein", antwortete der Doc.

„Wütend? Ich bin nicht wütend, ich bin außer mir vor Zorn. Du tust mir sowas an, nachdem ich dich unzählige Male gerettet habe. Ohne mich wärst du schon lange tot."

„Ich wollte doch nur mit ihnen reden und herausfinden, was sie wissen", bettelte der Doc.

„Bockmist", unterbrach Janik, „mir hast du gesagt du willst dich ihnen anschließen."

„Ich hab's ja versucht, aber sie wollten mich nicht. Sie sagten, sie wollen nicht noch ein Maul durchfüttern."

„Wie war das noch mit deinen besonderen Fähigkeiten?", spottete Janik.

„Shutov hat gesagt, so lange ich kein Mittel gegen die Infektion habe, braucht er auch niemanden, der sich um seine Wehwehchen kümmert. Der Kerl war schon immer ein Idiot", antwortete der Doc.

„Und warum haben sie dich dann nicht auf der Stelle erschossen?", fragte Yuri.

„Er hat gesagt, ich bin die Kugel nicht wert. Hat gesagt, er lässt mich hier als Futter für die Infizierten."

„Für mich klingt das wie eine Falle", sagte Robert.

„Ich glaube ihm auch nicht", stimmte Janik zu.

„Dann glaubt mir eben nicht – mir ist das inzwischen egal. Wenn ihr mich umbringen wollt, dann macht es jetzt gleich, aber mit einer Kugel – ich will nicht bei lebendigem Leib aufgefressen werden."

„Aber das ist es, was du verdienst", sagte Robert. Seine Worte troffen vor Verachtung.

„Ich weiß ich hab es versaut. Ich erwarte auch nicht, dass ihr mir verzeiht - aber das könnt ihr nicht machen. Ihr könnt mich nicht hier zurücklassen, damit ich auf diese Art sterbe", bettelte der Doc.

„Ich erschieße ihn", sagte Yuri und hob das Gewehr.

„Nein, rief Robert, „wir sind besser als die, besser als er."

„Also was dann?", fragte Yuri.

„Wir binden ihn los, geben ihm Essen und Wasser und lassen ihn laufen", sagte Robert.

„Geradewegs zurück zu den Banditen?"

„Die haben ihn doch hier zum Sterben zurück gelassen. Er ist jetzt auf sich alleine gestellt." Robert wandte sich an den Doc: „Wir werden ja sehen, wie weit du hier draußen kommst, ganz alleine."

„Was ist mit einer Waffe? Ich brauche auch eine Waffe", bettelte der Doc.

„Das meinst du doch wohl nicht im Ernst? Der hat vielleicht Nerven", sagte Janik.

„Keine Waffe. Dieses Recht hast du in der Sekunde verspielt, in der du uns hintergangen hast", antwortete Robert.

„Dann könnt ihr mich auch gleich erschießen."

„Führe mich nicht in Versuchung", sagte Yuri.

„Was ist mit einer Axt?", fragte der Doc.

„Ich glaube nicht, dass du in der Position bist, mit uns zu verhandeln", antwortete Robert.

„Vielleicht doch. Wie wär's wenn wir tauschen würden? Eine Axt gegen die Information, in welche Richtung die Banditen gefahren sind?"

„Du hast gesehen, wo sie hingefahren sind?"

„Sie haben mich geknebelt, aber sie haben mir nicht die Augen verbunden. Also ja, ich habe gesehen, wo sie hingefahren sind", antwortete der Doc.

Robert sah sich um, es gab keinen Anhaltspunkt dafür,

welche der drei Straßen sie genommen haben mochten.

„Aber wie könnten wir dir trauen?"

„Das könnt ihr nicht. Wie hast du damals in der Lagerhalle gesagt... jemand muss den ersten Schritt machen. Ich traue euch und sage es euch einfach. Sie sind nach Norden", sagte der Doc und zeigte mit dem Kopf in die Richtung, „sie haben diese Straße dort in Richtung Flugplatz genommen. Bevor ihr jetzt weiter fahrt, gebt mir zumindest eine Chance zu überleben – nur eine Axt, das ist alles, worum ich euch bitte. Ich weiß, dass ein paar davon im Ural liegen. Ihr traut mir nicht und das akzeptiere ich. Also legt einfach eine auf die Straße neben einen Rucksack und ich hole sie mir dann, wenn ihr weg seid."

Robert entfernte sich mit Yuri und Janik ein Stück vom Doc. Er zog die Karte heraus und studierte sie.

„Er könnte die Wahrheit sagen. Die nördliche Route ist länger, aber sicherer. Weniger Ortschaften, die man passieren muss", sagte Robert.

„Ich kaufe ihm das nicht ab. Er verheimlicht uns irgendetwas, das spüre ich."

Alejandro wartete, während sie über der Karte miteinander sprachen – seine AK-74 hatte er jetzt in der Hand, bereit zum Feuern.

„Aber wenn er die Wahrheit sagt, wohin sollen wir dann fahren?", fragte Janik.

„Ich würde sagen nach Westen, nach Stary Sobor", sagte Robert. „Yuri?"

„Stary sieht nach einer größeren Ortschaft aus und wir brauchen Benzin und Vorräte. Wenn sie nach Norden gefahren sind, dann lassen sie Stary liegen und das macht es sicherer für uns", Yuri betrachtete die Karte, „wir haben nicht viele Optionen."

„Wir könnten genau in einen Hinterhalt fahren", sagte Janik.

„Stimmt, es ist ein Risiko. Aber was ist hier kein Risiko? Welche Alternative haben wir? Uns geht das Benzin aus, bevor wir im Süden die nächste Ansiedlung erreichen können. Wenn wir nach Norden fahren, könnten wir ihnen genau in die Arme laufen. Wir wissen, dass sie Novy bereits geplündert haben, hier gibt es für uns also auch nichts zu holen", sagte Robert.

„Mir gefällt das nicht."

„Mir auch nicht, aber wir haben nicht wirklich eine Wahl. Wir werden eben vorsichtig vorgehen", sagte Robert und faltete die Karte zusammen.

„Bindet ihn los."

Yuri band den Doc los während Janik ihn mit seiner Armbrust in Schach hielt.

„Wir fahren nach Westen, Doc. Wir lassen dir einen Rucksack mit Essen und Wasser und eine Axt außerhalb der Ortschaft, auf der Straße, liegen. Ich rate dir, die Sachen zu holen und uns von da an aus dem Weg zu gehen. Denn wenn ich dich das nächste Mal sehe, erschieße ich dich höchstpersönlich. Ist das klar?"

„Glasklar", antwortete der Doc.

„Janik, gib Lucas das Zeichen herunter zu kommen und dann mach den Rucksack und die Axt für den Mistkerl klar", befahl Robert, „alle anderen zurück in den Ural, wir fahren nach Stary Sobor."

Der Doc beobachtete von seinem Sitz aus, wie sie weg fuhren und rieb sich die Handgelenke. Er nahm an, er sollte so etwas wie Schuld oder Reue empfinden, aber er empfand nichts – nur Leere. War es das, wie die neue Welt sein würde? Wenigstens war er nun auf Seite der Stärkeren, wenigstens würde er nun überleben.

Er sah, wie der Ural ein Stück weit entfernt anhielt. Ein Rucksack und eine Axt wurden von der Ladefläche aus auf den Boden geworfen und Janik zeigte ihm den Mittelfinger, als der Ural weiter die Straße hinunter fuhr.

Sehr nett, dachte der Doc als er aufstand und die Straße entlang ging. Alejandro kam aus seiner Deckung hervor und trat auch auf die Straße. Er hielt seine AK-74 auf den Doc gerichtete.

„Na, wie war ich", fragte ihn der Doc.

„Sie fahren in der falschen Richtung. Du solltest sie nach Norden locken."

„Ich habe gemacht, was Shutov mir gesagt hat. Ich habe ihnen erzählt, dass ihr nach Norden gefahren seid."

„Und warum fahren sie dann nach Westen?", fragte Alejandro.

„Weil sie an euch nicht interessiert sind. Weil sie euch ausweichen wollen, indem sie einen anderen Weg nehmen."

„Und jetzt fahren sie in die falsche Richtung. Shutov wird stinksauer sein."

„Was wird er mit ihnen machen, wenn er auf sie stößt?"

„Ach komm, Doc. Du bist doch schon ein großer Junge, was denkst du wohl?"

„Alle von ihnen?", fragte der Doc.

„Das Leben da draußen ist hart. Da darf man nicht zu viele Mäuler haben, die man füttern muss", antwortete Alejandro.

Alejandro ging mit dem Doc die Straße entlang. Er ließ sich aber zurückfallen, so dass er schließlich hinter dem Doc stand. „Was ist in dem Rucksack?", fragte er.

„Ein bisschen Essen und Wasser. Genug damit ich ein paar Tage damit auskomme, denke ich", antwortete der Doc.

„Also bist du hingegangen und hast sie verkauft, und sie helfen dir immer noch? Du lieber Gott, das hast du aber wirklich versaut."

Der Doc blieb stehen und drehte sich um: „Wie meinst du das?"

„Ich meine, wir würden sowas nie tun. Wir bringen einen Verräter um, sowie wir ihn sehen." Alejandro hob seine AK-74 und visierte den Doc an.

„Was machst du denn? Shutov und ich hatten eine Vereinbarung."

„Hast du denn wirklich gedacht, wir würden dir trauen, nach dem, was du deinen Freunden angetan hast?" Alejandro schüttelte den Kopf als er sagte: „Doc, du weißt doch auch, dass das die einzige Art ist, wie diese Sache enden konnte."

„Aber ich hab alles gemacht, was ich sollte. Ich habe ihnen gesagt, dass ihr nach Norden seid", bettelte der Doc.

„Hier geht es nicht darum, wohin sie gefahren sind, hier geht es um dich. Sicher, wenn du bei ihnen geblieben wärst, wärst du auf lange Sicht vermutlich gestorben. Aber du hättest länger gelebt, als jetzt, wo du sie betrogen hast. Tut mir leid, Doc", sagte Alejandro und drückte ab. Die AK-74 schoss und der Lärm zerriss die Stille dieses Tages. Die Brust des Docs war von Einschüssen übersät und er wurde zu Boden geschleudert, wo er hart auf dem Asphalt aufschlug.

Alejandro ging an ihm vorbei und sah auf den von Kugeln durchsiebten Körper hinunter. Die Augen des Docs starrten in den Himmel, leer aber immer noch anklagend.

„Tut mir leid Doc, ich befolge nur Befehle", sagte Alejandro, hob den Rucksack auf und schüttete den Inhalt in seinen eigenen. Den leeren Rucksack warf er achtlos auf den leblosen Körper des Docs, dann verschwand er auf seinem Motorrad in ein flaches Tal Richtung Norden.

KAPITEL 43

STARY SOBOR

Rory sah hinauf zum strahlend blauen Himmel. Es war ein schöner Tag, ‚ein guter Tag für Gartenarbeit' hätte seine Mutter gesagt. Er hatte sich am Ende eines Schutthaufens niedergelassen und lag nun dort und betrachtete wie die Wolken vorbeizogen und dabei ihre Form veränderten. Die Russen waren nett zu ihm gewesen, sie gaben ihm zu essen und zu trinken und Oleg hatte ihm sogar gezeigt, wie man eine Sense benutzte. Er und Oleg waren ein gutes Team, als sie sich um die Infizierten von Stary Sobor kümmerten. Allerdings waren es, zu ihrer Überraschung, nicht allzu viele gewesen.

Alle hatten eine anstrengende Nacht gehabt. Sobald die Stadt sicher war, hatte Timor sie Autowracks verschieben und schwere Möbel aus den Häusern auf die Straße tragen lassen. Der Plan war, eine künstliche Sackgasse auf der Hauptstraße zu schaffen, die durch Stary Sobor führte. Die Blockade sollte erst zu sehen sein, nachdem man um eine Kurve gebogen war, aber dann würde es zu spät sein, weil es keine Möglichkeit gab, sie zu umfahren.

Nun saß Rory am Ende dieser Sackgasse und aß seinen Apfel, weil ihm Grigory es ihm so gesagt hatte. Die Russen hatten ihn dort zurückgelassen und gesagt, dass sie bald zurückkommen würden. Sie hatten ihm gesagt, dass seine Freunde vom Schiff auch bald kommen würden, und dass sie sich dann alle zusammen ein bisschen unterhalten wollten. Rory war aufgefallen, dass sie dabei seltsam gegrinst hatten. Aber er machte sich keine Sorgen, hier oben auf seiner Barrikade war er außerhalb der Reichweite von Infizierten. Außerdem hatte er Essen und Wasser und natürlich seine Axt. Es war ein schöner Tag und er genoss das Leben.

Sein Friede wurde durch ein Brummen gestört, das aus der Ferne die Straße herauf zu ihm drang. Rory sah in die Richtung, aus der er das Brummen hörte, aber er konnte nichts entdecken. Die Russen hatten ihm gesagt, dass die Anderen in einem großen Auto oder Bus kommen würden. Sie hatten ihm auch befohlen, völlig still zu sitzen und nicht seine Axt in die Hand zu nehmen. Rory hatte ein bisschen Angst gehabt, aber Grigory hatte ihn beruhigt und ihm gesagt, dass sie ihn aus der Ferne beobachteten und dafür sorgten, dass ihm nichts passierte. Rory mochte Grigory, er war ein netter Mann. Er hatte Rory nicht ein einziges Mal als dumm bezeichnet und der einzige Mensch, von dem er das sonst noch sagen konnte, war seine Mutter.

Von hoch oben hörte auch Grigory das Geräusch. Er hatte sich nördlich von Rory auf einem Hügel zwischen Büschen und Bäumen versteckt. Von dort konnte er Stary gut überblicken. Er hatte den Morgen damit zugebracht, Zweige anzuordnen und Blätter abzureißen, so dass er zwar ein freies Sichtfeld hatte, aber trotzdem gut verborgen war. Er betrachtete Rory durch das Zielfernrohr seiner AS-50. Rory sah so friedlich aus, wie er da saß und seinen Apfel aß, so hätte er überall sitzen können. Und Grigory wünschte, Rory wäre woanders - egal wo, nur nicht hier.

Grigory nahm seinen Entfernungsmesser heraus und betrachtete erneut Rory und seine Umgebung. Er überprüfte noch einmal die Entfernung zu bestimmten Punkten und verglich sie mit seinen Notizen. Sie stimmten alle überein. Trotzdem überprüfte er die wichtigste Entfernung ein drittes Mal, nämlich die zu Rory – genau 240 Meter. Zwischen ihm und Rory gab es einen Feldweg, der zu vorgeschobenen Militärbasis der US Streitkräfte am

263

östlichen Ortsrand führte.

Grigory erinnerte sich daran, dass es auf der Höhe der Krise Gerüchte über US Einheiten in der Gegend gegeben hatte. Über eine umherziehende Todesschwadron, die versuchte, die Infektion unter Anwendung brutalster Mittel einzudämmen. Ob man sie gerufen hatte oder ob sie freiwillig gekommen waren, hatte er nie in Erfahrung bringen können, dazu war sein Rang zu niedrig. Aber es schien, als wäre Stary Sobor ihre Operationsbasis gewesen.

Man hatte dafür ein Areal planiert und eine Anzahl Zelte errichtet. Hinter den Zelten lagen ordentlich aufgereiht in Leichensäcken die gefallenen Soldaten. Man hatte sie irgendwann aufgegeben und nun verrotteten sie dort in der Sonne. Der Gestank war überwältigend, aber Grigory hatte sich inzwischen daran gewöhnt, so dass es ihm nicht mehr viel ausmachte. Auch die Zelte hatte man aufgegeben, was darin zurückgelassen wurde, war allerdings sehr wertvoll. Es gab dort eine Menge Waffen, in Kisten verpackt, in Regalen gelagert und einige sogar noch in den toten Händen ihrer früheren Besitzer. Es schien, als ob der Stützpunkt irgendwann überrannt worden wäre und die Soldaten sich überstürzt zurückziehen mussten oder einfach dem sicheren Tod überlassen wurden.

Die Russen hatten aufgerüstet, nur nicht Grigory, der mit seiner AS-50 vollauf zufrieden war. Oleg hatte sein Sturmgewehr gegen ein amerikanisches leichtes Maschinengewehr vom Typ M249 SAW, das steht für Squad Automatic Weapon, eingetauscht. Er trug dieses große und schwere Gewehr mit eingerastetem Gurtkasten herum, als wäre es eine Pistole. Pavel hatte nun statt seiner AK-107 eine M16A2 mit einem unter dem Lauf montierten M203 40mm Einzelschuss Granatwerfer. Auch Timor hatte seine AKM zurückgelassen und sich dafür eine M9 Pistole mit Schalldämpfer genommen. Das schien eine seltsame Wahl, aber für das, was er geplant hatte, war Geräuschlosigkeit wichtiger als Durchschlagskraft. Für Timor hielt die Hölle einen ganz besonderen Platz frei, da war sich Grigory sicher, nach allem was er gesehen hatte. Trotzdem konnte er nicht umhin, einen gewissen Respekt für ihn zu empfinden. Anders als andere Anführer, nahm Timor schwere Aufgaben immer als erster in Angriff, war immer dort zu finden, wo es heiß herging und verlangte nichts von seinen Männern, was er nicht auch selbst machen würde.

Weitere Waffen und Sprengmittel, darunter eine weitere M249 SAW, hatten sie in ihren UAZ geladen, der nun zwischen den Bäumen weit hinter Grigory geparkt war. Gestern mussten sie noch, fast am Verhungern, ihr Leben riskieren um ein kleines Dorf zu plündern, und heute, nachdem sie Stary Sobor leergeräumt hatten, fühlten sie sich wie Könige. Die Frage war nur, wie lange das anhalten würde, wann der Hunger wieder regieren würde. Sie litten nicht unter einem Mangel an Waffen und Munition, aber unter einem Mangel an Menschen, gegen die sie sie einsetzen konnten. Am Anfang war es leicht gewesen zu überleben, solange man kein Problem damit hatte, Menschen zu töten. Aber mit der Zeit waren die Menschen immer weniger geworden und damit auch die Vorräte, die man ihnen abjagen konnte. Darum standen diese neuen Überlebenden, die von dem Schiff gekommen waren, für Nahrung und vor allem für Informationen. Nur aus diesem Grund hatte Timor den Aufwand in Kauf genommen, diesen Hinterhalt aufzubauen, mit dem armen Rory als Köder.

„Ich höre ein Fahrzeug", kam knackend Timors Stimme aus Grigorys Funkgerät. Er ließ den Entfernungsmesser sinken und antwortete.

„Ich sehe sie noch nicht, aber sie kommen wohl, wie erwartet, auf der Hauptstraße von Osten."

„Hast du freies Schussfeld?", fragte Timor.

„Ich kann den gesamten Hinterhalt einsehen, außer dort, wo dieses rot-grüne Haus im Weg ist. Oleg, bist du immer noch da drin?"

„Ja", antwortete Oleg.

„Vergesst nicht, niemand schießt, bevor ich den Befehl gebe", sagte Timor. „Ich werde mein Funkgerät angeschaltet lassen, damit ihr mich sprechen hört – Pavel, du sicherst die Ostseite. Grigory, wenn wir ihnen zeigen müssen, dass wir es ernst meinen, will ich dass du den tödlichen Schuss abgibst. Alle anderen bleiben in ihren Verstecken."

Grigory sprach in das Funkgerät: „Denk daran, dass mein Gewehr für Fahrzeuge und leichte Panzerung gedacht ist – einen Menschen wird es förmlich zerreißen."

„Gut so, dann wird dieser eine Tote hoffentlich reichen, um sie einzuschüchtern."

Grigory legte das Funkgerät hin, griff wieder nach seinem Entfernungsmesser und wartete darauf, dass das Fahrzeug die Hügelkuppe erreichen würde.

Währenddessen fuhr der Bus, mit Sam am Steuer, die Straße nach Stary Sobor hinunter. Die Männer im Bus waren entspannt, sie rauchten und machten Scherze, und sogar Shutov stimmte gelegentlich ein. Vuk war der einzige, der angespannt war. Er war aufgestanden und sah abwechselnd nach vorne und hinten und betrachtete die Umgebung durch die Fenster. Er hielt Ausschau nach Bewegung, nach irgendwelchen Anzeichen von Menschen.

„Vuk, setz dich, du machst mich ganz verrückt", sagte Shutov.

„Ich setze mich hin, wenn wir sicher am Flugplatz angekommen sind", antwortete Vuk.

„Wonach suchst du denn. Dieses Land ist tot. Die Leute, die den Hinterhalt gelegt haben, sind längst weg."

„Was ist mit den anderen Überlebenden vom Schiff, von denen uns der Doc berichtet hat?", fragte Vuk und sah aus dem Fenster.

„Darum habe ich mich bereits gekümmert", antwortete Shutov, „der Doc wird ihnen sagen, dass wir nach Norden gefahren sind und sie werden uns auf diesem Weg folgen. Falls sie es überhaupt bis zum Flugplatz schaffen, werden wir längst weg sein, wenn sie dort ankommen."

„Wie denn? Was gibt es den auf diesem Flugplatz besonderes?"

„Hoffnung, Vuk", sagte Shutov rätselhaft, „Hoffnung gibt es auf diesem Flugplatz."

„Da vorn ist eine Stadt", rief Sam und schielte auf seine Karte, „das muss Stary Sobor sein."

„Fahr einfach durch, Sam, und dann gleich weiter zum Flugplatz."

„Geht nicht!", antwortete Sam, als der Bus um die Kurve bog. „Schau, die Straße ist blockiert."

„Da sitzt ein Mann", schrie Vuk und zeigte auf Rory, der auf der Barrikade saß.

„Ein Infizierter?", fragte Shutov, stand auf und sah nach vorne.

„Kann ich nicht sagen", antwortete Vuk.

„Oh Mist, er winkt", rief Sam aus, als er den Bus abbremste.

Sams Ausruf alarmierte die Männer. Gewehre wurden gehoben und all blickten suchend aus den Fenstern.

„Wir müssen umdrehen, Sam", rief Shutov.

„Ich versuch's ja aber das hier ist ein verdammter Bus und überall rundherum liegt irgendwelches Zeug", sagte er und legte den Rückwärtsgang ein. „Alle weg von den Spiegeln, ich muss was sehen."

„Ist das der Simpel?", fragte Alejandro. „Das ist er doch, oder nicht?"

„Ist der nicht in Elektro getötet worden?", fragte Luther.

„Was für ein Scheiss geht hier ab?", rief Harrison panisch aus. „Wie kommt dieser Einfaltspinsel hierher, vor uns?"

Shutov stand auf und bellte: „Alle beruhigen sich jetzt mal. Sam, halt an und mach die Türen auf – dann alle raus und rundherum absichern, aber bleibt nahe beim Bus."

Die Türen öffneten sich und die Männer stiegen aus. Der Butcher und Alejandro sicherten nach hinten, Luther die rechte und Vuk die linke Flanke. Harrison ging nach vorne und hielt seine Waffe auf Rory gerichtet. Der saß immer noch auf seiner Barrikade, kaute an seinem Apfel und winkte.

Nachdem sich die Männer verteilt hatten, stieg auch Shutov aus und ging auf Rory zu, seine CZ550 auf Rorys Brust gerichtet.

„Hi Boss", sage Rory fast beiläufig zu Shutov.

„Simp... Rory, was machst du denn hier draußen?", fragte Shutov.

„Essen", sagte Rory und hob zum Beweis seinen Apfel hoch.

„Das sehe ich selber. Ich meine hier, hier in dieser Stadt. Wie bist du so weit ins Inland gekommen?"

„Mit dem Auto. Ich bin im Auto mitgefahren." Seine Antwort alarmierte die Banditen und alle sahen sich hektisch nach möglichen Bedrohungen um.

„Rory, wer hat dich denn mitgenommen?", fragte Shutov langsam.

„Die Russen waren das."

„Russen, so wie ich?"

„Nicht wie du. Sie sind Soldaten", antwortete Rory.

Vuk trat einen Schritt vor: „Sir, wir müssen hier raus, es ist hier nicht sicher."

„Rory, das ist jetzt sehr wichtig, sag mir, wo sind die Soldaten jetzt gerade?"

„Weg", sagte Rory und warf das Kerngehäuse seines Apfels weg.

„Und wo sind sie hin?", fragte Vuk.

„Womöglich sollte ich diese Frage beantworten", antwortete Timors Stimme aus einem nahen Haus. Alle Gewehre der Banditen fuhren herum und zeigten auf das Haus, aber im Inneren war es zu dunkel, um etwas zu erkennen.

„Ohhhh so viele Waffen. Ich denke ich sollte jetzt wohl ein bisschen Angst haben", spottete Timor.

„Wer bist du?", fragte Shutov.

„Ich bin so etwas wie die Mautstation. Wenn ihr hier durch wollt, müsst ihr bezahlen", sagte Timor und trat aus dem Haus. Er hatte die Hände erhoben um zu zeigen, dass er unbewaffnet war.

„Und was ist das wohl für eine Art Maut", fragte Shutov amüsiert.

„Eure Vorräte an Nahrung und Wasser... oh, und die Information darüber, was ihr am nordwestliche Flugplatz wollt", antwortete Timor ruhig.

„Zur Hölle mit ihm", sagte der Butcher und nahm in mit seiner AKM ins Visier. „Hier habe ich deine Maut."

Timor wandte sich zum Butcher und sah in an. Sein Gesicht schien heiter und gelassen, während das des Butchers von Wut erfüllt war.

„Ich denke, du rufst besser deinen Wachhund zurück." Timor wandte sich wieder zu Shutov: „Du hast doch das Kommando über diesen bunten Haufen, oder nicht?"

Der Butcher umfasste seine AKM fester und war kurz davor, abzudrücken. Shutov spürte seine Unberechenbarkeit und drehte sich zu ihm.

„Halt dich zurück, Butcher", befahl er.

Der Butcher zögerte und sah zu Shutov. Shutov nickte und bedeutete ihm mit der Hand, sein Gewehr zu senken. Der Butcher gehorchte, aber er hielt sein Gewehr immer noch auf Timor gerichtet.

„Ein interessanter Name, Butcher – vielleicht kann ich dich einmal gebrauchen, wenn eine Kuh ausgenommen werden muss", spottete Timor.

Hinten im gelben Ural diskutierten die Überlebenden, während sie in Richtung Stary Sobor fuhren.

„Wir hätten ihn einfach töten sollen", sagte Janik zu den anderen.

„Du warst doch derjenige, der verhindert hat, dass ich Shutov erschieße", sagte Lucas.

„Das stimmt schon, aber das war eine andere Situation. Es war riskanter und er hat uns nichts getan. Der Doc hat uns betrogen, er hat versucht überzulaufen."

„Und sie haben in zum Teufel geschickt", antwortete Lucas.

„Woher wissen wir das. Vielleicht wollen sie, dass wir genau das denken. Vielleicht gehört das alles zu ihrem Plan."

„Welchem Plan?", fragte Alfie.

„Weiß ich nicht, ich hab bloß das Gefühl, dass bald ein Haufen Ärger auf uns zukommt", antwortete Janik.

„Entweder du hast Selbstmordgedanken oder du bist einfach bloß verrückt, ich weiß nur nicht was von beiden", sagte Shutov zu Timor.

„Ich versichere dir, es stimmt beides. Aber in dieser Welt ist ja sogar die Suche nach einer Dose Konserven schon eine Selbstmordmission. Darum gibt es ja auch die Maut."

„Und wenn wir nicht bezahlen, was dann?", spottete der Butcher.

„Dann sterbt ihr alle und ich nehme mir einfach, was ich brauche. So oder so – ich bekomme eure Vorräte."

„Und wie willst du uns alle töten? Mit bösen Worten?", fragte Shutov.

„In gewisser Weise ja", antwortete Timor. „Grigory, hörst du mich?"

„Ja", krächzte Grigorys Stimme aus dem Funkgerät in Timors Tasche.

„Da gibt es also noch eine Stimme, und davor sollen wir jetzt Angst haben?", fragte der Butcher.

„Ihr habt euch alle immer über den armen Rory hier lustig gemacht", sagte Timor, „aber mir will scheinen, dass ihr selbst in Wirklichkeit die Dummen seid. Er hat euch doch von *den* Russen erzählt, im Plural. Und dann stehe ich hier, alleine und mit leeren Händen, und verlange, dass ihr mir alles gebt, was ihr habt. Sehen wir doch mal, ob einer von euch die Stücke zusammensetzen kann."

„Da sind also Gewehre auf uns gerichtet, genau jetzt", sagte Shutov.

„Das muss der Grund sein, warum sie dich zum Anführer gemacht haben", spottete Timor und klatschte leise mit den Händen Beifall.

„Alles Mist", rief der Butcher aus, „er hat ein Funkgerät und eine Stimme am anderen Ende. Er blufft."

„Ich bluffe nicht. Das solltet ihr mir lieber glauben."

„Und wenn nicht?", fragte Shutov.

„Ich kann wahre Gläubige aus euch machen, aber das wird... ein wenig hässlich", antwortete Timor kalt.

Shutov sah auf seine Männer, sie starrten abwechselnd ihn und dann Timor an. Einige schüttelten den Kopf, anderen juckte schon der Finger am Abzug. Shutov war in der Zwickmühle. Einerseits konnte er es sich nicht leisten, vor seinen Männern Schwäche zu zeigen, andererseits glaubte er Timor. Der Mann war zu ruhig um nicht alle Trümpfe in der Hand zu halten.

„Es tut mir leid, aber ich glaube wir müssen es darauf ankommen lassen", sagte Shutov.

„Bist du sicher?", fragte Timor.

„Was würdest du an meiner Stelle tun?", antwortete Shutov. Er zog die Achseln hoch und streckte die Hände zur Seite.

Timor seufzte: „Ich denke, ich würde wohl das gleiche tun. Ein Jammer, aber es ist wohl nicht zu ändern." Timor ließ seinen Blick über die Banditen gleiten: „Dann sag mir, welchen Mann du am ehesten entbehren kannst."

„Was?", fragte Shutov.

„Der Mann, den du am ehesten entbehren kannst. Ich hab doch gesagt, es wird hässlich und nun wirst du einen Mann verlieren." Timor sah den Butcher an: „Bitte sag mir, dass er es it."

„Wieso er?"

„Weil es mir gefallen würde, wenn er am Boden zu meinen Füssen stirbt."

„Versuchs nur", brummte der Butcher.

271

„Also, wer soll es nun sein, welcher deiner Männer soll sterben, damit ich meine Behauptungen beweisen kann?"

Grigory verfolgte den Wortwechsel durch das Funkgerät, während er durch das Zielfernrohr seiner AS-50 sah. Er visierte einen nach dem anderen an, nur auf dem Butcher verweilte er ein bisschen länger. Er hoffte auch, dass der Butcher es sein würde.

„Der Simpel", antwortete Shutovs Stimme im Funkgerät.

„Wer?", fragte Timor.

„Der Simpel, Rory, der Narr, der dort drüben sitzt. Ihn kann ich am ehesten entbehren."

Grigory visierte auf Rory, der auf seiner Barrikade saß und nicht die geringste Ahnung von der Tragweite des Gespräches hatte, das unweit von ihm stattfand. Grigorys Hände fingen an zu zittern, er nahm sein Auge vom Zielfernrohr und wischte sich den Schweiß vom Gesicht.

„Das geht nicht, er ist keiner deiner Männer", antwortete Timor.

„Oh doch, das ist er", antwortete Shutov. „Rory, für wen arbeitest du?"

„Für dich, Mr. Shutov. Du und der Kapitän, ihr seid der Boss", antwortete Rory ganz automatisch.

„Ich würde sagen, das macht ihn zu einem meiner Männer. Du wolltest Einen, ich hab dir Einen gegeben."

Timor rieb sich das bärtige Kinn und dachte nach.

„Aber vergiss nicht – du bist derjenige, der ihn umbringt, nicht ich. Bist du sicher, dass du es so haben willst? Es muss nicht sein", antwortete Timor.

„Ich fürchte, wenn du hier das Sagen haben willst, wirst du deine Behauptungen beweisen müssen", antwortete Shutov.

Timor wandte sich bedauernd an Rory: „Tut mir leid, Rory." Dann sagte er: „Grigory, schieß."

„Aber Timor...", krächzte das Funkgerät, bevor Grigory allmählich verstummte.

„Ahh, anscheinend gibt es Bedenken, womöglich bist du ja nicht so stark, wie du denkst", sagte Shutov.

„Grigory, schieß jetzt. Das ist ein Befehl", kommandierte Timor.

Grigory sah durch sein Zielfernrohr. Rory saß einfach da, seelenruhig und vollkommen sorglos. *Das kann ich nicht machen. Nicht ihn. Er ist die reine Unschuld.*

„Grigory, gottverdammt, schieß – jetzt – endlich", schrie Timor durch das Funkgerät.

Grigorys Gesicht war leichenblass, als er durch das Zielfernrohr schaute. Aus dem anderen Auge rollte eine einzelne Träne zwischen den zugekniffenen Augenlidern hervor. Leise sagte er: „Tut mir leid, Rory." Dann drückte er den Abzug.

Unten beim Hinterhalt sahen alle auf Rory und warteten darauf, was mit ihm passieren würde. Er bemerkte die plötzliche Aufmerksamkeit, die ihm galt und sah sich verwirrt um. Er fragte sich, warum ihn plötzlich alle anstarrten.

Der Schuss traf ihn, noch bevor jemand den Knall hörte. Rorys Oberkörper brach auf und eine Wolke rötlichen Nebels spritzte auf die nahen Häuser. Er wurde herumgerissen und fiel von der Barrikade auf die Straße, wo er leblos aufschlug. Sein Oberkörper hatte sich praktisch aufgelöst.

Dann hörten sie auch den Knall des Schusses, der von Norden über ihre Köpfe rollte. Es klang fast wie ein Überschallknall und einige der Männer steckten ihre Finger in die Ohren. Sie starrten immer noch auf die Stelle, wo Rory gesessen hatte. Aber da waren nur noch die rötlichen Spritzer an den Wänden der Häuser. Alle waren benommen und versuchten zu begreifen, was gerade passiert war.

„Du hast versprochen, es würde hässlich werden – und das Versprechen hast du wirklich gehalten", witzelte der Butcher.

Im Ural hatten sie den Schuss auch gehört. Er hatte das Motorengeräusch übertönt. Yuri trat sofort auf die Bremse und stoppte den Motor. Plötzlich war es ganz still. In der Ferne sahen sie Vögel auffliegen, die sich in alle Richtungen zerstreuten. Robert schlug auf die Rückwand der Kabine und rief: „Alles raus."

Sie stiegen alle aus und sammelten sich am Heck des Lastwagens. Janik und Lucas suchten die Umgebung mit ihren Ferngläsern ab, während Robert auf seine Landkarte sah.

„Was war das?"

„Das war ein .50cal Schuss", sagte Lucas, „ich bin nicht sicher, aber ich glaube der kam von dort." Er zeigte auf die Hügel in der Nähe von Stary Sobor.

„Die Banditen?", fragte Janik.

„Sie könnten einen Bogen gefahren sein", sagte Yuri und zeigte auf die Karte.

„Oder der Doc hat uns angelogen und sie sind in Wirklichkeit nach Stary gefahren", sagte Janik.

„Aber des Schuss war nicht uns gedacht, er ging in eine andere Richtung", warf Lucas ein.

„Wo hat er dann eingeschlagen?", fragte Yuri.

„Keine Ahnung, weißt du, ich hab hinten im Lastwagen gesessen", gab Lucas zurück.

„Es gibt zu viele Fragen und zu wenig Antworten. Yuri, stell den Ural hier zwischen die Bäume. Lucas, schlag einen Bogen und sieh zu, ob du den Schützen findest. Janik, bist du bereit für eine neue Aufklärungsmission?"

„Sag mir nur wo, Boss", sagte Janik und lud sein Fahrrad vom Lastwagen.

„Schleich dich in die Stadt und bring mir Informationen. Ich will wissen, wer da auf wen schießt. Aber geh' kein Risiko ein und komm dann hierhin um uns zu treffen", er deutete auf die Kuppe eines Hügels mit Aussicht auf Stary Sobor. „Lucas, das ist der Treffpunkt. Wir werden direkt dorthin gehen und die Stadt beobachten. Und an alle – seid vorsichtig und schießt möglichst nicht. Wir wissen nicht, wer auf wen schießt und wo sie sind, wir wissen nur, dass

274

dort möglicherweise andere Überlebende sind. Janik, es hängt jetzt alles von dir ab, wir müssen herausfinden, was da los ist. Lucas, du gibst auf Janik Acht und findest diesen Schützen."

„Werde ich. Komm, kleiner Mann, ich will, dass du da unten so im Verborgenen bleibst, dass nicht mal ich dich herumkrabbeln sehe", sagte Lucas.

„Das wirst du auch nicht. Ich seh dich dann am Treffpunkt", antwortete Janik und verschwand auf seinem Fahrrad zwischen den Bäumen.

Alejandro hatte den Schuss auch gehört, als er durch die Senke hinter Stary Sobor fuhr. Seine Karte sagte ihm, dass er in der Nähre einer Gegend war, die *Old Fields - die alten Felder* hieß. Überall lagen aufgerollte Heuballen, Viehfutter für Bauernhöfe, die es jetzt nie mehr brauchen würden.

Alejandro hielt das Motorrad an und spähte über das Feld in Richtung Stary Sobor. In der Ferne konnte er nur den großen Wasserturm sehen, der weiß und hoch über der Stadt aufragte. Er sah auf seine Karte, dann auf die Umgebung und lauschte. Da waren keine weiteren Schüsse. *Das sollte ich mir mal ansehen, Shutov wird Bescheid wissen wollen.* Damit war seine Entscheidung gefallen und er wendete das Motorrad nach Stary Sobor.

„Stapelt eure Waffen einfach hier auf. Wir sind an eurer kümmerlichen Bewaffnung nicht interessiert, aber ich bin's leid, dass sie immer auf mich gerichtet sind", befahl Timor. Die Banditen legten ihre Waffen auf einen Stapel zu Timors Füssen. Rorys Tod hatte schnell alle Zweifel darüber ausgeräumt, dass es besser war, sich Timor zu fügen.

Shutov war der letzte, der seine Waffen ablegte. Dann stellte er sich vor die Reihe seiner Männer, die an der Seite des Buses aufgereiht standen, die den Hügeln zugewandt war, aus denen Grigory geschossen hatte. Sie starrten nervös hinauf und versuchten auszumachen, wo er sich versteckt hatte.

275

„Sieht aus wie bei einem Erschießungskommando, und ihr solltet immer daran denken, dass es genau das ist", sagte Timor. „Oleg, komm raus und sag Hallo zu unseren neuen Freunden."

Oleg trat mit seiner M249 SAW aus dem rot-grünen Haus. Einige der Banditen schluckten, als sie sahen, wie groß er war und was er für eine gewaltige Waffe trug.

„Oleg, das sind die Entchen. Entchen, das ist Oleg", sagte Timor.

Oleg lächelte zufrieden und stützte seine M249 am oberen Rand einer Barrikade auf. Er zog den Lademechanismus zurück und einige der Banditen zuckten bei dem Geräusch.

„Oleg wird auf euch aufpassen während ich mit eurem Boss etwas zu besprechen haben. Ihr zwei da hinten – ihr ladet alles an Lebensmitteln und Wasser aus, was ihr im Bus habt. Legt es auf einen Haufen vor diesem Haus. Falls da im Bus noch irgendwelche Waffen sind, denkt nicht einmal daran, sie anzufassen. Wenn Grigory eine Waffe sieht, wird er nicht zögern zu schießen. Wenn ihr fertig seid, werde ich nachsehen, und wenn ich dann im Bus noch irgendetwas finde, das ihr ‚übersehen' habt, schieße ich euch in die Beine und lasse euch als Futter für die Infizierten hier. Haben das alle verstanden?"

Luther und Sam nickten.

„Grigory?", sagte Timor laut.

Aus dem Funkgerät kam die Antwort: „Ja Sir, ich habe ein Auge auf die Beiden."

Grigory legte das Funkgerät hin und wischte sich die Tränen aus den Augen. *Reiß dich doch zusammen, Mann. Du hast schon schlimmeres getan als das. Du solltest durch das Zielfernrohr schauen und die beiden beobachten, nicht rumheulen wie ein kleines Mädchen. Du hast ihn erschossen, es ist passiert und du kannst es auch nicht mehr ändern. Vermutlich wäre er sowieso bald gestorben, wie lange kann so jemand wie er hier draußen schon überleben?*

Aber es funktionierte nicht, er konnte es vor sich selbst nicht rechtfertigen. Die Schuld, der Schmerz, das war im Moment mehr, als er ertragen konnte. Es war ja nicht nur Rorys Tod. Es waren all die Menschen, die er getötet hatte, all die Frauen, die er vergewaltigt hatte, all die Dinge, die er getan hatte. *Zur Hölle, dahin wirst zu fahren. Und weil du auch noch Rory umgebracht hast, wirst du da auch nie wieder raus kommen.* Diese Gedanken in seinem Kopf konnte er nicht mehr unterdrücken.

Niemand verdient es, so zu sterben. Wobei, das stimmt nicht ganz, ich verdiene es. Ich verdiene es, so zu sterben, und die anderen verdienen es auch. Er schlug sich hart mit der Faust an den Kopf, um die Gedanken zu vertreiben. Der Schläge wirkten für einen Moment, lenkten ihn genug ab, um sich wieder zu konzentrieren. Und dann hörte er es, das Knacken von Ästen.

Er wandte sich um und sah eine Gruppe Männer geduckt am Kamm des Hügels hinter ihm entlang schleichen. Sie waren nicht einmal hundert Meter entfernt, aber sie hatten ihn noch nicht entdeckt. Er duckte sich und kroch hinter einen nahen Busch. Er drückte ein paar Blätter zur Seite, um besser sehen zu können.

Robert, Alfie, Yuri, Pablo und Joseph gingen den Hügelkamm entlang und versuchten sich möglichst klein zu machen. Sie befanden sich am Rand einer Senke und versuchten, möglichst schnell die nächste Baumreihe zu erreichen. Aufgrund dieser Eile hatten sie Grigory nicht bemerkt, sie hatten sich nur nach vorne konzentriert, so als ob pure Willenskraft die Baumreihe näher zu ihnen rücken könnte.

Robert gefiel es gar nicht, dass sie sich auf freiem Feld bewegten, aber sie hatten keine andere Wahl. Das Schießen hatte aufgehört und es war der schnellste Weg auf den Hügel, von wo aus sie Stary Sobor würden überblicken können. Unglücklicherweise war es auch der risikoreichste.

Lucas beobachtete durch sein Fernglas wie sie am Hügelkamm entlang gingen. Er hatte es aufgegeben, herumzulaufen und nach dem .50cal Scharfschützen zu suchen. Es gab einfach zu viele Bäume und Büsche und er hatte auch kein Gefühl dafür, aus welcher Richtung der Schuss gekommen war. Lucas setzte nun stattdessen seine Fähigkeiten als Jäger ein, sein Wissen, das er von Kindesbeinen an erworben und so oft angewendet hatte, dass es ihm in Fleisch und Blut übergegangen war. Er lag vollkommen still im vom Tau noch feuchten Gras. Er bewegte sich nur, um das Fernglas einzustellen, während er Bäume und Büsche nach dem Scharfschützen absuchte.

Grigory beobachtete, wie sie sich scheinbar sorglos über das freie Feld bewegten. Er war ihnen gegenüber im Vorteil, er konnte sie einen nach dem anderen auslöschen.

„Also Boss, was ist dein..." Timors Stimme im Funkgerät verstummte, als Grigory es hastig abschaltete. Er wandte sich wieder den Männern zu. Sie waren weiter gegangen und hatten offenkundig nichts gehört.

Er nahm seinen Entfernungsmesser um die Entfernung zu den Männern festzustellen. Zweihundert Meter, und sie entfernten sich. Er nahm die AS-50 hoch und stellte das Zielfernrohr ein. Dann hielt er inne. *Genug*, der Gedanke in seinem Kopf war so klar und endgültig, dass es ihn selbst überraschte. *Kein Töten mehr. Rory war der letzte. Dadurch bekommt sein Tod wenigstens einen Sinn, eine Bedeutung.* Grigory beobachtete die Männer. Sie entfernten sich von ihm, sie stellten keine Bedrohung dar, es gab keinen Grund, sie zu töten. Aber dafür, all die Anderen zu töten, hatte es ja auch keinen Grund gegeben und er hatte es trotzdem getan. Er nahm sein Gewehr hoch und blickte durch das Zielfernrohr auf den ersten in der Reihe, Robert.

Robert ging weiter, er hatte keine Ahnung in welcher Gefahr er schwebte. Und dann musste Grigory wieder an Rory denken, den freundlichen, sanften Rory, den vertrauensvollen, dummen Rory. An Rory, der verschwunden war und nur eine rötliche, blutige Wolke hinterlassen hatte. Grigory schlug noch härter an seinen Kopf, um diese Erinnerung gleichsam heraus zu schlagen. Es ging nicht.

„Verdammt", flüsterte er und ließ das Gewehr sinken. Er konnte das nicht tun. Nicht jetzt und überhaupt nicht mehr. Er nahm das Funkgerät und wollte Timor Bericht erstatten. *Da kannst du auch gleich selber abdrücken*, warf ihm sein Gewissen vor. Du musst vorwärts gehen, nicht zurück, und plötzlich war ihm klar, was er tun musste.

Diese Männer würden seine Errettung sein. Er würde zu ihnen gehen und sich in ihre Hände begeben, sie nicht bedrohen. Wenn sie ihn töten würden, dann bekam er, was er verdiente. Ließen sie ihn am Leben, dann würde er wissen, dass es gute Männer waren, und vielleicht würde er dann einen Teil seiner Schuld begleichen können. Das erste Mal seit sehr langer Zeit fühlte er sich im Einklang mit sich selbst. Bald würde er entweder sterben oder wiedergeboren werden. Er schulterte seine AS-50 und ging über das Feld in Richtung der Überlebenden.

Die Gruppe hatte zuvor das Funkgerät nicht gehört - aber Lucas schon. Vielleicht deswegen, weil er selbst keinerlei Geräusch machte, vielleicht auch deswegen, weil seine Ohren die natürlichen Umgebungsgeräusche besser ausblenden konnten. Unabhängig davon hatte er nun eine Richtung, in der er den Scharfschützen vermutete.

Als er die Gegend absuchte, aus der er das Geräusch des Funkgeräts gehört zu haben glaubte, sah er zu seiner Überraschung, wie der Scharfschütze plötzlich aufstand. Auf dem Rücken hatte er ein großes AS-50 Scharfschützengewehr, von dem Lucas annahm, es sei das, das sie zuvor gehört hatten. Lucas sah zu, wie der Mann dort ging, verblüfft darüber, dass er sich so exponierte.

Dann fielen ihm die anderen ein und er stellte fest, dass der Mann genau in ihre Richtung ging. Unwillkürlich ließ er das Fernglas fallen und nahm sein M107 Gewehr hoch. Er sah durch das Zielfernrohr und schätzte mithilfe der

Mildots, dass der Scharfschütze etwa 300 Meter entfernt sein musste. Er stellte das Rad am Zielfernrohr auf 300 ein und nahm dann Grigory ins Visier.

Es war das Stöhnen, das Janiks Aufmerksamkeit erregte. Ein anhaltender Chor, der in verschiedenen Lagen stöhnte, und dazu gelegentliches Schlagen gegen die Wände, das aus einer großen, rötlich verrosteten Lagerhalle kam. Ebenso wie der kugelförmige weiße Wasserturm, war auch dieses Lagerhaus so groß, dass man es schon aus großer Entfernung sehen konnte. Es lag am östlichen Ortsrand von Stary Sobor. Janik hatte vor, sein Fahrrad hier stehen zu lassen, während er zu Fuß in die Stadt gehen wollte.

Als er näher herankam, ließ das Stöhnen und Ächzen, das aus der Halle kam, sein Blut gefrieren. Im Inneren waren Infizierte, eine Menge Infizierte. Er spähte durch einen Riss in dem verrosteten Blech und sah hinein. Nachdem sich seine Augen an das Dämmerlicht im Inneren gewöhnt hatten, bot sich ihm ein schauerlicher Anblick. Dort drinnen waren mindestens 50 Infizierte, viele schwach oder verletzt. Am Boden lagen Leichensäcke, die meisten aufgerissen, und die Tore der Halle waren mit Ketten verschlossen. Janik schien es, als hatte man sie hier eingesperrt und einfach vergessen. Er schlich vorsichtig weiter und war froh, dass die Ketten sie am Entkommen hinderten.

Lucas beobachtete den Scharfschützen durch sein Zielfernrohr. Der Mann trug eine Art Militäruniform. Sie war zerschlissen und abgetragen, aber Lucas konnte an den Ärmeln trotzdem Rangabzeichen erkennen. *Womöglich gehört er zu den anderen Überlebenden, von denen Robert gesprochen hat, ein letzter Rest der früheren Ordnungskräfte in diesem Land.* Er erinnerte sich an Roberts klaren Befehl – nicht schießen wenn nicht unbedingt nötig. Der Scharfschütze stellte im Moment keine akute Bedrohung dar. Sein Gewehr trug er schräg auf dem Rücken und er ging zielstrebig auf die anderen Überlebenden zu. Lucas beschloss abzuwarten. Aber er korrigierte die Einstellung seiner Zieloptik, da der Mann sich weiter entfernt hatte. Wenn er nach der Waffe greifen wollte, würde er tot sein, noch bevor seine Finger das Metall berührten.

Timor legte den Arm um Shutovs Schultern als er ihn von den anderen wegführte. Shutov atmete den Gestank ein, der von Timor kam und zuckte sichtlich zusammen.

„Rieche ich ein bisschen streng? In diesem Chaos bleibt nicht wirklich viel Zeit für Körperpflege", sagte Timor und zog Shutov näher heran.

„Wie lange bist du schon hier draußen?", fragte Shutov.

„Derjenige, der die Fragen stellt, bin ich. Beginnen wir damit, wie ihr hierher gekommen seid. Rory erzählt, uups, ich meine erzählte, ihr kommt alle von einem Schiff, das vor der Küste gesunken ist."

„Das ist korrekt", antwortete Shutov.

„Warum zur Hölle seid ihr hierher gekommen. Habt ihr von der Infektion nichts gewusst?"

„Wir haben Gerüchte gehört, Meldungen auf zivilen Kanälen empfangen. Aber wir waren verrückt, wir haben sie einfach nicht geglaubt. Auch ein Ort namens Green Mountain wurde dabei erwähnt."

„Und was war mit den militärischen Kanälen, Nachrichten, Übertragungen?"

Shutov schüttelte den Kopf: „Nichts. Kein Wort über eine Infektion."

„Man muss das russische Militär einfach lieben. Das einzige, was perfekt klappt, sind Vertuschungsaktionen", sagte Timor. „Also, warum seid ihr hier?"

„Unser Kapitän. Er stammte von hier, es war seine Heimat. Ich denke, er wollte einfach Gewissheit haben, also sind wir hierher gefahren."

„Und wo ist euer Kapitän jetzt?"

„Tot."

„Infizierte?"

„Nein, erschossen."

„Von dir?"

Shutov schüttelte den Kopf: „Selbstmord."

„Vielleicht war er der Klügste von euch allen", sagte Timor während sie weiter die Straße entlang gingen.

Robert war so darauf konzentriert, schnell den Hügel hinauf zu kommen, dass er das Tappen an seiner Schulter zuerst nicht bemerkte. Erst als es intensiver wurde, drehte er sich um und sah erstaunt, dass alle stehen geblieben waren. Hinter ihnen, etwa 50 Meter entfernt, kam Grigory auf sie zu. Er hatte die Arme erhoben und trug eine respekteinflößende Waffe auf dem Rücken. Dann bemerkte Robert, dass Yuri und Alfie ihre Waffen auf ihn gerichtet hielten.

„Senkt eure verdammten Waffen. Wenn er uns hätte töten wollen, wären wir schon lange tot", knurrte Robert.

Die Männer senkten die Gewehre. Robert winkte Grigory zu sich, der zur Antwort nickte. Dann bedeutete er den anderen, sich zurück zu halten und Grigory durchzulassen, der zu ihnen gerannt kam.

Lucas beobachtete die Begegnung durch sein Fernglas. Grigory trat vor Robert, der seine Hand ausstreckte. Grigory schüttelte sie zögerlich. Zufrieden darüber, dass die Gruppe nicht in Gefahr war, wandte Lucas seine Aufmerksamkeit wieder der Stadt zu und hielt nach Janik Ausschau.

„Mann, sind wir froh, dich zu sehen", sagte Robert, und fügte mit Blick auf die Uniform hinzu, „bist du vom Militär?"

„Das war ich. Soldat Grigory Roudenko, offiziell von der russischen Föderation. Das war, bevor hier alles den Bach runter ging. Inzwischen versuchen wir nur noch zu überleben. Seid ihr von dem Schiff, das vor einiger Zeit gesunken ist?"

„Sind wir. Du hast vorhin ‚wir' gesagt, sind da noch Andere mit dir unterwegs?"

„Der Rest meiner Einheit, sie sind in der Stadt."

„Gut. Dann gehen wir runter und sprechen mit ihnen."

Grigory schüttelte den Kopf: „Keine gute Idee. Das sind nicht wirklich... nette Leute."

„Warst du das, der vorhin geschossen hat?", fragte Alfie und sah auf die AS-50.

„Ja", Grigory zögerte, „aber ich habe nur Befehle befolgt."

Alfie wollte gerade eine weitere Frage stellen, aber Robert schüttelte den Kopf.

„Also Grigory, wieso bist du zu uns gekommen?", fragte Robert.

„Ich weiß nicht", antwortete Grigory, „ich habe euch da gehen sehen und hab mir gedacht, vielleicht könnten wir uns gegenseitig... aushelfen."

„Brauchst du Essen, oder Wasser. Wir geben dir gerne etwas ab."

„Nein, nicht das. Es ist weil... Ich hab was sehr Schlimmes getan... Und jetzt hoffe ich irgendwie... dass ich was Gutes tun kann. Kommt, ich zeige es euch."

Grigory führte sie auf die Kuppe des Hügels. Von hier oben konnten sie den größten Teil von Stary Sobor überblicken, so auch die Stelle mit dem Hinterhalt. Grigory nahm seinen Entfernungsmesser und sah zur Stadt hinunter. Robert, Yuri und Alfie, die alle Ferngläser hatten, taten es ihm gleich.

„Seht ihr die Gruppe, die dort den Bus entlädt?", fragte Grigory.

„Ja, ich kenne sie vom Schiff. Das sind die Banditen. Wir haben, wie soll ich sagen, unsere Differenzen mit ihnen gehabt."

„Mein Trupp raubt sie gerade aus. Schau dort drüben, das ist Oleg mit seiner M249, der sie bewacht. Und weiter die Hauptstraße hinauf, das ist Timor, unser Anführer..."

„Der gerade mit Shutov spricht", unterbrach Alfie.

„Ich wünschte, wir könnten hören, was sie sagen", sagte Robert.

„Ich bin ein Dummkopf, das können wir", schimpfte Grigory, als er das Funkgerät aus der Tasche zog und einschaltete. Die Stimmen von Timor und Shutov kamen gut verständlich aus dem Funkgerät. Die vier Männer hörten, was sie sagten und beobachteten sie gleichzeitig durch ihre Ferngläser.

„Du hast dich gut geschlagen, Shutov. Ich wünschte, wir hätten mehr Männer wie dich in der Armee. Dann wäre hier vielleicht nicht alles in die Brüche gegangen."

„Also sind wir uns einig. Du nimmst drei von uns mit zum Flugplatz und dafür arbeiten wir mit dir zusammen."

„Ja sicher – welche drei werden das denn sein?"

„Nun, ich selbst und außerdem Sam, den brauchen wir unbedingt, das macht zwei", Shutov sah seine Männer an, die in einer Reihe am Bus standen.

„Oh Mist, wir haben nicht mehr viel Zeit", rief Grigory aus.

„Wieso, was ist los?", fragte Robert.

„Timor hatte vorgehabt, sie auszurauben, herauszufinden was sie wussten und dann die ganze Gruppe zu erschießen. Anscheinend hat ihr Boss jetzt einen Handel mit ihm abgeschlossen, der ein paar rettet, aber die anderen werden nicht so viel Glück haben."

„Du hast ein Schafschützengewehr, erschieß sie einfach alle."

„Nein, Ich werde keinen einzigen Mann mehr töten. Damit bin ich fertig", sagte Grigory ernst.

„Du hast doch selbst gesagt, dass das üble Kerle sind. Also wo ist das Problem?", fragte Alfie.

Grigory sah auf die Häuser, an denen Rorys Blut klebte. „Ich kann keine Ausnahmen mehr machen. So hat doch alles angefangen. Zuerst hieß es, sie wollen uns vielleicht töten, also töten wir sie. Dann hieß es, sie haben Nahrung und wir haben Hunger, also töten wir sie. Zum Schluss hieß es, die gehören nicht zu uns, also töten wir sie. Aber das waren alles nur Entschuldigungen für etwas Unentschuldbares. Ich werde niemals wieder einen anderen Menschen töten."

„Also was dann?", fragte Robert.

„Ablenkung. Ich werde euch Zeit verschaffen, genug um hier zu verschwinden. Dieses Gewehr wird den Bus außer Gefecht setzen, vermutlich für immer, so dass sie euch nicht verfolgen können", Grigory nahm seine Karte heraus und gab sie Robert, „hinter dem freien Feld in unserem Rücken liegt noch ein Hügel. Hinter diesem Hügel steht ein getarnter UAZ, es ist auf der Karte markiert. Nehmt den Wagen", er gab Robert die Schlüssel, „da drin sind Waffen, Nahrung und Wasser. Benutzt den Wagen für eure Flucht."

„Aber was ist mit dir", fragte Robert.

„Ich bin schon so lange hier draußen. Mach dir keine Sorgen um mich."

„Soll einer von uns hier bleiben und helfen?", fragte Yuri.

„Wenn keiner von euch Priester ist, kann mir keiner helfen. Geht jetzt. Ich weiß nicht, wie viel Zeit ich euch verschaffen kann und ihr habt einen weiten Weg ohne Deckung vor euch", sagte Grigory. Er nahm sein Gewehr von der Schulter, legte sich hin und sah durch das Zielfernrohr auf den Bus hinunter.

Janik hatte sich in einem der Häuser versteckt und beobachtete durch das Fenster, wie die Banditen den Bus entluden. Er sah auch, wie Shutov und Timor, ein Stück von ihm entfernt, auf der Straße miteinander sprachen. Aber da es keinen sicheren Weg näher zu den Beiden gab, blieb er lieber hier in Deckung. Zumindest war er hier in Hörweite der Banditen und Olegs.

Es gab ein knackendes Geräusch, als plötzlich das rechte Vorderrad des Buses auseinanderbrach. Gummistücke und Splitter trafen einige der Männer. Ein Metallstück bohrte sich in Josephs Nacken und er sank blutend zusammen. Dann donnerte der Schuss. Die anderen Banditen duckten sich, sie dachten gar nicht mehr an Oleg und seine M249, sondern suchten stattdessen nur noch nach Deckung. Ein weiterer Schuss traf den Motor.

„Verdammt nochmal, du hast gesagt, wir sind sicher", schrie Sam zu Oleg.

„Ich weiß nicht, warum er schießt", brüllte Oleg. Er zog er sein Funkgerät heraus und schrie hinein: „Grigory, Feuer einstellen. Was ist los?"

Janik sah, dass auch Shutov und Timor Deckung suchten und zu den Banditen zurück liefen. Er konnte Timors Stimme durch Olegs Funkgerät hören.

„Grigory, hör auf zu schießen. Das ist ein Befehl!"

Oleg starrte zu Timor hinüber und schüttelte den Kopf. Timor kam näher, als ein weiterer Schuss ein Hinterrad des Buses zerstörte.

„Oleg, was habe die Kerle angestellt?", schrie Timor.

„Nichts, sie haben mitgespielt. Und dann hat er plötzlich geschossen."

Timor betrachtete den blutenden Körper Josephs: „Und was ist mit dem da?"

„Nichts, den hat nur ein Splitter getroffen."

Timor wandte sich an Shutov: „Hast du noch irgendwelche Männer da draußen?"

„Nur einen, aber der fährt direkt zum Flugplatz. Er kann es also nicht sein."

„Nun, mein Mann kann es auch nicht sein. Grigory schießt nicht daneben. Wenn er geschossen hätte, würden hier mehr Tote liegen."

„Die Überlebenden, es muss einer von ihnen sein."

„Wer?"

„Andere vom Schiff, sie haben uns schon seit Tagen verfolgt. Einer von ihnen muss deinen Mann ausgeschaltet haben und schießt jetzt mit seiner Waffe auf uns."

„Oh Mist", flüstere Janik, der ihr Gespräch verfolgte.

„Oleg, Pavel, schlagt einen Bogen nach links, an der verrosteten Halle vorbei, versucht sie zu umgehen", rief Timor über die Straße.

Pavel kam aus dem Haus, in dem er sich versteckt hatte, und duckte sich hinter dem Bus.

„Hast du deine Hunde unter Kontrolle, wenn ich sie von der Leine lasse", fragte Timor Shutov.

„Die machen, was ich ihnen befehle."

„Gut, sag ihnen, sie sollen ihre Waffen aufheben und sich nach Westen bewegen, vielleicht können sie von der anderen Seite an ihn rankommen."

Janik verfolgte diesen Wortwechsel. In seinem Haus war er sicher, auch als Oleg und Pavel näher kamen. *Mist, ich muss was tun, sonst erwischen sie die anderen.* Er hob seine Armbrust und zielte auf Olegs Bein. Janik drückte ab und der Bolzen bohrte sich tief in Olegs Oberschenkel.

Oleg brüllte auf vor Schmerz, ließ die M249 fallen und umklammerte sein Bein.

Janiks Plan hatte funktioniert, er hatte Oleg und Pavel aufgehalten, die nun versuchten festzustellen, von wo der Bolzen gekommen war. Diese Ablenkung verschaffte Janik genug Zeit, um aus der Hintertür zu schlüpfen und in Richtung der rostigen Lagerhalle davon zu laufen.

Shutov nahm diese Bewegung im Augenwinkel wahr und er sah Janik über das freie Feld rennen.

„Dort", schrie Shutov und griff nach seiner CZ550, bevor er merkte, dass er sie gar nicht mehr bei sich hatte.

Timor hatte Janik auch bemerkt und zog seine versteckte M9 SD Pistole. Er schoss auf Janik, aber der war schon zu weit entfernt und rannte zu schnell, als dass er ihn getroffen hätte. Die Kugeln wirbelten nur ein wenig Staub neben Janiks Füssen auf. Wütend pfiff Timor nach Oleg und Pavel.

„Da drüben, östlich, er rennt zu der großen roten Halle."

Oleg und Pavel sahen in die richtige Richtung, aber sie konnten Janik nicht sehen, weil er von dem Haus verdeckt war, in dem er sich zuvor versteckt hatte.

Oleg packte den hervorstehenden Teil des Bolzens und brach ihn ab, so dass nur noch ein kleines Stück zu sehen war.

„Das ist der kleine Mistkerl Janik vom Schiff, ich hab dir gesagt, dass diese Überlebenden hier sind. Sie haben deinen Mann ausgeschaltet", schrie Shutov.

Shutov konnte nur hilflos beobachten, wie Janik die rote Halle erreichte und an der zu geketteten großen Doppeltür stehen blieb.

Janik hatte seine Armbrust geschultert und begann mit einer kleinen Axt, die er immer in seinem Rucksack hatte, auf die Kette am Tor einzuschlagen. Jeder Schlag lockte mehr Infizierte zur Tür. Mit jedem Schlag wurde auch die Kette ein wenig schwächer und gab den Türen mehr Spiel. Sie bewegten sich bereits unter dem Gewicht der Infizierten, die sich immer wilder dagegen stemmten.

Lucas beobachtete Janik ebenfalls, vom Hügel aus. Er wartete darauf, dass Janik zurückkommen würde, so dass sie von hier verschwinden könnten. *Was machst du da, Janik?* Fragte er sich, als Janik immer weiter auf das Tor einschlug. Lucas schwenkte das Fernglas und sah die Überlebenden über das Feld laufen. Sie hatten etwa ein Viertel der Strecke geschafft und rannten wie der Teufel.

Lucas richtete das Fernglas wieder auf Janik und sah, wie plötzlich Einschusslöcher in dem Metalltor erschienen. Janik ließ sich sofort fallen und wandte sich um, als er sah, wie Oleg mit seiner M249 auf ihn schoss. Lucas ließ das Fernglas fallen und griff nach seiner M107.

Er sah Oleg durch sein Zielfernrohr. Olegs M249 spuckte immer noch Kugeln in Janiks Richtung, aber da Oleg den Rückstoß der Waffe nicht gewohnt war, gingen die Schüsse zu Janiks Glück zu hoch. Lucas visierte Oleg an, nahm einen tiefen Atemzug, hielt ihn an und drückte den Abzug.

Die Kugel verfehlte Oleg und schlug hinter ihm in den Boden. Oleg ließ sich in Panik zu Boden fallen und das gab Janik die Möglichkeit zu entwischen. Lucas schoss noch einige Male, absichtlich zu weit, um Oleg zu zwingen, zurück zu kriechen und Deckung zu suchen.

Lucas schwenkte das Gewehr herum auf Janik und sah, wie er immer wieder auf die Halle deutete. Lucas setzte das Gewehr kurz ab um Janik zu winken, dass er zu ihm kommen sollte, dann hob er die M107 wieder. Er stellte die Zieloptik etwas nach und visierte dann das Schloss am Tor der Halle an. Sobald Janik am anderen Ende der Halle war, drückte er den Abzug.

Die Kette sprang auf als das Schloss verschwand und aus einem Loch im Tor sprang eine kleine Wolke schwarzer Galle. Die Flügel des Tores schwangen auf und eine Horde Infizierter ergoss sich heraus, um alles, was lebte zu verschlingen.

Von hinter der Halle warf Janik eine Rauchgranate über die Infizierten hinweg in Richtung der Banditen. Sie landete unweit vom Heck des Buses und die Wirkung war verheerend. Alle Infizierten änderten die Richtung rannten brüllend direkt auf die Wolke zu.

Auch Grigory sah zu, wie die Horde der Infizierten aus der Halle zur Rauchwolke rannte. Er konzentrierte sich so sehr auf die Vorgänge dort unten, dass er nicht bemerkte, dass Alejandro sich an ihn heran schlich und mit seiner AK-74 auf seinen Kopf zielte.

„Waffe fallenlassen", zischte Alejandro.

Grigory gehorchte und nahm die Hände hinter den Kopf.

„Du musst Lucas sein. Sieh mal, ich helfe euch, ich versuche sie festzunageln, während Robert und die anderen zu unserem UAZ gehen. Wenn du eine Karte hast, zeige ich dir wo."

„Lucas vom Schiff, ist er hier?"

„Warte mal, wer bist du eigentlich?", fragte Grigory, als er sich umdrehte.

„Der Mann mit der Kanone", antwortete Alejandro.

Aus dem Funkgerät am Boden war Shutovs Stimme zu hören. „Vergesst die Überlebenden, Männer. Konzentriert euch auf die Infizierten."

Alejandro zeigte auf das Funkgerät.

„Das ist Shutov, also wo sind sie?"

„Unten in der Stadt. Sie werden gerade überrannt", sagte Grigory und deutete auf das Chaos hinter ihm.

Alejandro sah, wie die Banditen blindlings in die anrückende Horde feuerten. Sie waren in Deckung gegangen und Olegs M249 machte Hackfleisch aus vielen der Infizierten. Aber es waren zu viele, und durch den Rauch waren sie oft schwer auszumachen.

„Sag mir, wo die Überlebenden sind, dann lasse ich dich vielleicht am Leben."

„Zur Hölle mit Dir!"

„Zur Hölle mit mir?"

„Genau, zur Hölle mit dir. Es sind gute Leute, und wenn mein Tod ihnen hilft, zu entkommen, habe ich in meinem erbärmlichen Leben wenigsten am Schluss noch etwas Gutes zustande gebracht. Du willst mich töten, dann mach schon. Ich habe weniger Angst zu sterben als davor, noch einmal einen Tag wie heute zu erleben."

„Wenn du darauf bestehst", sagte Alejandro und schoss Grigory in den Kopf. Grigory sackte tot zusammen, ein Teil seines Gesichts fehlte. Alejandro nahm die AS-50 und das Funkgerät und wandte sich dann wieder der Stadt zu.

Oleg schoss immer weiter in die Rauchwolke, aus der die Infizierten strömten wie in einem schrecklichen Alptraum.

„Es hört nicht auf", schrie Oleg.

„Schieß weiter", befahl Timor.

„Ich hab fast keine Munition mehr. Ich brauche gleich Feuerschutz zum Nachladen."

Auch die Banditen hatten hinter ihrer Deckung Stellung bezogen. Sie hatten ihre Waffen im Anschlag und waren auf alles vorbereitet. Jede Feindseligkeit war in diesem Moment vergessen, alle wollten nur noch den Angriff der Infizierten überstehen.

„Shutov, Shutov, kannst du mich hören?", meldete sich Alejandros Stimme durch das Funkgerät. „Die Überlebenden, sie flüchten mit einem Wagen."

„Das ist Alejandro, mein Mann, derjenige, der zum Flugplatz fahren sollte", erklärte Shutov Timor.

„Wie es scheint, hat er hat einen Umweg gemacht", sagte Timor.

„Kann ich das Funkgerät haben? Ich will rausfinden, was da passiert ist."

Timor überlegte kurz, aber dann warf er Shutov das Funkgerät zu.

„Ich lade nach", rief Oleg, öffnete den Verschluss der M249 und nahm den leeren Gurtkasten ab.

Die Banditen feuerten in die Rauchwolke, auf die Infizierten. Shutov musste sich ein Stück zurückziehen, so dass er Stimme aus dem Funkgerät trotz des Lärms ihrer Gewehre noch hören konnte.

Lucas beobachtete die Horde immer noch durch sein Fernglas, als Janik zu ihm herauf kam.

„Hat es funktioniert", fragte Janik.

„Oh ja, die waten da unten knietief in Infizierten."

„Großartig, dann lass uns zum Treffpunkt gehen."

„Die Anderen sind nicht mehr dort. Sie haben sich über das freie Feld da zurückgezogen, aber sie haben uns einen Schutzengel dagelassen. Sieh selbst."

Lucas sah zu den Überlebenden hinüber, die die freie Fläche immer noch nicht überquert hatten, während Janik den Hügel absuchte.

„Willst du sagen, dass Alejandro jetzt zu uns gehört?", fragte Janik verstört.

„Was? Nein, so ein russischer Soldat."

Lucas schwenkte auch zum Hügel und sah, wie Alejandro in das Funkgerät sprach. Dann sah er zur Stadt hinunter und auch Shutov sprach in ein Funkgerät. In diesem Moment begann die M249 wieder zu feuern.

„Sieht so aus als ob er mit Shutov spricht", sagte Janik.

„Genau, und unser Mann ist tot, siehst du die Leiche am Boden, dort bei Alejandro. Ich vermute Al hat ihn ausgeschaltet."

„Vergiss sie, sollen sie die Stadt haben. Lass uns verschwinden."

„Wir können es versuchen, aber wir werden nicht rüberkommen. Wir können kriechen und diese Baumreihe als Deckung nutzen, aber wenn wir über das freie Feld laufen, sieht er uns wir sind erledigt."

„Dann erschieß ihn. Er ist ganz klar ein Killer."

„Nichts würde ich lieber tun, aber warst es nicht du, der gesagt hat, ich solle gut überlegen, bevor ich schieße? Dieses Ding ist laut und wenn ich es jetzt abfeuere, würde das sowohl die Infizierten als auch die Banditen auf uns aufmerksam machen. Im Moment sitzen wir hier fest, zumindest bis Alejandro verschwindet."

Alle waren außer Atem und schnappten nach Luft, als sie den Waldrand auf der anderen Seite des Feldes erreicht hatten. Robert wandte sich um und suchte die Gegend ab, die sie soeben durchquert hatten. Es war alles ruhig, niemand verfolgte sie. Er konnte auch keine Schüsse hören. „Sieht aus, als währen wir raus", sagte er.

„Was ist mit Janik und Lucas?", fragte Yuri.

„Grigory wird ihnen sagen, wo wir hingelaufen sind", sagte Robert und sah auf seine Karte. „Der UAZ müsste auf der anderen Seite dieses Hügels stehen. Alfie, bleib du hier und warte auf Lucas und Janik, alle anderen zum Wagen."

„Ich will auch hierbleiben", sagte Yuri.

„Du hast nur eine Schrotflinte, Yuri. Die hat eine zu kurze Reichweite", sagte Alfie.

„Hol dir doch eine bessere Waffe aus dem UAZ und komm dann hierher zurück", bot Robert an.

Das überzeugte Yuri und er folgte den anderen, wie sie sich den Hügel hinauf bewegten. Von oben hielten sie nach dem Wagen Ausschau und Yuri entdeckte ihn auf der anderen Seite, gleich am Rand eines Feldwegs.

„Da vorne", rief er und rannte hinüber. Robert und die anderen folgten ihm.

Die Anzahl der Infizierten, die aus dem Rauch gestürmt kamen, wurde geringer und auch der Rauch verzog sich langsam. Die schnellsten waren bereits getötet worden und nun waren nur noch die Verletzten übrig und diejenigen, die ohnehin nur noch kriechen konnten. Oleg hörte auf zu schießen, da er nun bis zum roten Lagerhaus sehen konnte. Die Hitze des Maschinengewehres zog Schlieren in seinem Gesichtsfeld und er wischte sich den Schweiß vom Gesicht.

„Spar die Munition", sagte Timor, „ihr drei, nehmt eure Pistolen und Schrotflinten und kümmert euch um die letzten Infizierten."

Shutov kam zurück zu Timor: „Habt ihr einen Wagen in der Nähe?"

„Das geht sich nichts an", antwortete Timor.

„Nun, jetzt schon. Mein Mann hat mir gerade erzählt, dass euer Scharfschütze euch verraten hat. Er hat den Überlebenden erzählt, wo ihr euren UAZ versteckt habt und die sind bereits auf dem Weg dorthin."

„Was?" rief Timor aus und riss Shutov das Funkgerät aus der Hand. „Wer ist da?"

„Alejandro von der MV Rocket. Und wer bist du?"

„Ich bin der Mann, der deine Freunde tötet wenn du dich weiter über mich lustig machst. Wo ist Grigory?"

„Wenn du einen bärtigen Mann mit braunen Haaren in einer russischen Uniform meinst, der liegt hier tot neben mir."

„Wer hat ihn getötet?", wollte Timor wissen und drehte Shutov den Rücken zu.

„Ich, nachdem er versucht hat, mich anzugreifen. Erst hat er gedacht, ich bin einer von den Überlebenden, aber als er gemerkt hat, dass ich das nicht bin, hat er mich angegriffen. Ich hab getan was zu tun war."

„Dann bist du ein toter Mann", knurrte Timor.

Shutov unterbrach ihn und rief: „Ich denke nicht, dass du in der Position bist, Drohungen auszustoßen."

Timor drehte sich um und sah, dass die Banditen Oleg und Pavel umringten und ihre Waffen auf sie gerichtet hielten. Die beiden hatten ihre Waffen fallen gelassen und hielten die Hände erhoben.

Timor reagierte auf die veränderte Situation. „Willst du jetzt Schwänze vergleichen oder wollen wir zusehen, dass wir meinen Wagen zurückbekommen, Shutov? Euer Bus ist kaputt, aber in meinem Wagen gibt es Nahrung, Wasser und eine nette Sammlung an Waffen. Wenn diese Überlebenden so gefährlich sind, wie du behauptest, willst du sicher nicht, dass sie das alles in ihre Finger bekommen."

Shutov überlegte kurz: „Also gut, aber wir müssen schnell sein. Alejandro hat sie über das freie Feld laufen sehen."

„Verdammt, das heißt sie sind nahe dran", fluchte Timor und sah sich die Gruppe an. „Oleg, du kannst nicht laufen, du bleibst hier."

„Butcher, du bewachst ihn. Der Rest den Hügel rauf zu Alejandro." Shutov zeigte auf Timor und Pavel: „Ihr nehmt eure Waffen und geht voraus. Wenn ihr euch auch nur einmal umdreht, schießen wir."

Die beiden Gefangenen nahmen ihre Waffen auf und mussten den Hügel hinauf gehen, während sich Oleg auf eine niedrige Mauer setzte und sein verwundetes Bein hochlegte.

Robert musste lachen: „Also *das* Gewehr passt zu dir, Yuri."

„Es ist verdammt schwer, aber es wird seinen Zweck schon erfüllen", sagte Yuri. Das Gewicht der zweiten M249 SAW drückte auf seinen Rücken. „Ich gehe zurück zu Alfie." Robert nickte und Yuri rannte zurück, den Hügel hinauf, so gut das mit dem zusätzlichen Gewicht auf seinem Rücken ging.

„Alle anderen – verteilt euch, haltet nach Jedem Ausschau, der den Hügel herunter oder den Feldweg entlang kommt. Kennen wir ihn nicht, wird er entwaffnet. Zuerst ein Warnschuss, wenn er dann nicht seine Waffe niederlegt, liegt es an euch. Aber denkt daran, dass es im Moment wahrscheinlich heißt: Ihr oder er. Geht also lieber auf Nummer sicher."

Die Männer verteilten sich in der Nähe des Wagens, als Robert Yuri über die Kuppe des Hügels laufen sah.

Lucas und Janik waren mit Schmutz und Gras bedeckt, in ihren Gürteln steckten buschige Äste und sie krochen flach auf dem Boden. Sie waren bereits ein Stück über das Feld gelangt, indem sie zwischen Bäumen und Büschen gekrochen waren, aber nun steckten sie fest, weil es keinerlei Deckung mehr gab. Sie beobachteten Alejandro, der oben am Hügel stand und seinerseits mit dem Fernglas die Umgebung absuchte.

„Warum haut er nicht endlich ab", fragte Janik.

„Ich weiß nicht, aber auf jeden Fall sucht er jemanden."

„Uns?"

„Vielleicht uns, vielleicht auch die Anderen – oh Mist, schau mal weiter diesen Hügel runter."

Janik passte sein Fernglas an und sah, wie Timor und Pavel vor Shutov und den Banditen den Hügel hinauf gehen mussten.

„Das ist nicht gut."

„Ganz und gar nicht", sagte Lucas und sah zur nächsten Baumreihe hinüber, die etwas 130 Meter von ihnen entfernt war, „wir könnten es in 20 oder 30 Sekunden da rüber schaffen, aber sie würden uns ganz sicher bemerken."

„Wir müssen bereit sein, jeden Moment loszulaufen. Wir beobachten sie und wenn wir sehen, dass sie abgelenkt sind, legen wir los", antwortete Janik.

Er verschloss seinen Rucksack und überprüfte, ob alles gut verstaut war, bevor er wieder sein Fernglas hob und weiter die Banditen beobachtete.

„Das also ist der tote Mann", sagte Timor als er Alejandro betrachtete.

„Das ist lustig – das gleiche könnte ich über dich sagen", antwortete Alejandro.

„Ich bin schon seit sehr langer Zeit tot, mein Freund."

„Schluss damit, beide", sagte Shutov. Hast du die Überlebenden oder das Auto gesehen?", fragte er Alejandro.

„Negativ. Hier draußen hat sich nichts gerührt."

„Also, wo ist mein Wagen?" wollte Shutov von Timor wissen.

„Oh, ich glaube du hast das was missverstanden. Es ist mein UAZ oder es ist der UAZ der Überlebenden, aber es wird niemals dein UAZ sein. Schau, ich habe dir die Möglichkeit gegeben, zu verhandeln. Wenn du mir das auch einräumst, nehme ich dich vielleicht in meinem UAZ mit."

Shutov nahm Sam die Pistole aus der Hand und hielt sie an Timors Kopf. Timor schien ganz gelassen.

„Es tut mir wirklich leid, dich zu enttäuschen, aber das ist nicht das erste Mal, dass mir jemand eine Pistole an den Kopf hält. Der Tod macht mir keine Angst, mein Freund, dem sehe ich schon eine ganze Weile ins Auge."

Shutov sah ihn eine Weile an und er sah die Entschlossenheit in Timors Gesicht.

„Ich glaube dir", sagte Shutov, als er die Pistole auf Pavel richtete, „aber was ist mit deinem Freund hier."

„Wenn mir so wenig an mir selbst liegt, wie sollte mir dann etwas an ihm liegen?", fragte Timor.

„Ich denke mehr daran, wie er selbst über sein Leben denkt", sagte Shutov, richtete den Lauf zurück auf Timors Kopf und drückte ab. Aus dieser kurzen Distanz ging die Kugel glatt durch seinen Kopf und auf den Baum hinter ihm spritzten Blut, Gehirnmasse und Knochensplitter. Timor fiel zu Boden, er war sofort tot.

Alfie, Lucas und Janik hatten den Moment durch ihre Ferngläser beobachtet. Alle schraken sie zusammen, als Shutov Timor kaltblütig hinrichtete.

„Also Pavel, willst du mir nun sagen, wo dieses Auto ist?", fragte Shutov und richtete die Pistole auf ihn.

„Nein", sagte Pavel, „aber ich bringe dich hin, wenn ich dadurch am Leben bleibe."

„Guter Mann. Die erste vernünftige Entscheidung von einem von euch Soldaten heute. Also, wo lang?"

„Da über das freie Feld, aber wir beeilen uns besser", sagte Pavel.

„Das ist zu offen, wir müssen einen Bogen schlagen", beschwor Vuk die Männer.

„Das dauert zu lange", beharrte Pavel, „der UAZ ist nicht sehr weit entfernt, wir müssen schnell machen."

„Du hast recht, Vuk, aber unser Freund hier auch. Du schlägst einen Bogen nach links, Sam, du machst einen Bogen nach rechts. Ihr beide deckt uns, während wir gerade durch laufen."

Vuk und Sam nickten als sie sich nach rechts und links absetzten.

Yuri war am Waldrand angekommen und suchte nach Alfie. „Pssst, Alfie, wo bist du?"

„Hier oben auf dem Jägerstand", sagte Alfie und sah zu Yuri hinunter. „Oh verdammt, das ist ein riesiges Gewehr."

„Was geschieht?"

„Shutov hat gerade jemanden erschossen, aber ich konnte nicht erkennen wen. Lucas und Janik stecken da in dem Gebüsch genau südlich von uns. Sie können nicht weiter, weil Shutov und die Banditen sie von der anderen Seite sehen würden."

„Oh, ich sehe sie", sagte Yuri und spähte in Richtung der Banditen, „sie verteilen sich."

„Oh Mist. Sie verteilen sich und kommen hierher", rief Alfie aus.

„Ich werde sie aufhalten. Du gehst zurück zu Robert und sagst ihm, er soll die Straße runterfahren und Lucas und Janik einsammeln."

„Werden sie nicht den Wagen hören?", fragte Alfie.

„Nicht bei dem Lärm, den diese Kleine hier macht, da hören sie gar nichts", sagte Yuri und baute das Maschinengewehr in der Deckung einer dicken Kiefer aus, deren Äste den Boden berührten.

„Wir sind erledigt, total erledigt", sagte Janik, als die Banditen das Feld überquerten.

„Nein, sind wir nicht. Sie wissen nicht, dass wir hier sind und wenn sie uns zu nahe kommen, dann habe ich immer noch die M107."

„Ja sicher, aber wie kommen wir über das Feld?", fragte Janik und beobachtete, wie die Banditen rannten.

„Der Plan hat sich nicht geändert – in der Sekunde, in der sie lange genug abgelenkt sind, dass wir rüber kommen können – rennen wir."

„Also ich denke, ihr werdet mich in jedem Fall töten?", sagte Pavel, als sie über das Feld rannten.

„Halt den Mund und bring mich zu dem Wagen", schimpfte Shutov.

„Das ist dumm, sie sehen uns doch schon von weitem kommen", beschwerte sich Pavel.

„Deswegen läufst du ja auch vorne", antwortete Shutov.

„Schhhh. Ich höre ein Auto", sagte Harrison.

„Von wo? Welche Richtung?"

„Von dort", Harrison zeigte nach Nordosten.

Alle lauschten angestrengt als die Stille unvermittelt von Maschinengewehrfeuer durchbrochen wurde, das neben ihnen einschlug.

„Jesus, was ist denn das?", rief Harrison aus, als er sich zu Boden warf. Auch Shutov, Alejandro und Pavel lagen flach im hohen Gras als die Kugeln über sie hinweg pfiffen.

„Was ist das?", fragte Shutov.

„Das ist die andere M249, die wir letzte Nacht gefunden haben. Das bedeutete sie haben den UAZ", antwortete Pavel.

„Verdammt, wir müssen in Deckung", rief Harrison und drehte sich um. Zum Glück für sie war das Gras hoch genug, um sie vor dem Schützen zu verbergen.

„Da links, diese Bäume. Bleibt unten und kriecht da hinüber", sagte Shutov während er schon unterwegs war. Die Kugeln hörten nicht auf, über ihre Köpfe zu pfeifen, während sie Shutov folgten.

„Das ist unsere Chance", sagte Janik, als er die Banditen wegkriechen sah.

„Kannst du sehen, wer da schießt?", fragte Lucas und suchte den fernen Waldrand mit seinem Fernglas ab.

„Nein, ist mir auch egal. So lange die auf die Banditen und nicht auf uns schießen, ist alles in Ordnung. Los, gehen wir."

„Also gut, auf drei", sagte Lucas und sah noch einmal herum. „Eins... zwei... drei."

Beide Männer sprangen vom Boden auf und sprinteten über das offene Feld zur nächsten Baumreihe.

Von der anderen Seite sah Vuk, der sich in einem Busch verbarg, Lucas und Janik rennen. In dieser Entfernung waren sie zu klein für ihn um zu erkennen, wer das war und auch zu weit weg, um irgendetwas tun zu können. Er wandte sich zurück zu der Stelle, von der das

Maschinengewehrfeuer kam. Sie lag viel näher, nur etwa 50 Meter von seinem Standort entfernt.

Vuk sah zwar, von wo die Kugeln kamen, aber den Schützen selbst, der unter einer Kiefer versteckt lag, konnte er nicht sehen. Vuk versuchte, Shutov, Alejandro Pavel und Harrison zu sehen, konnte sie aber nicht entdecken. Die Kugeln flogen über die Stelle, wo sie zuletzt gestanden hatten und nun vermutlich tot im hohen Gras lagen.

Vuk spähte durch das Visier seiner AKS-74 Kobra. Die Kugeln kamen unter der Kiefer hervor, aber der Schütze blieb verborgen, alles was er sah waren Mündungsfeuer und Pulverqualm. Vuk nahm die Stelle ins Visier, wo der den Schützen vermutete und hielt den Atem an. Er bereitete sich auf den Rückstoß vor und drückte den Anzug.

Die Kobra spuckte AK Kugeln in die Kiefer und die M249 verstummte sofort. Vuk stellte das Feuer ein, beobachtete die Stelle, ob sich etwas bewegte, und lauschte. Alles war nun wieder still. Er hielt seine Waffe auf den Baum gerichtet und ging langsam darauf zu, bereit beim geringsten Anzeichen einer Bewegung zu schießen.

Als er näher kam hörte er einen Mann vor Schmerzen stöhnen und husten, ein Husten, das feucht klang, wahrscheinlich von Blut. Vuk erkannte die Stimme und schlang das Gewehr über die Schulter, als er zu laufen begann.

„Yuri!", rief er.

„Vuk! Hier rüber."

Vuk lief um den Baum herum und fand Yuri am Boden liegen. An seiner rechten Seite war seine Kleidung dunkelrot, von Blut durchtränkt, und seine Wunden bluteten weiter. Er lag auf dem Rücken und sah in den Himmel.

„Warst du es?", fragte Yuri.

Vuk nickte und versuchte, die Tränen zurückzuhalten.

„Wenn es schon sein musste, dann am liebsten durch dich", sagte Yuri.

„Es tut mir so leid. Ich habe nicht gewusst, dass du das warst. Ich hätte doch nicht..."

„Hör auf. Entschuldigungen sind für die Jungen und Dummen und du, mein alter Freund, bist keines von beiden", Yuri musste sich beim Sprechen sehr anstrengen und als er den Satz beendet hatte, hustete er noch mehr Blut aus.

„Was mach ich denn bloß?"

„Nichts, für mich ist es zu spät", sagte Yuri und versuchte, seine blutige Hand zu heben, „sind die anderen entkommen?"

„Ich glaube schon", sagte Vuk und schaute auf die offene Fläche hinaus.

„Dann ist es ein guter Tag zum Sterben, weil mein Tod einen Sinn hat. Was kann sich ein alter Mann mehr wünschen?"

Vuk nahm Yuris Hand und hielt sie fest, während er seinem Freund in die Augen sah.

„Es ist nicht zu spät für dich, Vuk", sagte Yuri und sah ihn an.

„Ich bin schon ein alter Hund, ich lerne keine neuen Tricks mehr."

„Du bist ein guter Mensch, und das ist *kein* Trick", schalt ihn Yuri.

„Was willst du dass ich tue?", fragte Vuk.

„Tu was dein Herz dir sagt", mit diesen Worten wurde Yuris Blick leer und seine angestrengten Atemzüge hörten auf. Vuk sah zu ihm hinunter. Er hielt immer noch seine blutige Hand fest. Dann beugte er sich vor und küsste Yuri auf die Stirn.

„Auf Wiedersehen, alter Freund Ich bin sicher, wir sehen uns schon bald wieder", sagte Vuk und drückte Yuri die Augen zu. Dann blieb er bewegungslos sitzen und betrachtete die Ameise, die über Yuris Arm krabbelte.

Nach einiger Zeit stand er auf, seine Kleider waren von Yuris Blut getränkt. Er nahm die M249 SAW auf und trat vom Waldrand auf die offene Fläche hinaus.

Shutov, Alejandro, Pavel und Harrison sahen, wie Vuk mit blutverschmiertem Gesicht auf sie zukam.

„Ist er erledigt", rief Harrison.

Vuk nickte und ging wie betäubt weiter.

„Vuk, der Killer", rief Shutov stolz, „und seht nur, er hat Kriegsbeute gemacht."

Lucas und Janik sahen Vuks Gestalt von der anderen Seite, allerdings war es zu weit, um ihn zu erkennen, sogar mit den Ferngläsern. Hinter ihnen hörten sie ein Auto anhalten. Alfie stieg aus und kam zu ihnen.

„Könnt ihr Yuri sehen?", fragte Alfie.

„Nein, wo ist er?"

„Er hat unsere Flucht mit seinem Maschinengewehr gedeckt. Da oben, nicht weit von dem Jägerstand."

„Dann ist er tot", sagte Janik und gab Alfie sein Fernglas, „wer das auch immer ist, er hat ihn getötet und sein Gewehr genommen."

„Oh nein", schrie Alfie, „wird es so von jetzt an sein? Ist das das einzige, was wir im Leben noch vor uns haben? Was ist mit Grigory, hat er es geschafft?"

„Wer?", fragte Lucas.

„Der Russe, der uns von dem Wagen erzählt hat, er war auf dem Hügel und hat uns Deckung gegeben."

„Nein", sagte Lucas und schüttelte den Kopf, „Alejandro hat ihn erschossen."

„Dreckiger Mistkerl!" rief Alfie aus.

Lucas hob seine M107 und richtete sie auf die Gestalt, die über die freie Fläche ging.

„Nein. Nicht jetzt, nicht so", sagte Janik.

„Wieso nicht? Er hat Yuri ermordet."

„Es ist ein unnötiges Risiko. Bringt es uns Yuri zurück, wenn er stirbt?"

„Nein, aber ich würde mich besser fühlen."

„So, wie als du Kai erschossen hast?", bemerkte Janik. „Schau doch, es bleibt immer ein Menschenleben, das du auslöschst, egal wie du es zu rechtfertigen versuchst. Es läuft darauf hinaus, dass wir so sein können wie die, oder besser als sie. Er weiß nicht, dass wir hier sind, er ist keine Bedrohung für uns – ihn jetzt zu töten, wäre Mord. Wenn wir ihn verschonen, können wir unbemerkt verschwinden."

Lucas überlegte, was Janik gesagt hatte, dann nickte er und ließ das Gewehr sinken.

„Unbemerkt vielleicht, aber nicht bequem", sagte Alfie.

„Was meinst du?", fragte Janik.

„Der UAZ hat Platz für fünf, aber mit euch beiden sind wir sechs. Es sieht also so aus, Shorty, dass du quer auf dem Schoss von dreien von uns liegen musst, und keiner von uns hat sich in den letzten Tagen auch nur ein bisschen gewaschen."

„Oh Mist, erst verliere ich mein Rad und jetzt das", murrte Janik als er zum UAZ trottete.

Pavel musste zurück zum Ort des Hinterhalts marschieren wo der Butcher wartete. Oleg lag tot am Boden, mit Einschüssen in seiner Brust.

„Wir haben den Wagen nicht bekommen, hab ich recht?", fragte der Butcher.

„Was ist hier passiert", wollte Shutov wissen.

„Er hat versucht wegzulaufen, da habe ich ihn erschossen", sagte der Butcher.

„Er wollte weglaufen - mit einem gebrochenen Bein?", klagte Vuk an.

„Ich habe gesagt, dass er versucht hat wegzulaufen. Ich hab nicht gesagt, dass das besonders schlau war", antwortete der Butcher unverfroren.

„Genug! Es spielt jetzt ohnehin keine Rolle mehr", sagte Shutov, „ohne medizinische Versorgung wäre er an seiner Wunde ohnehin gestorben. Und da wir etwas... knapp an Ärzten sind, hätte er uns nur aufgehalten." Shutov wandte sich an Pavel: „Und was dich betrifft. Überzeuge mich, dich am Leben zu lassen, dann werde ich es tun."

Pavel starrte die Banditen an, die ihre Gewehre auf ihn gerichtet hatten. Seine Gedanken überschlugen sich auf der Suche nach der richtigen Antwort.

„Wissen", sagte Pavel, „ich kann euch Wissen bieten. Ihr seid erst seit ein paar Tagen hier, ich lebe seit Wochen in dieser Scheisse. Ich weiß alles über die Infizierten, darüber, wie man Orte plündert, wo es sauberes Wasser gibt, die besten Plätze, wo man Fahrzeige und Benzin findet. Ihr wollt überleben und ich weiß, wie ihr das am besten anstellt."

„Ich bin noch nicht wirklich überzeugt. Aber du hast diesen Abend, um es mir zu verkaufen", sagte Shutov, „jetzt zeig mir, wo ihr heute Nacht geschlafen habt."

Pavel nickte und ging die Straße hoch, Richtung Kirche und Supermarkt.

„Die anderen holen alle Sachen aus dem Bus und verstauen sie beim Schlafplatz. Sam, du siehst dir den Bus an. Ich denke zwar, dass wir ihn abschreiben können, aber ich will sicher sein."

Als sich die Männer zerstreuten, ging Vuk zum Butcher und hielt ihn mit einer Handbewegung an. Er lehnte sich zu ihm und fragte leise: „Wenn Oleg weggelaufen ist, wieso hat er dann Einschüsse in der Brust und nicht im Rücken?"

Der Butcher sah auf Olegs Leiche, es war klar, dass er sich seinem Mörder im Moment der Schüsse zugewandt hatte.

„Dann bist du eben nicht der Einzige, der Blut an den Händen hat", sagte der Butcher herausfordernd, als er weg ging. Vuk starrte hinunter auf seine Hände, seine blutverschmierte Kleidung und dann wieder auf Olegs Leiche.

Es begann gerade zu dunkeln, als die Banditen alles in dem großen, roten, zweistöckigen Ziegelhaus verstaut hatten, das Pavel ihnen gezeigt hatte. Vuk saß vor dem Haus und betrachtete den Sonnenuntergang. Seine Hände waren jetzt wieder sauber, aber er versuchte auch das Blut unter seinen Fingernägeln herauszukratzen. Er hatte sein Hemd gewechselt. Das, das er nun trug, war ihm zwar zwei Nummern zu groß, aber wenigstens klebte Yuris Blut nicht daran.

Shutov setzte sich neben ihn: „Was ist los, Vuk? Du hast den ganzen Nachmittag nichts gesprochen. Geht es um Yuri, ist es das, was dich bedrückt?"

Vuk nickte: „Es ist schon lange her, seit ich das letzte Mal einen Mann töten musste."

„Aber Yuri war nicht bloß ein Mann, oder? Er war auch dein Freund."

„Ja, ich denke, das war er", sagte Vuk.

„Ich weiß es zu schätzen, dass du bereit bist, auch einen Freund zu töten, um deine Brüder zu beschützen. Aber mir scheint auch, dass es dich belastet."

„Ich habe getan, was ich tun musste, aber ich kann ihn nicht so liegen lassen."

„Was meinst du?"

„Da draußen, als Futter für die Infizierten. Es ist einfach nicht richtig. Er verdient etwas Besseres. Ich will ihn begraben."

„Es ist töricht, dahin zurück zu gehen", sagte Shutov, „du würdest unser aller Leben auf's Spiel setzen."

„Ich werde alleine gehen, ich muss sogar alleine gehen."

Shutov wollte weiter argumentieren, aber er brach ab, als er die Entschlossenheit in Vuks Augen sah.

„Tu' was du tun musst, um deinen Frieden mit dieser Sache zu machen", sagte Shutov.

„Ich habe nicht um Erlaubnis gefragt."

„Und ich habe sie nicht angeboten, nur meinen Rat. Die Toten kümmert es nicht, was mit ihnen geschieht, nur die Lebenden. Darum mach was nötig ist, um darüber hinweg zu kommen, weil ich - nein *wir* - dich brauchen, und zwar mit einhundert Prozent deiner Leistungsfähigkeit."

„Ich würde sagen, du hast Leute, um die du dir eher Gedanken machen solltest als um mich, Shutov", sagte Vuk.

„Du sprichst vom Butcher."

Vuk nickte: „Oleg umzubringen war eine Dummheit, und nicht seine erste."

„Wir werde nie erfahren, was zwischen ihm und Oleg wirklich vorgefallen ist, also müssen wir es auf sich beruhen lassen", antwortete Shutov.

„Aber du glaubst seine Geschichte nicht?"

Shutov stand auf. „Ich weiß, dass die meisten Männer nicht rückwärts weglaufen", sagte er, bevor er sich umdrehte und wegging.

Janik hüpfte auf den Oberschenkeln von Lucas, Pablo und Joseph auf und ab, als der UAZ den Feldweg entlang holperte.

„Hört dieser Weg jemals auf?", beschwerte sich Janik.

„Es dauert nicht mehr lang", sagte Alfie auf dem Beifahrersitz, mit einer Karte auf den Knien. „Nur noch durch dieses Tor und dann weiter auf der Straße."

Der UAZ fuhr weiter auf der Straße, die in eine Lichtung mündete. Dann waren sie am südlichen Ende zweier langer Rollbahnen.

„Oh mein Gott", sagte Robert.

„Ist es das, was ich glaube, dass es ist?", fragte Alfie.

„Ich denke das war es, was Shutov umgetrieben hat", antwortete Robert.

Er hielt den Wagen an, die Männer auf dem Rücksitz nutzen dankbar die Gelegenheit herauszuspringen. Janik war der erste, der draußen war. Alle starrten die Rollbahn hinunter auf das, was Robert und Alfie die Sprache verschlagen hatte.

„Lasst uns gleich hingehen", sagte Pablo aufgeregt.

„Zu gefährlich, sieh doch bloß, die ganzen Infizierten", antwortete Janik.

„Und außerdem ist es schon fast dunkel", sagte Lucas.

„Ihr habt recht, wir verschanzen uns für die Nacht in einem der Hangars. Das gibt uns die Zeit, nachzudenken und eine Strategie zu entwickeln."

„Schaut sie euch bloß mal an, da draußen. Das müssen über hundert sein", grübelte Janik.

„Ich würde sagen, es sind viel mehr. Das sind ja nur die, die wir sehen", warf Lucas ein.

„Das ist im Moment egal. Wir nehmen den Hangar ganz links am Ende. Janik, Lucas, ihr geht als erste rein und säubert ihn. Und seid leise, wir wollen kein Hornissennest aufscheuchen."

Janik nahm seine Armbrust und Lucas eine Axt aus dem Wagen. Sie schlichen davon, zum nächstgelegenen Hangar.

Robert nahm sein Fernglas und sah wieder die Rollbahn hinunter.

„Und, was denkst du, Boss?", fragte Alfie, während er sich eine Zigarette anzündete.

„Ich denke, wie könnten eine Chance haben, Alfie, wir könnten eine Chance haben."

KAPITEL 44

GREEN MOUNTAIN

Weit weg von Tod und Chaos in Stary Sobor waren Duke und Xavier gerade dabei, nach Green Mountain zu marschieren. Der Berg war im Grunde genommen nur ein großer, bewaldeter Hügel mit der einzigen Besonderheit, dass ganz oben ein riesiger Sendeturm stand, der aus jeder Richtung kilometerweit zu sehen war. Duke dachte, dass dieser Turm geeignet wäre, um ihren nächsten Zug zu planen und festzustellen, wohin sie als Nächstes gehen sollten.

Als sie am Fuß des Hügels ankamen, erreichten Sie einen Fahrweg, der den Hügel hinauf führte. Sie machten Halt und versuchten die Lage abzuschätzen. Xavier nahm sein Fernglas heraus und beobachtete die Schotterstraße den Hügel hinauf. Sie führte zum Tor des Geländes, in dem der Turm stand. Vor dem Eingang gab es eine Menge Schutt und liegengebliebene Autowracks. Dazwischen lagen tote Körper am Boden, viele in Militäruniform, und Infizierte wankten zwischen den Autos herum. Das Haupttor war versperrt, es schien nicht so, als ob sie dort hineinkommen könnten.

Die Anlage bestand aus einigen Gebäuden, die um den gewaltigen Sendeturm angeordnet waren, der hoch in den Himmel aufragte. Sie war vollständig von einer zweieinhalb Meter hohen Betonmauer und davor einem Drahtzaun umgeben, dessen oberen Abschluss drei Reihen Stacheldraht bildeten. Der einzige Zugang schien das vordere Tor mit dem Wachhäuschen zu sein.

„Das Tor scheint verschlossen und überall treiben sich Infizierte herum", sagte Xavier und gab Duke das Fernglas. „Vielleicht sollten wir's lieber vergessen."

„Nein, die Gelegenheit ist zu gut, um sie vorbeiziehen zu lassen. Dieser Turm ist das höchste Gebäude weit und breit. Wenn wir da raufkommen sehen wir kilometerweit."

„Das verstehe ich schon, heute Morgen im Haus schien es mir auch eine gute Idee, aber jetzt und hier fühle ich mich damit gar nicht mehr wohl. Dieser Ort jagt mir einen Schauer über den Rücken."

„Da musst du durch, Frenchy. Denn wir gehen jetzt da rein. Sehen wir mal, ob wir uns von hinten irgendwie rein schleichen können."

Xavier verstaute sein Fernglas und folgte Duke in den Wald um die Anlage zu umrunden. Sie fanden ein kleines Loch im Zaun an der Seite und Duke trat einen Teil des Drahtgewirrs zur Seite, bis es groß genug war, damit sie sich durchquetschen konnten.

Als sie die Betonmauer erreicht hatten, hob Duke die Hand zum Zeichen, dass sie stehen bleiben sollten. Beide lauschten. Es gab Schleifgeräusche am Boden, man konnte die Infizierten auf der anderen Seite der Mauer kriechen und schlurfen hören. Duke gab das Zeichen zum weitergehen und Xavier folgte ihm an der Mauer entlang.

Als sie um die Ecke der Mauer bogen, fanden sie einen Durchschlupf an der Rückseite. Es gab eine niedrige Öffnung am Fuß der Mauer, wo der Beton nachgegeben hatte. Duke legte sich auf den Bauch und spähte durch die Öffnung – es war eng aber er würde sich durchschieben können.

„Hier gehen wir rein, aber das Gepäck lassen wir hier. Wir legen unsere Rucksäcke ab und nehmen nur unsere Waffen und die Karte mit." Xavier legte seinen Rucksack ab und nahm den Revolver und die kleine Axt heraus. Duke tat das Gleiche und sie versteckten ihre Rucksäcke unter einem Busch und deckten sie mit Zweigen ab.

„Ich gehe voraus", sagte Duke und hielt seine Axt hoch, „wir bleiben geduckt und verhalten uns leise. Wenn wir drin sind, gehen wir direkt zum Turm und klettern hoch. Wir kämpfen nur, wenn wir unbedingt müssen und dann nur mit den Äxten."

„Willst du das wirklich tun?", fragte Xavier.

„Dir passiert schon nichts. Ich habe doch versprochen, dein Leben zu beschützen – und das werde ich auch. Bleib einfach dicht hinter mir." Daraufhin kroch er unter der Mauer durch.

Er kam hinter dem Hauptgebäude der Anlage heraus. In einigem Abstand gab es Infizierte, aber keiner hatte ihn bemerkt, sie streiften einfach weiter ziellos durch die Anlage.

„Gut, alles klar, Frenchy. Komm rüber", flüsterte Duke durch die Öffnung. Xavier schob sich darunter und zog sich auf die andere Seite. Er stand auf und schlich zu Duke, der ständig die Infizierten im beobachtete.

„Wir haben ein paar da drüben, aber in Turm scheint alles sauber zu sein. Sieht aus, als seien die meisten aus der Anlage ausgesperrt. Ich sage wir gehen um dieses Gebäude herum und dann direkt hinüber zum Turm."

Xavier nickte und folgte Duke. Sie schlichen langsam an der Wand entlang und sahen sich immer wieder um, um nicht von hinten überrascht zu werden. Am Ende des Gebäudes spähte Duke vorsichtig um die Ecke.

„Heilige Mutter Gottes", flüsterte er, als er sah, dass neben einem nahen Werkstattgebäude ein ATV, ein All-Terrain-Vehicle, geparkt war.

„Was ist denn?", fragte Xavier.

„Was hier steht, heißt nie wieder zu Fuß gehen, Frenchy. Nie wieder", antwortete Duke und kroch langsam zum ATV hinüber. Xavier bog um die Ecke und sah, wieso Duke so aufgeregt war. Da stand ein geländegängiges vierrädriges Gefährt, mit Allradantrieb. Es hatte einen Sattel für zwei Personen, ähnlich einem Motorrad, und eine kleine Box am Heck für Ausrüstung.

Duke untersuchte das Fahrzeug, während Xavier näher heran kroch.

„Wie sieht's aus?"

„Kein Schlüssel, ich kann's also nicht sicher sagen, aber es ist in gutem Zustand und ich kann es bestimmt kurzschließen", Duke sah auf die Tankanzeige, „der Tank ist noch zu einem Viertel voll."

„Phantastisch."

„Na ja, nicht für dich – du musst den Bock reiten."

„Hey, wenn wir dadurch weniger laufen müssen, bin ich dabei."

„Wir kümmern und später darum. Jetzt klettern wir erstmal auf den Turm", sagte Duke und tätschelte liebevoll das ATV. Dann krochen sie auf dem Bauch, zwischen zwei Ural LKW Wracks durch, in Richtung des Eingangs zum Turm. Er bestand aus einer großen Stahltür, die glücklicherweise offen stand.

Xavier und Duke standen auf und schlichen zur Tür. Duke sah hinein, es gab einen etwa fünf Meter langen Gang, der dann in einem 90 Grad Winkel nach rechts abbog. Da alles ruhig aussah, schlüpften sie hinein. Als beide drin waren, griff Duke nach der Tür und schloss sie langsam hinter Xavier, was den Gang in ein Dämmerlicht tauchte.

„Jetzt sehen wir gar nichts mehr", flüsterte Xavier.

„Aber die sehen schlechter als wir, wir müssen nur eine Minute warten", antwortete Duke.

So warteten beide ab, bis sich ihre Augen an das dämmrige Licht angepasst hatten. Aus dem Gang um die Ecke war nun ein schwacher Lichtschein zu sehen.

„Ich gehe voraus", sagte Duke. Er hatte seine Axt in der Hand, bereit zum Zuschlagen, und schlich den Gang entlang. An der Ecke blieb er stehen und lauschte. Aber abgesehen von ihren eigenen Atemzügen war alles still. Duke spähte um die Ecke. Der Gang selbst war dämmrig, aber an seinem Ende konnte er die Umrisse einer Leiter ausmachen. Das wenige Licht, das durch eine Öffnung am oberen Ende der Leiter fiel, reichte aus, um zu sehen, dass der Gang leer war. Duke ging zur Leiter und sah hinauf. Sie führte etwa 20 Meter weit nach oben.

„Dort oben sollten wir sicher sein, wir wissen ja, dass sie keine Leitern hochklettern können", sagte Duke und stieg hinauf.

„Na hoffentlich sind nicht schon welche oben", antwortete Xavier und folgte Duke.

Als Duke oben ankam spähte er über die Kante. Er sah in einen kleinen Raum. An den Wänden gab es Sicherheitsausrüstung mit Seilen und Klettergurten, aber Infizierte waren nicht zu sehen. Die Türe zur Plattform stand offen und Duke konnte hindurch, weit in die Landschaft, schauen.

Er stieg hinauf und rief hinunter: „Alles klar hier oben, komm rauf Frenchy." Während Xavier hochkletterte ging Duke hinaus, die Axt im Anschlag. Die Plattform führte um den Turm herum und gleich neben dem Eingang sah er am Boden einen toten Körper. Er trug einen Laborkittel und in seiner Hand lag eine Makarov PM Pistole. Er schien vor langer Zeit Selbstmord begangen zu haben, da er bereits ziemlich verwest war.

„Oh Scheisse", sagte Xavier als er ihn dort liegen sah.

„Armer Kerl", sagte Duke und sah sich um, „sieht aus, als wollte er ein letztes Mal die Aussicht genießen. Lass ihn liegen, wir müssen sehen, ob sie Plattform sauber ist, ich geh links herum und du rechts."

Sie trennten sich und umrundeten den Turm. Außer den Parabolantennen, die mit Schienen am Turm befestigt waren, gab es nichts von Interesse. Sie gingen zurück zu der Leiche.

„Nichts?"

„Nein, bloß dieser arme Kerl", antwortete Duke. Er beugte sich hinunter, nahm ihm die Pistole aus der Hand und untersuchte sie. Er ließ das Magazin heraus fallen.

„Die Pistole ist hinüber, total verrostet, aber die Munition ist noch zu gebrauchen", sagte er, während er das Magazin einsteckte und die Pistole über das Geländer warf.

„Jesus, Duke, wie wär's mit ein bisschen Respekt für die Toten?", beschwor ihn Xavier.

„Wieso? Er braucht das Zeug nicht mehr, aber wir schon", antwortete Duke und tastete den Körper des Toten ab. Er fand eine Brieftasche, die er wegwarf, außerdem eine elektronische Schlüsselkarte, die er einsteckte und eine Dose Mountain Dew.

„Möchtest du?", fragte er und zeigte Xavier die Dose. Xavier winkte ab und Duke steckte sie mit einem Achselzucken ein. „Dann wollen wir mal sehen, was weiter oben ist", sagte Duke und ging wieder hinein.

Im Inneren führten auf der linken Seite in die Wand eingelassene Sprossen weiter nach oben, zu einer rot lackierten Luke in der Decke. Duke stieg hinauf und drückte gegen die Luke, aber sie war verschlossen. Daneben gab es einen schwarzen Kartenleser. Duke nahm die Karte des Toten und zog sie durch, aber nichts passierte. Er versuchte es ein zweites Mal, erfolglos.

„Ich hab eigentlich auch nicht erwartet, dass es funktioniert, aber einen Versuch war's wenigstens wert", gestand Duke, als er sich den Kartenleser genauer ansah. Es gab ein kleines rotes Licht, das aber nicht brannte. Duke besah sich auch die Klappe und bemerkte, dass sie ein Schlüsselloch hatte.

„Es gibt keinen Strom und die Reservebatterie scheint auch hinüber zu sein. Aber das Ding hat ein Schlüsselloch, also kommen wir womöglich doch rein."

„Lass uns einfach verschwinden, mir gefällt das alles nicht", bat Xavier.

„Wieso?"

„Nur ein Gefühl."

„Sei mir nicht böse, aber das ist einfach dumm. Schau mal auf die Karte, hier gibt es weit und breit nichts. Wir könnten uns hier für ein paar Tage einnisten. Mit den wenigen Infizierten werden wir leicht fertig, dann könnten wir in Ruhe alles nach Waffen und Vorräten durchsuchen. Falls wir das ATV in Gang bekommen, wären wir wesentlich schneller unterwegs und wenn wir im Turm weiter nach oben kommen, sehen wir alles in weitem Umkreis. Das hier könnte unser neues Zuhause sein."

„Du willst hier bleiben?"

„Zumindest für eine Weile. Sieh doch, selbst wenn wir hier nichts finden sollten, gibt es im Umkreis einige Dörfer, die wir von hier aus erreichen und plündern können. Und wenn wir uns um die Infizierten auf dem Gelände erstmal gekümmert haben, sind wir drinnen sicher. Ich sehe keinen Grund, nicht zu bleiben."

Xavier grübelte über Dukes Argumente, aber er fühlte sich trotzdem bei dem Gedanken zu bleiben sehr unwohl.

„Hast du es denn neben deinem ,Gefühl' irgendeinen vernünftigen Grund, der dagegen spricht, dass wir hier bleiben?", fragte Duke.

„Nein", gab Xavier widerstrebend zu.

„Gut, dann lass und das Gelände von Infizierten säubern und damit beginnen, die Gebäude zu durchsuchen."

Duke kletterte die Leiter hinunter und Xavier folgte ihm, wenig begeistert.

KAPITEL 45

UH1H

Er war im Grunde genommen nur ein Haufen Stahl und Elektronik, gestrichen in einem trostlosen olivgrün, aber für die Überlebenden war er das Schönste, das sie seit langem gesehen hatten. Dort, mitten auf der Rollbahn abgestellt, stand er für Hoffnung, für einen Weg hinaus aus dieser Hölle. Während Lucas und Janik den Hangar von Infizierten säuberten, starrte Robert nur den Helikopter an – er hatte Maschinen immer gemocht, und die Art, wie sie funktionierten. Aber diese wundervolle Maschine, diesen Helikopter, hätte er geheiratet, wenn er gekonnt hätte, und geliebt und geehrt für den Rest seiner Tage.

Während der Nacht entwickelten sie einen Plan, wie sie die Infizierten im Umkreis des Helikopters ausschalten würden, so dass Robert dorthin gelangen und ihn in Augenschein nehmen könnte. *Der Plan ist zwar nicht besonders raffiniert, aber er sieht aus als könnte er funktionieren*, dachte Robert als der UAZ heulend in Richtung des Helikopters davon fuhr.

Im Licht des Morgengrauens hatten die Überlebenden die Lage am Flugplatz erst richtig einschätzen können, und es sah nicht besonders gut aus. Es machte den Eindruck, als hätten die Menschen den Flugplatz als letztes Bollwerk gegen die Infizierten genutzt und wären dabei kläglich gescheitert. Es gab viele Leichen und mehr Infizierte, als sie bisher irgendwo anders gesehen hatten. Es schien, als sei ein großer Teil der Bevölkerung von Chernarus hierher gekommen, um zu flüchten. Stattdessen hatten sie hier den Tod gefunden.

Robert hatte entschieden, dass es nicht klug wäre, wenn sie versuchten das ganze Gelände zu säubern, ein immenses Vorhaben, das Tage dauern würde. Stattdessen wollte er die Infizierten vom Helikopter weglocken, was ihnen die Zeit verschaffen sollte, ihn zu untersuchen und an einen sicheren Ort zu bringen. In der letzten Nacht waren alle von der Aufregung darüber angesteckt worden, bald nach Hause fliegen zu können. Es war Roberts Aufgabe gewesen, sie alle auf den Boden der Tatsachen zurückzuholen. Niemand wusste, ob der Helikopter fliegen würde, ober er Benzin hatte und wer ihn fliegen sollte. Heute würden sie die Antwort auf zwei dieser Fragen finden, aber wer ihn fliegen sollte, blieb trotzdem ein Problem.

Alfie fuhr die Rollbahn entlang und hupte, um die Infizierten in seine Richtung, weg vom Helikopter, zu locken. Immer wenn sie aufholten, fuhr er ein Stück weiter und wartete dann wieder, während er hupte, so dass sie wieder losrannten. Robert beobachtete, wie die Infizierten dem Auto nachjagten. Einige blieben zurück, aber ihre Anzahl war gering und so machten sich die anderen auf zum Helikopter.

Janik und Robert übernahmen die Spitze, Janik mit der Armbrust und Robert mit der schallgedämpften M4A1 CCO SD. Vom Hangar aus gab ihnen Lucas Deckung mit einer SVD mit Tarnüberzug, die er im UAZ gefunden hatte. Zur selben Zeit sollten Pablo und Joseph an der rechten und linken Flanke verhindern, dass Infizierte von Rand der Rollbahn ihnen zu nahe kommen würden.

Im UAZ hatten sie Waffen und Vorräte gefunden und sie hatten endlich das Gefühl, im Kampf eine Chance zu haben. Sie verfügten nun über eine Menge Nahrung, Wasser und Munition und, falls sie den Helikopter zum Fliegen bringen würden, eine Möglichkeit zur Flucht.

Ein Infizierter kroch direkt vor der Gruppe durch das hohe Gras. Janik schoss ihm mit der Armbrust durch den Kopf. Als er sich den Bolzen zurückholte und nachlud, deckte ihn Robert. „Danke", sagte Janik und Robert deutete ein Nicken an. Zwei Infizierte waren nun direkt vor ihnen – Robert zeigte auf den linken und Janik nickte. Robert traf ihn mit zwei Schüssen in die Brust und er fiel zu Boden, während Janik den Rechten in den Kopf schoss. Robert ging zu dem ersten Infizierten und schoss ihm aus nächster Nähe in den Kopf, um sicher zu gehen.

„Ich kann mich immer noch nicht recht daran gewöhnen", sagte er zu Janik.

„Das musst Du vielleicht auch nicht. Sobald wir den Heli zum Starten kriegen, sind wir hier raus."

„Weißt du Janik, du bist doch ein intelligenter Mensch, ein realistischer Mensch."

„Kann schon sein, und weiter?"

„Also, selbst wenn wir den Hubschrauber zum Fliegen

kriegen, und das ist ein großes ‚wenn'. Was dann? Wo sollen wir hinfliegen?"

Janik überlegte: „Ich hab keine Ahnung, aber dieses Problem wäre mir viel lieber als die, die wir bisher gehabt haben."

„Kann ich nachvollziehen. Dann sehen wir mal, ob wir diese Schönheit in die Luft bekommen", sagte Robert und schlang das Gewehr über die Schulter. Er kletterte in den Helikopter, während Janik draußen aufpasste, dass kein Infizierter sich näherte.

KAPITEL 46

AM TAG DANACH

Shutov erwachte mit einem Ruck und schlug sich die Hand an der Wand, als der die Infizierten aus seinem Traum abwehrte. Er rieb sich die Hand und war froh, dass er einen Raum für sich hatte. Einer der Vorteile, wenn man der Boss ist, dachte bevor ihn wieder die die Erinnerungen vom Vortag einholten.

Sofort war sein Herz von Hass erfüllt, Hass auf die Männer, die ihn ausgestochen hatte. Hass darauf, dass er die Initiative verloren hatte. Hass darauf, dass er nun in dieser gottverlassenen Stadt festsaß, ohne ein Fahrzeug, das ihn zum Flugplatz bringen würde. Es war sein Flugplatz und er wollte verdammt sein, wenn er ihn den Überlebenden überlassen würde.

Sie hatten die Nacht damit verbracht, unter den verlassenen Autos eines zu suchen, das funktionierte. Viele schienen fahrtüchtig, aber sie waren jetzt alle in diese Barrikaden verbaut, mit denen sein ganzes Unglück begonnen hatte. Und in keinem der Wagen war auch nur ein Tropfen Benzin übrig. Pavel hatte ihn informiert, dass die Russen am Vortag alles in Kanister gefüllt und in den UAZ geladen hatten.

Pavel hatte Shutov alles erzählt, was er wusste, dadurch hatte er sich verdient, einen weiteren Tag am Leben zu bleiben. Er hatte ihm eine Karte gegeben, in der neben den Lagern der Russen auch noch andere funktionierende

Fahrzeuge eingezeichnet waren, außerdem Informationen darüber, wie man die Infizierten am besten bekämpfte. Shutov war das alles egal, er wollte zum Flugplatz – seinem kostbaren Flugplatz und dem Helikopter, der ihn nach Hause bringen würde. Und wenn er ehrlich zu sich selbst war, wollte er auch Rache, eine Möglichkeit, vor seinen Männern sein Gesicht zu wahren.

Sein Einfluss auf sie war bereits im Schwinden begriffen, schon hatte dieser Narr Vuk die Nacht damit verbracht, einen der Überlebenden zu begraben. Als sich das herumgesprochen hatte, konnte er die Spannungen zwischen den Männern spüren. Als Vuk zurückgekommen war, hatten sie ihn darüber ausgefragt, aber Vuk hatte nur geschwiegen, auf keine der Fragen geantwortet und war dann zum Schlafen in einen anderen Raum gegangen. Es war dann Shutovs Aufgabe gewesen, sie davon zu überzeugen, dass er immer noch einer von ihnen war, und dass er gerade einen guten Freund getötet hatte, um ihre Leben zu retten. Er hatte ihnen gesagt, dass Vuks Loyalität außer Frage stand. Es war ermüdend und er war sicher, dass Vuk das meiste hören konnte, was gesprochen wurde, aber am Ende siegte die Vernunft. Vuk hatte sich bewiesen. Wer sollte es ihm nun verwehren, wenn er einfach nur einen Freund begraben wollte?

Draußen vor dem Fenster wurden die Gespräche der Männer plötzlich durch das Tönen einer lauten Hupe unterbrochen. Sofort verstummten die alle und gingen in Stellung, die Gewehre im Anschlag, und schauten die Straße entlang, von wo das Hupen gekommen war. Shutov nahm seine CZ550 und ging ans Fenster. Da er sich im ersten Stock befand, konnte er die Straße gut überblicken.

Weiter vorne sah er einen gelben Ural, der auf sie zufuhr und fröhlich hupte. Shutov spähte durch sein Zielfernrohr und sah, dass Alejandro auf dem Fahrersitz saß. *Der Mann arbeitet schnell, erst vor ein paar Stunden habe ich ihn losgeschickt, um in den umliegenden Dörfern nach einem funktionierenden Auto zu suchen.* Er ließ das Gewehr sinken und lehnte sich aus dem Fenster, um den Männern zuzurufen.

„Alles in Ordnung, Männer. Es ist Alejandro, mit unserem neuen Taxi." Die Männer entspannten sich sichtlich und ließen die Gewehre sinken. Alejandro fuhr nun von der Straße ab durch einen Vorgarten, dessen niedrigen Zaun er einfach durchbrach. Er umfuhr die Barrikade außerhalb der Stadt und kam auf einer kleinen Straße neben der Kirche zurück auf die Hauptstraße. Dann fuhr er zurück, bis vor das rote Haus, in dem sie lagerten.

Shutov stand am Eingang und als Alejandro ausgestiegen war, klopfte er ihm auf die Schulter.

„Du arbeitest schnell, wie ich sehe."

„Ich hab Glück gehabt, Sir, das ist alles. Er war zwischen den Bäumen nicht weit von der Stadt geparkt, sogar die Schlüssel steckten noch."

„Denkst du, der ist von den Überlebenden?"

„Ja, das vermute ich", antwortete Alejandro, „er sieht gut aus, ein bisschen wenig Benzin allerdings."

„Sam, du überprüfst den LKW. Wenn alles in Ordnung ist laden wir auf und fahren nach Kabanino, vielleicht finden wir da Benzin. Männer, wir haben zwar einen kleinen Rückschlag erlitten, aber wir werden trotzdem noch heute zum Flugplatz kommen."

„Die Männer jubelten und einige klopften Alejandro anerkennend auf den Rücken, währen sie den Ural beluden.

KAPITEL 47

DIE HORDE

Duke und Xavier hatten keine großen Schwierigkeiten, das Areal der Green Mountain Sendeanlage von Infizierten zu säubern. Die wenigen, die es gab, hatten sie schnell mit ihren Äxten außer Gefecht gesetzt und so Munition gespart. Sie hatten die toten Soldaten nach weiteren Waffen durchsucht, aber nichts gefunden, das von Nutzen war. Auch bei den Wracks der beiden Ural LKW und des ausgebrannten Humvee waren sie erfolglos geblieben.

Die Gebäude erwiesen sich jedoch als problematisch. Anders als man es in Filmen sieht, hatte es Duke nicht geschafft, einfach die Türen einzutreten. Sie hatten mit dem kleinsten Gebäude angefangen, weil sie dachten, dass es am leichtesten sein würde. Allerdings war die Türe verstärkt worden und man hatte die Fenster verbarrikadiert, so dass sie sie nicht einfach einschlagen konnten, um hinein zu klettern.

Duke trat noch einmal gegen die Tür, mehr aus Ärger als aus der Erwartung heraus, dass es etwas nützen würde.

„Verdammt noch mal. Wir versuchen es hier später noch einmal. Hier brauchen wir ein Brecheisen oder so etwas, um die Tür aufzubekommen", sagte er und wischte sich mit seinem Hemd den Schweiß vom Gesicht.

„Na gut, was als Nächstes - das große oder der Lagerschuppen?"

Duke sah die beiden Gebäude prüfend an. Der Lagerschuppen schien für Reparaturen gedient zu haben. Drinnen könnte ein weiteres ATV sein, womöglich sogar die Schlüssel für das, das draußen stand. Das große Haus war eindeutig das Hauptgebäude der Anlage. Es hatte zwei Stockwerke und zwei Eingänge, allerdings waren die Fenster beschichtet, so dass sie nicht hineinsehen konnten.

Xavier nahm einen Schluck aus seiner Feldflasche, während Duke noch überlegte. Xavier zuzusehen machte auch Duke durstig und er sah sich nach seiner Wasserflasche um.

„Wo hast du die Rucksäcke hin getan?", fragte er.

Xavier setzte die Feldflasche nicht ab, sondern deutete stattdessen zum Sendeturm hinauf.

„Oh Mist. Kann ich was von deinem Wasser haben?", fragte Duke.

„Zu spät, tut mir leid", sagte Xavier und drehte die Flasche um, zum Zeichen dass sie leer war.

„Verdammt! Klappt denn heute überhaupt nichts?", schimpfte Duke. Dann fiel im ein, dass er immer noch die Dose Mountain Dew in der Tasche hatte. Er nahm sie heraus und machte ein großes Aufheben, bevor er sie endlich öffnete. Es gab einen zischenden Laut und gelbe Limonade blubberte aus der Öffnung. Duke legte schnell die Lippen an die Dose und trank, bevor noch mehr herauslaufen würde.

„Ewwwww - warme Limonade, wie schmeckt's?", fragte Xavier, als er sah, wie Duke gierig schluckte.

„Erfolg, Frenchy, es schmeckt nach Erfolg", antwortete Duke, nachdem er die Dose in einem Zug geleert hatte. Er rülpste laut und zeigte auf das Hauptgebäude.

„Das da. Das brechen wir als nächstes auf. Bei dem habe ich ein gutes Gefühl."

Xavier ging hin und versuchte, die Türen zu öffnen, aber beide waren verschlossen. Er wandte sich um zu Duke, der einen großen Stein aufgehoben hatte und auf eines der verspiegelten Fenster zulief.

„Ich hab diese Türen satt", rief er und warf den Stein in das Fenster. Der Stein traf das Fenster und sprang zurück. Am Fenster waren Sprünge um die Stelle zu sehen, wo es der Stein getroffen hatte, aber es war nicht zerbrochen.

„Das ist doch nicht wahr", sagte Duke empört, nahm einen noch größeren Stein und war ihn mit mehr Wucht auf das beschädigte Fenster. Der Stein flog durch das Fenster, das Sicherheitsglas zerbrach und tausende winziger Krümel fielen herunter. Das zerbrochene Fenster gab den Blick auf eine Horde wartender Infizierter frei, die nun begannen, durch die Öffnung zu klettern.

Alle stiegen übereinander, um möglichst schnell hinaus zu kommen, aber auf diese Weise blieben sie im Fenster stecken und verstopften es so, dass sie nun nicht mehr weiter kamen. Sie stöhnten und versuchten, nach Duke zu greifen, konnten ihn aber nicht erreichen.

„Das glaube ich nicht", sagte Duke fassungslos.

Xavier sah sich nach einem Fluchtweg um, während die Infizierten im Inneren gegen die anderen Fenster drückten, man konnte von außen bereits sehen, wie sie vibrierten. Die Rufe der Infizierten im Hauptgebäude hatten inzwischen auch die anderen, außerhalb des Geländes, angelockt. Sie standen nun alle am Haupttor und warfen sich dagegen.

„Das Tor hält nicht mehr lang", schrie Xavier.

„Die Fenster auch nicht", rief Duke zurück als er sah, dass unter dem Druck der Infizierten schon erste Sprünge auftraten.

„Schnell, hoch in den Turm", rief Xavier und rannte zum Eingang. Duke folgte ihm, und als er sich umsah, wurde er Zeuge, wie das Haupttor aufschwang und gleichzeitig die Fenster brachen. Von beiden Seiten stürzten die Infizierten nun auf Duke zu, der die massive Tür hinter sich zuwarf und verriegelte.

„Oh mein Gott, was hab ich bloß angestellt", murmelte er.

KAPITEL 48

VERHANDLUNGEN

Robert besah sich das Cockpit des UH1H Helikopters und seufzte. Es bestand aus einem unübersichtlichen Wirrwarr von Anzeigen, Skalen und Schaltern vor den beiden Pilotensitzen, von denen jeder einen eigenen Steuerknüppel hatte. Er hatte nicht die geringste Ahnung, was die Anzeigen bedeuteten, aber glücklicherweise war es ein amerikanischer Helikopter und die Beschriftungen waren in Englisch. Es kletterte in einen der Sitze und betrachtete die Instrumente.

Bald entdeckte er eine Anzeige, auf der ‚Treibstoff‘ stand. Die Nadel stand auf 3000lbs. Robert klopfte ein paar Mal an das Glas, aber die Nadel bewegte sich nicht.

„Gut, gut", murmelte er, und betrachtete die anderen Instrumente. Einige waren tot, andere zeigten etwas an, das er nicht verstand, aber das meiste war für ihn wie Chinesisch. Robert legte ein paar Schalter um, aber nichts passierte und so stellte er sie wieder zurück.

Er stand auf und quetschte sich nach hinten in die Kabine, wo er die Sitze zählte. Der Helikopter bot Platz für acht Personen, einschließlich der beiden Piloten und der beiden Bordschützen. Er sprang aus der Kabine und murmelte vor sich hin.

„Wir sind sechs, aber es gibt acht Sitze, das sollte helfen."

„Helfen wobei?", fragte Janik.

„Das erkläre ich dir später. Jetzt müssen wir ihn erstmal

irgendwie in den Hangar bringen. Ich bleibe hier und passe auf die Infizierten auf. Du nimmst Pablo und Joseph, dann bringt ihr den Heli-Dolly her und wir ziehen ihn in den Hangar.

„Also funktioniert er?"

„Der Heckrotor scheint kaputt zu sein, aber wenigstens hat er Treibstoff, das ist ein gutes Zeichen. Ich möchte ihn erst sicher im Hangar haben, bevor ich ihn mir genauer ansehe, aber der Heckrotor ist ein Problem."

„Kannst du ihn reparieren?"

„Mit Hilfe, sicher. Aber nicht hier draußen."

Janik nickte und lief zurück zum Hangar.

„Verdammt, verdammt, warum kann hier nicht auch mal etwas einfach sein?", murmelte Robert. Er sah wie Janik zu Pablo ging. *Jetzt bin ich für ihr Leben verantwortlich, für alle – wie kommt das denn plötzlich?* fragte er sich selbst.

Robert zog ein Funkgerät aus der Tasche, das er im UAZ gefunden hatte und schaltete es ein. Er ließ es auf der Frequenz, die bereits eingestellt war, und nahm seinen ganzen Mut zusammen. Dann hielt er es ans Ohr und sprach in das Mikrofon.

„Shutov! Shutov, hörst du mich?" Robert wartete auf eine Antwort. „Shutov! Shutov, hörst du mich?"

Roberts Stimme drang aus dem Funkgerät an Olegs Leiche und auch aus dem, das Alejandro Grigory abgenommen hatte. Shutov hörte seinen Namen und hörte auf, auf die Landkarte zu starren.

„Shutov! Shutov, hier spricht Robert, hörst du mich?"

Shutov wandte sich um zu Alejandro, der das Funkgerät im Rucksack hatte.

„Gib mir das Funkgerät", befahl er. Alejandro fischte es aus seinem Rucksack und gab es Shutov. „Geh zu den beiden Leichen und hol dir auch ihre Funkgeräte."

Alejandro nickte und lief los zu Olegs Leiche. Shutov winkte Pavel zu sich.

„Was haben diese Funkgeräte für eine Reichweite?"

„Ungefähr vier Kilometer, hier vielleicht ein bisschen

weniger, wegen der Hügel rundherum."

„Habt ihr noch andere Männer da draußen?"

„Nein, ich hab dir gesagt, ich bin der Letzte meiner Einheit, alle anderen sind tot. Aber ihre Funkgeräte waren im Wagen."

„Shutov, ich will mit dir reden", drang es aus dem Funkgerät. Shutov nahm das Funkgerät und sprach hinein.

„Weißt du, Robert, wenn man in ein Funkgerät spricht, gehört es sich, dass man am Ende ‚over' sagt. Over", spöttele er.

„Rate mal, was ich mir gerade ansehe, Shutov."

„Ah, ah, ah, du hast schon wieder das ‚over' vergessen. Aber egal, ich rate mal: Du siehst dir gerade deine Männer an, die bald tot sein werden, over."

„Oh, da täuschst du dich. Ich bin am großen Flugplatz, Shutov, und ich weiß alles über den Helikopter, der hier steht. Ich löse gerade meine Fahrkarte hier raus, aber leider brauche ich deine Hilfe."

Die Männer, die zuhörten, gerieten außer Rand und Band und begannen, wild durcheinander zu reden. Shutov schnippte mit dem Finger um sie zur Ruhe zu bringen. Durch das Funkgerät fuhr Robert fort.

„... und darum sprechen wir miteinander, wir beide wissen, was ich brauche. Schick mir Sam, um den Hubschrauber zum Laufen zu bekommen, dann verhandeln wir darüber, wer zuerst nach Hause fliegen wird."

Shutov dachte über Roberts Angebot nach und alle schauten auf Sam. Vuk, der neben ihm stand, lehnte sich zu ihm.

„Warum will er ausgerechnet dich?"

„Bevor ich auf dem Schiff angeheuert habe, bin ich aus der Luftwaffe entlassen worden."

„Und?"

„Meine militärische Qualifikation war Hubschraubermechaniker. Vermutlich denken sie, dass ich der Einzige bin, der das Ding reparieren kann."

Shutov sah, wie Sam und Vuk miteinander sprachen.

„Und warum sollte ich meinen einzigen Trumpf aus der

Hand geben?"

„Sieh mal, der Helikopter hat Platz für acht, aber wir hier sind nur zu sechst. Wenn du Sam schickst und wir den Helikopter reparieren können, gebe ich dir zwei Plätze, so dass du vier deiner Männer ausfliegen kannst."

Die Unruhe unter den Männern nahm wieder zu und sie fingen an zu reden und zu rufen, untereinander und an Shutovs Adresse. Dieses Mal konnte Shutov sie nicht mit einem Fingerschippen zur Ruhe bringen. Er hielt das Funkgerät hin, um das Geschrei zu übertragen.

„Hörst du das? Wie kannst du von uns erwarten, dass wir vier Männer auswählen und den Rest zum Sterben hier lassen?"

„So wird es aber nicht sein. Diejenigen, die abfliegen, werden Hilfe holen. Sie werden jemand schicken, der die Übrigen nachkommen lässt."

„Wieso sollten wir das glauben?", fragte Shutov.

„Weil ich einer der beiden sein werde, die hier bleiben. Wenn wir zusammenarbeiten, anstatt uns zu bekämpfen, können wir hier draußen überleben."

Shutov sah seine Männer an. Jeder wollte bei denen sein, die zuerst nach Hause fliegen würden.

„Der Haken ist, dass auch du hier bleiben musst. Wie ich das sehe, bist du jetzt der Kapitän des Schiffs, also musst du es auch als Letzter verlassen."

Gut gespielt, grübelte Shutov, *wie kann ich jetzt noch sagen, dass ich bei der ersten Gruppe sein werde.*

„Ich muss das mit meinen Männern besprechen bevor ich dir eine Antwort geben kann."

„Kein Problem, aber während du überlegst, sollte Sam anfangen, den Hubschrauber zu reparieren, damit wir keine Zeit verschwenden. Sag ihm er soll um 16:00 mit einem Funkgerät am südlichen Ende der Rollbahn sein. Er muss alleine und unbewaffnet kommen. Du hast mein Wort, dass ihm nichts geschehen wird."

„Wie soll er denn in dieser kurzen Zeit dorthin kommen? Da ihr unseren Bus zerstört habt, haben wir kein

Transportmittel mehr."

„Er kann doch Alejandros Motorrad nehmen." Robert machte eine Pause: „Du hast nicht erwartet, dass wir davon wissen, nicht wahr? Und was die anderen betrifft, wir haben einen gelben Ural in eurer Nähe stehen, mit dem könnt ihr hierher fahren."

„Ach tatsächlich?", sagte Shutov und blickte auf den Ural vor ihm.

„Ja, aber ich sage dir nicht wo, bevor der Helikopter repariert ist. Wir reden weiter heute um 16:00. Und keine Tricks. Wir überwachen den Flugplatz und Lucas wird mit der .50cal bereit stehen. Sam, alleine, unbewaffnet, 16:00."

„Wie es scheint, hast du alle Trümpfe in der Hand."

„Nein, Shutov. Du hast sie. Du hältst unser aller Leben in deinen Händen. Ich habe dir mein Wort gegeben, jetzt gib mir auch deines."

„Wie ich schon sagte, ich werde mit meinen Männern reden und dann melde ich mich bei dir. Over and out", und damit schaltete Shutov das Funkgerät ab, noch bevor Robert antworten konnte.

Robert schrie in das Funkgerät: „Shutov! Shutov! Du verdammter Mistkerl." Er schaltete das Funkgerät ab und steckte es in seinen Rucksack. Janik, Pablo und Joseph waren mit einem großen Helikopter Dolly zurückgekommen, der unter die Kufen geschoben wurde, damit man den Hubschrauber am Boden bewegen konnte. Sie hatten den größten Teil des Gesprächs mitbekommen.

„Das willst du doch nicht wirklich durchziehen?", fragte Janik.

„Was haben wir denn für eine Wahl. Ohne Sam ist der Helikopter für alle nutzlos."

„Sicher, aber es geht um Shutov, man kann ihm nicht trauen."

„Janik, glaub mir - die Menschen sind nicht von Natur aus schlecht, nicht einmal Shutov."

„Ich hoffe, du hast recht. Denn du hast unser Leben aufs Spiel gesetzt, als du im gesagt hast, dass wir hier sind."

„Ich weiß das, Janik. Aber wir werden dieses Risiko eingrenzen, so gut wir können. Als erstes bringen wir den Helikopter außer Sicht, dann gehen wir den Plan für heute Nachmittag durch."

KAPITEL 49

AUFOPFERUNG

Duke und Xavier standen auf der Plattform des Sendeturms und sahen auf die Horde der Infizierten unter ihnen. Da waren mehr als 50 Infizierte, die herumliefen und - krabbelten, an die Tür schlugen und verzweifelt versuchten, zu ihnen zu gelangen. Das Stöhnen und Ächzen aus ihren Kehlen schuf ein schauderhaftes Konzert im Zusammenklang mit den Schlägen gegen die Metalltür. Duke und Xavier starrten wie betäubt hinunter.

„Womöglich geben sie auf, wenn sie reinkommen und uns nicht finden", mutmaßte Xavier.

„Ich kann mir nicht vorstellen, dass sie durch die Tür kommen, die ist stabil. Aber selbst wenn, dann werden sie nicht einfach weggehen, sondern in der Umgebung bleiben."

„Wie sieht's denn mit Essen und Wasser aus?", fragte Xavier und ging ins Innere des Turms. Er leerte seinen Rucksack auf den Boden und Duke tat das Gleiche. Sie sahen auf die Konserven- und Getränkedosen, Feldflaschen und einige zusammengewürfelte Gewehr- und Pistolenmagazine, die sie bisher gefunden hatten.

„Könnte etwa fünf Tage reichen, vielleicht auch acht, wenn wir es strecken", sagte Duke als er die Vorräte durchging.

„Das ist doch nicht schlecht. In fünf Tagen sind bestimmt die meisten abgezogen."

„Hörst du den Aufruhr da unten? Wir müssen etwas tun, und zwar schnell, weil dieser Lärm jeden Infizierten in weitem Umkreis anlocken wird. In fünf Tagen sind das Hunderte."

Xavier besah sich die Munition, während Duke sich suchend nach etwas umblickte, das ihnen helfen könnte, irgendetwas. Er bemerkte die Seile und Gurte an der Wand, nahm sie und ging nach draußen. Neugierig geworden folgte ihm Xavier.

Duke ging zur der Tür abgewandten Seite der Plattform und sah hinunter. Hier waren keine Infizierten zu sehen. Er machte das Seil am Geländer fest.

„Gute Idee, wir seilen uns ab und schleichen raus, während sie alle an der Tür warten."

„Nein, die Idee ist leider nur zur Hälfte gut. Wir kommen zwar leicht runter, aber von da müssen wir entweder durch das große Tor vorne oder durch die Öffnung in der Mauer. Egal wie, wir haben immer das Risiko, dass uns einer entdeckt und uns die ganze Horde auf den Hals hetzt."

„Was machen wir dann?"

„Nicht wir, ich. Du nimmst alles an Essen und Wasser in deinen Rucksack und seilst dich hinten ab. Ich gehe runter und öffne die Tür. Ich kann sicher ein paar erledigen und es trotzdem noch zurück zur Leiter schaffen."

„Das ist Selbstmord", rief Xavier aus.

„Nein, ist es nicht. Der Gang da unten ist sehr eng, also kann mich immer nur einer angreifen. Ich bin gut mit der Axt, ich schaffe es zurück zur Leiter."

„Du willst nur mit deiner Axt da runter. Das ist verrückt."

„Du nimmst die Waffen und die Munition, außerdem Essen und Wasser, so bleibst du am Leben. Ich hab dir gesagt, dass ich dein Leben beschütze, und genau das werde ich jetzt tun."

„Das mache ich nicht."

„Du wirst das verdammt nochmal machen, Frenchy."

„Nein, das werde ich verdammt nochmal nicht", sagte Xavier und zog Dukes Kopf mit beiden Händen dicht an sein Gesicht. „Duke, das musst du nicht tun. Ich vergebe dir..."

„Darum geht's doch gar nicht", unterbrach Duke.

„Doch, genau darum geht's. Ich will nicht, dass du dich opferst, es gibt nichts, das du wiedergutmachen müsstest."

„Es geht nicht um Wiedergutmachung."

„Das will ich hoffen, denn ich will nicht, dass du dich umbringst."

Duke und Xavier starrten sich in die Augen. Duke nahm nun Auch Xaviers Kopf in seine Hände. Sie zitterten vor Zorn.

„Zur Hölle Xavier. Du vergisst mich und bleibst am Leben."

„Nicht auf deine Kosten. Du bist ein guter Mensch, Duke. Du musst nichts beweisen."

Dukes Augen wurden feucht und er musste schniefen, um die Tränen zurück zu halten. Xavier blickte in seine Augen und nickte.

„Wir stecken hier zusammen fest, Duke. Und wir schaffen es zusammen hier raus - oder wir gehen zusammen unter."

Duke sah ihn finster an, aber dann hellte sich sein Gesicht auf und er musste fast lächeln. Er nickte. Zufrieden ließ Xavier ihn los du die beiden Männer trennten sich.

„Also was dann? Seilen wir uns beide auf der Rückseite ab?", fragte Duke.

„Nein, damit hast du recht gehabt, es wäre Selbstmord. Wir öffnen die Tür und kämpfen zusammen gegen sie. Wenn wir es richtig machen und ein bisschen Glück haben, können wir einen guten Teil von ihnen ausschalten, bevor wir wieder die Leiter hoch müssen."

„Und während sie unten an der Leiter toben, schleichen wir uns hinten raus."

„Genau. Der Gang unten ist ziemlich lang, also sollten die meisten von ihnen dann drin sein. Was bedeutet, dass wir uns unbemerkt rausschleichen können."

„Oh, hinaus *schleichen* werden wir uns aber nicht", sagte Duke und sah zu dem ATV hinunter, „wir werden ganz stilvoll hinaus fahren."

Vorsichtig seilte Duke den zweiten Rucksack ab, er landete genau neben dem ersten. Er sah hinunter und ihm kam zu Bewusstsein, dass alles, was sie hatten, in zwei Rucksäcke passte. Zuletzt warf er das dicke Seil hinunter, nachdem er es am Geländer fest gemacht hatte. Einer der Infizierten reagierte auf das Geräusch, aber da er keine Bewegung erkennen konnte, wandte er sich wieder der Türe zu.

Duke ging wieder hinein und stieg die Leiter hinunter. Er fand Xavier am Boden sitzend, wie er seinen Revolver betrachtete und in den Händen drehte. Er gab ihn Duke.

„Hier, nimm du ihn", sagte er.

„Nein, du brauchst eine Waffe."

„Wir wissen beide, dass du ein besserer Schütze bist. Du nimmst beide Pistolen, ich die Axt."

Duke dachte kurz nach und nickte dann, sie hatten keine Zeit um zu diskutieren und der Plan war gut. Er gab Xavier seine Axt und überprüfte noch einmal beide Pistolen. Als er sicher war, dass beide geladen und entsichert waren, nickte er Xavier zu.

Xavier ging den Gang hinunter, Duke war hinter ihn.

„Jetzt geht's also los?", sagte Xavier.

„Nicht schlecht für ein letztes Gefecht."

„Letztes Gefecht am Arsch. Du hast versprochen, mich lebend hier heraus zu bringen, und daran wirst du dich jetzt gefälligst halten."

Sie erreichten die Tür, hinter der die Horde wartete. Die Tür vibrierte jedes Mal, wenn sich die Infizierten dagegen warfen. Xavier hatte den Riegel in der Hand, Duke ging zwei Schritte zurück, beide Pistolen auf die Tür gerichtet.

„Bereit?", fragte er Xavier.

„Nein, aber was soll's", rief er aus, als er die Tür öffnete und die Infizierten herein strömten.

KAPITEL 50

NWAF

Das Motorengeräusch des näherkommenden Motorrades machte alle nervös, obwohl sie es erwarteten. Lucas hatte auf dem Dach des Towers Stellung bezogen, wodurch er eine Rundumsicht auf den ganzen Flugplatz hatte. Für seine M107 hatte er sich aus ein paar Kisten, die er im Tower gefunden hatte, einen Schützenstand gebaut. Ein Funkgerät lag auf einer der Kisten, neben dem Gewehr. Durch sein Zielfernrohr beobachtete er die flache Erhebung, aus deren Richtung das Geräusch kam.

Links von Lucas gab es eine Feuerwache, ähnlich der, auf der er in Elektro gesessen hatte. Dieses Mal hatte Alfie auf dem Dach des Turms Stellung bezogen, um Überraschungsangriffen von hinten vorzubeugen. Obwohl er die Nordseite überwachen sollte, konnte er nicht umhin, sich immer wieder in Richtung des Motorrades umzudrehen. Er wollte sehen, wenn es auf der Anhöhe erscheinen würde.

Auf der anderen Seite der Rollbahn hatte sich Janik im Schatten eines Baumes versteckt. Hinter ihm lag ein Gebäudekomplex am südwestlichen Ende des Flugplatzgeländes, den Janik bereits durchsucht hatte. Er hatte nur Infizierte gesehen, die zwischen den Gebäuden herumstrichen, aber nun lenkten ihn ihre Bewegungen immer wieder ab. Auch er hatte ein Funkgerät neben sich liegen, aber weil die Infizierten relativ nahe waren, hatte er die Lautstärke sehr niedrig eingestellt.

Vom Hangar aus beobachteten Robert, Joseph und Pablo das Motorrad durch einen Spalt zwischen den Flügeln des Tores. Hinter ihren stand der Helikopter, immer noch auf dem Transport Dolly. Hier waren auch ihre Vorräte aus dem UAZ der Russen verstaut, Nahrung, Wasser, Waffen und Munition.

Den UAZ selbst hatte Alfie am Nordende des Flugplatzes stehengelassen. Durch das Geräusch des laufenden Motors angezogen, blieben auch die meisten Infizierten dort und hielten sich auf diese Weise fern von den Überlebenden am südlichen Ende.

Die drei Männer sahen durch ihre Ferngläser auf die Erhebung südlich der Rollbahn und warteten darauf, dass das Motorrad erscheinen würde. Lucas sah es vom Dach des Towers als Erster auf der Anhöhe erscheinen. Der Fahrer war alleine und fuhr nun den Hügel hinunter.

„Ich sehe ihn", sprach Lucas in sein Funkgerät.

Auch Robert konnte den Fahrer nun sehen. Er fuhr direkt auf das Ende der Rollbahn zu.

„Ich sehe ihn auch", gab Robert durch.

Janik sah ihn auch und nickte nur, sprach aber nicht in sein Funkgerät.

Der Fahrer wurde nun langsamer, bevor er am Rand der Rollbahn anhielt. Er stieg ab und nahm eine Axt von seiner Schulter. Lucas beobachtete ihn.

„Waffe", sagte er durch das Funkgerät.

„Es ist eine Axt und das ist nicht Sam", sagte Robert während er Vuk durch sein Fernglas beobachtete. „Du bist ganz schön alt geworden, Sam", sagte er in das Funkgerät.

Vuk nahm sein Funkgerät vom Gürtel: „Und auch viel hübscher, hoffe ich. Robert, wie geht es dir an diesem schönen Abend?"

„Ich bin sauer. Du bist nicht Sam, aber dafür hast du eine Waffe, also hat Shutov mich sogar doppelt verarscht."

„Ja, ich dachte, es wäre am besten, wenn ich es bin, der dir die schlechte Nachricht bringt. Shutov akzeptiert deine Bedingungen nicht, er will Sam nicht so leicht aufgeben."

Auf der Ladefläche des gelben Ural hörten Shutov und die anderen Männer zu. Er lächelte, als er Vuks Antwort hörte.

„Also haben sie dich geschickt."

„Nun, eigentlich habe ich mich freiwillig gemeldet. Wir waren uns nicht sicher, wie du reagieren würdest, und ein alter Mann ist kein großer Verlust. Ich versichere dir, die Axt ist nur für die Infizierten gedacht – ich will euch nichts tun."

Robert sah nach hinten zum Helikopter, bevor er sich wieder an Vuk wandte. „Also was schlägt Shutov vor?", fragte Robert durch das Funkgerät.

Vuk sah sich um, aber er konnte sonst niemanden entdecken. Er fühlte sich sehr ungeschützt und wusste, dass ein Scharfschützengewehr auf ihn gerichtet war.

„Er stimmt deinem Vorschlag grundsätzlich zu - allerdings mit einer kleinen Änderung."

„Und das wäre?"

„Er will eine Geisel. Einer deiner Männer soll mit meinem Motorrad nach Stary Sobor zurückkehren. Ich werde seinen Platz einnehmen und eure Geisel sein. Die beiden Geiseln sollen sicherstellen, dass alles nach Plan läuft. Wenn seine vier Männer sicher an Bord des Hubschraubers sind, geschieht der Geisel nichts, wenn du ihn betrügst, stirbt sie. Umgekehrt gilt das Gleiche für mich."

„Woher habe ich bloß das Gefühl, dass es Shutov gar nicht kümmert, ob du lebst oder stirbst?"

„Es liegt in unser aller Interesse, dass wir zusammenarbeiten. Die Geiseln sollen nur sicherstellen, dass niemand den anderen betrügt, sobald der Hubschrauber repariert ist."

„Mir gefällt das nicht", sagte Robert.

„Mir auch nicht, Boss", sagte Lucas durch sein Funkgerät. „Shutov plant irgendetwas."

„Wenn diese Bedingungen für dich nicht akzeptabel sind, kann ich auch wieder fahren. Aber ich würde vorschlagen, wir unterhalten uns zuvor lieber von Angesicht zu Angesicht darüber." Vuk hielt das Funkgerät hoch und deutete darauf, während er den Kopf schüttelte.

„Was macht er?"

„Das Funkgerät, er will nicht über das Funkgerät reden."

„Wieso?", fragte Pablo.

„Na klar", sagte Robert zu sich selbst, „er ist nicht alleine." Er drehte sich zu Pablo: „Shutov hört mit, das ist der Grund."

„Es könnte eine Falle sein."

„Möglich", sagte er zu Pablo. Dann sprach er in das Funkgerät: „Vuk, zieh dein Hemd hoch und dreh dich herum." Vuk gehorchte und Robert beobachtete ihn durch das Fernglas.

„Gut, nun leg die Axt hin und nimm deinen Rucksack ab. Lass beides bei dem Motorrad liegen", befahl Robert durch das Funkgerät. Vuk legte Axt und Rucksack auf den Boden.

„Lucas, wie sieht's aus, siehst du irgendetwas?", fragte Robert.

Lucas suchte den Flugplatz langsam mit seinem Fernglas ab. abgesehen von den Infizierten, die am Nordende um den UAZ versammelt waren, schien alles ruhig. Er nahm das Funkgerät.

„Sieht ruhig aus, Boss."

„Ich sage doch, dass ich alleine bin", sagte Vuk.

„Tut mir leid, Vuk, wenn dein Wort hier nicht viel zählt", antwortete Robert und trat aus dem Hangar. „Kannst du mich sehen? Sieh dich um, aber sag nur ja oder nein, gib keine weiteren Informationen über meinen Standort, oder Lucas wird dich erschießen."

Vuk suchte langsam das Gelände ab und sah Robert vor dem Hangar stehen: „Ja."

„Gut, schalt das Funkgerät ab und lege es auf deinen Rucksack. Dann komm langsam mit erhobenen Händen zu mir. Vergiss nicht, Lucas hat dich im Visier."

„Verstanden", sagte Vuk, schaltete sein Funkgerät ab und legte es auf den Rucksack. Dann ging er mit hoch erhobenen Händen auf Robert zu.

Der gelbe Ural stoppte und Alejandro schlug heftig an die Rückseite des Führerhauses.

„Wir sind da", rief er. Die Männer sprangen hinaus und überprüften ihre Waffen. Sie befanden sich auf einer kleinen Straße an einem Waldrand.

„Alle wissen, was sie zu tun haben?", fragte Shutov.

Die Männer nickten.

Alejandro gab dem Butcher die Schlüssel des Ural und sah sich nach einem Stein um.

„Uhrenvergleich – Butcher, Alejandro, jetzt hängt alles von euch ab. Wir brauchen 15 Minuten, um Stellung zu beziehen, danach wisst ihr, was ihr zu tun habt."

Der Butcher nickte. Er kletterte auf den Fahrersitz und Alejandro stieg hinten ein. Er schlug auf das Führerhaus als Zeichen, dass er bereit war und so fuhr der Butcher die Straße hinunter.

Harrison sah noch einmal auf die Uhr, bevor er sich nach rechts in den Wald absetzte. Sam gab Shutov eine Rolle Klebeband und eine AK-74. Shutov nahm beides und ging zu Pavel hinüber, dem er die AK-74 gab.

„Halt das und mach keine Dummheiten, sie ist nicht geladen."

Pavel nahm das Gewehr und Shutov benutzte das Klebeband, um es in Pavels Händen zu fixieren. Auf diese Weise konnte Pavel das Gewehr nicht mehr ablegen.

„Was hast du vor?"

„Alles zu seiner Zeit", sagte Shutov und stieß ihn vorwärts, „jetzt geht's erstmal in den Wald."

„Das ist nahe genug", rief Robert und Vuk blieb einige Meter vor ihm stehen. „Du siehst uns drei, ja? Du siehst die Waffen, die auf dich gerichtet sind?", Vuk nickte. „Wir wollen dich nicht töten, also gib uns keinen Grund, einverstanden?"

„Das ist nur fair", antwortete Vuk.

„Also, was ist so wichtig, dass du es nicht über das Funkgerät sagen konntest?"

„Shutov hat zugehört. Er will euch heute Abend angreifen."

„Was!", rief Pablo aus.

„Er kommt zum Flugplatz. Sie haben den gelben Ural schon gefunden und er ist bereits auf dem Weg."

„Und warum erzählst du uns das?", bohrte Robert nach.

„Ich hab das Kämpfen genauso satt wie ihr. Als ich gehört habe, was Shutov plant, habe ich mich gemeldet um euch die Nachricht zu bringen, und um euch zumindest eine Warnung geben zu können."

„Warum sollten wir dir glauben?", fragte Joseph.

Vuk seufzte: „Ich bin ein alter Mann, der letzte Nacht einen Freund begraben musste. Für Lügen und Intrigen habe ich einfach keine Zeit mehr."

„Yuri?", fragte Robert.

„Ja, Yuri. Ich will nicht noch mehr Freunde verlieren, und wir waren ja alle mal Freunde. Es gibt keinen Grund, dass wir uns bekämpfen."

„Da stimme ich zu."

„Aber Shutov tut das nicht, er sieht die Welt in schwarz und weiß. Für ihn gibt es nur die eine oder die andere Seite. Er will den Helikopter und er wird euch alle umbringen, um ihn zu bekommen."

„Aber ich habe ihm doch die Hälfte der Plätze angeboten."

„Als du gesagt hast, er könne nicht bei der ersten Gruppe sein, hast du ihm einen Schlag ins Gesicht versetzt. Shutov würde niemals selber zurück bleiben, also will er nun den Helikopter ganz haben. Du hast in seinen Augen Schwäche gezeigt, Robert. Du hast ihm zu viel Information gegeben. Er weiß, dass ihr nur zu sechst seid, er weiß, wo ihr euch aufhaltet und jetzt ist er auf dem Weg, um euch alle zu töten und sich den Helikopter zu nehmen. Beendet die Gewalt, Robert, lasst ihm den Helikopter und verschwindet einfach von hier."

Robert sah auf den Hangar, dann wieder auf Vuk. Er musste nachdenken.

„Sie machen einen Umweg um im Schutz der Dunkelheit von Norden anzugreifen. Ihr habt Zeit, mit allen Männern unbeschadet zu entkommen. Kämpft nicht gegen ihn, das führt nur zu noch mehr Blutvergießen."

„Ich kann ihn doch nicht einfach gewinnen lassen."

„Aber hier geht es doch nicht um's Gewinnen oder Verlieren. Hier stehen Menschenleben auf dem Spiel."

„Aber das gilt doch auch für Shutov", klagte Robert an.

„Stimmt, aber ihm ist es egal. Ich hoffe dir nicht."

Robert dachte über Vuks Worte nach.

„Er kommt von Norden, sagst du?"

„Ja, wenn es dunkel wird. Ihr habt immer noch Zeit."

„Gut", er drehte sich um zu Joseph, „geh und sag Lucas, er soll im Norden nach den Banditen Ausschau halten, das gilt auch für Alfie in der Feuerwache. Sag Lucas auch, er soll das Funkgerät nicht benützen, es sei denn im Notfall. Dann lauf rüber zu Janik und sag ihm auch Bescheid."

Joseph begann, zum Tower zu laufen.

„Also wollt ihr nicht gehen?"

„Ich kann nicht. Ich kann nicht zulassen, dass er die Oberhand gewinnt, weil ich untätig bin."

„Dann führst du uns alle ins Verderben."

„Das macht Shutov, weil er jede Zusammenarbeit verweigert."

„Und es wird nicht vorbei sein, bevor nicht einer von euch tot ist", murmelte Vuk.

„Dann hoffe ich für uns alle, dass es Shutov sein wird."

Janik beobachtete die Rollbahn, als er einen Ast hinter sich knacken hörte. Sofort war er auf der Hut. Da er wusste, dass die Infizierten nahe waren, drehte er sich langsam um und war überrascht, Harrison dort schleichen zu sehen. Harrison war so auf die Infizierten zwischen den Gebäuden konzentriert, dass er ihn nicht entdeckt hatte. Janik zog sich lautlos in die Deckung eines Baumes zurück.

Janik sah, wie Harrison am Waldrand entlang schlich, der parallel zu einer kleinen Straße verlief. Als er ihn beobachtete, wurde ihm klar, dass er eine Entscheidung treffen musste – sollte er Harrison folgen oder bleiben, wo er war?

Harrison überquerte die Straße in Richtung der Anhöhe, um die Hangars zu umgehen. Janik sah herum und lauschte, aber es war sonst niemand in der Nähe. Er erwog, sein Funkgerät zu benützen aber er vermutete, dass es nicht sicher war. *Was hat er vor?* überlegte Janik während Harrison weiter die Anhöhe hinauf schlich, so dass er ihn bald nicht mehr sehen würde. Janik beschloss, dass es besser sei, ihn nicht aus den Augen zu verlieren und begann, ihm vorsichtig zu folgen, wobei er denselben Weg am Waldrand entlang nahm.

Lucas sah, wie Joseph vom Hangar zu im gerannt kam. Er sah durch das Zielfernrohr, aber Joseph wurde nicht verfolgt und auch aus dem Hangar war sonst niemand gekommen. Zufrieden darüber, dass alles in Ordnung schien, fuhr er fort die Gegend nach den Banditen abzusuchen.

Als er nach Südwesten blickte, traute er zuerst seinen Augen nicht. Aus dem Wald kam der gelbe Ural, genau auf ihn zu. Er griff sich das Funkgerät: „Kontakt Südwest, es ist unser Ural."

„Wer steuert ihn?", fragte Robert über sein Funkgerät.

Lucas spähte durch sein Zielfernrohr, aber er sah niemanden am Steuer sitzen: „Ich sehe niemanden im Führerhaus."

„Wiederhol' das", sagte Robert.

„Niemand steuert ihn, aber er kommt genau auf mich zu."

„Schalt ihn aus."

„Mach ich", sagte Lucas und legte das Funkgerät aus der Hand.

Im Führerhaus des Ural drückte ein großer Stein das Gaspedal durch, während das Steuerrad durch ein Seil fixiert war. Auf der Ladefläche, durch die Plane verdeckt, saßen Alejandro und der Butcher und bereiteten sich auf den Aufprall vor.

Lucas nahm die Motorhaube unterhalb der Windschutzscheibe ins Visier. Als er sich sicher war, drückte er ab. Der Einschuss hinterließ ein großes Loch in der Front des Ural, das Metall wurde wie Papier aufgerissen. Rauch stieg auf und der Motor war plötzlich still. Unglücklicherweise für Lucas hatte der Ural so viel Schwung aufgebaut, dass er immer noch auf ihn zu rollte.

Lucas erkannte, dass er den Tower rammen würde und bereitete sich auf den Aufprall vor. Der außer Kontrolle geratene Ural traf die Seitenwand des Towers, der Aufprall war über den ganzen Flugplatz zu hören. Obwohl Lucas auf den Aufprall vorbereitet war, riss er ihn von den Füssen.

Gleich nachdem der LKW die Wand des Towers getroffen hatte, sprangen der Butcher und Alejandro heraus. Sie versuchten, ihre Benommenheit abzuschütteln und drückten sich dicht an die Mauer, um von Lucas nicht gesehen zu werden. Der Butcher hatte immer noch Grace, seine geliebte AKM bei sich, während Alejandro nun Yuris M249 SAW dabei hatte.

Lucas sah hinunter, aber seine Sicht wurde durch den Qualm des zerstörten Kühlers und die Staubwolke des Aufpralls beeinträchtigt.

Der Butcher deutete Alejandro, dass er selbst die Leiter hinaufklettern würde, während Alejandro rechts um den Tower herumgehen solle. Alejandro nickte und verschwand um die Ecke des Gebäudes, während der Butcher hochzusteigen begann.

Alfie beobachtete den Tower vom Turm der Feuerwache, aber da der Ural an der von ihm abgewandten Seite aufgeprallt war, hatte er die Männer nicht heraus springen sehen. Er suchte den Flugplatz ab, aber er sah nur Joseph, der auf der Rollbahn stehen geblieben war, gebannt vom Aufprall des Wagens.

Alfie wandte sich wieder Lucas zu, der über das Geländer nach unten sah und etwas in sein Funkgerät rief. Aber da er selbst kein Funkgerät hatte, könnte er nicht hören, was gesprochen wurde. Er wollte sich gerade wieder nach Norden wenden, als er Alejandro um die Ecke des Towers schleichen sah.

Alejandro bewegte sich auf den Haupteingang des Towers zu und hielt dabei seine M249 im Anschlag. *Das ist Yuris SAW*, dachte Alfie, als er das Gewehr betrachtete, *Alejandro hat also Yuri umgebracht*. Alfie sah sich nach Hilfe um, aber Lucas war zu sehr auf den Ural konzentriert, während Joseph aus seiner Position Alejandro nicht sehen konnte. Alfie saß in der Klemme, er konnte nicht rufen, ohne seine Position zu verraten, aber er konnte auch Alejandro nicht in den Tower gehen lassen.

Er nahm Alejandro mit seiner Lee-Enfield auf's Korn. Alejandro konzentrierte sich nur auf den Eingang und hatte Alfie nicht bemerkt. Das war seine Chance, jetzt konnte er es tun, konnte er den Mörder von Yuri töten. Alfie schüttelte den Kopf. Er konnte es eben nicht. Ihn einfach umzubringen, das war nicht richtig. Er zielte neben Alejandro und schoss. Nicht weit von Alejandros Kopf entfernt, gab es ein Einschussloch in der Wand und ein paar Ziegelsplitter flogen herum.

Der Schuss zog die Aufmerksamkeit aller auf sich. Joseph ging im Bogen von der Rollbahn in Richtung Feuerwache, während er seine Winchester 1866 Schrotflinte dorthin gerichtet hielt, wohin Alfie geschossen hatte. Auf dem Dach nahm Lucas eine M1911 Pistole heraus und ließ das Scharfschützengewehr liegen. Er kroch hinüber zur anderen Seite, wo er Alejandro sehen konnte.

Alfie rief vom Dach des Turms der Feuerwache.

„Lass die Waffe fallen, eine zweite Chance bekommst du nicht."

Alejandro sah hinauf und bemerkte Alfie, der von hoch oben mit einem Gewehr auf ihn zielte. Alejandro erkannte, dass er in der Falle saß und versuchte, sich herauszureden.

„Alfie, ich bin's doch, Al. Komm schon, du bist ein guter Mensch, darum hast du mich auch nicht erschossen. Das wird auch bei Shutov etwas zählen."

„Ich will dich nicht erschießen, aber ich werde es tun. Also runter mit der Waffe."

„Ich werde sie senken, aber du musst versprechen, dass mir nichts geschieht", verlangte Alejandro.

„Red nicht rum sondern lass verdammt nochmal die Waffe fallen", rief Alfie zurück.

„Du wirst doch keinen unbewaffneten Mann töten."

Lucas war so konzentriert auf dieses Gespräch, dass er nicht bemerkte, dass hinter ihm der Butcher die Leiter hochkam. Der Butcher stieg langsam nach oben und sah Lucas, der ihm den Rücken zudrehte. Der Butcher lächelte, während er weiter hinauf stieg und seine Pistole aus dem Halfter zog. Er ging langsam näher und hielt die Pistole genau auf Lucas' Kopf gerichtet.

Lucas spürte, dass jemand hinter ihm war und drehte den Kopf. „Lass die Pistole fallen", flüsterte eine Stimme ganz nahe bei ihm. Lucas erstarrte, als er seine Pistole hinlegte.

„Siehst du, ich senke mein Gewehr", war Alejandros Stimme von unten zu hören.

„Gut, jetzt dreh dich langsam um", sagte der Butcher zu Lucas.

Lucas wandte sich um und sah das lächelnde Gesicht des Butchers dicht vor sich, der ihm die Pistole an die Stirn hielt.

„Schau mir in die Augen, Lucas", befahl der Butcher.

Lucas wandte seine Augen von der Pistole zum Gesicht des Butchers. Dessen Augen waren blutunterlaufen und schwarz, sein Blick kalt, ohne Leben. Der Butcher leckte sich die Lippen und lächelte, dann kam plötzlich Leben in seine Augen, als er den Abzug drückte und Lucas in den Kopf schoss.

Alfie sah beim Knall des Schusses unwillkürlich zum Dach und vergaß für einen Augenblick Alejandro, der auf so eine Ablenkung gewartet hatte und seine Gelegenheit nutzte. Er zielte mit seiner M249 auf Alfie und drückte den Abzug. Ein Kugelhagel ergoss sich in Alfies Richtung. Der bemerkte seinen Fehler und wandte sich wieder nach unten, gerade als die Kugeln seinen Körper trafen. Er wurde durch die Einschläge herumgeworfen, fiel auf der anderen Seite von dem kleinen Dach und schlug hart auf dem Boden auf.

Alejandro war so konzentriert auf Alfie gewesen, dass er Joseph nicht bemerkt hatte, während er auf Alfie geschossen hatte. Nun hielt Joseph seine Schrotflinte auf ihn gerichtet. Alejandro erkannte, dass derselbe Trick nicht zweimal funktionieren würde, ließ ohne zu zögern seine M249 SAW fallen und trat einen Schritt zurück. Er nahm die Hände hoch.

Joseph kam näher und zielte dabei auf ihn: „Wieso? Wieso hast du das getan?" Alejandro starrte ihn nur an, ihm fiel nichts ein, was er sagen konnte, um am Leben zu bleiben.

Auf dem Dach konnte der Butcher Alejandro nicht sehen, aber er sah Joseph, und richtete seine Pistole auf ihn. Er hatte seinen Kopf im Visier, aber seine kranke Neugier verhinderte, dass er den Abzug drückte. *Wird er es tun?* Das fragte sich der Butcher.

„Kannst du denn nur alles kaputt machen?", fragte Joseph, aber Alejandro blieb stumm. „Alfie war ein guter Mensch. Er hätte niemals auf einen Unbewaffneten geschossen." Alejandro nickte betreten. „Pech für dich, dass ich nicht Alfie bin."

„Neiiin", stieß Alejandro hervor, als Joseph abdrückte. Auf Alejandros Brust erschienen hunderte kleiner Löcher, als ihn die Schrotladung traf. Jedes fühlte sich an, als würde jemand Tabasco hineingießen und er schrie vor Schmerz auf, bevor er tot nach hinten umfiel.

„Fühlt sich gut an, nicht?", rief der Butcher vom Dach. Joseph starrte nach oben, genau als der Butcher ihm in den Kopf schoss. Blut strömte aus dem Einschussloch. Joseph hustete im Todeskampf, bevor er nach vorne zu Boden sackte. Sein Hinterkopf war unversehrt, es gab keine Austrittswunde, aber der Beton färbte sich rot vom ausströmenden Blut.

Der Butcher wandte sich um und nahm Lucas' Funkgerät. „Hier spricht der Butcher. Lucas, Alfie und Joseph sind ausgeschaltet. Ich habe das Scharfschützengewehr, ihr könnt also rauskommen", meldete er über das Funkgerät.

„Gute Arbeit, Butcher", antwortete Shutov. „Hörst du das, Robert. Du hast schon drei Männer verloren und dein Feuerschutz ist weg. Jetzt ist es nur noch eine Frage der Zeit."

„Zur Hölle mit dir, Shutov", Roberts Stimme aus dem Funkgerät überschlug sich fast vor Zorn.

„Sehr eloquent", spottete Shutov.

Robert legte das Funkgerät hin und richtete sein Gewehr wieder auf Vuk. Pablo hatte seine MP5 ebenfalls auf Vuk gerichtet.

„Du hast mich belogen, Vuk, du hast gesagt, wir hätten noch Zeit."

„Das haben sie mir gesagt."

„Drei meiner Männer sind wegen deiner Lügen gestorben", knurrte Robert.

„Es war keine Lüge. Ich hab dir gesagt, was ich wusste."

„Warum sind sie dann jetzt schon hier?"

„Das weiß ich nicht. Shutov hat mir seinen Plan geschildert, bevor ich losgefahren bin. Wenn er sich im Nachhinein anders entschieden hat, hat er mich jedenfalls nicht eingeweiht."

„Das kommt dir ja sehr gelegen."

„Nein, tut es nicht. Ich hätte es vorgezogen, wen er bei seinem Plan geblieben wäre, dann würden die Männer jetzt noch leben."

„Was machen wir nun?", fragte Pablo.

„Wir beobachten die Umgebung, besonders den Tower. Wir wissen, dass zumindest der Butcher sich dort aufhält."

Shutov, Sam und Pavel hatten sich auf der anderen Seite der Rollbahn zwischen den Bäumen versteckt. Shutov und Sam beobachteten den Flugplatz durch ihre Ferngläser, Pavel hielt den Kopf unten. Die AK-74 war immer noch fest mit seinen Händen verbunden.

„Siehst du irgendetwas?", fragte Shutov.

„Nur den Butcher auf dem Tower. Aber da sind so viele Gebäude, in denen sie sich verstecken könnten. Es wird Ewigkeiten dauern, die alle zu durchsuchen."

„Siehst du den Hubschrauber?"

Sam suchte den Flugplatz ab: „Nein."

„Ganz genau. Das bedeutet, dass er in einem von den Hangars ist, und dort werden wir auch die anderen drei finden."

„Aber in welchem, es sind so viele."

Shutov klopfte Pavel auf den Rücken: „Hier kommst du ins Spiel, Pavel. Du wirst da hinüber laufen und es für uns rausfinden."

Pavel erschrak: „Einfach da rauslaufen mit einem Gewehr in der Hand? Das ist Selbstmord."

Shutov hielt ihm die CZ550 an den Kopf: „Falsch, das ist deine Chance zu Überleben. Wenn du da nicht raus gehst, bist du auf jeden Fall tot."

Pavel nickte. „Guter Junge, allerdings ist da noch eine Sache", sagte Shutov und verklebte Pavels Mund mit einem Stück Klebeband. „Wir wollen ja nicht, dass du unsere Position verrätst, oder?"

Sam lachte, als er Pavel eine schwarze Sturmhaube über den Kopf zog. Pavel stöhnte und versuchte, etwas zu sagen, aber das Klebeband hinderte ihn daran.

„Also los, geh und such uns ein paar Überlebende", sagte Shutov und schob ihn in Richtung der Hangars. Zuerst stand Pavel nur ratlos da, vollkommen ungeschützt, und schaute sich um. Erst als Sam mit seiner PDW ein paarmal vor Pavels Füße schoss, setzte er sich in Bewegung und rannte über die Rollbahn auf die Hangars zu.

Shutov nahm sein Funkgerät und gab durch: „Männer, alles über die Rollbahn zu den Hangars, wir räuchern die

347

Ratten aus."

Harrison sah von seinem Beobachtungspunkt auf der Anhöhe zu, er war Pavel und den Hangars am nächsten. Er lachte, als Pavel im Zickzack über die Rollbahn lief. *Sieht witzig aus*, dachte er sich, als er Pavel beobachtete.

Ein Stück hinter ihm war Janik nicht belustigt, sondern verwirrt. *Warum sollte Shutov im Zickzack laufen, wenn er wusste, dass Lucas tot war? Und warum sollte er über freies Feld vorrücken?* Er sah zwischen Pavel und Harrison hin und her und versuchte zu verstehen, was da vor sich ging.

Pablo spähte durch den Spalt zwischen den Hangartoren und sah Pavel herankommen. „Ich sehe ihn", sagte er zu Robert. Robert ging zur Tür, wobei er seine Waffe auf Vuk gerichtet behielt, und spähte ebenfalls hinaus. „Der sieht nicht wie Shutov aus", antwortete er.

„Wer dann?"

„Ich kenne ihn nicht." Er rief nach Vuk: „Vuk, komm her. Sag mir, wer das ist."

Vuk ging vorsichtig an die Tür und sah hinaus. Er erkannte Pavel an seiner Uniform, trotz der Maske, die sein Gesicht verdeckte.

„Ich glaube, das ist Pavel", antwortete Vuk.

„Wer?", fragte Robert.

„Einer von den russischen Soldaten."

Pablo war misstrauisch und legte auf Pavel an, der im Zickzack hin und her lief. „Mir gefällt das nicht, Robert", rief er.

„Ist der Kerl eine Bedrohung", fragte Robert Vuk.

„Letzte Nacht war er noch ihr Gefangener, vielleicht konnte er fliehen."

„Aber so über diese Rollbahn zu laufen, ist doch total irre", warf Pablo ein.

„Sehe ich auch so. Irgendetwas stimmt hier nicht."

Sie beobachteten, als Pavel immer näher kam.

„Was jetzt?"

„Noch nicht schießen. Er soll zuerst seine Waffe weg

werfen, dann werden wir rausfinden, was hier vorgeht."

Pablo rief aus dem Hangar: „Hey du, mit der Skimaske, lass die Waffe fallen."

Pavel wandte sich der Stimme zu und schüttelte den Kopf. Er änderte die Richtung und lief nun auf den Hangar zu.

„Waffe weg, hab ich gesagt", rief Pablo noch lauter.

Pavel hielt seine Hände höher, damit sie das Klebeband sehen sollten. Auf Pablo und Robert wirkte das wie eine aggressive Geste.

„Warum wirft er die Waffe nicht weg", fragte Robert und zielte mit seiner M4A1 nun auch auf Pavel. Pablo machte einen Schritt aus dem Tor und richtete seine MP5 auf Pavel.

„Letzte Warnung – wirf die verdammte Waffe weg."

Von der Anhöhe aus sah Harrison Pablo herauskommen. „Jetzt hab ich dich, Mistkerl", freute er sich, als er durch das Visier einer AKS-74 Kobra sah. Er begann, auf Pablo zu schießen. Die Schüsse verfehlten nur knapp ihr Ziel.

„Der Mistkerl schießt auf mich", schrie Pablo weil er annahm, die Kugeln stammten von Pavel. Pablo umfasste seine MP5 fester und schoss. Die Kugeln trafen Pavel in einer diagonalen Linie von der linken Hüfte zur rechten Schulter. „Er ist getroffen", rief Robert, als Pavel zu Boden taumelte.

„Warum hat er nicht einfach die Waffe weggeworfen?", fragte Pablo und beobachtete den toten Körper, um sicher zu gehen, dass er sich auch wirklich nicht mehr bewegte. Aber plötzlich schlugen weitere Geschosse am Tor des Hangars neben Pablo ein, der verwirrt zurückwich.

„Was zur Hölle? Wo sind die denn hergekommen?"

„Mach das verdammte Tor zu", rief Robert.

Sam und Shutov sahen von der anderen Seite zu, als Harrison auf den Hangar schoss. „Der Plan hat wunderbar funktioniert, Sir. Sie sind im letzten Hangar."

„Ich liebe es, wenn ich Recht behalte", antwortete Shutov, und beide begannen in Richtung des Hangars vorzurücken, in dem sich die verbliebenen Überlebenden befanden.

Janik beobachtete, wie Harrison auf das Tor des Hangars feuerte, als es sich schloss. Der Lärm der Schüsse übertönte Janiks Geräusche, als er sich an Harrison anschlich. Die Armbrust hatte er genau auf Harrisons Kopf gerichtet.

„Hör auf zu schießen", befahl Janik, als er genau hinter Harrison stand.

Harrison hörte auf zu feuern und drehte sich langsam um.

„Shorty, wir haben unsere Unterhaltung vom letzten Mal noch gar nicht beendet."

„Leg die AK hin und tritt zurück."

„Du wirst mich nicht erschießen", spottete Harrison, „dafür hast du nicht die Eier."

Janik und Harrison starrten sich an. Harrison wandte als erster die Augen ab. Er entschied sich, sein Glück herauszufordern und hob seine AKS. Janik bemerkte bereits den Ansatz der Bewegung und rückte intuitiv den Abzug. Der Bolzen traf genau zwischen Harrisons Augenbrauen. Harrison brach zusammen, er war sofort tot.

„Ich *hatte* sie nicht, wolltest du wohl sagen", antwortete Janik auf Harrisons Spott, während er zusah, wie sich das Hangar Tor schloss. Er schaute sich um und ließ sich sofort auf den Boden fallen. Auf der Rollbahn, in etwa 100 Meter Entfernung, sah er Shutov und Sam zum Hangar vorrücken. Zum Glück achteten sie nicht auf ihn, sondern konzentrierten sich auf den Hangar, dem sie sich näherten. Shutov sprach in sein Funkgerät.

Im Hangar lauschten die drei Männer Shutovs höhnischer Stimme aus dem Funkgerät: „Robert, Robert, jetzt hast du zwar einen von meinen Männern erwischt, aber von uns sind noch genug übrig, und dafür wissen wir jetzt, wo ihr steckt."

Pablo drehte sich verunsichert zu Robert. Robert sah ihn an, mit den wütenden Augen eines in die Enge getriebenen Tieres.

„Wenn ihr jetzt aufgebt, verspreche ich euch einen schnellen und schmerzlosen Tod." Robert schüttelte den Kopf. „Aber wenn ihr mich dazu zwingt, zu euch reinzukommen, werde ich euch persönlich an die Infizierten verfüttern. Der Doc hat mir erzählt, dass du ohnehin schon mal gebissen wurdest, Robert."

Vuk und Pablo sahen auf Roberts Arm, Pablo starrte ihn anklagend an. „Das ist Blödsinn, ein Infizierter hat mich gekratzt, aber ich bin schon lange über die Inkubationszeit. Ihr müsst euch darüber keine Sorgen machen."

„Du bist einer von denen?", fragte Pablo und richtete seine MP5 auf Robert.

„Nein Pablo, sieh mich an. Sehe ich etwa wie einer von denen aus?" Pablo schüttelte den Kopf. „Sei vernünftig, er will uns doch nur gegeneinander ausspielen."

Pablo überlegte. Währenddessen nahm Robert das Funkgerät: „Vergiss nicht, ich habe Vuk hier, deinen Mann. Wenn du versuchst, hier rein zu kommen, erschieße ich ihn als Ersten."

„Mach ruhig", höhnte Shutov, „er hat seinen Zweck erfüllt."

„Dreckskerl", stieß Vuk aus.

Robert sah sich suchend um, dann fiel ihm die Waffenkiste aus dem UAZ ein.

„Mag sein, dass Vuk dir egal ist. Aber ich habe hier drin auch deinen kostbaren Helikopter."

Verdammt, er hat recht, dachte Shutov. „Wenn du ihn zerstörst, zerstörst du auch deine einzige Chance, von hier weg zu kommen", sagte er.

„Wenn es nach dir geht, bin ich doch ohnehin schon tot. Was schert mich dann der Helikopter?"

Shutov ärgerte sich darüber, zu vorschnell gesprochen zu haben. „Vielleicht können wir verhandeln", sagte er in das Funkgerät, als der Butcher neben ihn trat. Er trug die M107 über der Schulter, hatte aber immer noch seine AKM in der Hand.

„Über Verhandlungen mit dir bin ich hinweg, Shutov. Du spielst nicht nach den Regeln, um darum tue ich das auch nicht mehr. Wenn du hier einen Fuß herein setzt, zerstöre ich den Helikopter und damit alle deine Träume, jemals von hier weg zu kommen."

Robert legte das Funkgerät hin, während Shutovs Stimme beharrlich immer wieder seinen Namen rief. „Worüber denkst du nach?", fragte Pablo.

„Hol die Sprengladungen der Russen. Ich verschaffe uns etwas Zeit."

Robert hielt seine Waffe auf Vuk gerichtet, während Pablo zu dem Waffenstapel am Ende des Hangars ging.

„Ich möchte eine Waffe", sagte Vuk ruhig.

„Du nimmst mich auf den Arm", antwortete Robert.

„Du hast es doch selbst gehört, für ihn bin ich ein Nichts. Aber wenn ich eine Waffe habe, kann ich wenigstens für euch etwas tun."

„Alles nicht mein Problem."

„Vertrau mir bitte. Ich weiß nicht, warum sie den Plan geändert haben, ich habe euch jedenfalls nicht betrogen. Aber ich will leben. Und wenn du das auch willst, dann gib mir eine Waffe. Dann musst du deine nicht weiter auf mich richten, sondern kannst damit auf die wirklich üblen Kerle zielen."

Robert sah fragend zu Pablo, der aber nur mit den Achseln zuckte. „Du bist der Boss, das bedeutet, dass du die schweren Entscheidungen treffen musst", erklärte Pablo.

„Du kannst dich auf mein Wort verlassen, Robert, als Mann von Ehre. Wenn du mir eine Waffe gibst, werde ich euch helfen, ich werde euch nicht hintergehen."

Robert betrachtete Vuk eingehend, der aufrecht dort stand und ihm in die Augen blickte.

„Ich glaube dir", er wandte sich um zu Pablo, „gib ihm eine Waffe. Ein Sturmgewehr wäre gut."

„Bist du sicher, Boss?", fragte Pablo.

Robert sah zu Vuk, der seine geballte Faust wie zum Schwur auf sein Herz gelegt hatte. „Ja", antwortete er.

Janik sah zu, wie Shutov, Sam und der Butcher 50 Meter vom Hangar miteinander sprachen. Sie hatten hinter einem ausgebrannten Panzer Deckung gesucht. Janik hielt sich unten und hoffte, dass das hohe Gras und die Bäume ihn vor den Augen der drei verbleibenden Banditen schützen würden. Zwischen ihm und den Banditen lag immer noch Vuks Motorrad. Es lag auf der Seite und auf ihm sah er den Rucksack und die Axt. *Falls alles schief geht, komme ich wenigstens schnell von hier weg,* Janik konnte den Gedanken nicht unterdrücken, der ihm durch den Kopf schoss.

„Wo ist Alejandro?", fragte Shutov.

„Den hat's erwischt", antwortete der Butcher.

„Warum hast du das nicht durchgegeben?"

„Ich dachte mir, du willst nicht, dass sie das erfahren. Was ist mit Harrison?"

„Der war da oben und hat auf den Hangar geschossen", antwortete Sam. Alle sahen zur Anhöhe hinüber, wo Janik im Gras lag. Keiner der drei entdeckte ihn.

„Ist er weg?", wollte Shutov wissen.

„Entweder sie haben ihn erwischt, oder er ist weggelaufen", antwortete Sam.

„Dann sind wir jetzt zu Dritt."

„Und da drin sind vier?", fragte der Butcher.

„Also sieben insgesamt. Jetzt passen alle in den Helikopter, also ist das alles hier eigentlich unnötig geworden", meinte Sam.

„Wir bringen sie alle um", knurrte der Butcher.

„Das ist verrückt..."

„Nein, er hat recht", unterbrach Shutov, „für die ist es jetzt zu spät. Aber wie kommen wir hinein?"

Der Butcher nahm seine M107 du zielte auf das Tor.

„Ich habe gesehen, wie dieses Ding durch Ziegelwände geschossen hat. Das wird durch dieses Metalltor gehen wie durch Butter."

„Und meinen Helikopter treffen, du Idiot", Shutov drückte den Lauf herunter, damit das Gewehr nicht mehr auf den Hangar zeigte.

„Nenn mich nicht einen Idioten. Ich habe heute zwei Männer getötet, wie viele hast du erwischt?"

„Der Tag ist noch nicht zu Ende, Butcher", antwortete Shutov, „und vielleicht..." Der Klang von Schüssen aus dem Inneren des Hangars schnitt Shutov das Wort ab. Die drei Männer duckten sich instinktiv, aber die Kugeln hatten nicht ihnen gegolten.

Sie spähten über den Panzer zum Tor des Hangars, als das Schießen verstummte. Plötzlich drang Vuks Stimme aus dem Funkgerät: „Shutov, hier spricht Vuk. Ich hab sie erledigt."

Janik hörte ihn in seinem Funkgerät. *Bastard*, dachte er.

„Wen?", fragte Shutov.

„Robert und Pablo, beide tot."

„Und Janik, der kleine?"

„Weiß nicht, wo der ist, hier drin war er nicht. Ich mache jetzt das Tor auf, nicht feuern."

Das Hangar Tor öffnete sich ein Stück, weit genug, dass ein Mann hindurch gehen konnte. Vuk kam heraus und winkte, dass sie zu ihm kommen sollten. Sam und Shutov standen auf, doch als auch der Butcher aufstehen wollte, hielt ihn Shutov unten.

„Du bleibst hier, halt Ausschau nach dem Winzling."

Der Butcher sagte nichts, aber er starrte ihnen nach, als Sam und Shutov zum Hangar gingen. Sie hatten ihre Waffen erhoben und richteten sie auf den Eingang.

Vuk sah sah sie herankommen, aber er konnte den Butcher nicht sehen, der hinter dem Panzer kauerte. Vuk sah sich suchend den anderen Banditen um, und als Shutov und Sam in Sprechweite waren, fragte er: „Wo sind die anderen?"

„Alle tot, es ist heute nicht besonders gut gelaufen. Außer für dich natürlich – für dich scheint es sehr gut gelaufen zu sein. Nimm mir nicht übel, was ich zuvor gesagt habe."

„Du hast gesagt, was nötig war, um ihnen ihr Druckmittel zu nehmen", antwortete Vuk.

„Gut, dass du so ein kluger Mann bist, Vuk. Zeig mir jetzt Roberts Leiche. Ich hab so ein übermächtiges Verlangen, auf ihn zu pissen."

Vuk zeigte zum Heck des Helikopters, wo zwei leblose Körper mit dem Gesicht nach unten lagen. Ihre Waffen lagen ein Stück entfernt und unter ihnen war Blut auf dem glatten Betonboden des Hangars.

„Aber schieß nicht", sagte Vuk, „sie haben Sprengladungen am Hubschrauber angebracht. Robert wollte ihn lieber in die Luft jagen, als ihn dir zu überlassen." Vuk zeigte auf einen Fernzünder in Roberts lebloser Hand. „Siehst du den Schalter in seiner Hand, der zündet die Sprengung. Ich weiß allerdings nicht, ob er sie noch scharf gemacht hat, bevor ich ihn erschossen habe."

„Mutig, mutig", sagte Shutov, als er auf die Leichen zuging. Sein Gewehr hing gesenkt an seiner Seite und auch Sam hatte seine PDW ins Halfter gesteckt.

„Danke", sagte Robert als er und Pablo aufsprangen und ihre versteckten Pistolen auf Shutov und Sam richteten.

Shutov fuhr herum und sah, dass auch Vuk sein Gewehr auf sie gerichtet hielt. Ihm wurde klar, dass er in diesem Moment nichts machen konnte, und so legte er sein Gewehr auf den Boden. Sam tat es ihm gleich.

„Gut, vielleicht können wir uns jetzt auf zivilisierte Weise unterhalten", sagte Robert.

„Es gab also nie eine Sprengladung?", fragte Shutov.

„Da liegst du falsch. Der Helikopter ist zur Sprengung vorbereitet. Wenn du irgendwas Dummes versuchst, werden wir alle sterben", antwortete Vuk.

„Du Bastard, Vuk", rief Shutov wütend, „du verdammter Bastard. Du hast deine eigenen Brüder betrogen. Ich hab von Anfang an recht gehabt, dir nicht zu trauen." Sein

Gesicht war Rot vor Zorn und Tröpfchen flogen von seinen Lippen, als er die Worte ausstieß.

Von draußen konnte der Butcher entfernt wahrnehmen, dass jemand schrie. Er spähte durch das Tor und sah, dass Vuk die Waffe auf einen Angreifer richtete, der jedoch vom Tor verdeckt war. Er begann, näher heran zu schleichen. „Nach allem, was wir zusammen durchgemacht haben, Vuk", schrie Shutovs Stimme aus dem Hangar.

„Du bist doch derjenige, der mich betrogen hat, der uns alle betrogen hat. Du hast immer nur an dich selbst gedacht und jetzt siehst du, wohin dich das gebracht hat. Wir hätten zusammenarbeiten können, aber nein, du musstest der große Boss sein. An all dem bist du ganz alleine schuld", schrie Vuk zurück. Er war so in Rage, dass er nicht bemerkte, wie der Butcher sich von hinten anschlich.

Janik beobachtete, wie der Butcher zum Hangar schlich, aber er war zu weit entfernt um das Geschrei von Shutov und Vuk zu hören. Da er deshalb nichts von der List wusste, blieb er in seinem Versteck und verfolgte die Vorgänge.

Zu spät nahm Vuk die Bewegung draußen vor dem Tor wahr. Als er schließlich den Kopf drehte, sah er den Butcher, der mit seiner AKM auf ihn zielte.

„Du erinnerst dich doch an Grace, nicht Vuk?", fragte der Butcher.

Vuk nickte: „Hab die Schlampe nie leiden können."

„Sieh mich an, Vuk", befahl der Butcher.

„Zur Hölle mit dir, Psycho", sagte Vuk uns schloss die Augen.

Robert und Pablo sahen nicht, mit wem Vuk sprach.

„Vuk, was ist los?", fragte Robert.

Der Lärm der AKM hallte in dem großen Hangar wider, als die Kugeln Vuk trafen und er tot zu Boden fiel. Robert und Pablo gingen hinter dem Helikopter in Deckung und Shutov nutzte diesen Moment, um Sams PDW aufzuheben. Er griff nach Sam und zerrte ihn als menschlichen

Schutzschild vor sich, während er ihm die Waffe an den Kopf hielt.

„Was zur Hölle?", rief Sam aus.

„Halts Maul", rief Shutov. „Butcher, bist du das?"

„Ja", antwortete der Butcher siegesgewiss.

„Robert, dein Zögern wird noch dein Untergang sein. Jetzt lasst die Waffen und den Auslöser fallen, sonst erschieße ich Sam und niemand fliegt hier raus."

„Das tust du nicht."

„Doch Robert, anders als du bin ich dazu bereit."

Robert beobachtete Shutov durch die Scheiben des Helikopters. Er hielt Sam dicht vor sich und war fast ganz von ihm verdeckt. Es war unmöglich, auf ihn zu schießen ohne Sam zu treffen.

Hinter Shutov trat der Butcher durch das Tor und versuchte, die Situation zu erfassen. Er starrte auf Shutov, der die Waffe an Sams Kopf hielt.

„Wir wissen beide, Robert, dass du dich nicht selbst umbringen wirst, nicht so lange du noch eine andere Chance siehst. Wenn du jetzt die Waffe und den Auslöser fallen lässt, dann gebe ich dir diese Chance."

Robert wandte sich hilfesuchend an Pablo.

„Wenn du das tust, sind wir beide tot", flüsterte Pablo.

„Ich weiß", flüsterte Robert zurück.

Er spähte durch das Glas auf Shutov und den Butcher und suchte nach einem Ausweg. Der Butcher schwenkte sein Gewehr aus Roberts Richtung auf Shutov und leckte sich die Lippen, die sich zu einem feucht glänzenden Lächeln verzogen.

„Neiiin", schrie Robert, worauf Shutov herum fuhr und nur noch sah, wie der Butcher begann, auf ihn zu feuern.

Die Kugeln schlugen in Shutovs Seite und trafen seine Nieren und sein Rückgrat. Als er sich weiter drehte und Sam mit sich nahm, schlugen weitere in Sams Brust ein. Eine von ihnen ging durch Sam durch und grub sich in Shutovs Magen.

„Wer ist nun der Idiot?", rief der Butcher. „Ich habe meine Quote gerade auf vier erhöht."

Janik, der näher geschlichen war, konnte in dem fernen Geschrei Roberts Stimme ausmachen. *Sie sind am Leben*, dachte er voll Freude. Er sah, wie der Butcher am Tor stand und ins Innere des Hangars feuerte. Ohne an seine eigene Sicherheit zu denken, rannte Janik nun zum Hangar, Harrisons AKS-74 Kobra in der Hand. Er kam an dem Motorrad vorbei und hatte eine Idee. Er hob es auf.

„Was zur Hölle, Butcher! Er war unsere Fahrkarte hier raus", schrie Robert bestürzt.

„Wer sagt denn, dass ich hier raus will?", brüllte der Butcher, während er auf sie schoss. „Das alles hier macht mir viel zu viel Spaß, um darauf zu verzichten."

Robert ließ den Auslöser fallen und feuerte beidhändig mit seiner M4A1 blindlings über den Helikopter auf den Butcher. Pablo schoss nun auch auf ihn, was ihn zwang, draußen hinter dem Tor des Hangars Deckung zu suchen.

Janik sah den Butcher herauskommen und in den Hangar feuern. Er hielt direkt auf ihn zu. Mit einer Hand versuchte er, das Motorrad zu steuern, während er mit der anderen die AKS-74 Kobra abfeuerte. Die Kugeln flogen kreuz und quer und Janik brüllte, als er auf den Butcher zufuhr.

Der Butcher drehte sich nach dem Heulen des Motors und dem Knallen der Schüsse um und glaubte fast, einen Dämon vor sich zu haben. Zum ersten Mal hatte er Angst. Er feuerte auf das Motorrad, aber aufgrund seines eigenen Schreckens und Janiks schlingerndem Kurs, gingen seine Kugeln ins Leere.

Janik sprang vom Motorrad und fuhr fort, auf den Butcher zu schießen, aber nun bot er dem Butcher ein leichteres Ziel. Er schoss wieder auf Janik, der auf in zu rannte, aber da das Magazin fast leer war, trafen nur noch zwei Schüsse, bevor sein Gewehr nur noch ein trockenes Klicken von sich gab.

Janik stürzte sich auf den Butcher. Er zog in einem letzten Aufbäumen einen Bolzen heraus und rammte ihn dem Butcher ins Auge. Der Butcher schleuderte Janik von sich weg und drehte sich unkontrolliert, während er mit beiden Händen nach dem Bolzen griff.

Er taumelte in den Hangar, genau auf Robert zu, der die Waffe auf ihn anlegte. Robert zögerte nicht. Er erschoss den Butcher und erlöste ihn von seinen Qualen.

Der Motor des Motorrads heulte noch als Pablo und Robert ihre Waffen auf das Tor gerichtet hielten. Dann sahen sie Janik herein kriechen und stürzten zu ihm.

Shutov öffnete die Augen und sah Robert und Pablo an ihm vorbeilaufen. Er suchte seine Umgebung ab und sah bemerkte den Auslöser, der nicht weit von ihm lag. Unter Qualen drehte er sich auf den Bauch und begann, darauf zu zu kriechen.

„Janik! Janik! Bist du in Ordnung?"

Robert drehte ihn sanft um und sah seine Verletzungen, es war erkennbar, dass er nicht überleben würde.

„Hab ich ihn erwischt?", fragte Janik.

„Ja Mann, du hast uns beide gerettet", antwortete Pablo.

„Du bist ein Held, Janik", sagte Robert.

Janik lächelte. „Ein Held, wer hätte das erwartet?", flüsterte er und starb mit einem Lächeln auf den Lippen.

Shutov kroch immer noch auf den Auslöser zu. Er konnte seine Beine nicht mehr bewegen, aber sein übermächtiger und blinder Hass trieb ihn voran. Näher und näher an den Auslöser.

Robert drückte Janik die Augen zu.

„Danke", sagte er und wandte sich dann zu Pablo: „Sieh nach, ob der Butcher auch wirklich tot ist."

Pablo ging zum Butcher hinüber, wobei er die Waffe auf ihn gerichtet hielt.

Fast, fast. Shutov trieb sich voran und versuchte, seine Schmerzen auszublenden.

Pablo trat dem Butcher mit dem Fuß in die Seite, es gab keine Reaktion. „Er ist tot", rief er Robert zu.

Shutov streckte den Arm aus und erreichte den Auslöser. Robert stand von Janik auf und drehte sich um. In diesem Moment sah er Shutov, der den Auslöser zwischen seinen blutüberströmten Händen hielt.
„Shutov, tu das nicht."
„Der Tod ist vielleicht das größte Geschenk für den Menschen", sagte Shutov und drückte den Auslöser.

Die Explosion zerstörte im Bruchteil einer Sekunde alles, was sich in dem Hangar befand. Die Wände gaben nach und das Dach stürzte über allem zusammen. An ein paar Stellen konnte man unter den Trümmern noch die blutigen Überreste der toten Männer sehen, und an einer Stelle trat Blut hervor und füllte in einem makabren Rinnsal langsam die Fugen des Betonbodens.

EPILOG

WOCHEN DANACH

Das ATV fuhr über den stillen Flugplatz, der nun wieder ganz den Infizierten gehörte. Die beiden Passagiere sahen den toten Körper auf der Rollbahn und den eingestürzten Hangar als sie vorbeifuhren.

Die Infizierten jagten dieser neuen und sehr lauten Attraktion hinterher, während das ATV über die Rollbahn fuhr. Der Mann auf dem Rücksitz klopfte dem Fahrer auf die Schulter und zeigte zum Tower. Der Fahrer nickte und änderte die Richtung.

Als das ATV den Tower erreichte, sprang der Mann vom Rücksitz ab. Es war Xavier, er hatte nun einen Bart und seine Bewegungen waren selbstbewusst. Er hob seine M4A1 CCO und begann, die Infizierten auszuschalten.

Duke stellte das ATV ab und half Xavier mit den Infizierten. Sie arbeiteten sehr koordiniert, als sie sich langsam in den Tower zurückzogen. Nachdem alle Infizierten in der Nähe ausgeschaltet waren, lief Xavier hinein. Duke folgte ihm und schloss die Türen hinter den beiden.

Xavier nahm ein Brecheisen aus dem Rucksack und klemmte es zwischen die Griffe der Doppeltür, so dass sie nicht mehr geöffnet werden konnte. Draußen stöhnten die Infizierten und schlugen an die Türen.

„Höchstens fünf Minuten", sagte Duke, als sie mit schussbereiten Waffen die Treppe hinaufgingen.

Sie überprüften das rundum mit Fenstern versehene zweite Geschoss des Towers, es war leer.

„Sauber", rief Xavier.

„Sauber", gab Duke zurück und zeigte zum Dach.

Beide gingen hinaus und Duke stieg die Leiter zum Dach des Towers hoch. Xavier sicherte mit seinem Gewehr, als Duke über den Rand des Daches spähte.

„Oh Mist", sagte Duke und betrachtete das Dach.

„Was ist los?"

„Ein Toter. Liegt schon eine Weile da. Komm rauf, er hat gutes Zeug."

Xavier kletterte ebenfalls auf das Dach, dann blickte er auf Lucas' Leiche. Da sie dem Wetter und den Tieren ausgesetzt gewesen war, war sie in schlechtem Zustand.

„Mein Gott, das ist Lucas", sagte Xavier.

Duke besah sich die Leiche genauer, dann erkannte auch er, dass es sich um Lucas handelte. Er bemerkte die Einschusswunde am Kopf und zeigte sie Xavier: „In den Kopf geschossen."

Xavier nickte und sah sich um. Er zeigte zu dem eingestürzten Hangar.

„Denkst du, das hat damit was zu tun?", fragte er Duke.

„Keine Ahnung, aber da liegen noch zwei Leichen", er

zeigte hinunter auf die Körper von Alejandro und Joseph. Wie Lucas' Leiche waren auch sie dem Zerfall und den Tieren ausgesetzt gewesen und in noch schlechterem Zustand.

„Der da könnte Alejandro sein, den anderen erkenne ich nicht."

„Jesus, was war denn hier los?", fragte Xavier.

„Gier, Xavier, die Welt hat genug für jedermanns Bedürfnisse, aber nicht für jedermanns Gier."

Ende.

DER AUTOR

Cherno Journo ist ein Journalist und Schriftsteller, der Gefahr und Banditen die Stirn bietet, um die Geschichten der Spieler aufzuzeichnen und zu bewahren. Mehr als ein simples Spiel, erzeugt DayZ aus virtuellen Handlungen echte, reale Emotionen: Schuldgefühle nach einem Mord, Zorn darüber, hintergangen zu werden und ein Gefühl der Kameradschaft, wenn Fremde sich zu einer Gruppe zusammenschließen, um ein gemeinsames Ziel zu erreichen.

GESTALTUNG UND ÜBERSETZUNG

Hal ist eigentlich Grafiker, hat aber bereits vorher auch Bücher ins Deutsche übersetzt. Der Kontakt zu Cherno Journo entstand, als er das Interview mit Endrid über CFP-TV auf seinem umgebauten Notebook empfangen konnte und so beeindruckt war, dass er beschloss, ihm eine Nachricht zu hinterlassen. Nachdem er schon kurz darauf die CFP Website und das Buchcover erstellt hatte, wurde er von Cherno Journo gefragt, ob er nicht Lust hätte, ‚Survivors and Bandits' ins Deutsche zu übersetzen. So entstand nach einem knappen Jahr das vorliegende Buch.